Sandra Kopta
Rouven Larsson

WOLF

Wir leben mit ihnen

Impressum

Bibliografische Information Der Deutschen Bibliothek:
Die Deutsche Bibliothek verzeichnet diese Publikation in der Deutschen Natio-
nalbibliografie; detaillierte bibliografische Daten sind im Internet über
http://dnb.ddb.de
abrufbar.

1. Auflage 2010 unter alter ISBN (ab April 2019 nicht mehr erhältlich)
2. komplett überarbeitete Auflage 2019
        E-Book-Ausgabe bei Bookrix: 978-3-7438-9946-9

Alle Rechte liegen bei den Autoren.
Herstellung und Verlag:
Books on Demand GmbH, Norderstedt
Cover: Sandra Kopta
Überarbeitung: Rouven Larsson

ISBN 978-37481-3861-7

Inhaltsverzeichnis

Vorwort

Sandra Kopta wurde 1977 in Herten, Nordrhein-Westfalen geboren und entdeckte schon in der Grundschule die Liebe zum geschriebenen Wort. Dort entstand auch schon die erste Geschichte über einen kleinen Hasen und sein Abenteuer in der Welt der Menschen.

Auch in den weiteren Lebensjahren, sei es in der Schule, der Ausbildung oder einfach nur in ihrer Freizeit, wurde die Zeit genutzt, um etwas Kreatives aufs Papier zu bringen. Oft waren es auch Gedichte für bestimmte Anlässe, ein paar aufmunternde Seiten für eine kranke Person, oder was auch immer als Grund ausreichte, um den Stift in Schwung zu bringen. Passenderweise waren die Lieblingsfächer ansonsten noch Deutsch, Musik und Kunst.

Es entstanden kleine Geschichten für Kinder, wie zum Beispiel von Charlie dem Kartoffelkäfer. Oder aber dem kleinen Puschel in der Schule.

Und dann konnte das Hobby zum Beruf gemacht werden, eine Ausbildung zur Buchhändlerin folgte.

In einer anschließenden Auszeit blieb der Stift nicht arbeitslos und es ergab eine kurze Geschichte für eine Lesung „Und Engel gibt es doch". Ein zwar sehr schnell erarbeitetes aber dennoch recht feinfühliges Werk.

Das erste verlagsproduzierte Taschenbuch erschien im August 2009 bei BoD mit dem Titel *Security* (978-38391-2012-5), und ist dort ebenfalls als Ebook erhältlich 978-37322-2442-5

Nachdem Security im Bereich Personenschutz angesiedelt war, geht dieses Buch ganz andere Wege und führt in die Welt der Phantasie. Allerdings nicht im üblichen Sinne mit Ritter, Drachen, Elfen. Es nimmt auch nicht die Welle der existierenden Vampir-Helden, sondern versucht sich an Wesen, die zwar dazu passen, auch in ihren Fähigkeiten schon ähnlich dort existieren, was im Nachhinein festgestellt wurde, und dennoch anders erscheinen. Die Erkenntnis der Parallelfähigkeiten kam allerdings erst nach Vollendung des Buches, denn vorher hatte sie noch nichts von den zu der Zeit die Kinosäle füllenden Filme gesehen. Deswegen durfte diese Welt auch in diesem Buch bestehen bleiben.

Aber was passiert dort genau, in dieser Wolfswelt?

Es stellt sich eine andere Frage:

Was passiert, wenn zwei normale Menschen in der normalen Welt merken, dass sie nicht alleine und schon gar nicht normal sind? Was ist wenn es noch andere Wesen gibt, mit denen unbewusst genau diese Welt geteilt wird?

Es gehört wohl sehr viel Mut und Überwindung dazu, um diese andere Welt neben unserer zu ergründen und sogar mit den darin vorkommenden Problemen umzugehen, die sich nach und nach bemerkbar machen.

Werden sie es schaffen? Werden sie die Wölfe kennenlernen und mit ihnen leben? Oder kennen sie sie schon und wissen es nur noch nicht?

Tage wie diese

Vorgerückte Stunde der Nacht, Dunkelheit legt sich über die Straßen der Stadt, durch die ein fast ebenso dunkler Schatten huscht. Dunkle Turnschuhe, die kaum Geräusche hinterlassen, eine dunkle Jeans, abgerundet wird alles von einer schwarzen Kapuzenjacke. Die Person würde wohl kaum auffallen, wenn es da nicht den weißen Wolfskopf gäbe, der auf dem Rücken und der Vorderseite aufgedruckt ist, die Arme ebenso von Wolfsmotiven auf den Ärmeln verziert werden.

Von der Person ist nicht viel zu erkennen, höchstens dass sie etwas kleiner ist, ansonsten verdeckt die über den Kopf gezogene Kapuze das Gesicht und auch die Hände sind in den Taschen der Jacke vergraben, so dass sie nichts verraten können.

Leise huscht die Person weiter, bleibt erst an einem großen Haus stehen, das selbst in der Nacht ein imposantes Bild bietet. Dort wird an der schweren Eingangstür mit den Metallverzierungen angeklopft, und bald öffnet sie sich auch schon!

Eine sanfte Männerstimme erklingt: „Komm herein, Loona." Und schon verschwindet der Schatten im Inneren des Hauses.

Unruhig liegt sie in ihrem Bett, die hellbraunen Haare zerzaust und das Gesicht angespannt und erst der schrille Ton ihres Weckers reißt die junge Frau aus ihren Träumen! Sheilah schreckt hoch, wischt sich über die Augen, als sie erkennt dass sie daheim in ihrem Schlafzimmer ist und schält sich dann aus dem Bettzeug heraus, um verschlafen aufzustehen. Ein paar sehr vorwitzige Locken werden aus dem Gesicht geschoben, während sie ins Bad geht.

Was hat sie heute Nacht geträumt? Sie weiß es nicht mehr, aber gerade beim aufwachen hat es sich nicht gut angefühlt, nein, sie spürt jetzt noch das unruhige Klopfen ihres Herzens. Eine Dusche würde sie auf jeden Fall wieder auf andere Gedanken bringen. Deswegen zieht sie sich ihr Schlafshirt und die kurze Bermudas aus, betritt die Dusche und stellt das kalte Wasser an. Ihr Körper reagiert mit einem leichten Schock, so dass ihr Atem kurz stockt und sie die Gänsehaut spürt, aber genau das ist es wohl was sie braucht, um endlich im Hier und Jetzt anzukommen. Nun schlägt ihr Herz zwar auch sehr schnell, aber dafür fühlt sie sich um einiges besser.

Es wird nach dem Badetuch geangelt, dass sie sich bereit gelegt hat und sich in der Dusche kurz abgerubbelt, auch die Haare vorher schon angetrocknet, ehe sie aus der Kabine hinaus tritt, sich das Handtuch umbindet und hinüber ins Schlafzimmer geht.

Es ist ein hell eingerichteter Raum, freundliche gemütliche Möbel und dort steuert sie auf den Kleiderschrank zu, nachdem sie sich ihre Haare noch schnell zu einem Knoten hoch gesteckt hat. Ihre Wahl fällt auf eine weiße Jeans und ein rotes T-Shirt, zwei Lieblingsteile von ihr, die gerade ein leichtes Lächeln auf ihre durch die Dusche erröteten Lippen zaubert. Schnell ist sie umgezogen, wird die lange Mähne noch im Bad geföhnt und zu einem frechen Pferdeschwanz gebunden noch schnell den Pony durchgekämmt, etwas Lidschatten und Wimperntusche und Lipgloss aufgetragen, ehe der Rougepinsel auch noch einmal kurz über die Wangen huschen darf, perfekt. Doch, eindeutig, aus dem gerade noch sehr morgenmuffeligen Gesicht ist ein schon viel munter drein blickendes geworden.

Nun fehlt nur noch das Frühstück. Mit einem starken Kaffee, zwei belegte Brote, die sie aber auch teils für die Arbeit fertig macht und noch ein wenig Zeit, ehe sie in ihre flachen Lederschuhe schlüpft und das Haus verlässt.

Einige Kilometer entfernt. Ein sportlicher Wagen steht an einer roten Ampel. Der schwarze Lack glänzt in der aufgehenden Sonne und der sonore Motorton verrät selbst jetzt dass er einige Pferdestärken unter der Haube mit sich führen dürfte. Darin ein junger Mann. Dezent gekleidet in einer schwarzen Jeans, einem weißen Hemd und darüber eine schwarze Lederweste. Die langen Haare sind glatt nach hinten gekämmt und mit einem dunklen Gummi zusammen gebunden.

Noch etwas müde streicht er sich über die Augenlider, die braunen Seen schauen fast schon angestrengt nach vorne, wann kann er endlich weiter fahren? Sein Nacken zieht leicht und Joshua legt die rechte Hand nach hinten, streicht ihn entlang, massiert ihn kurz etwas.

Endlich, die Ampel zeigt Erbarmen, schaltet auf grün und zügig bringt er den Wagen wieder in Bewegung. An geeigneter Stelle wird auf eine andere Spur gewechselt, rechts rüber, um dann nach wenigen Minuten in einem großen Parkhaus zu verschwinden, das zu einem Hochhaus gehört, eindeutig ein Bürokomplex.

An der Schranke wird die Karte ans Lesegerät gehalten, die Einfahrt für ihn frei gegeben und schon sucht er sich einen der freien Plätze aus. Dort erstirbt der kräftige Motor des Boliden, Joshua steigt aus, um hinten an den Kofferraum zu treten, ihn zu öffnen und eine Aktentasche heraus zu holen, ehe der schwere Kofferraumdeckel wieder zugeklappt wird.

Auf dem Weg zur Tür noch einen Druck auf die Fernbedienung und der Wagen ist verriegelt. Knarrend schiebt er die Eisentür auf, betritt den hell erleuchteten Flur, sein nächstes Ziel ist der Aufzug, um damit dann nach einer Minute in der zehnten Etage anzukommen. Ein leichter Ruck, die Tür geht auf und er betritt den warmen orangefarbenen Teppich, der sofort jegliches Geräusch schluckt. Drum herum herrscht schon geschäftiges Gewusel, Telefone klingeln, Menschen laufen umher, teils mit Aktenbergen auf den Armen, oder nur einzelnen Ordnern. Er stört sich nicht darum, steuert auf den großräumigen Empfang zu. Die Mitarbeiterin lächelt ihm freundlich entgegen, grüßt ihn. Er erwidert es mit einem Nicken, lächelt ihr danach aber ebenfalls zu, um dann in seinem Büro zu verschwinden. Sie kennen ihn schon, er ist da eher der Einzelgänger, hat nur wenige Freunde, dafür macht er aber seine Arbeit auch umso akribischer, kann gute Ergebnisse vorweisen.

Zur gleichen Zeit sitzt Sheilah ebenfalls an ihrem Schreibtisch. Mit geschickten flinken Fingern schreibt sie auf der Tastatur, was ihr über die Ohrstöpsel vom Diktiergerät vorgelesen wird. Nach und nach füllt sich der Bildschirm, Seiten reihen sich aneinander. Ein Blick auf die Uhr, fast halb eins, Zeit gleich in die Mittagspause zu gehen. Fast wie zur Bestätigung zeigt ein Blick auf die schon abgeschriebenen Bänder, dass es vier Stück sind, was sie mehr als zufrieden stimmt, das kann sich sehen lassen. So speichert sie den gerade bearbeiteten Brief ab, sichert den Rechner, um danach aufzustehen.

Aus der Schreibtischschublade nimmt sie ihre Tasche, wirft noch einen prüfenden Blick über ihren Schreibtisch, immerhin sollten hier nicht irgendwelche sensiblen Dinge herum liegen wenn sie nicht anwesend ist und dann geht sie auf die große Bürotür zu, die sich automatisch vor ihr öffnet.

Mit einem leisen Klingeln öffnen sich die Aufzugtüren und sie geht hinein, drückt mit dem schmalen Zeigefinger auf die Taste für das Erdgeschoss und es dauert nicht lange, nachdem sie sich geschlossen haben, bis sie ihr den Weg unten erneut frei geben.

Ihre Schritte führen aus dem Gebäude hinaus, die Straße entlang. Gleich an der Ecke liegt ein kleines Bistro, in das sie gerne einkehrt. Es ist schon zu erkennen, dass man sie dort als Kundin öfter gesehen hat, denn als Sheilah durch die Tür kommt wird sie schon freundlich begrüßt. Bald darauf hat sie einen Platz an einem der kleinen Tische eingenommen und der Kellner kommt zu ihr: „Hallo, wie immer?" Lächelnd nickt sie ihm zu und er geht wieder seines Weges, die Bestellung in die Küche zu bringen und dann an der Theke etwas anderes zu erledigen.

Sheilah lehnt sich zufrieden zurück, lässt den Blick nach draußen schweifen, vor dem kleinen Schaufenster sieht sie eine hektische Welt. Niemand scheint den Sonnenschein zu bemerken, der die Haut streichelt. Die Gesichter sehen angespannt aus, während die Personen durch die Straßen eilen.

Ein wenig wird sie aus ihren Gedanken gerissen, als der Kellner zu ihr an den Tisch kommt, sie entschuldigend anblickt, aber sie schüttelt nur leicht den Kopf: „Alles in Ordnung, sie haben nicht gestört." Er bringt ihr einen großen Salatteller mit Hähnchenstreifen und einer Apfelschorle, stellt alles vorsichtig vor ihr ab: „Bitte sehr, guten Appetit."

„Danke", Sheilah lächelt zu ihm hoch, „Das sieht wie immer richtig gut aus." Dann nimmt sie sich ihre Servierte und beginnt kurz danach die Mahlzeit zu genießen.

Vierzehn Uhr! Genau das ist die Zeit, die seine Uhr an der Wand ihm präsentiert, als Joshua den Blick hinüber wandern lässt. Sein persönliches Tagespensum ist erreicht und in ihm macht sich doch eine gewisse Zufriedenheit breit. Er liebt die Tage, an denen die Arbeit gut von der Hand geht. Denn er weiß zu genau, es gibt auch das Gegenteil, wo sie ihn förmlich erdrücken möchte.

Zufrieden lehnt er sich in seinem Schreibtischstuhl zurück, verschränkt die Arme hinter dem Kopf und schließt für einen Moment die Augen. Unterschwellig spürt er die Anspannung, gleichzeitig auch seine Atemzüge, und dann ist da noch etwas anderes. Ein ungewöhnliches Gefühl, wie ein schwelendes Feuer kurz vor dem Aufflammen!

Doch etwas irritiert öffnet er die Augen, dreht sich zum Fenster und schaut hinaus. Was hat das zu bedeuten? Er kennt es schon seit seiner Kindheit, aber niemand hat ihn richtig ernst genommen, wenn er es ansprach. Niemand konnte ihm sagen war es war, was es ist.

Joshua versucht die Gedanken daran wieder etwas abzuschütteln, fährt den Rechner hinunter und packt seine Tasche soweit zusammen. Vermutlich braucht er heute echt eine Pause, immerhin hat er einiges geschafft und vermutlich zeigt sich dann so doch der Stress?

Sport wäre gut, oder? Wie lange war er schon nicht mehr beim Training, drei Monate oder sogar vier, genau kann er es nicht einmal mehr sagen. Josh greift zu seinem Telefon, wählt eine Nummer.

Jemand nimmt ab: „Hallo?"

„Hallo Peter, ich bin es", er lehnt sich in seinem Stuhl zurück.

„Joshua, das ist ja eine Überraschung. Wie geht es dir?" Peters Stimme klingt ehrlich erfreut, das kann er hören.

„Soweit ganz gut aber ich glaube ich brauche mal wieder etwas Bewegung", antwortet der junge Mann und seine Hand streift unbewusst dabei wieder über seinen Zopf, den Nackenbereich.

„Die Trainingszeiten sind noch gleich, komm doch heute einfach vorbei", schlägt ihm Peter am anderen Ende der Leitung vor.

„Gerne, dann bis nachher", Joshua legt auf und spürt wieder die innere Unruhe, oder ist es Vorfreude? Er nimmt seine Tasche, verlässt das Büro und geht den Flur entlang. Der Empfang ist nicht besetzt.

Nach dem guten Mittagessen ist Sheilah noch einmal ins Büro zurück gekehrt, denn komplett Feierabend hat sie ja noch nicht. Zwei Stunden später, die restliche Arbeit ist erledigt, die angesammelten Notizen auch bearbeitet, die während ihrer Abwesenheit angekommen sind und von ihr dann meist per Mail an die entsprechenden Plätze geleitet werden und ein Blick auf die Uhr zeigt, dass es schon beinahe siebzehn Uhr ist, als sie den Computer ausschaltet, Feierabend! Ihre Handtasche wird gepackt und dann damit der Platz verlassen.

Auf dem Weg bemerkt sie wieder dieses komische Gefühl in sich. Sie hat es schon eine Weile bemerkt. Eigentlich kann sie doch heute zufrieden sein, und dennoch nagt es an ihr, wie eine leichte Unruhe, Nervosität. Dabei läuft es bei ihr gut, ruhig, ein guter Job, die Bezahlung auch, sie wohnt in einer schönen Wohnung und hat auch sonst keine Probleme. Was soll sie nur davon halten? Ziemlich in Gedanken kommt sie an ihrem Wagen an, schließt die Tür auf und sieht sich doch noch einmal nach allen Seiten um, doch das Parkhaus liegt still vor ihr. Also steigt sie ein und fährt los, zuhause würde sie sich erst einmal etwas Gutes gönnen.

Dort angekommen legt sie die Handtasche auf den kleinen Tisch im Flur, die Schlüssel in eine Schale und geht in die Küche, um heißes Wasser aufzusetzen. Ein Kräutertee ist jetzt genau das Richtige um abzuschalten. Das Wasser kocht auf, wird in eine große Tasse geschüttet und während der Teebeutel darin zieht hört sie ihrem Anrufbeantworter ab, doch sind es nur belanglose Nachrichten, Werbeanrufe, die sie einen nach dem anderen löscht.

Manchmal fragt sie sich, ob mancher ihrer Bekannte oder Freunde an sie denkt. Wenn sie Kurznachrichten schickt, bekommt sie selten eine Antwort.

Der Teewecker bimmelt und sie geht wieder in die Küche, nachdem sie einen Moment doch nachdenklich im Flur gestanden hat. Mit der dampfenden Tasse wandert sie gemütlich ins Wohnzimmer, setzt sich auf das gemütliche Sofa und schnuppert. Mhhh, der Duft ist wunderbar entspannend. Die Beine werden hoch gelegt und dann in kleinen Schlucken getrunken. Ja, langsam kommt der Kopf zur Ruhe, breitet sich wohlige Wärme in ihr aus und erst als die Tasse leer ist, stellt sie diese wieder auf den Tisch.

Flink werden zuhause die Sportsachen zusammen gesucht, die schon ein einsames Dasein im Schrank geführt haben und landen mit Handtüchern, Duschzeug, Wechselsachen und Getränk in der Sporttasche.

Kaum das Joshua fertig ist, geht sein Handy, auf dem Display erscheint Peters Name, er lächelt vor sich hin und nimmt ab: „Hey hallo."

„Hi Josh, ich wollte nur Bescheid sagen, das Training fällt heute aus, unser Trainer liegt mit dicker Grippe auf der Nase und hat so schnell keinen Ersatz gefunden." Peter hört sich auch etwas geknickt an, denn er hat sich darauf gefreut ihn dort zu sehen.

„Danke dir, schade, ich habe mich so drauf gefreut und könnte es heute echt gut gebrauchen", Joshua seufzt leise, sein Blick wandert zu der fertigen Tasche und er holt das Getränk wieder heraus, stellt es auf den Wohnzimmertisch.

„Ich hätte heute auch echt gerne wieder mit dir trainiert. Nachdem meine Süße mitbekommen hat, dass ich heute einen freien Abend habe, spannt sie mich gleich ein. Ein Bekannter hat heute Geburtstag. Dabei hätte ich echt lieber ne Einzelstunde mit dir in meinem Trainingskeller eingelegt. Aber du kennst sie ja, keine Chance. Bei meinem Arbeitspensum fordert sie das heute mal ein.

Aber wir sehen uns hoffentlich nächste Woche, oder?"
„Hoffentlich ist er dann wieder gesund, ansonsten bei dir im Keller. Dann viel
Spaß heute Abend", er grinst und beendet das Gespräch. Peter hat sich nicht un-
bedingt begeistert angehört. Aber Joshua kann seine Freundin verstehen, die
ihn wohl zeitweise recht selten zu sehen bekommt.
Er selbst packt soweit die Tasche wieder aus, setzt sich dann auf das Sofa,
Fernseher an, irgendwie braucht er das heute zur Entspannung.

Verwirrte Schatten

An der Eingangstür des alten Hauses wird angeklopft! Von drinnen ist die bekannte Männerstimme zu hören: „Ja?"
„Hier ist Lobo, ich bitte um Einlass", erklingt eine ebenfalls männliche Stimme
und der Besucher in den dunklen Sachen wartet auf den Stufen, bis besagte
schwere Tür geöffnet wird und er herein kommen darf.
Der Flur erscheint in diffusem Licht. Lobo hat seine Kapuze wie die Meisten
hier über den Kopf gezogen und geht mit geschmeidigen Schritten durch den
lang gezogenen Raum, auf eine Tür am Kopfende zu. Er kann das Wachs der
Kerzen riechen, die Wärme fast schon auf seinem Gesicht spüren, als er den dahinter befindlichen Raum betritt. Auf einem Stuhl nimmt er abwartend Platz,
während sein Begleiter sich ihm gegenüber setzt, ihm in die Augen sieht: „Was
kann ich für dich tun?"
„Hilf mir bitte meine Vorsehung zu erfüllen", Lobos Stimme klingt belegt.
„Was ist deine Vorsehung?" wird nachgefragt.
„Ich weiß es nicht genau, deswegen bin ich hier", der Kopf wird gesenkt.
„Der Tag der Entscheidung ist nahe und du wirst deine Vorhersehung erkennen. Habe Geduld und gehe heim, leg dich schlafen und warte ab", mit väterlicher Milde legt ihm sein Gegenüber eine Hand auf die Schulter, nachdem er
sich erhoben hat und zu Lobo hinüber gekommen ist und dieser spürt die Wärme in seinen Körper strömen.
Lobo erhebt sich mit ruhigen Bewegungen, nickt ihm kurz zu und geht langsam
zu der Tür zurück, die er öffnet, um wenig später wieder den Flur entlang zu
gehen.

Erneut erreicht die Person in der Wolfsjacke das Haus, klopft zweimal und
wartet ab. Es wird geöffnet, jemand kommt heraus, ebenfalls komplett schwarz
bekleidet und sie geht zuerst beiseite, ehe sie dann das große Gebäude betritt,
auf der Türschwelle stehen bleibt und sich umdreht, dabei in ihrem Nacken das
leichte Kribbeln spürt, als sie ihm nachschaut.
„Loona, schön das du da bist, komm doch herein."
Sie folgt der vertrauten Stimme in den Raum am Ende des Flures, kann einen

männlichen markanten Duft wahrnehmen, aber zu wem er gehört könnte sie nicht sagen. Wie oft war sie schon hier und hat Zuflucht gefunden.
Ihr Begleiter setzt sich auf eine Couch in der Ecke, die nur von einer kleinen Lampe erhellt wird, ist ebenfalls komplett schwarz bekleidet. Blaue Augen schauen zu ihr hinüber, die einen Kontrast du seinen dunkelbraunen mittellangen Haaren geben, während die junge Frau sich zu ihm setzt.
„Du siehst betrübt aus", seine Finger legen sich leicht an ihr Kinn, so dass sie das Gesicht zum Licht hin hebt.
Fragend schaut sie ihn an: „Wie lange muss ich noch warten?"
Mit sanfter Bewegung streicht er ihr über die dunklen Haare, nachdem seine Finger ihre Kapuze hinab geschoben haben: „Nicht mehr lange. Bist du bereit?"
„Bereit wofür? Was hast du mit mir vor?" spürt sie da so etwas wie eine leichte Angst, sie ist sich nicht sicher.
„Bereit deine wahre Bestimmung anzunehmen", antwortet er ihr mit ruhigem Tonfall.
„Aber was ist meine wahre Bestimmung?"
„Das wird dir dein Herz zeigen", damit nimmt er sie zärtlich in seinen Arm, kann sie seinen herben männlichen Duft wahrnehmen, der sich aber von dem eben doch etwas unterscheidet. Sie erkennt förmlich die Erfahrung und Weisheit darin wieder und nur leicht kribbelt es in ihrem Nacken.

Langsam geht Lobo die Straße entlang, dreht sich doch noch einmal dabei um und kann erkennen wie die andere Kapuzenperson sich auch nach ihm umschaut. Es fühlt sich fast wie ein stilles Wiedererkennen an, nur dass niemand den ersten Schritt zu wagen scheint. Der junge Mann zieht die Kapuze tiefer ins Gesicht, schreitet den Asphalt entlang, dabei klingen die Geräusche der Nacht an seine Ohren, nur vorsichtig sieht er sich aus den Augenwinkeln um, ob ihm jemand folgen würde. Doch kann er niemanden erkennen, was ihn wieder etwas beruhigt.
Die Gedanken kreisen durch seinen Kopf und wenn er ehrlich ist, so hat ihm das Treffen heute nicht weiter geholfen. Denn woher bitte soll er wissen was seine Vorsehung ist? Er weiß ja nicht einmal wie das hier alles angefangen hat. Was er weiß ist, dass er sich irgendwann nachts vor diesem Haus eingefunden hat und schon erwartet worden ist.
Anscheinend wird es nur von einem einzigen Mann bewohnt, der sich Lupus nennt, ein eigenartiger Name. Und bis heute hat er niemanden sonst dort angetroffen, geschweige denn dass Lupus ihm von anderen erzählt hat, was ihm jetzt doch schon komisch vorkommt.
Lobo beschließt, ihn da demnächst darauf an zu sprechen. Als er jetzt die belebte Hauptstraße erreicht, senkt er den Blick.

Noch eine ganze Zeit hat Loona in dem alten Haus verbracht. Lupus beantwortet ihr zwar nicht alle Fragen, aber immerhin kann er ihre Angst ein wenig besänftigen, auch wenn sie gar nicht genau sagen kann wovor sie Angst hat. Gerade steht sie an der noch geschlossenen Haustüre, als ihr die Begegnung einfällt, sie sich noch einmal umdreht und Lupus in die blauen Augen sieht: „Darf ich dich noch etwas fragen? Es ist wichtig für mich."

Dieser lächelt sanft: „Natürlich, frag."

„Wer war das vorhin? Ich habe vorher noch nie jemanden hier gesehen, außer dich."

„Du bist nicht die Einzige, es gibt viel mehr als vermutet wird und jeder findet hier in diesem Haus Zuflucht, zu verschiedenen Zeiten und aus unterschiedlichen Beweggründen. Und nun ist es Zeit für dich zu gehen. Einen guten Weg wünsche ich dir." Er lächelt sie an und verlässt den Flur.

Nachdenklich schaut Loona ihm hinterher, öffnet dann die Haustür und tritt ins Freie hinaus. Die Luft hat sich merklich abgekühlt und der Mond scheint am Himmel. Langsam zieht sie die Tür hinter sich zu, fällt diese schwer ins Schloss und betritt dann die Straße. Ihr Blick wandert umher, aber sie kann keine Menschenseele erkennen. Ob er wohl noch irgendwo ist? Sie hätte gerne mit ihm geredet. Es ändert alles nichts, sie muss nun wirklich heim und so geht Loona Richtung Hauptstraße davon.

Ein Blick

Ein wenig erstaunt schaut Sheilah auf ihren Wecker, hat sie verschlafen? Nein, sie ist heute ausnahmsweise mal vor ihm aufgewacht! Das soll etwas heißen, das kommt sehr selten vor. Es dauert nicht lange, bis sie sich soweit frisch gemacht und angezogen hat und gerade das Frühstück vorbereitet, als ihr dieser doch etwas mystische Traum von letzter Nacht einfiel. Aber sie könnte nicht sagen, dass er sie beunruhigt hätte.

Gemütlich sitzt sie dort am Tisch, isst ihr Frühstückbrot und genießt den großen Becher Kaffee, während draußen die Sonne aufgeht! Es erfüllt sie mit einem wohlig warmen Gefühl die roten Strahlen über die Welt kriechen zu sehen, und irgendwie hat sie das Gefühl dass heute ein perfekter Tag wird.

Die Fahrt zur Arbeit vergeht entsprechend wie im Fluge und auch die Schreiberei selbst geht leicht von der Hand. Und als sie dann zur Mittagspause bereits das fünfte Band in die Ablage legt, schaut sie doch etwas erstaunt, denn so viel hat sie lange nicht geschafft.

Deswegen verwöhnt sie sich auch mit einer Portion Eis, draußen auf dem Markt. Wo sie sich von der Sonne wärmen lässt und dabei jede Minute richtig genießen kann.

Rumms! Mit einem Male schreckt Joshua hoch, schaut auf die Uhr und bekommt gleich noch den zweiten Schreck des Tages! Verdammt, beinahe hätte er verschlafen, wieso hat er nur den Wecker nicht gehört? Als er ihn überprüft ist nichts zu finden, völlig normal, deswegen springt er kurz darauf auch schon schnell aus dem Bett, verschwindet im Bad, jetzt passiert alles im Schnelldurchlauf!

Keine zwanzig Minuten später ist er auf dem Weg zur Arbeit, fühlt sich auch dort irgendwie total matt und kann die Gedanken nur schwer auf die wichtigen Punkte des Tages konzentrieren, während sich die Stunden wie Kaugummi zu ziehen scheinen.

Mehr als einmal erwischt er sich dabei, wie seine Augen über den Text auf seinem Bildschirm wandern, ohne dass er auch nur eine Zeile davon richtig liest, was ist nur los mit ihm, ist er überarbeitet?

Endlich, dreizehn Uhr, er packt seine Sachen und verlässt das Gebäude. Die Pause hat er bitter nötig! Sein Weg führt in die Fußgängerzone, eine Portion bei dem Chinesen würde ihn schon wieder in die richtige Spur bringen.

Am Marktbrunnen treffen seine Augen auf zwei andere und Joshua stutzt. Die junge Frau dort hat er noch nie gesehen, wieso starrt er sie jetzt nur so an? Und wieso erwidert sie seinen Blick? Irritiert sieht er wieder nach vorne, und geht zügig weiter!

Sheilah zögert, schaut dem Mann hinterher, der ihr so bekannt vorkommt, aber sie weiß nicht woher! Sie hat ihn noch nie gesehen! Zugegebenermaßen, hübsch sieht er aus, mit seinen langen schwarzen Haaren, die ohne Zopf sicherlich traumhaft fallen. Wieder kribbelt es in ihrem Nacken, sie rafft sich auf, entfernt sich von dem Brunnen und sieht in die Richtung in die der gut aussehende junge Mann verschwunden ist. Ob sie ihm folgen sollte? Oh Mann, sei nicht albern, du führst dich auf wie ein Backfisch! Erneut spürt sie das Kribbeln, streicht über ihren Nacken. Vielleicht findet sie ihn auch gar nicht mehr, also was soll es? Deswegen schlägt sie die gleiche Richtung ein und sieht sich die Gegend dabei genau an. Hier gibt es kleine Restaurants und Bars. Aber egal wo sie vorbei kommt, sie kann ihn nicht entdecken. Deswegen macht sie auch kehrt, soll es wohl nicht sein und ein Blick auf die Uhr zeigt deutlich dass es besser ist zurück zu kehren, ihre Pause endet bald.

„Ihr Essen ist fertig", macht ihn der Mann hinter dem Verkaufstresen darauf aufmerksam, als Joshua von der Toilette kommt. Dieser setzte sich an einen er kleinen Tische in der Ecke des Restaurants und es dauert nicht lange, bis ihm ein großer Teller mit Reis und verschiedenen Gemüsesorten gebracht wird. Dazu eine heiße und scharfe Suppe.

„Danke, sehr gut", lächelt Josh ihn an und beginnt zu essen. Es schmeckt wirklich gut und die Schärfe der Suppe weckt seine Lebensgeister wieder. Als er beim Reis ankommt, fällt ihm die junge Frau wieder ein, die dort am Brunnen gestanden hat. Sie ist wirklich hübsch, mit den langen braunen Locken und insgeheim ärgert er sich, dass er nicht rüber ging. Was hat er bitte zu verlieren? Nichts! Deswegen beschließt er, es nachzuholen, wenn sie gleich noch dort

sitzt. Aber zuerst isst er genüsslich auf und zahlt dann.
Die Portionen haben vollkommen gereicht und er würde hier sicherlich noch
öfter essen gehen. Zielstrebig führt ihn sein Weg Richtung Marktplatz, als er
das Restaurant verlässt. Aber er kann sie nicht mehr finden... Schade. Zwar
können Passanten ihm einen Weg sagen, in dessen Richtung sie fort gegangen
ist, aber es würde nichts bringen sie dort zu suchen, mitten im Geschäftsviertel.
Also macht er sich auf den Rückweg zur Arbeit...

Erwachen

Strahlend heller Vollmond, der die Nacht erhellt. Ist er es der in Lobo diese
Unruhe weckt, so dass er sich auf den Weg macht, durch die Straßen streift und
erstaunlicherweise genau bei dem alten Haus sein Ziel findet? Allerdings sieht
es heute anders aus, viel heller, denn die Fenster sind fast alle beleuchtet. Und
auch der runde Mond zeigt sich in großer Pracht, wie er wohl nicht so oft zu sehen ist. Lobo kommt ein Begriff dafür in den Sinn, auch wenn er nicht weiß
woher er ihn kennt, Wolfsmond! In sich spürt er den Drang, klopft an die Tür
und diese wird von Lupus persönlich geöffnet.
Drinnen befinden sich viele ebenfalls dunkel gekleidete Personen, wobei die
meisten von ihnen schwarz wählen, nur wenige ein sehr dunkles braun oder
blau tragen. Sie sind auf die verschiedenen Räume verteilt, tanzen, stehen beieinander und unterhalten sich, oder schmiegen sich zu zweit aneinander und
schweigen, was ein sehr inniges Bild ergibt. Nebenher gibt es aber ach sehr viele, die alleine dort stehen, die Besucher beobachten, leicht lauernde Blicke auf
ihnen liegen, zu welcher Gruppe sie wohl gehören?
Eine junge Frau reicht Lobo ein Getränk, was er dankend annimmt und sich
dann auch einen Platz sucht, um einfach abzuwarten was der Abend noch so
mit sich bringt. Seine Bitte an Lupus mit ihm reden zu können, hat dieser
freundlich aber bestimmt für heute mit folgenden Worten abgelehnt: „Heute ist
keine Nacht zum reden, heute wird gefeiert, mein Lieber. Trink etwas, genieße
es und mache dir keine Sorgen." Dann ist der Ältere wieder davon gegangen,
hat sich unter die feiernde Menge gemischt.

Der helle und runde Mond begrüßt Loona, als sie erwacht. Schnell werden
die dunklen Sachen angezogen, die Kapuzenjacke übergestreift und dann führen sie zielsichere und schnelle Schritte durch die Stadt, auch wenn sie bei ihrem Aufbruch keinen Weg geplant hat, so mündet er dennoch direkt bei dem alten Haus!
Allerdings kann sie schon aus der Ferne sehen, dass es sich verändert hat und
erstaunt schaut sie sich die hell erleuchteten Fenster an, hört die Stimmen von
drinnen. Was ist denn heute hier los? So viele andere Besucher hat sie noch nie
auf einmal gesehen.

Noch ehe sie an die Tür klopfen kann, öffnet diese sich langsam und sie kann Lupus entdecken, der sie milde anschaut, dann lächelt und ihr seine Hand reicht, um sie hinein zu bitten. Doch etwas zögerlich betritt sie den Flur, auch hier scheint es nur so zu wimmeln von anderen Personen, auch wenn es wie auf einer normalen Party ausschaut, doch spürt die junge Frau das Knistern in der Atmosphäre.

„Auf einen aufregenden Abend", damit reicht Lupus ihr ein Glas und als Loona die klare Flüssigkeit doch etwas zögerlich probiert, verzieht sie leicht das Gesicht, es schmeckt scharf und brennt die Kehle hinunter.

„Uff, das ist aber harter Tobak, möchtest du mich gleich zu Anfang betrunken machen?" Aber ihre Worte und ihr Lächeln zeigen, dass sie es gar nicht so böse meint, sie ist einfach nur keinen Alkohol gewöhnt, so scheint es wenigstens.

Während sie dort mit ihrem Glas steht, schaut sich die Kleine um, aber durch die Kapuzen kann sie kaum die Gesichter richtig sehen, könnte jetzt nicht sagen dass sie jemanden kennt. Nur die Jacken sehen unterschiedlich aus und es gibt mehrere Farbnuancen. Deswegen beginnt sie bald darauf einfach nur gemütlich durch die Räume zu streifen, trinkt hier und da zwischendurch einen Schluck und muss zugeben, dass es gar nicht mehr so heftig brennt, nein, es wärmt fast schon von innen und die Unruhe lässt nach, die sie hier hin getrieben hat.

Erst als sie dieser eine Blick trifft, bleibt Loona stehen, erwidert ihn fast schon etwas schüchtern. Unter der Kapuze dreht sich der Kopf leicht nach allen Seten, ob er auch damit gemeint ist. Loona meint den Besucher von gestern zu erkennen und nur zaghaft lächelt sie, geht auf ihn zu, bleibt aber doch mit etwas Abstand vor ihm stehen: „Hallo."

„Hallo, kennen wir uns?" fragend sieht er sie an.

„Ich glaube, wir sind uns gestern schon hier an der Haustür begegnet", und damit zeigt sie in die entsprechende Richtung.

Angenehm klingt seine Stimme, als er antwortet, dabei aber immer noch nicht sein Gesicht zeigt, wie die Meisten hier: „Oh ja, stimmt, das kann sein. Tut mir leid, ich hatte es etwas eilig." Er hat sie übrigens sofort entdeckt, als sie den Raum betritt und sein Herz zeigt einen deutlich schnelleren Rhythmus! Wieso ist er nur so nervös? Aber sie ist es tatsächlich, natürlich, nur gibt er nicht gerne zu, was sie da bei ihm auslöst. Gestern sah sie ihm nach, mit ihren so schönen intensiven Augen. Aber von sich aus hätte er sie nicht angesprochen, deswegen dankt er gerade wohl auch wer weiß wem, als sie auf ihn zugekommen ist und ihrerseits das Gespräch sucht, wenn auch selbst wohl sehr nervös. Und er muss nun einfach nur seinen Mut zusammen nehmen, ein Lächeln schaffen und antworten, was ja auch funktioniert, das Eis ist gebrochen!

Ungefähr eine halbe Stunde danach bittet Lupus mit einer ruhigen Geste um Gehör. „Bitte kommt, es ist soweit." Mit ruhigen Schritten, führt er alle in den großen Kerzensaal. Überhaupt strahlt Lupus eine Aura aus, die etwas Besonderes an sich hat.

Die Versammelten betreten schweigend den Saal, auch wenn einigen die Aufregung direkt anzusehen ist, die Erwartung, Freude, aber worauf freuen sie sich so? Hinter dem letzten der Besucher schließt sich die Türe, und Lupus stellt sich vorne an den schon automatisch gebildeten mehrreihigen Halbkreis.

„Ich danke euch dass ihr hier seid", nickt er langsam, „Für einige von euch ist heute ein besonderer Tag, den Andere schon viele Male erlebt haben und dennoch sehe ich die Freude in ihren Gesichtern." Ja, er kann die verschiedenen Gefühle deutlich spüren, die hier im Raum anwesend sind. „Heute ist die Vollmondnacht, und die Nacht des Erwachens. Beides wollen wir zusammen zelebrieren."

Sein Blick wandert zu Loona und Lobo, ruhig und lang und sie können wieder dieses seichte Kribbeln in sich spüren. „Kommt bitte zu mir", dabei hebt er langsam seine Hände, um sie zu empfangen.

Nur zögerlich macht Lobo einen Schritt voraus, sieht dann zu Loona, die ihm langsam folgt und so treffen sie sich vorne, während um sie herum feierliches Schweigen herrscht.

Genauso feierlich nimmt Lupus je ihre linke Hand, legt sie aufeinander, was die Beiden doch recht unsicher schauen lässt, sieht es aus wie bei einer Trauung, dabei kennen sie sich kaum, wissen nicht was hier passiert.

„Ganz ruhig, es geschieht euch nichts böses." raunt er ihnen zu, kann er ihre Gedanken lesen?

Vom Fenster wird einer der großen Vorhänge beiseite geschoben und sofort durchflutet das helle Mondlicht den Raum!

Lupus legt seine eigene Hand auf ihre und spricht zu den Beiden und auch so laut dass es in der Runde gehört werden kann: „Willkommen! Willkommen im Kreis der Wölfe. Denn heute ist der Tag eures Erwachens! Heute werde ihr eure Vorbestimmung erkennen können. Lange habt ihr darauf warten müssen, viele Stunden der Ungewissheit ertragen. Doch mit der heutigen Nacht ist das Vergangenheit." Er schließt die Augen und beide spüren förmlich, wie eine Welle durch ihren Körper flutet, pure Energie!

Loona kann nicht anders, als die Augen zu schließen und sich diesem überwältigenden Gefühl hinzugeben! Dass es ihr Lobo gleich tut merkt sie nicht mehr, viel zu schön ist dieser Moment, auch wenn sie nicht weiß was sich nun für die Zukunft ändern würde.

Langsam schlägt Loona die Augen wieder auf, ist noch nicht wieder richtig in der Welt, das ist zu erkennen. Sie fühlt sich komisch, ihre Haut kribbelt und als sie den Kopf dreht, bemerkt die junge Frau dass sie auf dem Sofa liegt, in dem anderen Raum, oder ist es nur der leere Kerzensaal, oder sind beide Räume identisch, nur dass sie durch einen anderen Eingang hier hinein gekommen sind? Viel zu viele Gedanken, die gerade in ihrem Kopf auftauchen und sie langsam hoch kommen lassen. Wobei das anscheinend noch keine gute Idee ist, denn der Raum fängt gefährlich an zu schwanken! Ihr Herz klopft um einiges schneller und kalter Schweiß benetzt ihre Stirn! Keine Chance, aufstehen könnte sie so nicht, ohne Gefahr zu laufen zu fallen, also wird der Kopf an die Lehne gelegt, die Augen geschlossen und versucht ruhiger zu atmen. Was ist überhaupt passiert? Antworten würde ihr wohl nur einer geben können.

„Lupus", nur leise und rau ruft sie ihn, bezweifelt allerdings dass er sie überhaupt hören würde und doch öffnet sich bald darauf die Tür und der charismatische Mann tritt herein!

„Es ist alles in Ordnung, Loona", seine ruhigen Worte fangen sie förmlich ein, während er sich zu ihr setzt, sie anschaut, die Schwäche in ihr spürt, auch wenn ihr Blick zeigt, dass der Schwindel nachgelassen hat.

Genau dieser Blick wandert nun zu ihm: „Was ist mit mir passiert? Wieso liege ich hier? Wo sind die Anderen?"

Beruhigend legt er seine Hand auf ihre Schulter: „Sie sind gegangen, die Festlichkeit ist zu Ende. Und du hast dich weiter entwickelt, die nächste Stufe erreicht." Und in seinen Augen funkelt tatsächlich so etwas wie Stolz!

Nur leicht schüttelt sie den Kopf, nur nicht zu heftig, damit es sich nicht wieder dreht: „Gegangen, es ist zu Ende? Aber, habe ich das alles verschlafen? Wie meinst du das weiterentwickelt und welche nächste Stufe, von was?" Ja, sie scheint ziemlich ungeduldig zu sein, weil sie es nicht einsortieren kann was hier passiert ist.

Lupus kennt das Spiel ja schon, immerhin ist sie nicht die Erste die hier auf diesem Sofa erwacht. „Das ist nicht schlimm, das passiert fast jedem bei ihrem ersten Bad. Du gehörst jetzt offiziell zu uns und kannst dich auf deine Bestimmung vorbereiten", sachte streicht er ihr die Locken etwas aus dem Gesicht, die aus der Kapuze gerutscht sind.

„Bad, ich verstehe ehrlich gesagt nur Bahnhof. Welche Bestimmung?" Loona zieht die Stirn kraus, das ist ihr gerade alles etwas zu hoch.

„Ist nachvollziehbar, aber ich verspreche dir, wir werden zusammen alles entwirren und du wirst es verstehen. Vorrangig geht es jetzt erst einmal um das Zusammenleben mit deinem zweiten Ich", seine Fingerspitze streift kurz über die Dackelfalten an Loonas Stirn, ein Glück dass sie noch keine ewigen Spuren hinterlassen.

Es wird immer verwirrender für die junge Frau, das sieht man auch an ihrem fragenden Blick, auch wenn seine Berührung sie ihre Stirn wieder entspannen lässt: „Mein zweites Ich? Noch etwas was ich nicht verstehe, aber ich hoffe dass es noch kommt."

„Ich erkläre es später, wenn Lobo auch dabei ist", und damit steht er auf, und möchte zur Tür gehen.

Loona versucht selbst auf die Beine zu kommen, aber sie möchten sie eindeutig noch nicht tragen, sind butterweich, glücklicherweise dreht sich der Raum aber nicht erneut, nur sie plumpst auf das Sofa zurück: „Huch! Äh, wo ist Lobo überhaupt?"

Vom Aussehen her scheint er kaum älter zu sein wie sie, aber seine ganze Gestik, seine Bewegungen sprechen eine so weise und erhabene Sprache, nicht zu verwechseln mit Eingebildet sein, das ist damit nicht gemeint. „Er ist nebenan." Und damit weist er mit ruhiger Bewegung auf den Raum neben ihnen. Ist es ein bittender Blick, den sie ihm zuwirft? „Darf ich zu ihm?" Loona hat keine Ahnung was sie zu Lobo so hinzieht, er übt eine fast schon magische Anziehung auf sie aus.

Lupus kommt zu ihr zurück, hilft ihr hoch und stützt sie ab: „Natürlich." Und zusammen verlassen sie den Kerzensaal, gehen in die kleine Bibliothek.

Der Raum ist gemütlich und klein, aber vielleicht kommt dieser Anschein auch nur daher, dass er bis zur Decke mit dunklen Bücherregalen und entsprechend viel Lesefutter ausgestattet ist. Mitten drin befindet sich eine Couch und auch ein kleiner Tisch, der aber gerade beiseite geschoben ist, damit er Lobo nicht behindert. Dieser liegt mit geschlossenen Augen dort auf dem Rücken auf den Polstern. Von weit her scheinen die Schritte an seine Ohren zu dringen und es hört sich an wie durch Watte. Der Versuch die Augen zu öffnen scheitert beim ersten Mal, scheinen sie bleischwer zu sein. Beim zweiten Mal flattern die Augenlider wenigstens schon etwas und endlich heben sie sich, geben den Blick in den Raum frei, auch wenn er noch etwas verschleiert zu sein scheint. Was war passiert und wo bitte ist er hier? Als er sich genauer umsieht, kann er entdecken wie Lupus und Loona gerade durch die Tür kommen und damit direkt auf ihn zu.

Die junge Frau kniet sich langsam vor die Couch: „Hey, wie geht es dir?" Nur langsam setzt er sich auf, verflüchtigt sich das Wattegefühl in seinem Kopf, auf dem er sich die Kapuze noch zu Recht zieht: „Ich fühl mich etwas... eigenartig."

„Kommt bitte hier an den Tisch, es ist Zeit eure Fragen zu beantworten", bittet Lupus sie und hat schon auf dem einen Stuhl Platz genommen, der an einer Längsseite steht.

Der Schreibtisch fällt Loona jetzt erst richtig auf, zu sehr war ihr Blick eben noch auf den jungen Mann dort auf dem Sofa fixiert. Als sie aufsteht, spürt sie beinahe jeden Muskel ihres Körpers.

Auch Lobo erhebt sich langsam, bleibt leicht schwankend stehen, als das Bücherregal beginnt sich zu drehen. Sachte wischt er mit einer Hand über seine Augen und es lässt langsam nach, so dass er Loona folgt, als diese einfach seine Hand ergreift, er die Wärme spürt und auch wie die Schwäche sich immer mehr zurück zieht.

Sie setzen sich an die Längsseite gegenüber von Lupus und schauen ihn beinahe schon erwartungsvoll an.

Dieser beginnt mit ruhiger Stimme zu reden: „Es wird sich nach und nach einiges bei euch verändern, was euch vielleicht anfangs irritiert, oder was ihr erst gar nicht eiordnen könnt."

„Aber wieso das? Ich meine, was ist denn nun mit uns passiert? Ich merke keine Veränderung, außer dass ich mich irgendwie müde fühle", doch etwas forschend schaut sie ihn an.

„Das kommt noch, glaube es mir. Ihr gehört zu einer Gruppe Auserwählter, wo die Natur ihr kleines Spiel gespielt hat. Es wird nicht zu eurem Nachteil sein, wenn ihr den richtigen Weg wählt. Ihr werdet auch lernen damit umzugehen." erklärt er weiter, setzt sich dabei etwas zurück.

Lobo steht ruckartig auf, stützt die Hände auf den Tisch ab und sieht Lupus herausfordernd an: „Eine Laune der Natur? Den richtigen Weg? Ich möchte jetzt endlich wissen was los ist, was da auf uns zukommt, womit wir umgehen müssen!"

Hat er eine abwehrende Reaktion erwartet? Dann dürfte er enttäuscht werden, denn Lupus sieht ihn einfach nur weiterhin aus sanften Augen an: „Ruhig Blut, hebe dir deine Energie für später auf, da wirst du sie brauchen, ich bin nicht dein Feind. Ihr werdet geistig und körperlich wachsen. Und es wird Möglichkeiten geben, dass eure normale Umwelt es nicht mitbekommt, ihr weiter dort leben könnt."

„Und warum ausgerechnet wir?" hakt Loona nach, denn das versteht sie immer noch nicht. Eine Laune der Natur...?

„Ihr wurdet mit den Voraussetzungen dafür geboren. Von Generation zu Generation schlummert es in der DNA, wird dort ungesehen weiter gegeben. Nur weiß leider nicht jeder danach damit umzugehen", beginnt Lupus die Erklärung und Lobo kann die Ruhe dabei spüren, setzt sich wieder auf seinen Platz, auch wenn die Gedanken immer noch Kreise in seinem Kopf drehen. „Ihr werdet euch gegenseitig erkennen können, jetzt nach dem Erwachen, euch ergänzen, helfen und unterstützen."

Der tiefe Blick des Mentors richtet sich in Loonas Augen: „Ihr müsst vertrauen und die Entwicklungen wahrnehmen und auch annehmen. Dadurch lernt ihr damit umzugehen und sie gezielt zu nutzen. Dieses Haus hier ist immer offen für euch, hier findet ihr Erholung und Rat, wenn ihr Probleme haben solltet."

Erkennen

Warme Sonnenstrahlen streicheln ihre Haut, als Sheilah erwacht. Ihr noch etwas verschlafener Blick wandert auf die Uhr, kurz vor sechs morgens! Wieso wird sie denn jetzt schon wach und das an einem Wochenende? Der Versuch sich stur auf die Seite zu drehen und erneut einzuschlummern scheitert. Es hilft nichts, sie ist mittlerweile hellwach. Und nun? Okay, raus aus den Federn, rein ins Sportzeug, nachdem sie kurz im Bad eingekehrt ist und ab in die Küche, Kaffee machen. Der Duft steigt ihr deutlich intensiver in die Nase und weckt ihre Sinne! Schnell ist eine große Tasse gefüllt, hält sie diese in beiden Händen und trinkt einen großen Schluck, nachdem er etwas abgekühlt ist. Wärme durchflutet ihren Körper und sie genießt es einen Augenblick einfach nur, tut es so gut! Vor ihr auf dem Tisch liegen in einem Korb einige Äpfel, wovon sie nun ein besonders lecker aussehendes Exemplar ergreift und daran riecht. Frisch und süß und saftig steigt es ihr in die Nase und während sie ihn isst, bestätigt er genau diese Einschätzung.

Als sie fertig ist und auch der Kaffeebecher leer vor ihr steht, nimmt sie ihre Gürteltasche, befüllt sie mit Ausweis und Handy, bindet sie um die schlanke Taille und verlässt anschließend die Wohnung. Im Park erwartet sie fast schon friedliche Ruhe, wenn sie von den üblichen Naturgeräuschen absieht, die sich aus Vögeln, Rascheln, Klopfen zusammen mischen. Dazu ihre gleichmäßigen Schritte, während sie zuerst den See und dann auf dem Hauptweg den Park einmal umrundet. Gleichmäßiger Atem, energetisches Muskelspiel ihres Körpers und nachdem sie erneut am Haupteingang ankommt, schaut sie auf ihre Uhr, verwundert ein zweites Mal, schon neun? Das heißt, sie hat hier schon zweieinhalb Stunden ihre Runden gedreht? Wow, eindeutig, das ist bitter nötig gewesen. Mit leichtem und ausgeglichenem Gemüt macht sie sich langsam wieder auf den Heimweg.

Woanders schreckt jemand förmlich aus dem Schlaf hoch, mit rasendem Herzen und nass geschwitzt. Was war das denn für ein Traum? Vielleicht ist er überarbeitet, braucht Urlaub? Dumpf dröhnt sein Kopf und jedes Geräusch erscheint ihm zu viel zu sein. Oh man, wenn er es nicht besser wüsste, könnte Josh meinen er hätte gestern zu tief ins Glas geschaut, aber er hat nicht einen Tropfen Alkohol getrunken. Langsam nur kommt er aus dem Bett, geht ins Bad und duscht, die langen Haare werden sorgfältig getrocknet. An seinen Kopfschmerzen ändert das Wasser zwar nichts, aber wenigstens ist er nun halbwegs wach. Shirt und Jeans werden drüber gezogen, die samtschwarzen Haarlängen gekämmt und dann die Tür zum Balkon geöffnet, frische Luft!
Ihm steigt der Duft von frisch gemähtem Gras in die Nase, an einem Sonntag? Irgendwo wird schon gekocht, da ist jemand aber früh dran, oder er heute so spät? Langsam geht er auf den Balkon, legt sich gemütlich in die aufgespannte Hängematte, Frühstücken könnte er auch gleich noch. Sein rechter Unterarm schiebt sich unter den Hinterkopf, die Haare fächern leicht auseinander. Und der Blick verliert sich um unendlichen und heute wolkenlosen Blau, fast schon unheimlich intensiv blau.
Sein Herzschlag verlangsamt sich immer mehr, sein Atem beruhigt sich und die Spannung verlässt seinen gut gebauten Körper, so dass bald die Augen wieder zufallen. Kerzen, Stimmen, helles diffuses Licht! Joshua zuckt merklich zu-

sammen, schreckt zum zweiten Mal an diesem Morgen hoch und sieht sich um. Ja, er liegt immer noch in seiner Hängematte und nein er weiß nicht was für Bilder das waren, die er da gerade gesehen hat. Zwar kommen sie ihm irgendwie bekannt vor, aber er könnte nicht sagen woher. Tief atmet er durch, schließt die Augen erneut und entspannt sich. Langsam taucht das Gesicht einer jungen Frau vor seinem inneren Auge auf und lässt ihn sanft lächeln.

Glühend rote Sonnenstrahlen spielen auf ihrer Haut Fangen, während Loona die typische Kleidung anlegt, für die sie sich sogar schon ein extra Schrankfach vorbereitet hat. Energie scheint ihren Körper zu durchfluten, Vorfreude auf die Anderen, so dass sie sich bald zielstrebig durch die Straßen bewegt und feststellt dass noch erstaunlich viele Menschen unterwegs sind. Die Kapuze wird tiefer ins Gesicht gezogen und der Weg fortgesetzt, ohne auf die Anderen zu achten, um dann nach einer Viertelstunde an dem Haus anzukommen, wo Lupus ihr schon lächelnd die Tür öffnet: „Willkommen." So betritt sie den bekannten Flur, folgt ihm in die Bibliothek, wo beide Platz nehmen und er ihr in die Augen schaut: „Wie geht es dir?"
Die junge Frau erwidert den Blick scheu, ihre Stimme klingt leise: „Wie lange muss ich mich noch verstecken? Wann darf ich endlich frei sein?"
Leicht nur legt sich seine Hand auf ihren Unterarm: „Es ist deine Entscheidung den Zeitpunkt zu wählen, niemand macht dir da Vorschriften."
Ihr Blick wandert auf den Tisch: „Ich habe Angst vor der Wahrheit und doch möchte ich endlich ich selbst sein, ohne dieses ewige Versteckspiel."
Seine Hände umschließen ihre, ebenso nur ganz behutsam, und Wärme schmiegt sich auf ihre Haut, wie macht er das nur? „Hör auf dein Herz und wähle den glücklichen Weg", damit wandert eine Handfläche an ihre Wange, die Kapuze rutscht etwas nach hinten und Loona zuckt kurz leicht zusammen, ist hin und her gerissen, ehe sie tief durchatmet und den Stoff komplett zurück schiebt, hellbraune Locken zum Vorschein kommen...

Nicht weit entfernt in einem anderen Raum sitzt Lobo, der sehr zeitig zurück gekehrt ist. Immer mehr ist ihm bewusst geworden, dass er sein wahres Ich nicht mehr lange zurück drängen möchte, weil es ihm einfach zu viel Energie kostet. Er kann nicht ahnen, dass eine andere Person genau die selbe Entscheidung getroffen hat. Gerade sitzt er im Lotus-Sitz auf dem Boden, die Hände locker im Schoß liegen, geschlossene Augen und den Kopf leicht gesenkt. Er kann spüren, wie sich sein Herzschlag immer mehr beruhigt und die Anspannung seinen Körper verlässt. Gut eine halbe Stunde verharrt er in dieser Position, völlig abgekapselt von der Welt, in sich versunken. Dann erst ist er bereit seine Ruhe-Oase wieder zu verlassen. Als er aufsteht und auf die Bibliothek zugeht, hört er daraus Stimmen. Normal geht es ihn nichts an, deswegen dreht sich der junge Mann auch um und möchte gehen, als sich die Tür öffnet und er zusammen zuckt, den Kopf etwas senkt, denn es hat schon den Anschein, als hätte er gelauscht.

Doch Lupus bittet ihn einfach nur hinein: „Komm doch zu uns, oder möchtest du wirklich schon gehen? Und schau bitte nicht zu Boden, Lobo. Das musst du nicht."

Etwas zögerlich sieht Lobo ihm in die Augen, kann darin die freundschaftliche Wärme erkenne. Als er an Lupus vorbei in die Bibliothek geht, kann er Loona dort an dem Tisch entdecken und beide wechseln einen schüchternen Blick, während er sich zu ihr setzt.

Begegnungen

Ruckartig erwacht Sheilah und schaut sich um, sie liegt auf der Couch in ihrem Wohnzimmer, die Sonne scheint hell ins Zimmer und vor ihren Augen sieht sie immer noch das Gesicht eines jungen Mannes, ohne zu wissen woher sie ihn kennt, wo sie ihn gesehen hat, denn er kommt ihr so bekannt vor!

So steht sie erst einmal auf, schaut an sich hinunter, immer noch trägt sie die schwarze Hose und das weiße Shirt, was allerdings gerade alles etwas zerknittert aussieht. Ein Blick auf die Uhr zeigt zehn Uhr morgens, hat sie die ganze Nacht auf der Couch verbracht? Das ist ihr schon lange nicht mehr passiert, wobei es heute nicht schlimm ist, denn wir haben Wochenende.

Deswegen weckt sie ihre Lebensgeister erst einmal mit einem guten Frühstück, nimmt sich dann ein Buch und verlässt die Wohnung. Inzwischen hat sie die Besuche im Park lieb gewonnen und auch jetzt findet sie einen Baum, an den sie sich lehnt, das leichte Kribbeln in ihrem Rücken spürt, als ob der Stamm ihr etwas von der Naturenergie geben würde, ein eigenartiges Gefühl. Ein Blick umher zeigt, dass sonst keine Menschenseele weit und breit entdeckt werden kann und so öffnet sie das Buch und beginnt zu lesen.

Die Haare zu einem Zopf gebunden, damit sie nicht störe und trotzdem gibt es da die eine oder andere Haarsträhne, die sich Joshua gerade aus dem Gesicht streicht, ehe er Peters Angriffsschlag Richtung Kopf mit einer geschmeidigen Armbewegung abfängt und einen Stoß gegen dessen Oberkörper landet.

Peter stöhnt auf und zieht sich etwas zusammen, um die Wucht zu mildern. Josh merkt, wie ihm ein Schauer über den Körper jagt, seine Pupillen sich weiten und das Adrenalin durch die Blutbahn schießt! Mit einer schnellen Hebeldrehung bringt er Peter zu Fall und fixiert ihn am Boden!

Dieser stöhnt auf, klopft ab: „Okay, Punkt für dich. Meine Güte, hast du heute eine Energie, so kenne ich dich ja gar nicht."

Josh lockert den Griff, hilft seinem Freund und langjährigen Trainingspartner wieder auf die Beine: „Alles klar?"

Dieser nickt nur: „Ja, ist schon okay. Du bist heute echt gut drauf und dein Stil hat sich verändert."

Nun schenkt der Zopfträger ihm doch einen fragenden Blick: „Wie meinst du das?"

„Naja, du bist eindeutig härter geworden. Also dir möchte ich nicht mehr nachts auf dunkler Allee begegnen."

Fast schon entschuldigend sieht er Peter an: „Das ist mir noch gar nicht aufgefallen, sorry."

„Hey, ist schon in Ordnung, das kann nur von Vorteil sein, wenn du mich fragst. Aber lass mir meine Knochen noch ganz", grinst dieser ihn an.

„Das geht in Ordnung, denke ich", Josh umarmt ihn kurz, ehe beide Peters Trainingsraum im Keller verlassen und sich ein erfrischendes Getränk gönnen, nachdem sie geduscht haben.

Warmer Sand, rot glühend geht die Sonne unter und der Wind streift Loona durch ihren Pony, während sie am Strand entlang geht. Ihr Blick streift über das spiegelglatte Wasser und auf ihren Lippen kann sie das Salz schmecken. Leicht kribbelt es auf ihrer Haut, fühlt sich gut an, wenn sie ehrlich ist und unbemerkt weiten sich ihre Pupillen. Die Umgebung erscheint heller, oder täuscht der Sonnenuntergang sie so? Ihre Muskulatur zuckt leicht und sie beginnt langsam zu joggen, immer mehr zieht sie die Geschwindigkeit an, merkt sie sich ihr Körper mit Energie aufpumpt, die Muskeln sie immer wieder erneuern. Es ist ungewohnt für sie, da die eigenen Grenzen zu erforschen, erst Recht weil sie ihre persönliche Grenze gerade überhaupt nicht kennt. Loona weiß nur, dass sie in manchen Situationen ganz anders reagiert, als sie es von früher her kennt. Es ist höchste Zeit die Barriere zu überschreiten und in die Offensive zu gehen. Und während sie in die Stadt zurück kehrt, wirbeln die Gedanken viel zu unruhig in ihrem Kopf herum, taucht immer wieder Lobos Gesicht vor ihr auf, der es ihr irgendwie angetan hat, auch wenn sie das niemals offen zugeben würde. Und doch fühlt sie sich insgeheim unheimlich von ihm angezogen. Das Problem liegt in der Natur der Dinge, dass sie nicht weiß, ober er diese Art der Gefühle auch erwidern würde.

Als sie bei ihm an der Couch gesessen hat, da ist es ihr zum ersten Mal aufgefallen. Es war kein Mitleid, eher ein Verstehen.

Okay, neue Situation, unbekanntes Ausmaß, ja, Lobo spürt die Unruhe, aber was soll er machen? Dazu noch Loona, in deren Nähe er sich so wohl fühlt, auch wenn er bis jetzt nur ihr Gesicht gesehen hat.

Gestern in der Bibliothek folgte noch ein langes Gespräch mit ihr über alles mögliche. Vermutlich einfach hervor gebracht durch die ähnlichen Umstände, die sie dort hin geführt haben. Und Lobo beschließt sie bei Gelegenheit einfach darauf anzusprechen, denn es einfach so dahin treiben zu lassen wäre auch nicht richtig. Und auch jetzt taucht ihr Gesicht vor ihm auf, lässt es ihn sanft lächeln. Was sie gerade wohl macht, wo sie ist?

Beinahe schon drängt es ihn direkt zu Lupus, so braucht er wohl eine Viertelstunde bis er das mittlerweile bekannte Haus erreicht. Die Tür ist nicht verschlossen.

„Lupus?" Nur zögerlich betritt er den Flur, schaut sich um, doch alles ist still. Im Kerzensaal findet er eine Person im Lotus-Sitz im Schein der brennenden Kerzen und er wartet ab.

Nur langsam hebt sie den Kopf, schaut über die Schulter zu ihm und er kann Loona erkennen: „Komm ruhig näher, Lobo."

Er schließt zu ihr auf, kniet sich auf den Platz vor ihr, den sie ihm mit einer Handbewegung angeboten hat und raunt leise: „Ich möchte dich nicht stören." Sanft nehmen ihre Hände seine, schließen sich die beiden Augenpaare, während sie antwortet: „Das machst du nicht."

Irgendwie fängt die Woche viel zu überraschend für Sheilah an, ist sie noch im Wochenend-Stimmung gefangen. Und als sie dann auch noch auf dem Weg zur Arbeit diesen Mann sieht, der ihr so seltsam bekannt vorkommt, da ist es um sie geschehen. Denn tatsächlich geht er in das gleiche Gebäude wo sie auch arbeitet, nun, ein großer Bürokomplex, da kann man sich drin verlaufen und verlieren. Trotz allem merkt sie sofort wie ihr Herz schneller schlägt, sie aufpassen muss ihrem Vordermann nicht hinten hinein zu fahren und so in Gedanken versunken ist, dass sie beinahe die Einfahrt zum Parkhaus verpasst! Schnell in letzter Sekunde noch zum Leidwesen des Hintermannes eingebogen, vor der Schranke abgebremst und natürlich die Karte in den Fußraum fallen gelassen, was auch sonst?! Leise fluchend und das Kribbeln im Nacken spürend fischt sie das Plastikteil wieder hervor, hält es schnell an das Lesegerät und schon öffnet sich die Schranke.

So schnell hat sie ihren Wagen wohl noch nie geparkt, geschweige die Handtasche geschnappt und abgesperrt, während sie dann auch zum Aufzug saust! Verflixt, hier sieht sie ihn nicht, er ist sicherlich schon auf und davon. Die Ruftaste wird gedrückt und eigentlich dauert es nicht lange bis sich die Türen öffnen und sie hinein gehen kann. Viel zu lange kommt es ihr dennoch vor, bis der Aufzug in ihrem Bürostockwerk hält und sie den Flur betritt.

Himmel, Herrgott nochmal! Das ist nicht zu fassen! Ihr stockt der Atem, als sie ihn dort am Empfang stehen sieht! Ihr Blick wandert über die schwarzen langen Haare, die am Hinterkopf in einem dunkeln Band münden und dann den Rücken hinunter fallen! WOW!

Für Joshua war die Nacht schon vor seinem Wecker vorbei, was ihn entsprechend zeitig zur Arbeit kommen lässt. Auch wenn er zuhause genug gefrühstückt hat, so meldet sich doch auf der Arbeit ein gewisser Appetit und deswegen meldet er sich schnell noch einmal am Empfang ab, verschwindet in den Aufzug ins Erdgeschoss, um beim Bäcker an der Ecke der Hauptstraße noch eben ein Stück Erdbeerkuchen und einen Croissant zu holen, womit er bald darauf auch schon wieder oben ankommt. Wobei er schon seit dem Haupteingang eine gewisse Unruhe spürt, die er nicht einordnen kann. Der Aufzug bringt ihn zügig in die zwanzigste Etage, wo er sich wieder zurück meldet, die Klebezettel der netten Mitarbeiterin am Empfang entgegen nimmt und dann eigentlich in Richtung Büro verschwindet, als sein Blick auf den Aufzug geheftet bleibt und der Person, die dort gerade heraus kommt! Im ersten Moment kann er es nicht glauben, vor ihm steht die junge Frau vom Marktplatz! Und als er jetzt auf sie zugeht, spürt er in sich wieder die leichte Unruhe, auch wenn er versucht es sich nicht anmerken zu lassen, während er sie anspricht: „Hallo, kann ich ihnen weiter helfen?"

Sie erwidert seinen Blick freundlich und fast ein wenig schüchtern: „Hallo, kennen wir uns? Das hört sich jetzt doof an, aber sie kommen mir unheimlich bekannt vor."

Josh lacht leise: „Ja, stimmt, aber das wollte ich sie auch gerade fragen, wobei ich weiß, dass wir uns schon am Markt gesehen haben, an dem Brunnen."

„Ah, genau, das stimmt! Arbeiten sie hier?" Ja, sie erkennt ihn sofort wieder, nachdem er den Markt erwähnt hat und lächelt still.

„So ist es, und wie sieht es bei ihnen aus?" Meine Güte, sie führen hier ja eine sehr schlaue Konversation, wie zwei Backfische auf Partnersuche, so könnte es beschrieben werden. Backfisch, ein altes Wort, aber es passt momentan wunderbar.

Wohl eher unbewusst fahren Sheilahs Fingerspitzen durch ihre Haare, während sie antwortet: „Ich habe mein kleines Büro hier im B-Flügel."

Nun erinnern wir uns bitte an Herrn Knigge und der Tatsache dass es da noch etwas zu machen gibt, also streckt Josh ihr seine Hand hin: „Ich heiße übrigens Joshua." Wobei er kurz zusammen zuckt, als ihre Hände sich berühren und er ein Bild vor Augen hat. Einen Saal mit Kerzen und zwei Personen in dunkler Kleidung.

Auch die junge Frau schließt für zwei Sekunden die Augen, ist etwas irritiert, ob sie das jetzt tatsächlich gesehen hat, oder es einfach nur an ihrer Nervosität liegt, deswegen versucht sie sich nichts anmerken zu lassen, antwortet erstaunlich ruhig: „Ich heiße Sheilah. Ich sollte aber jetzt langsam los, ehe mein Schreibtisch noch eine Vermisstenmeldung heraus schickt." Dabei Lächelt sie entschuldigend, denn sie möchte nicht dass nachher jemand sagt sie würde hier fürs Quatschen bezahlt werden.

„Oh natürlich, hm, vielleicht könnten wir nachher zu Mittag gemeinsam essen? Wie wäre es um eins hier vorne?" schlägt Joshua heldenmutig vor, in der Hoffnung dass sie ja sagt, und es nicht zu aufdringlich findet.

Von der jungen Frau kommt ein sanftes Lächeln und Nicken: „Gerne, bis später." Und dann dreht sie sich doch ziemlich zügig um, damit er nicht sieht wie ihr die Hitze ins Gesicht schießt!

Verschmelzen

Am Schreibtisch angekommen bemerkt Sheilah erst, wie ihr Herz heftig schlägt! Was war das denn bitte? Was ist da gerade passiert? Oh ja in letzter Zeit kommen ihr schon einige Dinge recht komisch vor. So wie eben, als dieses Bild vor ihren Augen auftauchte. Vielleicht ist sie doch ein wenig überarbeitet? Bei dem Pensum was sie momentan schafft, wäre es kein Wunder, wobei sie sich nicht so fühlt, es geht ihr doch leicht von der Hand weg.
Noch ziemlich in Gedanken setzt sie sich an ihren Platz, startet den Rechner und schaut auf den flimmernden Bildschirm, als es ihr wie Schuppen von den Augen fällt! Das Gesicht, als sie das eine Mal zuhause wach wurde, das war Joshuas! Nur seine Haare konnte sie nicht erkennen, aber ansonsten ist sie sich gerade vollkommen sicher! Anscheinend hat die Begegnung am Brunnen mehr Eindruck hinterlassen als sie denkt. Und in den folgenden Stunden muss sie sich eindeutig zusammen nehmen, um beim Schreiben nicht so oft an ihn zu denken. Was ist nur los mit ihr?

Die dunklen Augen des Mannes haben ihr noch eine Weile hinterher geblickt, bis Sheilah um die Ecke verschwunden ist, wobei er sich da über sich selbst schon wundert, meine Güte, was für eine Frau! Nachdenklich geht er in sein Büro und sieht sich dabei schon die Notizen auf den Klebezetteln an, die er am Empfang bekommen hat. Einige Nummern kann er sofort anrufen und die Einzelheiten schon besprechen, die nebenher auf einem Block notiert werden, und er so Zettel für Zettel zusammen knüllt und im Papierkorb versenkt. Nach dem letzten Klebezettel legt er auch den Hörer wieder auf und seine Gedanken schweifen merklich ab, er freut sich auf die Mittagspause wie ein kleiner Junge auf ein großes Eis. Lautlos ermahnt er sich dennoch zu etwas mehr Disziplin, liest danach endlich die angekommenen Emails und beantwortet auch einige, wo es spontan geht, ohne groß noch Informationen einholen zu müssen, die müssen auf später warten.
Komischerweise schleicht sich die Begegnung am Morgen immer wieder in seinen Kopf hinein und ohne darüber nachzudenken ruft er die Mitarbeiterdatei auf, hat wenig später den Namen Sheilah eingegeben, mehr weiß er ja nicht von ihr, und glücklicherweise gibt es nur eine Mitarbeiterin, die so heißt! Schnell werden der komplette Name, die Rufnummer und auch ihre Emailadresse notiert, dazu noch die Raumnummer. Mit dem Zettel in der Hand dreht er sich in seinem Stuhl zum Fenster um und sieht hinaus. Unten kann er die unzähligen Wagen schlangenweise durch die Straßen wimmeln sehen, Rushhour, eindeutig.

Leise summend bleibt das Band im Diktiergerät stehen und Sheilah schaut kurz hinüber, fertig! So liest sie sich den letzten Brief noch einmal durch, kann aber keine Fehler entdecken und speichert ihn deswegen sorgsam ab, um es anschließend per Email an die verschiedenen Bereiche zur Weiterbearbeitung zu senden, wie sie es mit den anderen Dokumenten auch gemacht hat. Ein Blick auf die Uhr zeigt deutlich dass es nicht mehr lohnt etwas anzufangen, denn mittlerweile ist es zehn vor eins. Also nimmt sie den Kopfhörer ab, lehnt sich etwas zurück und schließt die Augen, ehe ein Geräusch ihre Aufmerksamkeit erlangt und sie etwas zusammen zuckt, als ihr Blick auf Joshua trifft, der in der Tür vor ihr steht! Verlegenheit macht sich in ihm breit: „Sorry, ich wollte sie nicht erschrecken.“

Mit einem Lächeln steht Sheilah auf: „Das haben sie nicht, ch habe schon gehört dass jemand da ist. Wollen wir los?“

Wie zu erwarten überlässt er ihr den Vortritt und folgt dann durch die Tür in den Flur, lenkt jedoch ein, als sie die Firmenkantine ansteuern möchte: „Wie wäre es, wenn wir woanders hingehen? Ich kenne da ein kleines chinesisches Restaurant.“

Insgeheim macht die junge Frau drei Kreuze für den Vorschlag, denn so können sie zumindest die Tratscherei unter Kollegen abwenden und sie nickt ihm zu: „Gerne.“ Und schon machen sie sich auf den Weg.

Dort angekommen öffnet Joshua ihr galant die Tür: „Hier war ich auch den Tag, als wir uns am Brunnen sahen.“ Drinnen werden sie von dem Besitzer freundlich begrüßt, der sie an einen Tisch bringt: „Bitte sehr.“

„Danke, oh, und ich bin hier sogar vorbei gekommen und habe sie nicht gesehen“, grinst sie schelmisch und zeigt ihm damit wohl zu genau, dass er den Tag schon ihr Interesse geweckt hatte, aber sie kann nicht ahnen, dass er da kurz auf dem stillen Örtchen war, was er ihr dann aber sagt und Sheilah doch amüsiert darüber lächeln muss, „Dann sollte es den Tag eindeutig ncihts werden aus unserem Treffen.“

Doch nun setzen sie sich zuerst einmal auf den Platz, bestellen etwas zu trinken, ehe die Blicke in die Karte vertieft werden, was für Josh gerade nicht einfach ist, denn die Gedanken sind ganz woanders, bei ihren faszinierenden Augen, ein Farbenspiel zwischen grün und blau, je nach Lichteinfall!

Anscheinen bemerkt Sheilah seine Blicke genau, denn sie schaut von der Karte auf und ihn fragend an, versucht es mit einer Frage zu überspielen: „Wissen sie schon was sie nehmen?“

„Äh, ja, ähem, ja, ich denke schon“, und damit legt er die Karte beiseite, berührt wirklich nur zufällig dabei ihre Hand, die ebenfalls die Karte weg legen möchte. Für den Bruchteil einer Sekunde taucht ein Bild vor seinen Augen auf, ein Kerzensaal und eine Person in einer auffälligen Wolfsjacke. Irritiert schaut er beiseite, zieht dabei die Augenbrauen kurz zusammen, doch so schnell wie es da war, verschwindet es auch wieder.

Die junge Frau vor ihm scheint es zu bemerken und nur leise aber doch etwas besorgt hakt sie nach: „Ist alles in Ordnung?“

Josh atmet kurz durch, um sich wieder zu sammeln und nickt dabei: „Ja, keine

Sorge."
Sie selbst hat dieses Bild ebenfalls bemerkt, nur minimal und sie fragt sich ebenso, woher sie den Mann dort kennt, denn auch Josh scheint recht irritiert zu sein. Wobei es schon eigenartig ist, denn sie sitzen hier heute zum ersten Mal und irgendwo ist doch schon eine gewisse Vertrautheit im Raum, als ob sie sich ewig kennen würden. Aber das käme ihr nicht über die Lippen! Denn sie hat ja keine Ahnung wie er sich in ihrer Anwesenheit fühlt, vielleicht ganz anders.

Auch seinen Blick gerade hat sie nicht ganz verstanden, nach der Berührung, als ob es nicht in Ordnung wäre, er sie nur beruhigen möchte. Und ihr fällt ein, dass heute früh am Empfang doch schon etwas ähnliches passiert ist. Ob es etwas mit ihm zu tun hat, und was für Bilder sind das dann?

Zuerst einmal wird die Spannung durch den Kellner unterbrochen, der die Getränke bringt und ihnen damit einen Moment der Ablenkung. Sie bestellen ihre Gerichte und und ja, da ist dieser schweigende Blick von ihm, mit einem leichten Lächeln, das seine Lippen umspielt, als er sie anschaut, und es selbst gar nicht merkt.

Sheilah spürt es dafür umso mehr, denn ihr Herz schlägt deutlich schneller. Meine Güte, wie kann ein Mann sie nur so durcheinander bringen? Doch noch ehe sie dazu etwas sagen könnte, werden sie erneut am Tisch besucht und der Kellner stellt einen Teller mit Krabbenchips in die Mitte. Gleichzeitig gehen die Hände vor, berühren sich ihre Finger darüber und beide stutzen! Ein Raum Kerzen! Die junge Frau zwinkert kurz, schaut zu Joshua hinüber, der gerade weit weg zu sein scheint. „Joshua, was sehen sie?" Nur leise spricht sie ihn an, muss dafür allerdings auch ihren ganzen Mut zusammen nehmen, denn was ist wenn er gerade gar nichts sieht? Aber das kann sie sich anhand seiner Reaktion nicht vorstellen.

Ziemlich ertappt zuckt dieser zusammen: "Wie... wie meinen sie das?" Oh ja, er war tatsächlich sehr weit weg!

Ihr sanfter Blick trifft ihn, während die junge Frau aufmunternd lächelt: "SIe waren gerade weit weg, irgendwo anders, was haben sie gesehen?" Sheilah nimmt sich einfach frech das Recht heraus so direkt nachzufragen.

Joshua selbst schüttelt nur leicht den Kopf: "Sie würden mich auslachen, wenn ich es ihnen erzähle. Ich glaube ich brauche ein paar freie Tage." Eindeutig, er scheint irgendwo überarbeitet zu sein, sonst würden seine Nerven doch nicht so herum spinnen. Wenigstens ist das seine eigene Annahme.

Doch dann folgen ihre Worte, mit ein wenig mehr Nachdruck in der Stimme: "Joshua, jedes Mal wenn wir uns berühren sehe ich etwas und an ihrer Reaktion ist deutlich zu erkennen, dass auch in ihnen etwas passiert. Und meiner Meinung nach hat das nichts mit ein paar harmlosen Gänsehautschüben zu tun, nur weil wir uns begegnen. Ich vermute, dass es ihnen da so geht wie mir."

Erstaunt reißt er seine Augen auf, bemüht sich aber noch leise zu sprechen: "Sie auch? Ich dachte nur mir geht es so und wenn ich es ihnen erzähle, dann halten sie mich für vollkommen verrückt."

Bingo, anscheinend hat sie da ins Schwarze getroffen und deswegen fängt sie es wohl von einer anderen Seite her an: "Machen wir es anders herum. Ich erzähle ihnen meine Bilder und sie mir dann ihre, das ist wohl ein Deal."

Es ist Josh anzusehen, dass er sich dabei immer noch nicht ganz sicher fühlt, auf den Tisch schaut, und doch beginnt er dann von sich aus: "Ich ... ich sehe einen Raum, von vielen Kerzen erleuchtet und eine Jacke mit Wolfsmotiven. Mehr nicht, sind sie damit zufrieden?" Und dann wandert sein Blick doch etwas verstimmt zur Seite, ist es zu sehen wie er den Kiefer etwas verspannt. Nein, so hat er sich ihr erstes Treffen hier gerade nicht vorgestellt.

Sein Unmut ist nicht zu übersehen und Sheilah möchte ihre Hand auf seine legen, vermeidet es aber in letzter Sekunde, um nicht eventuell noch neue Bilder hervor zu rufen: "Das ist doch nicht schlimm, ich verstehe sie. Und ich möchte nicht, dass sie sich da jetzt falsch verstanden sehen." Nur leise antwortet sie weiter: "Ich sehe einen Mann, mit dunklen Haaren, und einen großen Raum, mit schweren Vorhängen, erleuchtet von vielen Kerzen."

Seine Reaktion auf ihre Worte bleibt nicht aus, ein harter Blick und ein ebensolcher Ton in der Stimme: "Sie wollen mich auf den Arm nehmen!" Und damit möchte Joshua auch schon aufstehen, doch ihre Hand greift seine und sie schauen sich einen Moment einfach nur in die Augen, die sich leicht verschleiern.

Vor ihren inneren Augen taucht ein Bild auf: Zwei schwarz gekleidete Personen, die voreinander knien und sich bei den Händen halten...

Für Sheilah ist es ein reiner Reflex ihn zurückhalten zu wollen und dazu seine Hand zu ergreifen, denn sie möchte ihn nicht so aufgebracht einfach gehen lassen. Und so wartet sie einfach ab, als die Bilder auftauchen, doch mehr kommt nicht. "Zwei Personen die voreinander knien und sich bei den Händen halten", murmelt sie leise, damit nur er das hören würde und Joshua nicht nur sachte.

"Ich habe zwar keine Ahnung was hier passiert, aber irgendetwas hat das zu bedeuten, weil wir beide die gleichen Bilder sehen", und damit lässt sie Joshs Hand los, der sich wieder hin setzt.

Für den Moment werden sie abgelenkt, denn der Kellner kommt mit dem Essen und stellt jedem die entsprechend bestellte Mahlzeit auf den Tisch: "Guten Appetit." Er scheint wohl nicht zu bemerken was da gerade vorgefallen ist.

Joshua selbst ist diese ganze Situation fast schon ein wenig unheimlich, wie kann sie sehen was er sieht, und sein Herzschlag wird um einiges schneller.

Wie kann sie sich dessen nur so sicher sein? Sein Blick wandert in ihre Augen: „Okay, ich möchte etwas ausprobieren. Als Beweis dafür dass sie mich nicht auf den Arm nehmen, wie auch immer sie das hier machen." Er nimmt eine der Servierten und reicht sie ihr, legt selbst auch eine vor sich hin, dazu einen Stift, den er ihr weiter reicht. „Sie schreiben auf was sie sehen und zwar in drei Momenten die wir gleich beide erleben werden." Dann ergreift er ohne Vorwarnung ihre Hand und Sheilah zuckt merklich zusammen, hat selbst plötzlich Herzklopfen.

Erneut kann sie den Kerzenraum erkennen, in dessen Mitte zwei Personen stehen, eine dritte vor ihnen ist. Sie zieht die Hand weg, öffnet die Augen und schreibt es auf, ehe der Stift zu Joshua hinüber wandert und er es ebenso macht. Zweiter Versuch, ein Haus taucht auf, hell erleuchtet! Wieder wird es aufgeschrieben. Danach tauscht sie einfach die Servietten aus, denn zwei Versuche dürften eindeutig reichen um zu zeigen dass sie nicht spinnt oder ihn manipuliert. Eindeutig, sie haben die gleichen Bilder gesehen!

Die junge Frau findet wohl als erstes die Sprache wieder: „Ich denke, mehr brauchen wir nicht experimentieren. Was immer das auch bedeutet, wir sind beide daran beteiligt."

Ein doch etwas konfuses Kopfschütteln des jungen Mannes folgt: „Ich versteh das nicht. Die Bilder verfolgen mich schon eine ganze Weile, deswegen kam mir auch ihr Gesicht so bekannt vor, weil ich es schon einmal gesehen hatte. Aber wo?"

Mit den Gedanken müssen die Beiden sich wohl erst einmal selbst beschäftigen, denn sie versinken in schweigendem Verzehr ihrer Mahlzeit. Viel zu viele Gedanken, denn es ist schon komisch, da lernt Sheilah jemanden kennen und dann erleben sie so eine mysteriöse Geschichte? Meine Güte, wo soll das nur hin führen? Sie spürt innerlich wieder diese eigenartige Unruhe.

Der Rest des Essens verläuft ohne große Gespräche, viel zu sehr sind sie beide gerade mit ihren eigenen Gedanken beschäftigt. Denn auch Joshua fragte sich wieso er ausgerechnet eine so hübsche junge Frau treffen und in so komische Situationen kommen kann?

Als sie beide fertig sind, wird auch bald gezahlt und sie verlassen das Restaurant. Draußen stellt sich Sheilah vor den doch um einiges größeren Mann: „Joshua, was auch immer noch kommt, das ist kein Spaß von mir, ich führe sie da nicht an der Nase herum."

An ihrem aufrichtigen Blick kann er durchaus sehen, dass sie die Wahrheit sagt und nicht nur leicht: „Ich muss ihnen da wohl einfach glauben. Denn irgendwas in mir sagt, dass sie nicht lügen."

Sie gehen beide weiter die Straße entlang, hier und da werfen sie sich schon fast verstohlen einen Blick zu, wie soll das nur alles weiter gehen?

Joshua merkt, wie es in seinem Nacken zu kribbeln beginnt, es hört auch nicht auf, als er mit der Hand darüber streicht. Komisch, das hat er in letzter Zeit öfter. Als nächstes spürt er einen Ruck, als jemand ihn zur Seite drängt! Während er mit ihr zur Seite stolpert und sich an der Hauswand abfängt, realisiert er, dass die junge Frau ihn wohl aus dem Weg geschoben hat, ehe der Radfahrer sie noch beide über den Haufen semmeln kann.

„Idiot!" schimpft sie doch etwas lauter hinterher und errötet leicht, denn normal wird sie nicht so ausfallen. Joshua hält sie noch fest, damit sie nicht stolpert:

„Was war das denn?" Er hat es gar nicht so schnell alles mitbekommen, kann aber noch den Radfahrer erkennen, der mit einem Affenzahn davon prescht, auf dem Fußweg!

„Meine Güte, wenn ich den nicht durch Zufall gehört hätte, wäre hier echt ein Unglück passiert", Sheilah streicht ihre Anziehsachen wieder glatt und atmet merklich durch, das ist gerade noch gut gegangen...

„Loona... Loona, wach auf!" warm klingt eine Stimme an ihre Ohren, weckt sie aus dem leichten Schlummer, in den sie gefallen ist, nachdem sie sich nach dem Essen dann doch etwas aufs Bett gelegt hat. Die junge Frau öffnet die Augen, erkennt ihr Schlafzimmer, und steht ziemlich irritiert auf, wer ist Loona? Und was ist das für eine Stimme? Immer wieder klingt sie angenehm in ihr nach, auch noch während sie in die Küche geht um sich etwas zu trinken zu holen.

Auch Joshua hat sich nach der Arbeit erst einmal etwas in seine Hängematte gelegt, um die Gedanken zu sortieren, die ihm da durch den Kopf wandern, was gar nicht so einfach ist, denn es ist schwer zu erklären, was da heute vorgefallen war. Denn wie ist es bitte möglich, dass zwei Menschen unabhängig voneinander die gleichen Bilder sehen konnten? Magie? Gedankenübertragung? Okay, jetzt fängt er eindeutig an zu spinnen! Joshua schimpft sich innerlich kurz selbst, schüttelt nur unwirsch den Kopf, wie er überhaupt auf solch krude Gedanken kommen kann, unglaublich! Nur langsam schließt er die Augen, ist gerade doch irgendwie müde. Nebenher setzte er die Hängematte in Bewegung, die sanften Schwingungen fangen ihn mehr und mehr ein. Und langsam aber sicher merkt er, wie sein Körper leicht zu werden scheint, alles andere entfernt sich einfach nur noch. Wieder taucht es auf! Das Bild der Frau, die junge Frau die ihn anschaut! Er kann zwar ihr Gesicht nicht erkennen, oder ist sich dessen nicht bewusst, aber er kann sie hören, denn sie spricht ihn direkt an: „Lobo! Wach auf!" Dann verschwindet ihr Bild vor seinem inneren Auge wieder!

Joshua schreckt hoch, scheint tief und fest eingeschlafen gewesen zu sein und muss sich erst einmal orientieren. Als er aufstehen möchte, gehorcht ihm sein eigener Körper nicht mehr! Er fühlt sich matt an, schwer wie Blei und er bleibt in dem immer noch leicht schwingendem Stoffbett liegen. Nach ein paar Minuten versucht er es erneut, doch noch immer schafft er es nicht sein eigenes Körpergewicht zu bewegen, mehr und mehr kriecht nur die Müdigkeit in ihn hinein, je öfter er es versucht und schließlich fallen ihm doch wieder die Augen zu!

Zwei wird eins

Langsam schiebt sich der bleiche helle Mond hinter einer dicken Wolke hervor, während Loona die gerade sehr ruhige Straße entlang kommt, das lieb gewonnene alter Haus erreicht und die Tür öffnet, die nicht abgeschlossen ist: „Lupus?" Nur leise ruft sie seinen Namen, geht dann in die Bibliothek, aus der sie ein Geräusch zu hören meint. Dort findet sie den charismatischen Dunkelhaarigen in ein Buch vertieft am Schreibtisch sitzen und nur zaghaft klopft sie an den Türrahmen, so dass er aufblickt: „Oh, entschuldige, ich habe dich gar nicht gehört."

Loona setzt sich auf den Stuhl ihm gegenüber, wartet ab, bis er signalisiert dass er für ein Gespräch bereit ist, ehe ihre Stimme leise und doch sehr selbstsicher zu hören ist: „Ich denke es ist soweit. Ich werde mich zeigen. Heute wäre es mir beinahe geglückt, aber es fehlte noch ein letzter starker Impuls."

Ein sanftes Lächeln legt sich auf die Lippen ihres Gegenüber: „Ich weiß, ich habe es gemerkt. Lobo ist auch beinahe soweit, es kann nicht mehr lange dauern. Ich habe nur die Ahnung, dass er sich dagegen wehrt und es sich damit unnötig erschwert."

„Das kann ich durchaus verstehen, von beiden Seiten, denn es ist schon eigenartig und ich frage mich, wie ich meinem anderen Ich begreifbar machen soll, dass es nicht alleine ist." Der fragende Blick der jungen Frau legt sich auf das Gesicht des Älteren.

Dieser schließt das Buch endgültig und lächelt wissend: „Das wird sich ergeben. Glaube es mir, das war bei mir so und bei anderen Gefährten ebenfalls." Langsam wandern ihre Augen zum Fenster hin und auch wenn sie ihn noch nicht sehen kann, so lächelt Loona doch leicht: „Lobo ist gleich hier. Ich kann ihn nicht sehen, aber ich spüre ist, ist das nicht verrückt?" Es ist vollkommen neu für sie.

Doch nimmt Lupus ihr die Bedenken schnell: „Das ist sehr gut. Siehst du, du hast dich ohne es zu wissen bereits weiter entwickelt. Und glaub mir, es wird noch spannender. Allerdings musst du dich wohl in naher Zukunft entscheiden, welchen Weg du gehen möchtest." Damit nimmt er mit väterlicher Geste ihre Hand.

Lobo ist beinahe gerannt, um das Haus zu erreichen. Und noch ehe er es richtig betreten hat, da kann er Lupus und Loona schon in der Bibliothek hören, die er auch wenig später betritt, sie beide anschaut und sich dann zu ihnen setzt, um einen Moment zu schweigen... ehe sein Blick zu den Älteren wandert: „Wie lange dauert es noch? Ich kann einfach nicht mehr, es wird zu anstrengend." Dieser steht langsam auf, kommt zu ihm hinüber und legt ihm die Hände auf die Schulter, was eine wohlige Wärme in Lobos Körper auftauchen lässt, auch wenn dieser sie nicht einsortieren kann. „Ich bin mir sicher, dass es soweit ist.

Momentan liegt es daran, dass du dich innerlich dagegen wehrst, es damit blockierst. Wenn du es annimmst, dann kann es an die Oberfläche kommen. Und habe keine Angst, es wird dir gut tun. Komm." Und damit geht er zur Tür.

Lobo ist nicht ganz davon überzeugt, dass es im gut tun wird, aber dennoch vertraut er dem Älteren und so folgt er ihm, bis hinüber in den Kerzensaal. Dort kniet er sich hin, spürt sofort wie sich eine Ruhe in ihm ausbreitet, als ob da etwas wartet, sich freut, willkommen geheißen werden möchte.

Lupus nimmt eine frische Kerze, zündet sie vor dem jungen Mann an der dort kniet und bald leuchtet eine warme Flamme auf: „Dies ist dein Licht." Er deutet auf die Kerze. „Wann immer du sie anzündest, erreichst du dein Innerstes. Und nun geh, und finde deinen für dich eigenen Weg."

Lobo merkt nicht wie sich sein Blick mehr und mehr verschleiert, sein Körper sich federleicht anfühlt und kurz darauf seine Augen langsam zufallen!

Als er die Augen wieder öffnet, scheint der Mond durch das Fenster, sitzt er in einem dunklen Zimmer und spürt die Couch unter sich. In der Hand hält er eine Kerze, hatte sie nicht noch eben vor ihm gebrannt? Lobo nimmt ein Streichholz, zündet sie erneut an, und wieder schenkt ihm die warme Flamme eine unerklärliche Ruhe, so dass seine Hände schon automatisch an die Kapuze auf seinen Kopf gehen, sie hinunter schieben und lange schwarze glatte Haare zum Vorschein bringen!

Alleine hat sie dort in der großen Bibliothek am Schreibtisch gewartet, nachdem die beiden Männer diese verlassen haben, bis Lupus alleine wieder zurück kehrt und von ihr einen fragenden Blick erntet: „Wo ist Lobo?"

Dieser lächelt sie verstehend an, die Kleine mag den jungen Mann, eindeutig: „Er hat sein Ziel erreicht."

Loona schluckt kurz hart, ehe sie leise antwortet: „Ich möchte es bitte auch. Ich möchte mich nicht länger verstecken, es drängt in mir hervor."

„Dann komm mit mir", damit reicht ihr der Ältere seine Hand, als sie aufsteht und gemeinsam gehen sie hinüber in den Kerzensaal, wo von Lobo keine Spur mehr zu sehen ist.

Loona spürt die Nervosität, die sich mehr und mehr in ihr ausbreitet. Ist es jetzt wirklich soweit? Sie kniet sich schon wie automatisch in der Mitte des Saals hin, eine liebgewonnene Geste, die ihr mittlerweile ins Blut über gegangen ist.

Lupus nimmer erneut eine der frischen Kerzen, stellt sie vor die junge Frau hin: „Schau in die Flamme und vertraue mir." Dann zündet er den Docht an.

Loona heftet ihren Blick fast schon tapfer in die Flamme und dann spürt sie es, wie eine Welle, die Gänsehaut, die über ihren Körper rast! Es fühlt sich an wie tausend Schmetterlinge! Gleichzeitig macht sich eine Leichtigkeit in ihr breit und noch während sie sich fragt was hier gerade passiert, sinkt sie in sich zusammen, fühlt sich unglaublich müde, so dass ihre Augen sich langsam schließen. Noch merkt sie kurz, wie sie aufgefangen wird, dann ist alles ruhig und dunkel.

Nur vorsichtig öffnet sie ihre Augenlider wieder, erkennt ihr Zuhause! Und sie trägt immer noch die dunklen Sachen, die Jacke liegt neben ihr auf der Couch. Und auf dem Tisch steht die Kerze. Wie um alles in der Welt kommt sie hier her?

Joshua zuckt zusammen, als der Wecker ihn aus dem Schlaf reißt! Er liegt angezogen auf dem Bett, trägt eine schwarze Hose und ein Kapuzenshirt! Was um alles in der Welt hat er gemacht? Zuerst will die Erinnerung sich so gar nicht einstellen, wie er in diese Sachen gekommen und dann hier auf dem Bett gelandet ist. Doch dann sieht er das Haus vor sich, ist er tatsächlich dort gewesen? Der junge Mann steht auf, dehnt sich etwas und geht dabei ins Wohnzimmer, wo sein Blick wie zufällig auf die Kerzen auf dem Wohnzimmertisch fällt! Es ist tatsächlich passiert! Nur, was genau ist passiert?

Der nächste Gedanke stellt die Frage, ob er sich irgendwie selbst verändert hat, aber ein Blick in den Spiegel zeigt genau das Gesicht dass er von sich kennt, anscheinend ist alles beim alten. Wenigstens erkennt er keinen Unterschied. Schnell zieht er sich um, frühstückt und macht sich schon fast eilig auf den Weg zur Arbeit, er muss mit jemandem reden, eindeutig. Ob es ihr auch so ergangen ist? Ja, auf dem Weg landen seine Gedanken immer wieder bei Sheilah. Oder sollte er sie besser nicht darauf ansprechen? Was, wenn bei ihr nichts war? Sie würde ihn vermutlich als durchgeknallten Spinner hinstellen. Und was wenn auch sie die Nacht etwas ungewöhnliches erlebt hat? Vielleicht gibt es ja doch einen Zusammenhang zwischen ihnen? Wie automatisch parkt er den Wagen, betritt das Gebäude und die Entscheidung wird ihm abgenommen, als er den Fahrstuhl verlässt und die junge Frau schon dort stehen sieht, die sichtlich auf ihn wartet! „Guten Morgen, Sheilah, wie geht es dir?" fragend schaut er sie an, wartet aber erst einmal alles weitere ab.

Sie lächelt ihn an, wenn auch ein wenig schüchtern: „Gut. Hättest du einen Moment für mich, ehe wir uns in die Arbeit stürzen? Ich hätte da eine Frage."

Er kommt ihr da wohl zuvor, seine Hand legt sich auf ihre Schulter, führt sie ein Stück den Flur entlang: „Bei dir war heute Nacht auch etwas ungewöhnliches, oder?"

Zuerst schaut sie ihn fast schon ertappt, dann erstaunt an: „Ja, und ich weiß nicht genau wie es sich entwickelt. Es macht mir Angst."

Nur zaghaft nimmt er sie in den Arm, atmet durch: „Hey, egal was auch passiert, irgendwie sind wir beide da drin verstrickt und ich habe darüber nachgedacht. Vielleicht sollten wir uns da einfach zusammen tun? Vielleicht soll es genau darauf hinaus laufen?"

Sie blickt zu ihm hoch, macht aber ansonsten keine Anstalten sich von ihm zu lösen, denn es fühlt sich unglaublich gut und beruhigend an: „Das habe ich mir heute auch überlegt, als ich auf dem Weg hier hin war. Aber, wir kennen uns doch kaum."

„Ich denke, das ist sicherlich das kleinste Problem an der ganzen Sache. Wir schaffen das schon. Sehen wir uns heute Mittag?" Er lächelt sie aufmunternd an und von der jungen Frau kommt ein Nicken. „Ja, ich komme zu dir rüber." Nur zögerlich lässt er sie wieder los und sie gehen jeder ins eigene Büro, seine Gedanken schweifen dabei wohl genauso umher wie er durch den Flur streift. Und als er sich an seinen Schreibtisch setzt, kommt es ihm doch alles ziemlich eigenartig vor, was für eine komische Welt? Da lernt er eine tolle Frau kennen und dann taucht da plötzlich dieses Geheimnis auf, das sie beide verbindet. Irgendwie nur halbherzig beginnt er seine Akten zu bearbeiten, muss sich ziemlich zusammen nehmen, die Gedanken bei der Sache zu halten, denn zu viel geht ihm gerade durch den Kopf.

Licht und Schatten

Zu sehen ist ein gut ausgestatteter Trainingsraum, ausgelegt mit Matten, um das Verletzungsrisiko so gering wie möglich zu halten und die korrekte Falltechnik einschleifen zu können. Es stehen sich zwei Personen gegenüber, er in langen schwarzen Sporthosen, ein Muskelshirt ebenfalls in schwarz, sie in einer Caprihose, dazu ein einfaches T-Shirt und ihr Blick richtet sich mit aufgerissenen Augen auf sein Gesicht: „Ich dachte es ist eine ganz normale Sportstunde. Weißt du, was du da von mir verlangst?" Loona kann es nicht nachvollziehen, aber Lupus schaut sie nur ziemlich gelassen an.
„Ich sehe da kein Problem, außer dass du dich dagegen wehrst deinen natürlichen Instinkt zu nutzen. Du kannst es, du musst dich nur trauen", sein Blick ist aufmunternd, aber würde es sie erreichen?
„Zum letzten Mal, Lupus, ich bin ein friedlicher Mensch, ich habe keinen Bock darauf zu kämpfen! Wieso sollte ich es auch machen? Es besteht kein Grund dazu!" Ja, sie wird tatsächlich etwas lauter, weil sie es nicht verstehen kann, innerlich alles dagegen spricht und sie sich tatsächlich dagegen wehrt.
„Hey, du sollst nicht kämpfen, sondern dich verteidigen, das ist eine ganz andere Sache", auf die anderen Punkte geht er für den Moment nicht ein, sie würden später noch zur Sprache kommen.
„Das sagst du, für mich kommt es aufs Gleiche raus. Beides ist gewalttätig", sie verschränkt die Arme, ist nicht bereit da auch nur für eine Sekunde mit ihm zu kooperieren, nein, also so weit würde es noch kommen! Sie hat hier eher an ein Konditraining gedacht, aber nicht daran, dass er hier kämpfen möchte. Loona grummelt leise in sich hinein und hat ihm mittlerweile den Rücken zugedreht. Das kann doch echt nicht sein, jetzt hat sie ihr wahres Ich gefunden und dann soll sie gegen ihre eigenen Prinzipien arbeiten? Sie spürt einen leichten Luftzug, gemischt mit einem vagen Kribbeln im Nacken und dreht sich um, wobei sie da fast schon reflexartig den Arm hoch nimmt, und damit Lupus Angriff ab-

wehrt! Ein Schritt beiseite, um ihn abzuleiten und sie schaut ihn erbost an: „Spinnst du? Was wäre gewesen, wenn ich nicht reagiert hätte?" Er grinst sie fast schon frech an, auch wenn sie sich gerade ziemlich respektlos ihm gegenüber zeigt, Welpe! „War das jetzt schwer? Dein Instinkt hat dich geleitet und du hast erwartungsgemäß reagiert. Wenn nicht, hätte ich sicherlich nicht durchgezogen und dir wäre nichts passiert. Wir sind hier im Training und nicht auf der Straße."

Loona stockt, nein, wenn sie kurz darüber nachdenkt, es ist nicht schwer gewesen, deswegen schüttelt sie auch nur fast schon schüchtern den Kopf, wartet insgeheim allerdings schon auf den nächsten Hinterhalt: „Nein, schwer war es komischerweise nicht, aber hinterhältig. Auf der Straße? Du meinst richtig draußen? Aber, da hatte ich bis jetzt noch nie Probleme."

Lupus nickt verstehend: „Vermutlich hast du eine entsprechende Grundausstrahlung, wenn auch nicht brutal, aber man sieht dir schon trotz deiner Größe an, dass du dich nicht so leicht unter kriegen lassen würdest. Und das wirst du brauchen, denn jeder Wolf entscheidet sich für eine Seite, Schatten oder Licht. Und egal welche Seite es auch wird, irgendwann kommt es zum Kampf. Und wenn du nicht darauf vorbereitet bist, hast du schneller verloren als es dir bewusst ist." Er versucht ihr die neue Realität zu erklären, auch wenn er sie nicht mit Samthandschuhen anpacken wird, das wäre der falsche Weg.

Ungläubig starrt sie ihn an, das ist gerade etwas zu viel auf einmal, um es so zu verstehen: „Wölfe? Licht und Schatten? Wie bitte? Und wer bestimmt das alles? Das ist doch nicht gegen meinen Willen machbar, oder? In was bin ich hier rein geraten?" Ja, langsam macht ihr die Sache echt Angst. Klar, sie hat gemerkt, dass sich ihre Fähigkeiten verbessert haben, aber was hat das mit Wölfen zu tun?

Lupus versucht sie etwas zu beruhigen, kann ihre Reaktion aber durchaus verstehen: „Das bestimmt die Natur, da kann niemand sonst hinein pfuschen. Manchmal überspringen die besonderen Gene eine oder zwei Generationen, aber da du sie hast, ist es nun wichtig zu lernen damit klar zu kommen und sie zu nutzen. Denn alles andere wäre pure Verschwendung." Er kommt wieder auf sie zu, möchte zufassen.

Loona bewegt sich mit, zur Seite ausweichend, fasst nach seinem Arm und zieht ihn ungewohnt kräftig an sich vorbei, so dass der um einiges größere Mann ins Straucheln kommt! Ungläubig bleibt sie stehen, schaut ihn an, hat sie das wirklich gerade gemacht? Aber woher wusste sie in dem Moment was zu tun ist? „Und wie nutze ich diese Fähigkeiten, von denen du die ganze Zeit redest? Welche sind es? Was sind Schatten und Licht in dem Zusammenhang? Und was hat es mit den Wölfen auf sich?"

Lupus fängt das Straucheln mit einer gekonnten Schrittfolge ab und dreht sich zu ihr: „Nun, viele Fragen, aber ich weiß, die Antworten sind dir wichtig, also sollst du sie auch bekommen. Deine Fähigkeiten sind dir schon in die Wiege gelegt worden, auch wenn die Wenigsten sie wirklich in ihrer menschlichen Form vor dem Erwachen nutzen. Es ist immer verschieden, aber soweit ich mitbekommen habe, hast du Heilmagie. Schatten ist die Lebensweise, die für gewöhnlich auf der negativen Seite zu finden und in üble Geschäfte verwickelt und nicht wirklich zu packen ist, wenigstens nicht von der normalen Polizei. Das Licht ist der Gegenpol, positiv, hell, freundlich und hilfsbereit. Viele Lichtler arbeiten als Anwälte, Polizisten usw, um den normalen Menschen einen Vorteil zu verschaffen. Die Wölfe, das sind unsere Schutztiere. Es gibt sogar einige unter uns, die sich wandeln können, wenn sie eine sehr starke Wolfsseele geschenkt bekommen haben, nur das zeigt sich ohne unser Zutun."

Langsam dämmert es ihr, dass sie wohl Lupus da am wenigstens irgendwie Vorwürfe für ihre derzeitige Situation machen kann, denn er versucht ihr nur in dem ganzen Chaos zu helfen, was sich dadurch aufgetan hat. Und auch wenn es einfach zu viel ist, so weiß sie sehr genau was sie möchte: „Ich wähle die Seite des Lichtes. Aber was soll ich machen? Ich meine, kann ich in meinem alten Job bleiben, oder muss ich auch wechseln? Naja, ich bin in keiner negativen Branche, aber ob es hilfreich wäre dort zu bleiben?"

Ein Lächeln legt sich auf seine Lippen, ja, sie versteht genau und er schüttelt leicht den Kopf: „Nein, dort würdest du nur vereinsamen, ich zeige dir etwas anderes, und ich denke es wird dir gefallen."

„Und was ist mit Lobo? Hast du auch schon mit ihm geredet? Hat er sich auch entschieden?" Innerlich spürt sie die Nervosität aufsteigen, was ist wenn er sich für die Schatten entscheidet? Dann würden sie sich trennen müssen, oder?

Ein Kopfschütteln beantwortet ihre fast schon bangen Fragen, Lupus sieht es ihr an, kann er ihre Gedanken lesen? „Noch nicht, doch wird er auch gleich hier sein und ich mit ihm reden. Er wird die richtige Wahl treffen, hab keine Angst", nickt er, eindeutig, er weiß genau was in ihrem Kopf vor sich geht, auch wenn er es nicht offensiv liest, ihre Körperhaltung zeigt es ohne Worte.

Die junge Frau blickt Richtung Haustür, die sich gerade geschlossen hat und es dauert nicht lange, bis Lobo den Trainingsraum betritt, er hat sie schon von draußen reden gehört und deswegen gewusst wo er beide findet. Nach dem Ruf von Lupus hat er sich so schnell wie möglich auf den Weg gemacht und wird von ihm lächelnd beiseite genommen: „Lobo, schön dass du da bist, lass uns bitte reden." Er hört dem Älteren in dem folgenden kurzen Gespräch aufmerksam zu, den Blick auf den Boden gerichtet, nickt zwischendurch, ehe beide wieder zu Loona zurück kommen.

„Es ist beschlossen und ich bin froh über eure Entscheidungen, denn ihr habt beide die Seite des Lichtes gewählt", dabei sieht Lupus von einer zum andern und auch die Beiden schauen sich danach an, die Erleichterung ist ihnen anzusehen, nichts wird sie trennen. Lobo schaut kurz etwas schüchtern, ehe sich seine Hand in die der jungen Frau schiebt, was ihr eine wohlige Gänsehaut über den Körper jagt! Loona antwortet mit einem sanften und so liebevollen Lächeln, dass es wohl alle Drei hier ansteckt.

Einen kurzen Moment danach ergreift Lupus wieder das Wort: „Ich werde auch zu einem Freund schicken. Er ist ebenfalls ein Wolf und kann euch bei zukünftigen Problemen genauso gut helfen wie ich es machen würde. Bei ihm werdet ihr arbeiten, seid aber auch hier weiterhin willkommen, nicht dass ihr da jetzt etwas falsch verstehen könntet. Aber zuerst müsst ihr eure beiden Welten verschmelzen, damit ihr nicht immer von einer in die andere reisen müsst. Nehmt eure Kerzen, und zündet sie an."

Loona und Lupus holen beide jeweils ihre Kerze aus der mitgebrachten kleinen Tasche, stellen sie auf den Boden und zünden sie an, um sich dann davor zu knien, die Augen zu schließen und abzuwarten was nun folgen würde.

Lupus stellt sich genau vor die beiden, schließt die Augen, die Hände leicht vor dem Körper zusammen gelegt: „Sprecht mir bitte nach... Hüter des Feuers... Wasen des Lichtes... bring mich in die Welt meines zweiten Gesichtes."

Mit rauen Stimmen wiederholen sie die Worte und kaum haben sie geendet, da spürten sie es wie eine Welle durch die Körper fließen! Müdigkeit und Schwere zwingt sie förmlich auf den Boden hinunter, wo sie auf den Seiten bewegungslos liegen bleiben. Wie tausend Schmetterlinge kribbelt es, ehe sich eine dunkle Decke der Ruhe ausbreitet.

Die Sonne scheint hell und warm durch das Fenster, als Lobo eine Hand auf seiner Schulter spürt und langsam die Augen öffnet, dabei den Kopf bewegt und dabei den Blick von Lupus trifft, der sich vor ihn gekniet hat: „Was ist passiert?" Er setzt sich vorsichtig auf, doch die Müdigkeit und Schwere ist verschwunden!

„Du bist in deiner Welt angekommen, Joshua. Für uns Wölfe wirst du allerdings immer Lobo sein, denn wir nennen uns bei unseren richtigen Namen", erklärt dieser ihm und dreht sich dann zu Loona, die auch gerade wach wird und sich langsam aufsetzt, „Hallo Sheilah, oder hier für uns Loona, auch du hast es geschafft. Nun braucht ihr beide euch nicht mehr durch die Dunkelheit bewegen, jetzt ist es euch zu jeder Tageszeit möglich dieses Haus zu betreten, das euch jederzeit offen steht."

Loona sieht sich in dem vorher doch etwas dunkleren Trainingsraum um, der nun von Licht durchflutet ist, freundlich und einladend aussieht, wie sehen wohl die anderen Hausräume aus? Die Kerzen brennen immer noch, auch wenn ihr Licht gerade mit dem hellen Tageslicht verschmilzt. „Dies ist also unsere reale Welt? Aber in welcher Welt trafen wie uns bisher?"

Lupus lächelt, eine berechtigte Frage: „Es war die Welt der schlafenden Wölfe, fast wie ein Trancezustand, nur dass ihr in der Realität nichts davon wusstet, es nur nach und nach in eure Erinnerungen hervor dringen konnte, je mehr ihr euch geöffnet habt. Aber nun seid ihr erwacht und könnt euch frei bewegen. Niemand wird es auffallen, dass ihr besondere Fähigkeiten habt. Und ihr könnt diese nutzen, um Gutes zu tun, denn ihr habt euch ja beide für die Seite des Lichtes entschieden."

Verstehend nickt Loona, geht dann zu Lupus und flüstert ihm leise etwas ins Ohr: „Dürfen sich Wölfe eigentlich untereinander verlieben?"

Dieser schmunzelt und raunt zurück: „Natürlich. Hast du da zufällig an Lobo gedacht?"

Sie errötet heftig, was wohl als Antwort ausreichend ist.

„Den Grundstein habt ihr schon in der Halbwelt gelegt, wieso also nicht das Beste daraus machen?" bekommt sie als Antwort.

Schüchtern schaut sie zu Lobo hinüber, der sich auf die Couch gesetzt und die Beiden doch kurz beobachtet hat und sie geht zu ihm hinüber, setzt sich ebenfalls: „Und, meinst du dass es klappt, mit den beiden Wesen in uns?"

Er nickt nur zögerlich, so ganz ist er davon noch nicht überzeugt, das zeigen auch seine Worte danach: „Ich hoffe, ja, aber ich weiß, es wird mir schwer fallen mein altes Leben aufzugeben, denn meine Arbeit im Büro gefiel mir ganz gut." Er sieht zu Lupus hinüber: „Gibt es wirklich keine andere Alternative?"

Dieser wiegt nur langsam den Kopf hin und her: „Du kannst ja versuchen, ob du es miteinander vereinbaren kannst, aber die Meisten geben früher oder später ihr altes Leben auf."

Lobo hat das Getuschel zwischen Loona und Lupus eben mit recht gemischten Gefühlen beobachtet, denn innerlich stehen sie doch schon längst in Kontakt. Ob sie es hier auch bleiben können? Sollte er sie fragen? Oder merkt sie es schon, dass er da Gefühle für sie hegt? Und jetzt wo sie neben ihm sitzt, er ihren Duft riechen und die frechen Ponylocken wippen sehen kann, etwas verstrubbelt, aber das macht es so charmant. Er merkt nicht, wie Lupus leise den Raum verlässt, während Loona in Gedanken gerade ziemlich weit weg ist.

Erst nach einigen Minuten dreht sie langsam den Kopf zu ihm, schaut ihn an: „Was denkst du?" Erst jetzt fällt ihr auf, dass sie beide hier alleine sind.

Lobo schaut ihr in die Augen, fasziniert von dem lau-grünen Farbenspiel, das sich ihm da immer wieder bietet: „Ich werde es einfach austesten, vorher kann ich doch gar nichts konkretes dazu sagen." Er atmet kurz durch, ehe seine Stimme leiser zu hören ist: „Loona?"

„Ja?" Ich blick bleibt fragend auf seinem Gesicht liegen, das gerade so sanft und fast schon verlegen errötet aussieht.

„Hast du mal daran gedacht, dass wir füreinander bestimmt sein könnten?" zögerlich kommen die Worte hervor, was wird sie antworten? Vielleicht hält sie ihn jetzt für total übergeschnappt und die Sache hat sich eh erledigt!

Zuerst kommt keine Antwort, sieht sie ihn nur an und es ist wohl schwer zu sagen, was gerade in ihrem Kopf vor sich geht, den sie dann schüttelt, ehe sie schelmisch lächelnd hinterher schiebt: „Nein, aber das wir zusammen passen könnten."

Uffz, hat man es gehört? Da ist ihm gerade ein Stein auf die Füße gefallen, groß wie der Himalaya, denn das Kopfschütteln lässt seine Befürchtung wachsen, ehe der schelmische Blick alles über den Haufen wirft und ihre Worte zeigen, dass sie genauso denkt. Deswegen rückt er auch ein Stück näher zu ihr, so dass sie sich in die Augen sehen können, viel tiefer als sie es vorher gemacht haben. In seinem Nacken fängt es leicht an zu kribbeln und von ihm selbst unbemerkt weiten sich seine Pupillen!

Loona hat sich den kleinen Scherz einfach nicht verkneifen können, aber jetzt prickelt es förmlich zwischen ihnen und ja, sie hat sie Veränderung bei ihm durchaus wahrgenommen, aber es fühlt sich nicht unangenehm an. Über ihren Rücken rollt eine spürbare und sogar sichtbare Gänsehaut, ehe auch ihre Pupillen sich verändern.

Sie spüren beide das wohlige Gefühl gegenseitigen Verstehens, es ist faszinierend. Nur vorsichtig beugt sich Lobo vor, legt seine Hand in ihren Nacken und zärtlich finden seine warmen und weichen Lippen ihre, denen er noch niemals zuvor so nahe war!

Seine Hand schenkt ihr eine Wärme, die sie innerlich aufblühen lässt, ein sanftes Aufbäumen und gleichzeitig Hingabe, wie sie sie noch nicht kennt! Sie schließt die Augen, und genießt die ungewohnte Zärtlichkeit. In ihrem Kopf tauchen verschiedenste Bilder auf und als sich Lobo von ihr löst, flüstert sie leise: „Nun haben sich nicht nur Joshua und Sheilah sondern auch Lobo und Loona gefunden."

Ihn lassen ihre Worte nur liebevoll lächeln, während sein Körper wohl ähnlich wie ihrer reagiert, sein Puls eindeutig schneller schlägt und er merkt, wie sie ihn anzieht, erregt, wie er es lange nicht mehr kennt. Nun sind wohl auch die gemeinsamen Bilder erklärbar, die sie gesehen haben, weil ihre andere Seite sich schon längst gefunden hat, es so zeigte, auch wenn sie es da noch nicht erkennen konnten.

„Wir haben schon viel eher zueinander gefunden, ohne es zu wissen." Loona lehnt ihre Stimme an seine und lässt sich von der auftauchenden Vertrautheit einfangen. Alles ist in Ordnung, nichts stört gerade ihre harmonische Zweisamkeit. Ruhig bleiben sie so sitzen, spüren den jeweils anderen und genießen es in vollen Zügen.

Lupus hat sich zur Meditation zurück gezogen, seine persönliche Art seine Fähigkeiten und Kräfte zu kontrollieren, Erholung zu finden, auch wenn er sicherlich wie die Anderen eine Weile nachts schläft. Vor seinem inneren Auge kann er Lobo und Loona sehen, spürt die Harmonie und nur leise kommt es über seine Lippen: „So ist es gut."

Es dauert noch eine ganze Weile, ehe Loona und Lobo an diesem Abend getrennte Wege gehen. Als die junge Wölfin heim geht, schwirren ihr unzählige Gedanken durch den Kopf. Ein Blick auf die Uhr zeigt, dass sie in vier Stunden eigentlich schon aufstehen muss, um zur Arbeit zu gehen. Ob sie da wohl pünktlich aus den Federn kommt? Immer wieder gehen die Gedanken auch da zurück, dass sie eine neue Beschäftigung bekommen würde, die alte Arbeit verlässt, aber unter welchem Vorwand würde sie das schaffen, denn eigentlich gefällt es ihr dort gut. Auch über die Bezahlung kann sie nicht meckern, selbst die Überstunden halten sich in Grenzen, deswegen wäre ein Wechsel mehr als ungewöhnlich. Joshua dürfte es ähnlich ergehen, soweit er ihr mal davon erzählt hat, wie es bei ihm im Büro ausschaut. Sie zieht sich ihre Schlafsachen an, legt sich ins Bett und lächelt, denn wieder taucht Lobos Bild auf. Selbst im Traum, als sie sich auf die Seite gedreht und langsam weg geschlummert ist, lässt es sie immer wieder vor sich hin lächeln.

Feuer und Eis

In dieser Nacht hat Lobo noch sehr lange wach gelegen, auch wenn sein Körper eindeutig gerade nach Schlaf verlangt, aber sein Geist ist noch zu aktiv! Immer wieder wandern seine Gedanken zu Loona. Das Leben kann doch wirklich magisch sein, oder? Kennengelernt haben sie sich als Mensch und auch in der Wolfswelt, ohne es zu wissen. Denn beide Seiten sind ja verschmolzen, können nicht einmal als zwei verschiedene Wesen gesehen werden. Vielleicht wie zwei Identitäten, in einem Körper? Es ist schwer zu erklären, vielleicht gibt es auch keine richtige Erklärung dafür. Es ist kompliziert, eindeutig. Lobo wälzt sich hin und her, und irgendwann gleitet er doch langsam weg, ohne zu wissen um wie viel Uhr das genau ist. Dafür wird er dann auch ziemlich unsanft von seinem Wecker aus dem Bett geklingelt! Und auch wenn er ihn im ersten Moment wohl verwünschen könnte, so merkt er nach einigen Minuten nach dem Aufstehen tatsächlich, dass er sich frischer und aktiver fühlt, als ob er ausreichend Schlaf bekommen hätte! Auch seine Körperspannung hat sich verändert, ihm geht es richtig gut und das ohne Frühstückskaffee, den er sich zwar trotz allem gönnt, der aber nicht mehr nötig ist um wach zu werden. Ja, es hat sich definitiv etwas in ihm verändert. Und kaum dass er mit dem Wagen unterwegs ist, kann er auch dort Unterschiede ausmachen. Er hört besser, nimmt viel mehr Einzelheiten wahr, die ihm sonst wohl entgangen sind, Kleinigkeiten, unglaublich! Sein Blick fokussiert schneller! Und als er den Wagen im Parkhaus unter dem Bürokomplex abstellt, spürt er eine leichte Unruhe, klopft sein Herz einen Takt schneller! Was ist nur los? Er kann keinen Grund sehen, während er mit der kleinen Aktentasche in der Hand los geht, auf den Aufzug zu. Und erst dort wird ihm klar, dass er wohl Loona, nein, hier ist es ja Sheilah, gespürt hat, die ebenfalls gerade den Aufzug erreicht.

Sie ist heute vor ihrem Wecker aufgewacht, was eine Seltenheit darstellt und hat sich sofort gefragt wie der Tag heute werden würde. Würden die Arbeitskollegen wirklich nichts merken, würde sie es lange verheimlichen können? Vieles mehr ist ihr durch den Kopf gewandert, während sie sich für die

Arbeit fertig gemacht hat und dann los gefahren ist. Denn es fühlt sich alles etwas eigenartig an. Hat sich an ihrer Wahrnehmung etwas verändert? Sie kann ja nicht ahnen, dass es Lobo genauso ergeht. Lobo, Joshua, was für ein Mann! Und sie gehen ihren Weg nun gemeinsam, das kann sie fast noch kaum glauben! Nein, sie kann ihr Glück noch nicht so ganz fassen, dass sie ihr Leben nun teilen dürfen. Er ist so ein charismatischer Mann und sie fragt sich, wie er wohl mit offenen Haaren aussieht, er trägt auf der Arbeit immer ein dunkles Band im Nacken, so dass der lange Pferdeschwanz hinunter fällt. Ja, das ist ein Punkt, den sie gerne heraus finden möchte. Und natürlich noch vieles mehr, er ist interessant, keine Frage. Im Parkhaus bemerkt sie auch dieses leichte Kribbeln im Magen, was sie auf die Uhr schauen lässt, sie hat noch zehn Minuten Zeit, kein Grund zu hetzen. Und im Nachhinein ist sie froh darüber, den Wagen gemütlich geparkt und zum Aufzug geschlendert zu sein, denn genau dort trifft sie mit Joshua zusammen! Er biegt gerade um die Ecke und ihr Blick trifft ihn, sie ist vollkommen fasziniert von ihm, ohne Frage! Ob er das wohl spürt?
„Guten Morgen, Sonnenschein"; er lächelt sie an, „Gut geschlafen?"
Sheilah lächelt sanft, während sein After Shave zu ihr hinüber weht und der Duft sie einen Augenblick inne halten lässt. Meine Güte, was macht er mit ihr, oder was macht sie hier? Also erst einmal die sieben Sinne wieder zusammen kramen, lächelnd nicken und antworten: „Ja, du auch?" Sehr intelligent, echt! Grinsend tritt Joshua zu ihr, nimmt sie zärtlich in den Arm und ja, genau das braucht sie wohl gerade noch zu ihrem Glück! Er bringt sie vollkommen gerade um den Verstand und sie schmiegt sich einfach nur noch bei ihm an, legt ihren Kopf an seinen Oberkörper und genießt seine Wärme. Möge dieser Augenblick nie mehr vergehen...
Nur leise hört sie bald darauf seine Stimme, „Ich lass dich nie mehr los, keine Angst", und schaut ihn fragend an, indem sie den Kopf hebt. „Woher...?" Er leg seine Hand an ihren Hinterkopf, so dass sie sich wieder anlehnt: „Ich spüre es, versuch es auch einmal, ich bin sicher, dass du es auch kannst."
Sheilah schließt die Augen, lässt sich einfach nur treiben und nimmt seinen Duft, seine Wärme, seine Nähe wahr und plötzlich kommen die Gedanken! Mit einem Lächeln auf den Lippen hebt sie das Gesicht zu ihm hoch: „Ich liebe dich auch, mein Schatz. Wir schaffen das!"
Vermutlich hätten sie dort noch länger gestanden, aber da gehen auch schon die Aufzugtüren auf und nur langsam lösen sie sich wieder voneinander. „Dann wollen wir mal", damit nimmt Josh ihre Hand, betritt mit ihr die Kabine des Aufzugs und er bringt sie hinauf in die Büroetage, wo sich die Türen wieder öffnen.
„Sehen wir uns zur Mittagspause?" fragt sie ihn noch, ehe sie den Flur betreten und sein Nicken lässt die junge Frau innerlich wieder die Schmetterlinge auffliegen spüren, während sich ihre Wege vorerst trennen.

In ihrem Büro fährt die junge Frau den Rechner hoch und legt bald darauf die erste Kassette ins Diktiergerät. Ihre Finger fliegen nur so über die Tastatur und ebenso fliegt auch die Zeit davon! Bei einem beiläufigen Blick auf die Uhr zeigt diese schon viertel vor eins, was sie doch ziemlich in Erstaunen versetzt. Also werden die Dokumente schnell noch vernünftig abgespeichert, entsprechend verschickt oder ausgedruckt, in die Akten gelegt und dann macht sie sich auch schon mit den abgehörten Bändern auf den Weg nach vorne zur Empfangstheke, wo sie sie abgibt. Dort werden sie dann nebenher gelöscht und bei Bedarf an die Mitarbeiter verteilt.

Mercedes, die junge Mitarbeiterin dort staunt nicht schlecht, als sie die acht Kassetten sieht: „Hui, sind die alle von heute? Meine Güte, wie machen sie das nur? So viele Bänder bekomme ich sonst von niemandem, nicht einmal vom Chef selbst."

Sheilah schaut doch ein wenig schüchtern: „Ich glaube, ich habe eine ziemlich gute Auge-Hand-Koordination, anders kann ich es auch nicht erklären. Naja, der schiebt sie auch gerne mir zu, damit sie hier vorne nicht so viel nebenher tippen müssen, dafür habe ich in meinem Büro kaum Telefongespräche." So macht wohl jeder seinen Teil der Arbeit in seinem eigenen Bereich.

Aus dem Augenwinkel erkennt sie Joshua, der gerade den Flur entlang kommt und auf den Empfang zusteuert, sie frech angrinst: „Hast du dich für heute Nachmittag abwesend gemeldet?"

Ein wenig irritiert braucht Sheilah einen Moment, ehe sie noch rechtzeitig schaltet, als dass es zu auffällig wäre: „Das hätte ich beinahe vergessen, danke. Ch habe heute Nachmittag einen Auswärtstermin, der mir gerade telefonisch rein gekommen ist. Machen sie bei mir bitte einen roten Punkt. Danke."

Mercedes lächelt sie nur vielsagend an, während sie beide zum Aufzug gehen und als sich Sheilah noch einmal umschaut, zwinkert ihr die Empfangsdame dezent zu, was sie glatt erwidert. Nachmittagstermin, ist klar! Den roten Punkt macht sie natürlich trotz allem auf dem Planer, auch wenn sie weiß, dass es sicherlich nicht als Arbeitszeit sondern als Überstunden abgerechnet wird, die aber genug auf dem Konto zu finden sind, also kein Problem.

Die Aufzugtüren öffnen sich und die junge Frau betritt die Kabine, gefolgt von Joshua. Als sich die Tür geschlossen hat und der Aufzug sich in Bewegung setzt, spürt sie die Hand an ihrer Taille! Langsam dreht sie sich um, schaut hoch in seine haselnussbraunen Augen und lächelt sanft. Wieder fliegen die Schmetterlinge auf und es werden immer mehr, als Joshua sich hinunter beugt und ihren Nacken behutsam mit kleinen Küssen bedeckt. Ihre geschmeidigen Bewegungen beim Betreten des Aufzuges sind ihm sofort aufgefallen und auch dass er seit einigen Tagen viel deutlicher auf ihre Reize reagiert, die sie aber auch nicht immer bewusst aussendet.

Ihnen ist beiden deutlich klarer geworden, wie sehr sie sich zueinander angezogen fühlen, wieso also um den heißen Brei herum laufen? So steht er hinter ihr, legt seine Hand um ihre Taille, und erntet dafür einen dieser bezaubernden Blicke, die sein Herz und Atem schneller werden lassen! Er kann einfach nicht anders! Ihre Gänsehaut, ihre ganze Reaktion auf die kleinen zarten Küsse, zeigen ihm deutlich, sie ist bereit!

„Möchtest du mit zu mir?" haucht er nur leise in ihr Ohr und sieht bald darauf ein Nicken, womit er in dem Moment bei aller Hoffnung nicht gerechnet hat, und es freut ihm umso mehr! Der Aufzug wird kurz darauf langsamer, Sheilah löst sich fast ein wenig widerwillig von ihm und zusammen gehen sie los, sein Wagen steht in der Nähe von ihrem. Bald darauf verlassen beide Fahrzeuge die Parkgarage, fädeln sich in den Mittagspuls der Stadt ein. Joshua achtet im Rückspiegel darauf, dass sie mit kommt und rechtzeitig sieht, wie er eine Abkürzung ansteuert, um den größten Stau erfolgreich zu umfahren. So hat er auch frühzeitig den Blinker gesetzt und biegt dann in eine Nebenstraße ein, schaut wieder in den Rückspiegel und lächelt, als ihr Wagen bald darauf folgt! Und so dauert es tatsächlich gerade eine Viertelstunde, in der sie um einige Ecken biegen und fast schon verträumte Ecken der Stadt sehen, bis sie bei ihm anhalten. De junge Frau parkt frech am Straßenrand ein und kurz darauf treffen sie sich auch schon bei ihm an der Haustür. Immer noch spürt sie die Gänsehaut, was würde passieren? Er selbst merkt alleine durch ihre Nähe, wie er sich zu ihr hingezogen fühlt, muss sich darauf konzentrieren den Schlüssel ins Schloss zu bekommen und die Tür kurz darauf zu öffnen.

Er lässt sie hinein gehen, in einen hellen Flur, recht gemütlich eingerichtet und bald darauf schließt sich hinter ihr die Haustüre wieder. Hände legen sich an ihre Hüften, sanfte Küsse benetzten ihren Nacken und ihr Körper beginnt leicht zu vibrieren. Langsam dreht sie sich zu ihm um, nachdem sie ihre kleine Tasche an die Seite gestellt hat und blickt in die so tiefbraunen Augen. Behutsam umfassen seine Hände ihren Kopf, küssen weiche Lippen die ihren, warm und weich flutet es durch ihrer beider Körper, die Aussicht auf das was kommen könnte.

Joshua spürt seinen Herzschlag in den eigenen Ohren, das Kribbeln auf dem Rücken und schließt die Augen. Innerlich kann er spüren, wie die tierische Seite erwacht, äußerlich sieht man es kurz darauf an seinen veränderten Pupillen, als er die Augen wieder langsam öffnet! Auch die junge Frau sieht die Veränderung, doch macht es ihr komischerweise keine Angst, im Gegenteil, es lockt sie förmlich hervor, ihre kleine Wölfin und schon bald verändern sich auch ihre Augen, blicken sich die beiden Tiere vertrauensvoll bis in die Seele.

Vorsichtig nimmt er sie auf den Arm, trägt sie hinüber ins Schlafzimmer und lagert sie dort aufs Bett, wo Sheilah ruhig liegen bleibt, doch ihr Blick spricht Bände, lockt ihn immer wieder zu sich, ja, sie möchte erobert werden, auch wenn sie das so gar nicht von sich kennt, was macht er nur mit ihr? Sie spürt seine Stärke, und gleichzeitig wie sanft er sein kann, eine unheimliche Anziehung, die er auf sie ausübt, ohne auch nur ein Wort zu sagen. Es fasziniert sie ungemein, diesen Mann näher kennen zu lernen! Er bringt eine vollkommen neue Seite an ihr hervor, die sie so noch nie offensiv erlebt hat.

Josh beugt sich über sie, so dass sein Zopf nach vorne fällt und sie streift zärtlich über die Haarlängen, höher bis zum Band, wartet ein paar Sekunden, in denen er sie einfach nur anschaut und löst es dann. Die glatten Haare fallen lang und schwer nach vorne und sie staunt nicht schlecht: „Wow, das sieht einfach nur traumhaft aus!" Nur leicht bewegt er den Kopf, damit die schwarze Pracht wieder etwas zur Seite rutscht: „Manchmal stören sie dann aber doch."

„So wie jetzt?" hakt Sheilah lächelnd nach, „Aber es sieht so gut aus."

„Okay, du hast gewonnen." grinst er und beginnt ihren Nacken wieder zu verwöhnen, eindeutig ihre Lieblingsstelle, das ist erkennbar, aber wer weiß, vielleicht entdeckt er ja noch andere.

Ihr Körper beginnt wieder stärker zu kribbeln und seine Hand streichelt darüber, spürt die Energie, die sie aussendet, und auch das leichte Vibrieren, was sie selbst mit etwas Verwunderung auch bemerkt. Ihr Herzschlag erhöht sich und sie fühlt sich leichter, unbeschwerter. Nur langsam knöpft sie sein Hemd auf, lässt es über die Schultern abstreifen, bewundert dabei seinen doch ziemlich gut gebauten Körper, den sie ja nur in den Businesshemden kennt. Und das verschmitzte und fast schon etwas lüsterne Lächeln auf ihrem Lippen sagt mehr als jedes Wort.

Ihm schießt eine Hitzewelle über die Haut, als der Stoff darüber hinweg gleitet und Joshua zieht die Arme aus den Ärmeln, gibt sich ihren Lippen für einen Moment hin, während sanfte Hände ihn verwöhnen. Innerlich fühlt es sich an als würde er brennen! Eine unglaubliche Hitze erstrahlt in ihm! Er kann keinen klaren Gedanken mehr fassen! Wieder und wieder sind da ihre Hände und er zieht die Luft leicht ein, was passiert hier mit ihm? Sheilah ist ja nicht die erste Frau, der er so nahe kommt, aber so hat es sich noch nie angefühlt! Er stöhnt leise auf, sein Körper erzittert!

Sanft zieht sie ihn an sich, küsst ihn leidenschaftlich, wie es vorher wohl noch nie so geschehen ist und der junge Mann schließt die Augen, merkt wie seine Arme nachgeben und er auf sie sinkt! Liebevoll hält sie ihn fest, liebkost seinen Hals, auch wenn sie die heftigen Atembewegungen und auch den leichten Schweiß auf der Haut sieht, doch noch denkt sie sich nichts dabei. Ihre Hand legt sich auf seinen Oberkörper, sein Herz schlägt kräftig und erstaunlich schnell. Und als sie sich nun doch etwas von ihm löst, bleibt Joshua so halb auf den Rücken liegen, die Augen geschlossen und nur leise kann sie ihn hören: „Loona... hilf mir... ich brenne..."

Das Lächeln, das gerade noch ihre Lippen ziert, verschwindet schlagartig und ja, sie erkennt, dass die Lage gerade heftig kippt, auch wenn sie noch nicht weiß warum. Sie atmet kurz einmal tiefer durch, um sich selbst wieder etwa sin den Griff zu bekommen, legt ihre kühle Handfläche auf seine Stirn, die darunter glühend heiß zu sein scheint: „Meine Güte, du fieberst ja!" Und das von einen auf den anderen Moment? „Joshua, Lobo, sprich mit mir.." Sie schaut ihm ins Gesicht, aber eine großartige Reaktion kommt nicht, nur leise huscht es über seine Lippen, „Wasser..."

Behände steht sie auf, läuft eilig ins Bad, das sie schon vom Flur aus gesehen hat, schnell in den großen Schrank geschaut und ein Handtuch gefunden. Normalerweise durchwühlt sie nicht die Badezimmerschränke anderer Leute, aber das hier ist eindeutig ein Notfall! Das große Handtuch wird mit kaltem Wasser ordentlich durchweicht, ehe sie es tropfnass mit ins Schlafzimmer trägt, damit sein Gesicht, die Arme und den Oberkörper abwischt: „Wird es dadurch besser?" Ein Nicken ist zu sehen und sie atmet erleichtert durch: „Sehr gut." Dann breitet sie das Handtuch aus, legt es ihm auf den Oberkörper, so dass er von Hals bis Taille abgedeckt ist: „Kannst du etwas trinken?" Wieder ein Nicken und schon eilt sie noch einmal los, zuerst fälschlicherweise fast ins Wohnzimmer, ehe sie dann den Weg in die Küche findet, schnell ein großes Glas sucht, mit Wasser füllt und zu ihm zurück bringt! Für den Moment stellt sie es auf dem Nachttisch ab, setzt sich dann auf das Bett, so dass sie Joshua auf ihren Schoß abstützen kann, damit er etwas aufrechter liegt und dann Schluckweise von der kühlen Flüssigkeit trinkt. Das Wasser scheint das Feuer in ihm zu ersticken, das ihm durch den Körper wallt, sich nach und nach immer mehr aufgebaut hat und selbst das Handtuch anfangs nichts dagegen auswirken kann, bis sie es immer wieder tropfnass über seine Haut streifen und dann darauf liegen gelassen hat. Er spürt wie sie ihn gerade abstützt, hat er mit ihr gesprochen, er fühlt sich völlig benebelt, aber gleichzeitig ist da das kühle Nass, was seine Kehle hinunter rinnt, die innerlichen Flammen vollendend ablöschen kann. Nach und nach wird er wieder ruhiger, liegt er nur noch mit geschlossenen Augen bei ihr, die Muskeln entspannt, gleichzeitig so schwer wie Blei.

Das leere Glas wird von ihr beiseite gestellt und leicht über seine Haare gestrichelt, was ihn lächeln lässt, wenigstens kommt eine Reaktion! „Geht es wieder etwas?" fragt sie leise und er nickt zaghaft. „Was war das?" hakt er nach, aber sie kann es ihm auch nicht sagen. „Das ist mir so noch nie passiert, Sheilah."

Die sanft streichelnde Hand auf seinem Haar, ihre Stimme, beruhigt ihn mehr und mehr, lässt die viel zu wirren Gedanken anhalten und nur langsam öffnet er die Augen, sieht furchtbar müde aus, was man auch seiner leisen Stimme anhören kann: „Bleibst du bei mir?"

Sie zupft nur ganz behutsam mit ihren Lippen kurz an seiner, ehe sie lächelt: „Natürlich, ruhe dich ein bisschen aus, mein müder Wolf." Nur leicht nickt er, flattern die Augenlider merklich: „Nur ein paar Minuten." Und langsam nickt er weg, verliert sich die Spannung in seinem Körper und die restliche Anspannung weicht auch mehr und mehr, so dass er bald ruhig atmend dort auf ihrem Schoß liegt.

Auch Sheilah beruhigt sich wieder komplett, innerlich hat es sie doch auch aufgewühlt, weil sie ihn so erlebt hat. Aber als er jetzt so bei ihr liegt, kann sie

selbst auch wieder durchatmen, schaut auf ihn hinunter, fährt mit ihrem Blick seine Gesichtszüge nach, die sie gerade leicht anlächeln und fast hat sie das Gefühl auch eine Weile einfach nur so vor sich hin zu träumen, Zeit ist relativ. Es dauert wirklich fast eine Stunde, ehe Joshua langsam wieder reger wird, sich auf ihrem Schoß kurz etwas bewegt und dann die Augen zögerlich öffnet, bemerkt, dass er immer noch auf ihren Oberschenkeln ruht und seine Hand schiebt sich etwas daran entlang, streift dankbar darüber. Sheilah lächelt ihn fast schon etwas frech an: „Na, ausgeschlafen der Herr?"
Etwas zögerlich nickt er, setzt sich langsam auf, aber es ist alles wieder normal! „Tz, wie gemein ist das denn? Gerade wo es so schön war." Missmutig schüttelt Joshua doch leicht den Kopf, das kann er sich nicht erklären, das ist ihm vorher in der Form noch nie passiert. Ob es wohl jedes Mal so kommt? Das wäre echt kompliziert.
Sie scheint seine Gedanken lesen zu können, streift durch die dunklen Haare: „Stell bitte ein frisches Glas Wasser ans Bett." Und dann schaut sie ihm hinterher, das sanfte Lächeln auf den Lippen zeigt, dass sie sich gerade keine Sorgen mehr um ihn machen muss, während er das Glas erneut füllt und damit dann zurück kommt, um es auf den Nachttisch zu stellen.
„Komm her, meine süße Lebensretterin", damit nimmt er sie auch schon wieder in seinen Arm, küsst sie stürmisch und kann zeitgleich auch wieder die Energie spüren, die von ihr ausgeht! Vorsichtig werden ihr T-Shirt und BH abgestreift und die weiche Haut liebkost, die er zum ersten Mal entdecken darf!
Sheilah bemerkt in sich wieder die leichte Vibration, es kribbelt und fühlt sich an wie aufgeladen. Sie gibt sich seinen immer fordernder werdenden Küssen gerade zu gerne hin! Bei einem Blick in seine Augen kann sie eindeutig den Wolf erkennen, der sie da gerade verwöhnt, vielleicht auch deswegen die etwas stürmische Art? Kommen da die animalischen Triebe durch? Sie ist sich trotz allem sicher, dass er sie hier nicht einfach nur überrumpeln wird, deswegen kann sich die junge Frau auch fallen lassen, es genießen, während er ihr die Jeans auszieht und seine Hände dann über ihre Beine wandern! „Was ist wenn es wieder passiert?" fragt sie doch etwas kurzatmig, spürt die Erregung in sich aufsteigen.
Für einen Moment muss sich Joshua sammeln, ehe er antworten kann: „Ich weiß nicht, halt mich einfach nur fest, vielleicht reicht das auch schon?" Und dabei schmiegt er sich zärtlich an sie, erobert sie behutsam, fast schon vorsichtig, im Gegensatz zu seinen gerade noch so stürmischen Küssen.
Sheilah liebt mit geschlossenen Augen in seinen Armen, nach und nach spürt sie die Welle aufbrausen, tanzen tausend Funken vor ihren inneren Auge und lustvolle Töne klingen durch das Schlafzimmer, während sie sich beide verwöhnen. Joshuas heiße Haut ist für sie deutlich zu spüren, auch sein rasender Herzschlag, der schnelle Atem, während er den Höhepunkt ebenfalls erreicht. Für einen Augenblick bleibt sein Blick bei ihr, völlig entrückt und genießend,

ehe sich seine Augen langsam schließen und er in ihren Armen zusammen sinkt.

Zärtlich umarmt sie ihn, dreht ihn leicht auf die Seite, so dass er nicht mit seinem kompletten Gewicht auf ihr ruht. Sie wartet einfach ab, was würde geschehen? Die Reaktion von vorher bleibt jedenfalls aus, auch wenn er sehr erhitzt zu sein scheint, auch nicht ganz in dieser Welt, aber das heißt ja noch nichts schlimmes. Das Kribbeln in ihrem Körper lässt langsam wieder nach und auch seiner wird nach und nach ruhiger, kühlt ab, so dass der junge Mann bald die Augen wieder öffnet und sie lächelnd anschaut: „Du bist die Lösung, mein Schatz."

Ihm wird ein fragender Blick zugeworfen, denn so ganz versteht sie noch nicht, scheinen Sinne und Gehirn noch nicht wieder ganz synchron zu laufen: „Wie meinst du das, ich bin die Lösung? Wegen deinem Hitzeproblem? Aber ob das wirklich nur mit mir funktioniert?" Und was hat sie überhaupt gemacht, was funktioniert? Wohl wieder eine Frage, die sie Lupus stellen könnte, eine sehr persönliche Frage, oh man.

Joshua zuckt nur grinsend mit den Schultern: „Das möchte ich sicherlich nicht austesten. Aber es scheint irgendwie funktioniert zu haben."

Vollmond!

Der nächste Abend kommt, eindeutig Vollmond, Sheilah hat schon den ganzen Tag die innere Unruhe bemerkt und als sie Joshua darauf anspricht, stimmt er ihr zu: „Schau mal auf den Kalender, das sagt glaube ich alles." Wobei er sicherlich nicht ihren Periodenkalender meint. Sie selbst ist sich allerdings nicht sicher, ob es tatsächlich am Vollmond liegt. Aber auf der Arbeit merkt sie es dann deutlich, sie kann sich auf nichts mehr konzentrieren, ist einfach nur müde und erschlagen. Deswegen ist es dann auch wohl in ihrem Sinne, als der Feierabend kommt, sie heim fahren kann und sich erst einmal auf die Couch fallen lässt! Dass es nötig ist, zeigt sich, indem sie kurz darauf auch schon einschläft und erst aufwacht als es bereits dämmert!

„Nicht erschrecken, Schatz, ich bin hier", hört sie leise Joshuas Stimme. Innerlich zieht es sie danach die Kerze anzuzünden und deswegen begrüßt sie ihn auch nur gerade etwas sparsam, nimmt dann das Talgstück und bald darauf erleuchtet es auch schon mit seinem Schein den Wohnzimmertisch. Beide setzten sich auf die Couch, beide Kerzen stehen leuchtend nebeneinander und ja, Sheilah merkt, wie ein eigenartiges Gefühl sich in ihre breit macht. Wie aus einem Impuls heraus schließt sie die Augen und hört wenig später tatsächlich Lupus Stimme: „Loona! Komm!" Nur langsam öffnet sie die etwas schweren Augenlider wieder, schaut sich um: „Wir sollten zu Lupus, ich habe ihn gehört." Und das ist nicht unbedingt oft in dem Umfang vorgekommen.

Joshua selbst hat es ebenfalls gemerkt, als er sich auf seine eigene Kerzenflamme konzentriert, dieses benommene Gefühl, dass ihn die Augen schließen lässt, ehe er auch Lupus hört: „Komm Lobo!" Und als er seine Augen wieder öffnet, sein Kopf ebenfalls klar ist, nickt er nur: „Du hast Recht."

Deswegen löschen auch beide schnell ihre Kerzen und machen sich auf den Weg, so dass sie bald mit Joshuas Wagen am Haus ankommen. Die Fenster dort sind hell erleuchtet und auch die Haustür steht offen. Von drinnen können sie viele Besucher hören! Hier nun als Lobo und Loona bekannt, setzen sie sich ebenfalls wie die anderen Besucher ihre Kapuzen auf, ehe sie über die Türschwelle hinein gehen. Der erste Weg führt sie schon instinktiv in den großen Kerzensaal. Dort stehen schon sehr viele Anwesende, in geordneten Halbkreisen, während der Vollmond hell durch die geöffneten Vorhänge scheint!

Vorne kann sie Lupus sehen, der mitten im Mondlicht steht und sie anlächelt: „Kommt, ihr Beiden, kommt näher und genießt es. Doch Vorsicht, er ist heute besonders kraftvoll." Und bei näherem Hinsehen ist zu erkennen, dass die Menge sich sachte hin und her schwankend bewegt.

Als sie sich auch einen Platz mit Lobo gesucht hat, schließt die junge Frau die Augen, spürt in sich wieder die Energie pulsieren, die ihr den ganzen Tag so immens gefehlt hat, es ist überwältigend! Und ihre Hand geht seitlich zu Lobo, der mit geschlossenen Augen und auf die Brust gesunkenen Kopf dasteht und ebenfalls ein wenig hin hin her pendelt, was sich allerdings gibt, als er seine Hand in ihre schiebt.

Eine ganze Weil genießen sie es nur, geben sich der Energie des Vollmondes in vollen Zügen hin, ehe Loona nur langsam ihre Augen wieder öffnet, aus einem Gefühl heraus und sich umschaut. Neben Lobo steht eine junge Frau, die ebenfalls die Augen geschlossen und Schultern und Kopf etwas herunter hängen hat. Zaghaft lässt Loona ihn los, und geht zu ihr und kaum dass sie sie berührt hat, sacken der anderen Frau die Beine weg, so dass sie sie nur noch auffangen und hinunter auf den Boden legen kann. Lobo selbst setzt sich auch einen Moment später unsicher hin, wie die meisten anderen Anwesenden auch.

Bei Loona und einigen Wenigen dauert es eine ganze Weile, während Lupus sie aufmerksam beobachtet. Zwischendurch geht er zu einem jüngeren Mann, nimmt ihn sachte bei der Hand und hilft ihm sich zu setzen. Einmal fängt er eine Frau auf, die beinahe wie ein Stein zu Boden gestürzt wäre, ohne es selbst zu merken.

Und bei einem Blick umher kann Loona feststellen, dass es wohl normal ist, dass der Körper so reagiert. Neben ihr gibt es noch vier Besucher, die noch stehen und Lupus geht langsam von einem zum anderen. Als er zu ihr kommt, schaut er in ihre Augen und sie spürt genau dieses Gefühl in sich aufsteigen, Frieden, Ruhe... Gerade möchte sie noch etwas sagen, als der Raum anfängt zu schwanken und ihre Augen nach einem Anhaltspunkt suchen, während sie zwei Arme spürt, die sie auffangen und ihr helfen sich hinzusetzen. Sanft wird sie dann auf die Seite gelegt und es gibt nur noch Stille und helle Energie um sie herum! Innere Ausgeglichenheit, die sie die Augen schließen lässt.

Es dauert eine ganze Zeit, ehe die Ersten aus der angenehmen Trance erwachen, sich wieder erheben und erfrischt wirken, die Vollmond-Zeremonie hat eindeutig gut getan. Lobo ist die ganze Zeit sitzen geblieben, hilft ihr behutsam hoch, als Loona wieder aufwacht und merkt, dass sie auf dem Boden liegt. „Geht es wieder?" Auf seine Worte hin nickt sie nur leicht und lächelt ihn sanft an. Vorne steht Lupus, der in der Zwischenzeit die Fenster wohl wieder geschlossen hat, die Vorhänge verhüllen sie, bremsen das Mondlicht. „Keine Angst, draußen kann euch das nicht passieren, es liegt hier an dem Kerzensaal, dass ihr die Energie des Mondes spüren und nutzen könnt."

Nach und nach verabschieden sich die Anderen von dem Ältesten und nur Loona und Lobo bleiben zurück, warten ab, ehe Lupus sich zu ihnen wendet, direkt auf den jungen Mann zugeht: „Du brauchst eine Antwort?" Zuerst schaut dieser doch etwas überrascht, nickt dann aber und erzählt ihm von dem Vorfall. „So wie euch, ergeht es den meisten Paaren hier. Mit der Zeit spielt ihr euch aufeinander ein und handelt instinktiv. Und die Ergänzung der Energien, nichts anderes ist es, ist auch nur zwischen euch beide möglich. Ihr könnt sie zwar mit anderen bündeln, aber nicht in dem Maße ausgleichen. Diese Ergänzung gibt es nur zwischen euch beiden." Mit einem Lächeln auf den Lippen schaut Lobo zu Loona: „Siehst du, ein Grund mehr für mich niemals fremd zu gehen. Was ich auch gar nicht nötig habe." Sie knufft ihn frech in die Seite: „Falls du es versuchen solltest, musst du wohl alleine mit den Konsequenzen zurecht kommen. Wenig später verlassen beide Arm in Arm das Haus.

Schattenspiele

Es vergehen einige Wochen, in denen die Kerzen der Beiden tagsüber mittlerweile dauerhaft brennen, spüren sie dabei den Kontakt zu ihrem Natur-Ich am stärksten und genießen es auch. Auch ihre Fähigkeiten zu kontrollieren fällt immer leichter. Abwechselnd wohnen sie in beiden Wohnungen, gehen tagsüber tatsächlich immer noch ihrer normalen Arbeit nach, ehe sie dann abends oder an den Wochenenden in der Stadt unterwegs sind, um im Auftrag von Lupus für Ruhe zu sorgen.

Es ist Samstag Abend und sie gehen die Hauptstraße entlang, was an sich nicht auffällig ist. Zwar sind beide wieder in schwarz gekleidet, aber selbst das wäre kein Grund sie irgendwie falsch einzuschätzen. Als sie an einer Kneipe vorbei kommen, bleibt Loona stehen, lauscht, irgendwas stimmt hier nicht, das spürt sie zu genau, sie kann nur noch nicht sagen was es ist. Deswegen gehen sie auch beide hinein, gehen langsam umher, einfach nur neugierig schauen, hier und da gibt es fragende Blicke der Gäste, aber Loona lächelt nur leicht und die

Anderen wenden sich dann meist wieder ab.

An einem kleinen Tisch entdeckt sie jedoch einen Mann und eine Frau. Sie scheint sich neben ihm nicht wohl zu fühlen, das zeigt der eindeutig flehende Blick ihrer Augen, als sie Loona anblickt. Diese nickt nur zweimal und kommt direkt auf sie zu, was von dem Mann natürlich nicht unentdeckt bleibt, der sich zu ihr dreht und sie missmutig anschaut: „Was willst du halbe Portion denn von uns?"

Die kleine Wölfin legt den Kopf etwas schief, hinter sich spürt sie die Anwesenheit von Lobo, aber er würde erst eingreifen wenn er merkt dass sie nicht weiter kommt. „Wer sagt bitte, dass ich etwas von ihnen möchte?" hakt sie nach und sieht den Kerl an, der sich langsam erhebt.

„Ich", und damit stellt er sich ihr frontal in den Weg, zwischen sie und seiner Begleitung, die leise zu wimmern anfängt, denn anscheinend kennt sie ihn zu gut, um zu wissen was er nun vor hat. „Ron! Was soll das?!" versucht sie ihn zu bremsen, doch mit einer kurzen Bewegung stößt er sie beiseite!

Diese spürt das Adrenalin durch ihren Körper jagen und greift während er sie schiebt nach seinem Arm! Dieser wird abgedreht und dann der große Körper zur Seite gedrängt, da er gerade eh in Bewegung ist, da schafft sie seinen Standpunkt für sich zu nutzen. Er trudelt gegen die Wand und Loona ist selbst erstaunt, wie hat sie das gemacht? Unglücklicherweise kann er sich dort ziemlich schnell abfangen, möchte einen Schlag nachsetzen, oder wohl eher eine kräftige Ohrlasche... Frauen schlagen, klasse, was für ein Feigling!

Mit einer flinken Aufwärtsbewegung fängt sie seinen Arm mit ihrem Unterarm ab, schiebt dann ihre Hand in seinen Nacken, um sich dann daran hoch zu ziehen und ihm einen kräftigen Kniestoß in den Unterleib zu präsentieren! Oh ja, sie ist gerade ziemlich sauer! Der Kerl stöhnt auf, sackt schwer zusammen und bleibt dann zusammen gerollt auf der Seite liegen, anscheinend dürfte die Zukunft der Nachkommen da sehr vage erscheinen.

Von der Theke her ist die Stimme des Wirts zu hören, während Loona sich abwendet, die Frau zitternd dort sitzen bleibt und mit der Situation etwas überfordert ist, hoffentlich trifft sie die richtige Entscheidung. „Dann holen wir mal wieder einen RTW und hier ist endlich Ruhe."

Mit einem Nicken bleibt Loona bei ihm stehen: „Gute Idee und dann sollten sie in Zukunft hier besser die Augen offen halten, dass der Laden sauber bleibt. Das war sicherlich nicht zu übersehen, was da am Tisch vor sich ging." Damit dreht sie sich um und geht zum Ausgang, kurz an Lobo vorbei, der sich zwar etwas im Hintergrund hält, aber jederzeit eingreifen könnte. Aber wieso sollte er, das hat sie sehr gut alleine geregelt. Er folgt ihr und seine Hand legt sich auf ihre Schulter, was Loona auch merkt. Nein, mit so einer Reaktion hat sie nicht gerechnet, also von sich selbst. Vermutlich hat die Angst der Frau sie da getriggert.

„Sauber gelöst", hört sie den jungen Mann neben sich, als sie wieder draußen auf der Straße stehen und Loona schüttelt nur leicht den Kopf: „Das war ein reiner Reflex, normal bin ich nicht so." - „Hey, das ist okay, immerhin hat er dich angegriffen und die Frau auch verängstigt." Damit lächelt er sie an, schaut ihr in die Augen und legt seinen Arm um sie, während sie den Bürgersteig entlang gehen. „Wollen wir tanzen gehen?" - „Du meinst jetzt? Aber Lupus hat uns auf Streife geschickt." Sie ist etwas verunsichert, aber sie könnten da auch ein wenig die Augen offen halten und damit das Nützliche mit dem Angenehmen verbinden, oder so ähnlich. „Okay, da gibt es drei Straßen weiter eine Gelegenheit."

Es dauert nur ein paar Minuten, als sie den Eingang zu einer unterirdischen Diskothek erreichen. An der Tür werden Neon-Armbänder und eine Getränkekarte ausgehändigt. Loona verstaut ihres in der Tasche ihrer dunklen Stoffhose, ehe sie die Geldbörse hervor nimmt und dann ihre Jacke mit der von Lobo zusammen in einem Schließfach deponiert. Ihr weißes Shirt, was sie wohl als einzigen Kontrast zu den dunklen Sachen trägt, wird von dem Schwarzlicht natürlich wunderbar illuminiert, als sie beide die Tanzfläche erreichen und sich dort im Takt der Musik bewegen. Langsam aber sicher genießt sie dieses neue Leben in vollen Zügen, es ist kraftvoll und abwechslungsreich.

Lobo spürt den Blick zu genau, den eine Frau in der Menge ihm zuwirft, fast schon herausfordernd und lüstern, wobei zu sehen ist dass er in Begleitung hier erschienen ist. Sie fixiert ihn förmlich und er wendet seine Augen ab, versucht sie zu ignorieren, was Loona allerdings auch auffällt, de ihn fragend anschaut. Er deutet in Richtung der Anderen und der Blick der kleinen Wölfin folgt, ändert sich dann von suchend zu missmutig, so dass diese endlich in der Menge verschwindet!

Loona legt ihm sanft eine Hand in seinen Nacken, zieht ihn etwas zu sich hinunter und ein zärtlicher Kuss folgt, ehe sie sich langsam löst, ihre Lippen zu seinem Ohr wandern und sie nur für ihn hörbar hinein raunt: „Mach es bitte nicht, du weißt dass es dir nicht gut tun würde." Mal ganz davon abgesehen, dass sie da schon irgendwie gewisse kleine Besitzansprüche an ihn stellen könnte. Der junge Mann nickt und umarmt sie liebevoll. Er weiß, dass es keine Eifersucht in dem Sinne ist, sondern auch viel mehr die Sorge ihm könnte etwas passieren, was vermeidbar wäre.

Es dauert wohl eine ganze Stunde, ehe sie sich dann doch entschließen die Tanzfläche zu verlassen und an die Bar zu gehen. Dort wird eine Runde Cocktails bestellt, ehe Loona sich auf den Weg zur Toilette macht, Lobo würde dort warten. Kaum ist sie weg, da spürt dieser auch schon eine Hand auf seiner Schulter! Und als er das Gesicht in die Richtung dreht, kann er in die braunen Augen der fremden Frau schauen, deren schwarz gelockte lange Haare offen auf ihre Schultern fallen: „Hallo junger Mann." Mit einem viel zu verführerischen Lächeln schaut sie ihn an. Im Gegenteil zu ihr, legt er es aber nicht darauf an und seine Hand schiebt ihre mit sanftem Nachdruck von seiner Schulter, legt sich dann als Grenze auf den Oberschenkel.

Anscheinend ist diese Grenze für sie nicht eindeutig genug, denn ihre Hand streift sanft über seinen Rücken, was den Herzschlag des jungen Dunkelhaarigen merklich erhöht. Sein Blick wandert Richtung Toiletten, wo bleibt Loona? Aber von ihr ist noch nichts zu sehen, also liegt es in seiner Hand, oder nicht mehr? Er muss es hier schnell beenden, ehe es eskaliert. Noch ehe er einen weiteren Gedanken fassen kann, spürt er die Fingernägel über seinen Nacken streifen und in seinem Kopf macht es leise klick! Weg und zwar möglichst schnell! „Ich werde jetzt besser gehen, suchen sie sich jemand anderen für ihre plumpe Anmache." Und damit steht er von seinem Stuhl auf, doch genauso schnell ist sie auch schon vor ihm und küsst ihn auf den Mund! Seine Hand möchte sie weg schieben, doch der Rest seines Körpers gehorcht ihm nicht mehr, was macht sie mit ihm? Sein Herz rast und die Hitze lodert auf! Ihre Hand ergreift seine, zieht ihn mit sich und er stolpert hinterher wie eine willenlose Marionette. In einer dunklen Ecke schiebt sie in an die Wand, sieht ihn lächelnd an: „DU armer Wolf, was machst du nun? Du hast keine Chance dich zu wehren, weil ich deine Energien ganz durcheinander gebracht habe."

Er schafft es nicht einmal mehr sich von der Wand nach vorne zu drücken, lehnt schwer daran und versucht sich zu beruhigen, indem er die Gedanken zu Loona lenkt: „Was wollen sie von mir?"

Die Dunkelhaarige streicht ihn über die zusammen gebundenen Haare: „Dir die dunkle Seite zeigen, und damit zwei Fliegen mit einer Klappe erledigen."

Lobo schüttelt langsam den Kopf: „Keine Chance, kein Interesse." Wie sie das mit den zwei Fliegen meint, dazu kommt er gar nicht zu fragen, dafür ist es in seinem Kopf gerade zu konfus. Denn sein Puls ist merklich in die Höhe geschossen und er spürt die Benommenheit, er kommt hier nicht mehr weg! Wo ist Loona? „Loona..." flüstert er ihren Namen...

„Oh, sie wird dir nicht helfen können, sie ist beschäftigt, komm mit", damit möchte sie ihn mit sich führen, aber er schafft es doch noch sich wieder etwas zu fangen, sieht das Gesicht seiner Süßen vor sich, und schließt die Augen, um so dem Blick der Anderen zu entgehen, auch wenn sich die Welt dadurch etwas dreht. „Nein..." er atmet durch und merkt plötzlich wie sie von ihm ablässt! „Wir sehen uns wieder, Lobo, das verspreche ich dir und dann hast du keine Chance mehr gegen mich." Und damit lässt sie ihn los und verschwindet zügig den Gang entlang!

Lobo tastet sich an der Wand entlang, erreicht eine Tür und als er sie öffnet kann er einen Raum sehen, in dem einige Sofas stehen. Vermutlich ist das hier so etwas wie ein Ruheraum. Mit zitternden Knien und unsicheren Schritten geht er hinein, immer an der Wand entlang, die Hitze in ihm ist unerträglich und nahe an der Tür sinkt er zu Boden, wo ist Loona? Er braucht sie! Langsam sackt sein Kopf auf die Brust, bleibt er schwer atmend dort hocken: „Loona..."

Diese ist tatsächlich schwer beschäftigt, denn als sie von der Toilette zurück kommt, wird sie von einem schwarz gekleideten Mann angerempelt, der dann auch noch versucht sie zu umarmen und schon ziemlich getankt hat. Sie schiebt ihn dann doch ziemlich vehement beiseite, geht an ihm vorbei, was diesen dazu bewegt sie festhalten zu wollen, doch der Griff hält nicht lange, löst sie ihn mit einer behänden Bewegung und geht dann zügig auf die Tanzfläche zu, um von da aus die Bar zu erreichen. Dort stehen zwei Cocktails alleine, kein Lobo zu sehen! Der Barkeeper deutet auf die Tanzenden, denn bis zum Gang kann er nicht sehen, deswegen geht er davon aus dass er tanzt. Aber egal wo Loona auch hinschaut, sie kann ihn nicht entdecken. Die beiden Cocktails gehen zurück, wer weiß ob da jemand nicht schon Unfug mit getrieben hat, weil sie alleine stehen, verständlicher weise ist Vorsicht angesagt. Dann macht sie sich auf den Weg, denn das leichte Magenkribbeln lässt darauf schließen, dass hier etwas nicht in Ordnung ist und so durchquert Loona bald die Menge der Tanzenden, sieht die geheimnisvolle Frau von eben aus einem Nebengang kommen, so dass sie dort hin verschwindet, als sie sich entfernt hat. Nicht dass sie ihr noch in die Quere kommt, das könnte unschön werden, wenigstens sagt ihr das ihr Instinkt. Als sie nicht weiter kommt, schließt Loona kurz die Augen, ganz ruhig, wo ist Lobo? Kurz taucht ein Bild auf, ein Sofa. Und schnell fragt sie einen der Ordner, ob es hier so etwas wie einen Ruheraum gibt, der auf eine Tür in der Nähe zeigt! Schnell geht sie dort hin, schaut sich noch einmal um, ob die Andere ihr folgen würde, nein, glücklicherweise nicht. Sie hat die Befürchtung Lobo könnte in Schwierigkeiten sein und kommt zügig an der leicht geöffneten Tür an, wo sie ihn zusammen gesunken am Boden findet, als sie hindurch schlüpft! „Lobo! Verflixt, hey, schön hier bleiben."

Lobo öffnet langsam die Augen, schaut zu ihr hoch, als sie seinen Kopf angehoben hat und sein Blick ist weit entfernt, fraglich ob er versteht was sie sagt. Ihre Hand legt sich an seinen Nacken und ein sanftes Kribbeln ist zu spüren, so dass er seine Wange an ihren Arm lehnt, während Loona die Augen schließt, selbst innerlich auch ein Kribbeln spürt.

Es dauert nicht lange, bis sein Blick wieder klarer wird, die innere Unruhe und Hitze verflogen ist, so dass er sie sanft umarmt, dann mit ihr langsam aufsteht: „Sag mir bitte, dass du sie mir nicht auf den Hals gehetzt hast...."

Loona braucht einen Moment um zu verstehen, ehe sie vehement den Kopf schüttelt: „Damit mache ich keine Scherze, solltest du wissen. Ich war selbst beschäftigt, so ein Trottel meinte mich anbaggern zu wollen, hat mich beinahe umgerannt und war dann furchtbar anhänglich."

„Das war nur zur Ablenkung, damit du nicht wieder zu mir kommen kannst..." grummelt der junge Mann leise vor sich hin, die Sache ist eindeutig zu gut durchgeplant, was soll das alles? Nur langsam führt er sie mit sich zu einem der Sofa, wo sie sich auf seinen Schoß setzt und genießend werden einige sanfte Küsse ausgetauscht, nach dem Schrecken genau das Richtige um sich wieder zu erden. Nie wieder möchte er sie verlieren, und ja, in Zukunft würde er besser

aufpassen, das heute ist ihm eine Lehre, eindeutig!
Nach einer halben Stunde sind sie allerdings wieder in voller Konzentration auf
der Tanzfläche zu sehen, von der geheimnisvollen Fremden fehlt jede Spur!

Ying und Yang

Ein neuer Tag und Joshua sitzt an seinem Schreibtisch, wühlt sich durch
einen Berg von Akten, die kein Ende nehmen möchten, als sein Handy piepst!
Bei einem kurzen Blick aufs Display kann er sehen, dass es eine Nachricht von
Peter ist. Schnell wird sie abgerufen, eine Frage ob es abends beim gemeinsamen Training bleibt und dann mit ja beantwortet. Danach geht's weiter, ein beherzter Griff zur nächsten Akte, wo er endlich die Information findet, die er die
ganze Zeit gesucht hat! Schnell gibt er die erforderlichen Daten in den Rechner
ein, schickt dann die vorbereitete Mail ab. Meine Güte, heute schleicht die Zeit
dahin!
Stunden später schaut er fast schon etwas versonnen auf den Kalender, es ist
Vollmond! Der letzte Monat ist unheimlich schnell vergangen. Sheilah und er
haben tags ihre tägliche Arbeit und nachts dann die zusätzlichen Dienste geschafft, ohne auch nur Erschöpfungsmomente zu spüren, ein paar Stunden ausruhen reichte aus. Nur seine innere Unruhe ist mehr und mehr spürbar! Als sein
Handy klingelt, zuckt Joshua echt etwas zusammen, was wohl zeigt wie angespannt er gerade ist. Es ist Peter, er muss absagen, weil er sich auf der Arbeit
den Fuß vertreten hat und kaum laufen kann. „Gute Besserung, das wird wieder, schön hoch legen und kühlen, dann klappt es bald wieder." Joshuas Stimme klingt aufmunternd, kann er doch verstehen dass es keine schöne Situation
ist. Er legt auf, wählt dann Sheilahs Nummer: „Hallo mein Schatz, ich bin heute doch nicht beim Sport. Hast du heute mal auf den Kalender geschaut? Wir
haben Vollmond. Gehen wir dann nachher zu Lupus?" Mit einem Lächeln
lauscht er ihren Worten und nickt: „Das habe ich mir gedacht, du kleine Mond-
süchtige. Gehst du gleich zu Mittag raus? Ich bin hier leider noch nicht fertig,
muss noch einiges zusammen suchen. Ich melde mich aber nochmal, hab dich
lieb." Wieder lauscht er und sein verträumter Blick lässt erahnen was sie ihm
gesagt hat, ehe Joshua auflegt. Mit leicht gekräuselter Stirn sucht er nach der
nächsten Akte. Wieso haben die Abteilungen eigentlich kein einheitliches Sor-
tiersystem, sollte doch eigentlich machbar sein, oder etwa nicht? Ist das echt zu
viel verlangt?
Endlich! Die Uhr zeigt 16:00! Feierabend! Sheilah fährt den Rechner herunter
und verlässt ihr Büro. Am Empfang trifft sie auf Joshua, der ziemlich müde
aussieht. Zusammen gehen sie zum Aufzug und als die Türen sich hinter ihnen
schließen lehnt sie ihre Stirn an seine, umarmt ihn sanft und versucht ihn etwas
auszugleichen, was er auch schnell merkt, denn die Müdigkeit wird weniger! Es

58

ist immer wieder erstaunlich, was die Natur ihnen für Fähigkeiten mitgegeben hat!

Zusammen fahren sie zu ihm, essen eine Kleinigkeit, ehe sich der junge Mann dann doch in seine Hängematte legt, einfach ein paar Minuten abschalten. Sheilah setzt sich in einen der Liegestühle, schließt die Augen und genießt die Ruhe. Wieder spürt sie das Kribbeln im Nacken, öffnet einen Moment später die Augen. Joshua liegt immer noch neben ihr in der Hängematte und schläft. Sanft legt sie ihre Hand auf seinen Oberarm, was ihn zärtlich lächeln lässt. Die letzten zwei Tage bis zum Vollmond erscheinen ihr immer sehr anstrengend, weil der Energieüberschuss sie richtiggehend müde macht. Sie versucht gerade einfach etwas an ihn weiter zu gehen, schließt die Augen, und ist bald danach wieder eingeschlafen!

Weiche Lippen, die ihr Gesicht sanft liebkosen, wecken sie aus ihrem Schlummer und Sheilah blinzelt, während Joshua bei ihr hockt und sie anlächelt. Es dämmert schon, und von oben herab ist der helle runde Mond zu sehen! Sie gibt ihrer Wölfin nach, so wie Joshua auch und beide machen sich auf den Weg.

Wie an jedem Vollmondabend ist das Haus hell erleuchtet und gut besucht. So führt sie ihr gemeinsamer Weg auch sofort in den Kerzensaal, wo Lupus gerade die Vorhänge beiseite schiebt: „Seid herzlich willkommen und seid bereit." Das Mondlicht umschließt sie wohlig und sie schließen die Augen. Mancher setzt sich sofort hin, andere warten noch etwas ab und genießen den wohltuenden Schein.

Loona steht mit offenen Augen dort und spürt, wie die innerliche Ruhe sich wieder ausbreitet, Anspannung und Müdigkeit weichen.

Auch Lobo genießt das Ritual, atmet ruhig mit zu Boden gerichteten Blick und merkt ebenfalls wie seine Kräfte zurück kehren. Als er zu Loona schaut, scheint diese weit weg zu sein. Deswegen nimmt er sie vorsichtig in den Arm, und auch sie umarmt ihn gleich darauf, lehnt sich an ihn und schließt die Augen. Nur langsam kniet er sich mit ihr hin, führt sie mit sich, so dass sie bald ihren Kopf auf seinen Schoß legen kann, sich dabei sichtlich wohl fühlt.

Es dauert eine Weile, ehe die Vorhänge wieder geschlossen werden und sich jeder langsam wieder erhebt. Lupus verabschiedet einen nach dem anderen und schaut Lobo fragend an, denn diesem scheint etwas auf der Seele zu liegen, das spürt der Ältere genau. „Geht das Ritual nur bei Vollmond? Denn wir haben beide das Problem, dass die letzten beiden Tage davor uns Probleme machen. Ich habe zu wenig und Sheilah zu viel Energie, das macht uns beide müde." Lupus lächelt, manchmal ist es schwer auf die einfachsten Dinge zu kommen, aber das sagt er so natürlich nicht. „Da kann dir Loona weiter helfen. Sie hat eine schier unerschöpfliche Energie, was sehr selten vorkommt. Sie muss nur lernen darauf zurück zu greifen und sie mit dir zu teilen, Lobo." Dann nimmt er Loonas Hände, schließt die Augen und nickt kurz: „Reine und so kraftvolle Energie. Nutze sie, wann immer sie gebraucht wird, eine Berührung der Hände reicht schon aus." Er lächelt sie an und die junge Frau neigt nur leicht den Kopf: „Ein Versuch ist es wert mich da ab und an mit Lobo auszutauschen. Dann kann er sich auftanken und ich werde den Überschuss los." Lupus Nicken bestätigt ihre Worte, ehe dieser den Raum verlässt.

Der junge Mann nimmt sie in den Arm, einfach um ihre Nähe wieder etwas zu spüren: „Vielleicht sollten wir es echt zu einem Ritual für uns beide machen." Loona grinst ihn frech an: „Das klingt gut."

Beide zusammen verlassen sie den Kerzensaal und auch bald darauf das Haus. Auf der Rückfahrt im Wagen ist Loona ungewöhnlich still und so schaut er an einer roten Ampel fragend zu ihr hinüber: „Ist alles in Ordnung?" Sie nickt, wiegt dann aber den Kopf etwas hin und her, was denn nun? „Ich habe gerade über unsere innere Energie nachgedacht. Zuviel bei mir und zu wenig bei dir ist nicht okay. Jeder hat irgendwie eine Schwachstelle, mit der wir zurecht kommen müssen."

Er nickt, während sein Fuß wieder leicht aufs Gas tippt und den Wagen damit in Fahrt bringt: „Ja, wie im richtigen Leben auch. Wobei, gibt es für uns eigentlich noch ein richtiges Leben? Ich finde die Übergänge schon erschreckend fließend." Und während er sie beide heim fährt und dann zuhause parkt, fällt ihm auf dass Loona recht still bleibt, sie ist unterwegs eingeschlafen!

Joshua schreckt hoch, als das Geräusch des Weckers ihn erreicht und schaut neben sich, wo Sheilah sich gerade auf die andere Seite dreht. Leise steht er auf, geht in die Küche und setzt erst einmal Kaffee auf, ehe sein nächster Weg ins Bad führt, wo er sich soweit schon für die Arbeit fertig macht. Er hört, wie sich im Schlafzimmer etwas tut und schaut aus der Badezimmertür, entdeckt eine ziemlich verschlafene Sheilah: „Guten Morgen mein Schatz, der Kaffee läuft schon durch." Ein sanfter Kuss von ihm auf ihre Wange, ein genießendes Augen schließen ihrerseits, ehe sie ins Bad schleicht und unter die Dusche geht. In der Zeit deckt er eben den Tisch und zieht sich um.

Einige Minuten nach seiner Rückkehr in die Küche taucht auch Sheilah auf, als er gerade den Kaffee eingießt, der herrlich duftet! Sie setzt sich noch etwas zerknautscht an den Tisch und schnuppert, als er mit dem Brötchenkorb zu ihr kommt, wo sie frisch aufgebacken drin duften! Es ist schon lange her, seit sie so gemütlich gefrühstückt hat. Meistens ist es dann doch bei ihr etwas eng, auch wenn sie sich Mühe gibt vernünftig eine Schnitte und eine Tasse Kaffee zu schaffen, ohne hinaus zu hecheln. Schlimmstenfalls holt sie das im Büro nach, wenn die Bettschwere zu heftig war. Aber seit ihrer Wolfszeit ist es eindeutig besser, auch wenn sie immer noch etwas Zeit braucht um richtig wach zu werden.

Während sie futtert, macht sich Josh noch etwas für die Arbeit fertig, damit er nicht nach kurzer Zeit dort schon wieder die Kantine stürmen muss, denn Appetit hat er in letzter Zeit gut und immer.

Als Sheilah sich auch ihre Brötchen macht, schaut sie zu ihm hinüber: „Schatz, was hältst du davon, wenn wir heute zusammen zur Arbeit fahren? Oder sollen wir noch weiter Verstecken spielen? Ich meine, wir dürfen es doch zeigen, es gibt keine Klausel in unseren Arbeitsverträgen, dass Mitarbeiter keine Beziehung eingehen dürfen." Wobei sie weiß, dass es so etwas in manchen Firmenverträgen tatsächlich gibt! Aber sie sieht es nicht ein, wieso ausgerechnet sie das verheimlichen müssten, es würde eh irgendwann in der Firma die Runde machen und Benzinverschleuderei ist es ebenfalls.

Joshua sieht sie doch etwas erstaunt an, weil seine Kleine so in die Offensive geht: „Du hast eindeutig recht, wenn du möchtest dann wechseln wir uns wöchentlich ab. Soll ich anfangen?" Als dies ihrerseits mit einem Nicken bestätigt wird, ist die Sache beschlossen!

Die junge Frau in den schicken Bürosachen beugt sich zu ihm hinüber und küsst ihn zärtlich auf die Wange, was ihn die Augen schließen lässt, die Berührung bis in den Magen nachspüren kann und die Schmetterlinge schwirren auf! Vermutlich geht es ihm wie ihr, ist da eindeutig das Verlangen nach mehr, aber das muss leider bis nach der Arbeit warten, sonst würde es deutlich auffallen, wenn sie beide bester Laune und zusammen zu spät kommen würden... Deswegen steht sie dann auch einfach auf, packt die vorbereiteten Dosen in ihre Tasche, so wie Joshua es bei seiner Aktentasche auch macht, noch etwas zu trinken dazu und fertig sind sie.

Zu guter Letzt kommt er aber dann doch noch zu ihr hin, umarmt sie kurz und doch so sanft, so dass sie seine Wärme spüren kann, ein so zärtlicher und liebevoller Moment wie sie ihn liebt, für kein Geld der Welt zu kaufen.

Die Vernunft siegt und beide gehen in den Flur, Jacken über gezogen, Schuhe vorher an und schon machen sie sich auf den Weg. Die Sonne scheint strahlend hell und warm in ihre Gesichter, als sie durch die belebten Straßen fahren.

Sicher wird der Wagen von Joshua durch die Stadt gelenkt und bald erreichen sie auch schon das Parkhaus.

Sheilah schlüpft hinaus, nimmt ihre Tasche und die kleine Handtasche und wartet, um mit ihm dann zusammen zum Aufzug zu gehen. Es fühlt sich so wunderschön an, dieses zusammen, nicht mehr alleine jeder für sich, sondern beide zusammen... Gemeinsam gehen sie zum Aufzug, drückt sie schon flink den Knopf, auch wenn sie noch Zeit genug haben. Und als die Tür sich öffnet, huschen sie auch beide gleichzeitig hinein, was Joshua lächeln und sie leise kichern lässt, verrückt aber auch! Schnell noch einen letzten frechen Kuss gestohlen, ehe die Aufzugkabine anhält und die Türen sich oben in der Büroetage erneut öffnen. In Joshuas Nacken kribbelt es immer noch so angenehm und auch Sheilah spürt es auf ihren warmen weichen Lippen wie es nachbritzelt wie kleine Stromschläge.

Mercedes vom Empfang scheint da schon was zu ahnen, denn sie begrüßt sie beide mit einem verschwörerischen Lächeln und strahlt dann einfach nur vor sich hin. Ja, anscheinend ist es ihnen anzusehen. Aber macht das was? Vorerst allerdings trennen sich ihre Wege, ab in die jeweiligen Büros und an den Rechner, die Arbeit wartet.

Tapfer wühlen sie sich durch ihre Aufgaben, hin und wieder schweifen allerdings die Gedanken dann doch etwas ab und ja, teils beflügeln aber genau diese lächelnden Gedanken dann auch die Arbeit wieder, so dass Joshua schon eine ganze Menge an Akten geschmälert hat, die sich noch anfangs auf dem Tisch türmen konnten. Das Ziel ist in Sicht! Gerade da gibt sein Rechner einen leisen Piepton von sich, als eine interne Email ankommt und er lächelt, weil sie von Sheilah ist: „Sehen wir uns zum Mittagessen?" Still lächelnd nickt er, sie ist eine wunderbare Frau, ganz von dieser fast schon magischen Verbindung zwischen ihnen. Also schickt er einen lachenden Smiley zurück und es dauert nicht lange bis es erneut piepst: „Ich freu mich, bis 13 Uhr." Ein Blick auf seinen selbst erstellten Tagesplan, die Tabelle fehlt noch. Nicht unbedingt seine Lieblingsaufgabe, aber sie muss halt erledigt werden, also macht er sich etwas mühsam daran. Die Minuten fliegen dahin, Zahlen erscheinen, werden verrechnet, Linien und Formeln hinzu gefügt, und schon piepst die nächste Mail heran: „Bist du soweit? Ich habe Hunger..." Mit einem verschmitzen Grinsen macht er schnell den letzten Rest noch fertig, speichert sie endgültig ab, fertig! Und als Antwort bekommt sie ein: „Wir sehen uns vorne ☺" Der Rechner wird gesichert und dann das Büro verlassen, und gerade da kommt auch Sheilah um die Ecke, als er den Empfang erreicht.

Nachmittags ist die erste Handlung von Sheilah, als sie zusammen bei Joshua ankommen, ihre Kerze anzuzünden, irgendwas drängt sie gerade zu dazu es zu machen. Bald sitzt sie davon, spiegelt sich die Flamme in ihren Augen und ihr Blick versinkt darin, während sich ihr Puls mehr und mehr verlangsamt. Leise kommt Joshua eine Weile später ebenfalls ins Wohnzimmer und sieht sie dort in Gedanken versunken sitzen, so dass er sich einfach nur leise zu ihr setzt und seine Kerze auch anzündet, ein lieb gewonnenes Ritual. Es tut gut darin zu versinken und die Ruhe zu spüren.

Sheilah spürt ein leichtes Herzklopfen, versucht heraus zu finden woher es kommt, nur leise kann man sie hören: „Lupus?" Nur sie kann seine leise Stimme hören: „Ich bin da, ich habe eine Aufgabe für euch beide, für heute Nacht. Sagst du es bitte an Lobo weiter." Sie lächelt leicht, schließt kurz die Augen und nickt: „Das mache ich, bis später am Haus." Als sie ihre Augen wieder öffnet und sich umschaut, kann sie Joshua sehen, der mit ruhigem Atem und ebenfalls geschlossenen Augenlidern auf dem Sofa sitzt. Leise steht sie auf, ohne eine Reaktion von ihm zu sehen, stellt sich hinter ihn an die Sofalehne und flüstert leise: „Nicht erschrecken." Ihre Hände legen sich sanft auf seine Schultern, beginnen diese zu massieren und der Dunkelhaarige legt sich zurück ins Polster, während ein Lächeln seine Lippen umspielt.

Sie massiert liebevoll von den Schultern über seinen Oberkörper streichend, seinen Hals entlang, über die Schultern zurück, hoch an die Wangen. Sein tiefes Durchatmen zeigt ihr deutlich wie er sich entspannt und nur sanft wandert sie weiter, massiert seine Schläfen, was sie auch selbst eine wohlige Entspannung spüren lässt. Joshua kann sich gerade einfach nur fallen lassen, so dass er die Ruhe in seinen Körper kriechen spürt und doch, bald kann sie ihn leise hören, nur ein Flüstern, aber ihre Öhrchen bekommen es mit: „Komm zu mir..." Langsam geht sie um die Couch, kniet sich dann frech über seinen Schoß, während Joshua still abwartet. Sanfte Lippen, die seinen küssen, Hände die sich an seinen Nacken legen und ihn liebkosen und nur langsam öffnet er die Augen, kann sie die Anwesenheit des Tieres sehen, ehe der junge Mann ihr seinerseits über den Rücken streichelt, in ihrem Blick versinkt: „Ich liebe dich, mein Schatz." Sie antwortet mit einem zärtlichen Lächeln: „Wollen wir ins Schlafzimmer umziehen?" Und auf sein Nicken hin steht sie langsam auf, zieht ihn dann mit sich hoch und rückwärts weiter, während sie eine Hand auf seine Augen gelegt hat. Aber die zweite an seiner Taille lässt ihn ihre Bewegungen spüren, so dass er folgen kann. Und erst als sie sachte mir den Unterschenkeln am Bett anstößt, gibt sie ihn wieder frei, lässt sich auf die Matratze fallen, so dass dieses Mal er sich über sie kniet.

Mit einem Mal schaut Sheilah ihn doch etwas fragend an: „Wie hat dieses Weib dich eigentlich so schachmatt setzen können?" Und sie kann es sehen, wie er ernster schaut, fast sogar etwas genervt, wie kann sie ausgerechnet jetzt diese Frage stellen? Man man man! „Möchtest du das jetzt wirklich wissen?" kommt es deswegen auch leise brummelnd und Sheilah nickt, „Vertraust du mir? Ich möchte es ja nicht ausnutzen." Okay, das leuchtet ein, immerhin ist es auch gut, wenn sie seine Schwachstellen kennt. „Sie hat mich mit ihren langen Fingernägeln total aus dem Konzept gebracht..." kommt es deswegen auch etwas grummend, denn wer gibt so etwas gerne zu?

„Du meinst ungefähr so?" Und damit legt sie mit einem Lächeln ihre Hand in seinen Nacken und bewegt die Fingerspitzen leicht, wodurch sie sofort merken kann wie sein Puls in die Höhe geht! „Kleines Biest..." Ja, da steigt die Hitze in ihm wieder an, als sie so über seine Haut kratzt und er merkt die Leichtigkeit in seinen Körper kriechen, aber noch macht es ihm nichts aus, weiß er ja auch, dass ihm nichts mehr passieren kann wenn sie da ist.

Sheilah spürt die Wärme ebenfalls und sieht ihn einen Moment forschend an: „It alles in Ordnung? Du glühst wieder." Aber sein Nicken und seine Worte „Mach einfach weiter" lassen sie sich wieder etwas entspannen, er wird schon wissen was er da tut. Nur vorsichtig fährt sie ihm wieder über den Nacken: „Leg deine Hände an meine Taille." Und als Antwort gibt es ein wohliges Aufseufzen von ihm, ehe seine Hände sich an ihren Körper legen, leicht zu kribbeln anfangen. Das Feuer wird stärker und er beugt sich zu ihr, möchte sie auf die sündigen Lippen küssen, die in locken, doch ihre Arme verhindern es, indem sie diese etwas zusammen drückt und ihm damit den Weg versperrt. 2Mein kleines Biest..." lächelt er sie an und Sheilah kichert, „Du wiederholst dich, mein Schatz. Nehme ich dir schon so den Verstand?" Und schon wandern ihre Hände über sein Shirt, ehe sie darunter wandern und die Nägel sanft über seinen Rücken und die Seiten huschen!

Joshua bäumt sich leicht auf, als das Kribbeln ihn förmlich überrennt und Funken vor seinen Augen tanzen! Verflixt, er ist in dem Punkt wohl sehr empfindsam, da muss er eindeutig aufpassen, aber darüber denkt er natürlich jetzt gerade nicht nach, sondern spürt nur sein rasendes Herz! „Sheilah..." Seine Stimme versagt und er sinkt in ihre Arme, bleibt dort schwer atmend liegen, während er den Kopf an ihrer Halsbeuge vergräbt und sich einfach nur dem Gefühlen in sich nachgibt. Die Hitze, dann das Kribbeln, was aber nicht als Höhepunkt benannt werden kann, soweit ist er nicht gewesen, aber dennoch hat ihn alles überrannt. Schützend legen sich ihre Arme um ihn, halten ihn fest: „Es ist alles in Ordnung." Und es dauert nicht lange, bis er langsam den Kopf wieder hebt, sein klarer Blick zurück gekehrt ist: „Es hat tatsächlich funktioniert, solange ich mit dir in Kontakt bleibe."Frech grinsend dreht sie ihn etwas auf die Seite: „Du wirst schwer, hast zu viel gefuttert." Und danach belohnt sie ihn mit einem liebevollen Kuss. Leise seufzend sammelt er sich wieder, schaut sie dann doch etwas herausfordernd an: „Gibst du mir eine zweite Chance? Es fühlt sich so gut an, besser als alles was ich vorher kannte." Da kann Sheilah nicht anders, als ihn etwas zu kitzeln und zu lachen: „Das musst du dir aber dann verdienen!"

Neue Aufgaben

Am Abend finden sie sich dann wie versprochen bei Lupus in dem alten Haus ein. Er sieht besorgt aus, als sie sich in der Bibliothek zusammen setzen: „Es gibt Probleme. Die dunkle Seite versucht immer wieder Wölfe zu sich zu ziehen."

Loona nickt nur leicht: „Ja, ich weiß. Lobo hat die Erfahrung auch schon machen dürfen und sie kannte seine Schwachstelle, mich." Und während sie das sagt, spürt sie das heftige Kribbeln durch ihren Körper jagen, was sie für den Moment die Kontrolle verlieren lässt: „L..." Noch sucht sie nach Halt, weil der Raum sich dreht und ihr Körper sich matt anfühlt. Dann merkt sie nur noch wie jemand nach ihr greift, während ihr Atem stoßweise geht, ihre Augen zufallen und nur von weit her klingt die Männerstimme zu ihr, ist es Lupus, oder Lobo, sie weiß es nicht genau: „Loona, komm zu mir." Sie versucht es, ihr Kopf bewegt sich leicht und doch kann sie die Schwerelosigkeit nicht verlassen!

„Sie hat eindeutig zu viel Energie, ich muss ihr etwas abnehmen." Und damit bettet Lupus sie auf das Sofa. Seine Hände legen sich an ihre Schläfen und er schließt die Augen, während zu erkennen ist wie sein Körper leicht zu zittern anfängt.

Loona fühlt sich in dem Moment wie in einem Sog und es dauert etwas, ehe sie langsam die Augen wieder öffnet, die Schwäche fast verschwunden ist, nur die Hände des Älteren liegen noch an ihrem Kopf. „Was war los?" fragt sie deswegen auch mit rauer Stimme.

Lupus öffnet die Augen wieder und lässt sie wieder los, als er sicher ist dass es ausreicht: „Ich habe dir Energie abgenommen, du hattest eindeutig zu viel davon in dir. Anscheinend bist du für eine bestimmte Aufgabe vorgesehen, denn dieses Potenzial haben normalerweise nur Heiler." Nachdenklich schaut er sie an, vielleicht ist sie genau das? Niemand kann vorher wissen, welche Ausgabe, welcher Status im Rudel vorgesehen ist, aber bei ihr kristallisiert es sich zunehmend heraus.

Nachdem es ihr nun wieder gut geht, setzt sich die junge Frau richtig hin: „Aber wieso leide ich so? Das kann doch nicht immer so bleiben, Lupus."

Dieser schüttelt nur leicht den Kopf: „Du wirst deine Bestimmung in unserem Kreis finden, es gab lange keine so starke Heilerin, und es kann für uns alle nur von Vorteil sein. Durch deine Aufgabe wirst du deine Energien ins Gleichgewicht bringen können und uns damit helfen. Ohne dass es so unangenehme Ausfälle gibt." erklärt er ihr schon fast von sich aus, was sie als nächstes fragen möchte, als ob er ihre Gedanken lesen würde. Oder vielleicht sind es auch einfach die nächsten Sätze, die er erwarten würde.

Aufmunternd schaut er sie an, während Lobo einfach nur still daneben saß und beide anblickte. „Ihr werdet weiter streifen, mit einigen Ausnahmen. Ich werde euch einem Freund vorstellen, der einen Begleitservice hat. Bei ihm können normale Menschen Begleiter ordern, die natürlich alles Wölfe sind, aber das bleibt unter uns. Sie können ihnen einen höheren Sicherheitsstandard bieten, halten sich aber normalerweise eher im Hintergrund, außer wenn sie als offensichtliche Abendbegleitung oder zum Joggen oder so etwas gebucht werden, aber selbst da würde niemand auf die Idee kommen, dass es Bodyguards sind. Manchmal ist ein Einschreiten dennoch nicht zu vermeiden und da kommst du dann ins Spiel, Loona."

Die junge Frau schaut ihn vermutlich an wie der Ochs den Berg! „Aber was soll ich denn dann machen? Lernst du es mir? Ich habe keine Ahnung, mal von der normalen Ersten Hilfe abgesehen, die beim Führerschein erlernt wird."

Ein Nicken seinerseits folgt, ehe er ihre Hände nimmt: „Komm, setzt dich auf den Boden." Und damit führt er sie aus der Bibliothek hinaus und in den Kerzensaal, wo die Vorhänge verschlossen sind, ehe er sich dort auf den Boden kniet, Loona es ihm gleich tut. Wieder nimmt er sie bei den Händen und schließt die Augen: „Entspanne dich und lerne."

Im ersten Moment ist sie etwas überrascht, so einfach soll das sein? Doch dann beginnen die Bilder durch ihren Kopf zu tanzen, so dass sie die Augen schließen muss, keines davon näher beschreiben könnte, dafür sind sie zu schnell.

Lobo ist ihnen gefolgt, bleibt im Hintergrund stehen und wartet stumm ab, Lupus weiß genau was er da macht, auch wenn er selbst nicht genau weiß, was hier vor sich geht. Denn Loona und Lupus bleiben wohl ungefähr eine Stunde so ruhig sitzen, ehe er die Augen öffnet, gerade ziemlich müde aussieht. Seine Hände lassen ihre los, die in ihren Schoß fallen und er streicht sich durch die dunklen Haare, ehe er langsam aufsteht und zu Lobo hinüber kommt, nur leise mit ihm spricht: „Sie braucht noch Zeit, um alles zu verarbeiten. Ich habe ihr mein gesamtes Wissen übertragen. Sie wird sich an kaum etwas davon erinnern, aber intuitiv darauf zugreifen können. Entschuldige mich jetzt bitte, ich ziehe mich etwas zurück." Und damit geht er zur Tür, verschwindet im Nebenraum, wo er auf die Knie sinkt. Als Lobo ihm folgen möchte, kann er ihn hören: „Keine Angst, es ist alles in Ordnung." Dann legt er seine Handflächen auf die Oberschenkel, schließt die Augen und verharrt in Stille.

Leise geht Lobo zu Loona zurück, setzt sich vor sie hin und schließt ebenfalls die Augen, die Stille tut unglaublich gut! Und es dauert eine ganze Weile, ehe er eine Bewegung hört und sie sich rührt. „Lobo...", er hört ihre Stimme, öffnet die Augen und sieht in ihre, die gerade so müde aussehen. Vorsichtig hilft er ihr hoch: „Alles in Ordnung?"

Sie nickt, schmiegt sich dann aber doch an ihn: „Ja, aber ich fühle mich wie zerschlagen. Wo ist Lupus?" Ihr Blick geht umher und haftet an der Tür, als Lobo darauf deutet: „Er braucht selbst auch etwas Ruhe. Wie sieht es bei dir aus?"

Loona lächelt nur leicht: „Ich sehne mich gerade tierisch nach meinem Bett..." Ihr Blick wandert zu Lupus, ehe sie leise flüstert und sicher ist, dass er es hören kann: „Mir geht es gut. Ich danke dir für dein Vertrauen, Lupus." Und es dauert nicht lange, bis sie seine gerade ungewohnt leise Stimme in ihrem Kopf hören kann: „Nutze es zum Wohl der Lichtwölfe und der Menschheit. Und nun, schlaf gut."

Sanft und gleichzeitig haltend legt Lobo ihr einen Arm um die Schultern und bringt sie zum Auto. Loona kann sich kaum auf den Beinen halten, als ob sie zwei Tage dauerhaft wach gewesen wäre, fühlt sich total übermüdet und es dauert wohl keine fünf Minuten, als sie im Wagen durch die Stadt fahren und sie ist tief und fest eingeschlafen! Als Lobo direkt bei ihr vor der Haustür parkt und sie anspricht, kommt keinerlei Reaktion! „Schatz? Hörst du mich?" Nein, anscheinend nicht. Aber in ihrer Hand kann er den Haustürschlüssel sehen, den sie nach dem einsteigen schon aus der Jackentasche gezogen hat. Behutsam nimmt er ihn ihr ab, ohne sie auch nur aufzuwecken, dann steigt er aus, öffnet die Haustüre und klemmt sie fest, um danach zum Wagen zurück zu kehren und die Schlafende vorsichtig heraus zu heben.

Loona merkt nicht einmal, wie sie im Schlafzimmer aufs Bett gelegt wird, er dann zur Türe geht und sie schließt und die junge Frau dann vorsichtig aus Schuhe und Jeans schält. Nur in leises Grummeln ist zu hören, aber wach wird sie dabei nicht. Mit einem Lächeln auf den Lippen deckt er sie zu, und krabbelt dann zu ihr, nachdem er sich auch soweit ausgezogen hat.

Hell scheint die Sonne ins Zimmer, als Sheilah wach wird und das Bett spürt! Ihr Blick wandert unter müden Augenlidern hinüber zu Joshua, der noch tief und fest zu schlafen scheint! Und als sie weiter zur Uhr schaut, kann sie sehen, dass es mittlerweile schon zehn am Morgen ist! Verflixt, sie haben verschlafen! Gerade macht sie Anstalten aus dem Bett zu krabbeln, als er sie an der Taille zurück hält: „Schatz, wir haben Wochenende, schlaf dich aus." Tatsächlich, als sie auf die Anzeige ihrer Armbanduhr schaut, sieht sie dass es Samstag ist! „Oh Mann, was für ein Chaos... bin ich gestern eigentlich alleine ins Bett gegangen? Ich kann mich nicht mehr dran erinnern." Sie kuschelt sich wieder an ihren Schatz, der ihre Ponylocken küsst: „Du bist auf der Fahrt eingeschlafen und ich habe dich nicht wach bekommen, also habe ich dich einfach mal direkt ins Bett verfrachtet. Das scheint gestern ziemlich anstrengend gewesen zu sein."
Sie blinzelt kurz und schaut ihm dann in die Augen: „Ja, dabei weiß ich kaum etwas davon. Irgendwie ist alles nur noch verschwommen und leer."
„Das ist normal, wenigstens sagte mir Lupus das gestern. Du wirst es wissen, wenn du es brauchst, intuitiv darauf zugreifen", damit schmiegt er sich an sie und Loona schließt die Augen, dämmert wieder langsam weg.

Abends finden sie sich an der Diskothek ein, die Levior, dem guten Freund von Lupus gehört. Es dauert nicht lange, bis Loona ihn in der Menge am Eingang entdeckt, ein groß gewachsener und gut gebauter Mann mit dunkelbraunen Haaren, dazu grüne Augen und ein freundliches Lächeln auf den Lippen. Seine Ausstrahlung ist wirklich beeindruckend! Dabei trägt er nur eine einfache schwarze Jeans zu einem dunklen Shirt und Lederblouson mit Turnschuhen. Und als er sie entdeckt, anscheinend hat Lupus sie sehr gut beschrieben, kommt er zu ihnen hinüber, reicht nacheinander die Hand: „Loona und Lobo nehme ich an, herzlich willkommen." Durch einen Hintereingang betreten sie dann zusammen die Diskothek, und haben auf dem Weg durch den langen Flur schon Gelegenheit sich etwas zu unterhalten, ehe sie einen hell erleuchteten Raum erreichen. Dort bietet Levior ihnen Plätze an einem Tisch an: „Bitte, setzt euch doch. Lupus sagte mir, ihr seid eine gute Verstärkung für unser Team. Was hat er so erzählt?" Neugierig schaut er von einer zum anderen.
Lobos Blick wandert direkt in seine Augen, forschend und gleichzeitig etwas ragend, er möchte wissen mit wem sie es zu tun haben, auch wenn er sich sicher ist, dass Lupus ihnen nicht schaden möchte: „Es sei ein Begleitservice mit Wölfen als Mitarbeiter und Loona könnte hier ihre Kräfte besser einsetzen und auch ihre Energien kontrollieren."
Auf Leviors etwas kantiges Gesicht legt sich ein Lächeln: „Er hat geschmei-

chelt. Wir versuchen mit unserem Team das Gleichgewicht zwischen Menschen und Wölfen in unserer Welt zu erhalten, was leider nicht immer einfach ist. Denn immer wieder kommt es vor, dass Lichtwölfe auf die Schattenseite wechseln, somit auch das Wissen mitnehmen, was dann gegen uns genutzt werden kann. Die Schattenwölfen haben auch einige Fähigkeiten, mit denen sie eine gewisse Macht ausüben können, ohne dass man es selbst schnell genug merkt. Unsere Aufgabe ist die Erhaltung des Gleichgewichtes und die Aufrechterhaltung des Rechts, den Schutz der Menschen vor abgedrifteten Wölfen und vor den direkten Schattenwölfen. Und Loona als Heilerin ist da natürlich ein Vorteil auf unserer Seite, da es immer wieder mal zu Handgreiflichkeiten aller Arten kommen kann, obwohl wir selbst da mit den sanftesten Mitteln vorgehen, solange es eben geht."

Jetzt ist es wohl Loona, die erstaunt aus der Wäsche schaut: „Bitte? Seit wann gibt es diese Kämpfe? Ich gebe zu, damit habe ich nun nicht gerechnet, davon ist in der Menschenwelt nichts zu merken." Menschenwelt, wie sich das gerade anhört, doch etwas eigenartig, ist es noch nicht lange her, seit sie da auch zu gehörte...

Von Levior kommt nur ein leichtes Kopfwiegen: „Im Prinzip geht es schon seit Anbeginn so, da es immer schon eine Parallelwelt mit den Wölfen gab, nur mit den Jahren vermischten sich die Welten nach und nach und auch die Wölfe entwickelten sich weiter, leider nicht immer zu ihrem Vorteil. Die Wölfe des Lichts sitzen mittlerweile in vielen Rechts- und Schutzberufen, ohne groß aufzufallen, denn es ist alles gut durchorganisiert und arbeitet Hand in Hand. Bei den Schattenwölfen sieht es alles etwas anders aus, mit dem nicht auffallen, aber gut organisiert sind sie zu unserem Leidwesen auch. Kommt..." Damit steht er von seinem Sitzplatz auf, zu dem sie während des Gesprächs hin gegangen sind und sich ebenfalls gesetzt haben und sie betreten einen weiteren Gang der Diskothek. An der Bar nickt der Barkeeper ihnen freundlich zu: „Hey, ihr ward doch letztens hier, oder?" Loona nickt nur leicht, während Lobos Gedanken zu dem betreffenden Abend abschweifen und er eine gewisse Unruhe spürt, die auch Loona auffängt und ihm ihre Hand beruhigend auf den Rücken legt, mehr nicht, das reicht allerdings schon aus.

Mit prüfendem Blick dreht sich Levior plötzlich langsam um und schaut durch den großen Raum, irgendetwas hat eine innere Unruhe in ihm ausgelöst, unabhängig von Lobos, es scheint sich etwas anzukündigen! „Irgendetwas stimmt hier nicht, haltet bitte die Augen auf", wendet er sich an die Beiden und dann fragt er seine Mitarbeiter per Knopf im Ohr ab, doch es gibt je nur neutrale Rückmeldungen, die ihn nicht beruhigen können, denn sein Instinkt sagt ihm etwas anderes.

Die junge Wölfin schaut sich die Gäste an, die alle in bester Stimmung und tanzfreudig daher kommen und doch bleibt ihr Blick plötzlich an einer Person haften! Dort hinten steht die dunkelhaarige Frau mit den Locken! Loona atmet durch, weil sie merkt wie sich in ihr eine gewisse Wut aufbaut, die sie gerade aber wohl am wenigsten braucht, und schafft es ihren schnellen Puls wieder zu beruhigen, ehe sie Lobo auf ihre Entdeckung aufmerksam macht. Dieser folgt ihrem Blick und geht dann zu Levior, vermeidet aber auf die Person zu zeigen: „Wer ist die Frau dort hinten, mit den schwarzen langen Lockenhaaren?" Der Andere scheint mit der Beschreibung alleine schon etwas anfangen zu können, denn sein Blick wandert routiniert umher, fängt sie dabei ein und er räuspert sich kurz: „Na prima, das ist Tamira, eine falsche Schlange von Schattenwolf. Dazu ist sie noch sehr kraftvoll und unserer Vermutung nach ebenfalls eine Heilerin. Ihr solltet vorsichtig sein. Sie hat innerhalb kürzester Zeit drei meinen Männern so zugesetzt, dass ich sie beurlauben musste, damit sie wieder auf die Beine kommen können. Wieso fragst du?" Von Lobo kommt nur ein bitteres leises Lachen: „Ich habe ebenfalls schon Bekanntschaft mit ihr gemacht, sehr unangenehm im Abgang." Und er sieht, wie sie langsam durch die Menge zu ihnen hinüber kommt, ihn anscheinend auch schon erkannt hat? „Was hat sie vor?" Loona bemerkt das Kribbeln auf ihrer Haut. „Das gefällt mir nicht." Sie kann sich noch gut daran erinnern, als sie Lobo dort fand, noch einmal möchte sie das nicht erleben.

Levior gibt seinen Männern ein stilles Zeichen und diese folgen ihr mit etwas Abstand. Tamira besitzt tatsächlich die Dreistigkeit hier zu ihnen zu kommen! Der Blick aus dem stark geschminkten und damit fast schon maskierten Gesicht ist eiskalt, als sie ihn anschaut: „Na, wie sieht es bei dir aus? Wir warten noch auf jemanden wie dich, mein Süßer. Noch ist Zeit es dir zu überlegen." Doch sein Blick ist mindestens so hart wie ihrer: „Verschwinde von hier, du hast in diesem Gebäude nichts zu suchen."

Tamira dreht sich um, anscheinend möchte sie wieder gehen, streicht dann aber Lobo blitzschnell über die Haare, während sie die nächsten Worte an ihn richtet: „Warst kein guter Gesellschafter, aber das kann ich dir noch beibringen." Dieser spürt wieder die aufwallende Hitze und schluckt hart: „Du hast meine Gesellschaft gar nicht verdient." Dann schiebt er ihr Hand beiseite und wendet den Blick Richtung Tanzfläche, um nicht mehr in ihre Augen schauen zu müssen, die ihn deutlich anziehen, aber weder das noch ihre Berührung kann er gerade ertragen. *Bleib ruhig, mein Schatz.* Er hört Loonas Stimme in seinem Kopf. Ob Tamira das auch mitbekommen hat? Denn sie wendet ihren Blick von ihm ab, schaut die Kleine an, auch wenn deren Augen sie nur abweisend mustern, was von einem geheimnisvollen Lächeln beantwortet wird: „Sorry Welpe, aber du kannst rein gar nichts gegen mich machen. Dafür bist du eindeutig nicht stark genug." Und damit dreht sie sich weg und geht durch die Menge wieder davon!

Lobo atmet einige Male tief durch, merkt wie er wieder ruhiger wird je weiter sie sich entfernt: „Was für ein Biest. Ich denke allerdings, dass sie sich täuscht." Und er sieht seinen Schatz an, lächelt dabei sanft, ehe diese ihr auch nur kurz hinterher blickt „Ich will es hoffen." Indirekt wurmt es sie ziemlich, dass sie als Welpe bezeichnet worden ist, von dieser Schnepfe! Dafür schaut Levior sie nun aufmunternd an: „Hör nicht auf sie. Du musst dir nur deines Kraftspektrums bewusst werden und es einsetzen können, das dauert eine Weile, aber du schaffst es, da bin ich mir sicher." Sie zuckt nur etwas hilflos mit den Schultern: „Ich bin mir momentan überhaupt nicht sicher was ich kann und fühle mich von vielen Situationen richtig gehend erschlagen." Er legt ihr die Hand auf die Schulter: „Wenn du es nicht schaffen könntest, dann hätte Lupus dir niemals sein Wissen übertragen, du bist stärker als du meinst und genau das brauchen wir und Lupus kann das sehr gut einschätzen, ohne dir zu viel zuzumuten. Die Schatten sind zahlenmäßig angewachsen und meinen, dass sie uns überlegen wäre, das hast du deutlich an Tamiras Reaktion gesehen, die sie auch entsprechend aufwiegelt. Aber sie sind es nicht, und wir sind stark genug um es niemals soweit kommen zu lassen." Die junge Frau zieht doch etwas die Augenbrauen zusammen: „Aber, wieso gibt es diesen Kampf eigentlich? Ich meine, woher kommt er? Woher entspringt er?"

„Warum gibt es einen Kampf zwischen Gut und Böse? Eine Frage die niemand beantworten kann, denn sie existiert seit es die Welt gibt. Es gab schon seit Existenz der ersten Wesen jemanden, der die Schwachen unterdrückte. Deswegen bin ich froh, dass du als Heilerin zu uns gekommen bist. Denn deine Kraft ist wichtiger wie etliche Wölfe zusammen. Du bist unser Talisman, unser Schutz. Und auch wir Wölfe des Lichts werden dich beschützen." Leviors Worte klingen sanft und fast ein wenig väterlich, auch wenn er gar nicht viel älter wie sie beide sein dürfte.

Mit Tränen in den Augen hat sie schweigend zugehört, ja, die Worte haben ihr Herz berührt, auch wenn sie dann eher leise antwortet, nachdem sie sich kurz geräuspert hat: „Aber, was mache ich besonderes? Ich weiß es wirklich nicht." Er nimmt sie in seinen Arm: „Hey, alles ist gut. Wenn die Zeit gekommen ist, dann wirst du es wissen, es nutzen ohne darüber nachdenken zu müssen. Mach dir keine Sorge. So geht es wohl fast jedem am Anfang." Dann nickt er Lobo zu, der Loona übernimmt und mit ihr ein Stück beiseite auf die Tanzfläche geht. Langsam bewegen sie sich dort zu einem gerade laufenden recht ruhigen Lied und sie legt ihren Kopf an seine Schulter, schließt die Augen und langsam kann sie spüren, wie sie innerlich wieder ruhiger wird.

Der erste Schüler

Die Sonne geht gerade glutrot auf, während Joshua bei sich zuhause in der mittlerweile für zwei Personen ausgerichteten Hängematte liegt und Sheilah in seinem Arm hält, die sich neben ihm eingerollt hat. Es ist schon erstaunlich, denn seit einigen Tagen brauchen sie nur noch kurze Ruhepausen. Nachts vielleicht drei Stunden und zwischendurch mal eine halbe Stunde ausspannen, das reicht aus. Es hat echt auch seine Vorteile dieses Leben zu führen. Aber er merkt auch, dass Sheilah zwischendurch förmlich unter Strom steht, aufgetankt mit purer Energie. Bei ihm selbst ist es eher das Gegenteil, er spürt teils eine Mattigkeit, wenn sie lange unterwegs sind. Und dann ist es die beste Gelegenheit sich bei ihr wieder aufzuladen, wie ein entladener Akku. Was ihr dann das Gleichgewicht wieder bringt, wenn er ihr etwas ihrer eigenen Energie abnehmen kann, die schier unerschöpflich zu sein scheint.

Doch sie macht es teilweise nervös, denn sie merkt, dass die Energie sie und nicht sie diese kontrolliert. Gleichzeitig spürt sie das von Lupus übertragene Wissen, ohne darauf offensiv zugreifen zu können! Und die neuen Instinkte machen ihr teils Angst. Gleichzeitig gehen ihr viele Fragen durch den Kopf. Was meint Levior nur damit, dass die Wölfe sie beim Kampf zwischen Licht und Schatten beschützen würden, und wie sieht dieser genau aus? Unbewusst gehen ihr diese Gedanken durch den Kopf, ehe sie die wärmenden Strahlen der Sonne auf ihrer Haut spürt und die Augen langsam öffnet, neben sich ihren Schatz sehen und auch fühlen kann, der sie behutsam festhält und der Hängematte immer wieder einen sanften Schubs verpasst, damit sie weiter schauckelt.

Er merkt wohl dass sie wach ist, denn sein Blick geht zu ihr hinüber. „Na, hast du gut geschlafen?" Auf ihr nicken hin lächelt er sanft: „Ich auch. Zwar bin ich nachts schnell wieder fit, aber dafür habe ich tags oft einen kleinen bis großen Durchhänger, den ich dann aber immer bei dir auftanken kann."

„Ich schlafe nachts auch nicht mehr so lange wie früher, meist nur drei oder vier Stunden und das wars." Und sie lacht leise, als er ihr durch den Pony strubbelt: „Ich arme kleine Tankstelle. Was soll ich nur machen, ich habe keine Ahnung."

„Vermutlich müssen wir noch einiges lernen, bevor wir mit unserem neuen Leben ganz im Reinen sind. Aber ich finde es trotz allem unglaublich spannend", damit schmiegt er sich an sie und spürt ihre angenehme Wärme.

Sheilah zuckt ihrerseits urplötzlich leicht zusammen und bleibt dann mit geöffneten Augen bewegungslos liegen, nur ihr Atem geht eindeutig viel schneller! Und als Joshua sie anschaut, reagiert sie nicht, kann er allerdings den entrückten Blick deutlich erkennen: „Hey, hallo, alles in Ordnung? Loona?" Er rüttelt sie, nein, selbst auf den Namen reagiert sie nicht mehr und es dauert wohl ein paar Minuten ehe sie blinzelt und sich verwirrt umschaut: „Wir müssen, was... wir müssen zu Lupus. Hast du ihn nicht gehört? Er hat uns gerufen." Sie steht unsicher auf, fährt sich durch die Haare, um sie etwas zu ordnen. Und es dauert nicht lange, bis sie beide die Wohnung verlassen haben.

Er hat den Wagen zügig und sicher durch die Stadt gelenkt, so dass sie bald bei dem alten Haus ankommen. Loona steigt flink aus, rennt die Treppen förmlich hoch, während ihr Herz heftig klopft, und bald erreicht sie den Kerzensaal! Dort bleibt sie eine Sekunde erschrocken stehen, denn das Bild was sich ihr bietet ist wohl nicht das, was sie erwartet hätte.

Auf dem Boden kniet Lupus vor einem übel zugerichteten jungen Mann, die Hände auf seinen Körper gelegt und die Augen geschlossen, dass Gesicht viel zu blass, so kennt sie ihn nicht! Auch der Mann unter seinen Händen sieht viel zu blass aus, regt sich nicht mehr!

Loona geht zwar zur Kopfseite, weiß aber im ersten Moment gar nicht was sie machen soll und so hört sie bald Lupus leise Worte: „Lass deiner Energie freien Lauf, sonst schafft er es nicht. Bitte, hilf mir!" Er bittet sie um Hilfe! Das sagt mehr als alles andere, dass die Situation hier sehr riskant ist! Sie kniet sich hinunter, legt ihre Handflächen an die Schläfen des Liegenden und merkt selbst, dass seine körpereigene Energie kaum mehr wahrnehmbar ist. Woher weiß sie das denn jetzt schon wieder? Egal, hier ist eindeutig Handlungsbedarf! Konzentriert schaut sie auf ihn hinunter, spürt das Kribbeln in ihren Händen! *Wach auf!* Immer wieder pulsiert der Gedanke durch ihren Kopf, dass es beinahe schon unangenehm zieht! Sie schließt deswegen wohl auch die Augen, spürt ihren Körper leicht vibrieren, was geht hier vor sich?

Lobo kommt näher, sagt kein Wort dabei und vermeidet auch sonst Geräusche zu machen, sondern kniet sich einfach nur zu ihnen, beobachtet alles. Es herrscht totale Stille. Erst nach einigen Minuten bricht Lupus selbige mit leiser Stimme und lässt den Kopf sinken: „Wir haben ihn verloren." Die Erschöpfung ist ihm anzusehen!

Zögerlich öffnet Loona die Augen: „Wie, was, was hast du gesagt?" Ihr Blick wandert zuerst in sein fahles Gesicht und dann auf den regungslosen Körper vor ihnen, ehe sie hört wie er den Satz matt wiederholt „Wir haben ihn verloren." Vehement schüttelt sie den Kopf, während Tränen über ihr Gesicht rinnen. Wieso nimmt es sie so mit, sie kennt den Anderen nicht einmal. „Nein..." Sie beugt sich hinunter, tastet nach dem Puls, aber er ist nicht fühlbar! „Was ist passiert? Wer ist das?"

Lupus Blick ist starr auf den Liegenden gerichtet, so kennt sie ihn gar nicht. „Die Schatten haben ihr erstes Opfer bekommen..."

Innerlich spürt sie wie es sich aufbäumt, ihre Hände umfassen den Kopf des Toten, und ihre Stimme überschlägt sich fast: „Nein! Das lasse ich nicht zu! NEIN!!!"

Neben ihr zuckt Lobo merklich zusammen, denn so hat er sie noch nie erlebt! Er kann die Energie von ihr förmlich spüren und sich ausmalen mit welcher Wucht sie in den Leblosen hinein prescht!

Der Mann am Boden zuckt am ganzen Körper kurz zusammen! Und nur kurz schaut Loona ihn erstaunt an, ehe sich ihre Hände bewegen, ohne groß darüber nachzudenken, streift sie über seine Arme und Beine, während er flatternd die Augen öffnet, die Lippen leicht bewegt und ihre Tränen sehen kann. Zusehends verschwinden die Prellungen und Winden an seinen Gliedmaßen! Noch einmal streifen ihre Handflächen den Körper ab, dessen Energie sich mittlerweile schon wieder viel kräftiger anfühlt, aber sie kann keine Verletzungen mehr spüren! Doch ihre eigene Energie scheint auch mit einem Mal abzureißen und sie sinkt in sich zusammen!

Lupus fängt sie auf, strahlt über das erschöpfte Gesicht: „DU hast es geschafft! Du hast ihn zurück geholt!" Vorsichtig legt er sie hinunter auf die Seite: „Ganz ruhig, gleich geht es dir wieder besser." Von der jungen Frau kommen gerade nur wirre einzelne Worte, ehe sie die Augen schließt und versucht sich wieder zu erholen.

Der Neuankömmling schaut sich etwas verwirrt um, steht dann langsam auf, ebenso auch Lupus, so dass Lobo sich zu ihr kniet. Der Ältere erzählt ihm was hier vorgefallen ist und bald kniet er sich neben Loona, berührt ihre Wange: „Ich danke dir. Lupus sagte mir, du hast mir das Leben gerettet. Ich stehe in deiner Schuld."

Loona blinzelt nur leicht, merkt wie die Schwäche sich wieder zurück zieht, so dass sie sich auch wieder hinsetzen kann, und ihn anschaut. „Wofür? Ach so, äh, ja, irgendwie, auch wenn ich noch nicht weiß wie. Nein, das stehst du nicht. Es ist alles in Ordnung."

Er wird von Lupus noch zur Tür gebracht, der sich mit einer Umarmung verabschiedet. Der junge Mann scheint ihm etwas zu bedeuten, auch wenn sie ihn hier noch nie gesehen hat. Dann kehrt der Älteste zu ihnen zurück, wendet sich an Loona: „Gerade hast du zum ersten Mal einen Teil deiner Kraft gespürt, und der Macht die du über die Wölfe besitzt. Es ist nicht der volle Umfang, aber für gerade hat es eindeutig ausgereicht."

Fragend schaut sie ihn an: „Aber, ich habe doch gar nichts gemacht. Ich war nur wütend."

Ihre Worte lassen Lupus lächeln: „Durch die Wut hast du es nicht wahrgenommen, aber das wird sich ändern. Das gerade war mein erster Schüler überhaupt, dem du sein Leben geschenkt hast. Ich selbst habe es nicht mehr geschafft, weil meine Kräfte immer schwächer werden, nachdem ich dir mein Heilwissen übertragen habe. Und ich diene ja auch schon viele Jahrzehnte den Lichtwölfen. Jetzt wird diese Aufgabe an ich weiter gegeben. Denn ich weiß, deine Energie ist stark genug und dein Gewissen rein." Er kniet sich hinunter auf den Boden, beschreibt mit den Händen einen Kreis, in dem sie verschiedene Bilder sehen kann, viel zu schnell um sie sich zu merken oder sie zu erkennen, dann legt er eine Hand an ihre Schläfe: „Du bist bereit." Und sie spürt die Verbindung, die sich zwischen ihnen bildet, nach einer Weile wieder abreißt und sie auftauchen lässt, auch wenn sie sich gerade einfach nur müde fühlt, die Augen schließt und kniend die Ruhe eine Weile genießt...

Noch am selben Abend ruft Levior sie in den geheimen Räumen der Diskothek zusammen, wo sie nach und nach auftauchen. Gemurmel erfüllt den Bereich und er wartet einige Minuten, ehe er langsam die Hand hebt und die Stimmen verstummen! „Wölfe des Lichts, ich habe euch im Namen von Lupus hier versammelt, dessen Kräfte fast versiegt sind. Seine Aufgabe möchte er nun an Loona weiter geben, die sein Wissen schon erhalten hat, doch braucht sie einen vertrauensvollen weiteren Leitwolf an ihrer Seite. Ich habe hier eine Liste vorbereitet, mit Namen und Bildern. Niemand wurde vorher persönlich darauf angesprochen, es liegt also in eurem Ermessen wer die Aufgabe erhalten wird. Das Blatt wandert jetzt von einem zum anderen und ihr übermittelt Lupus telepathisch euren Kandidaten. Er schreibe es mit und verkündet dann das Ergebnis." Damit nickt er kurz und gibt den Papierbogen weiter.

Lupus setzt sich mit einem weiteren ausgedruckten Boden an einen Tisch und schließt die Augen. Im Raum herrscht völlige Stille, abgesehen von den Bewegungen des wandernden Papiers, das den Weg von Hand zu Hand findet, einen Moment dort verweilt und dann weiter zieht. Es dauert tatsächlich gut eine Stunde, wo er nach und nach die Bilder geschickt bekommt, ab und an ein paar Unsicherheiten, ehe die erste Liste wieder vorne bei ihm ankommt, wo auf der zweiten die Striche großflächig verteilt sind. Knapper hätte es nicht sein können und dennoch ist ein Sieger zu erkennen. Er steht langsam auf, schaut die Versammelten an: „Ich bin stolz auf euch, denn ihr habt entschieden wie es die Gemeinschaft der Wölfe gebietet. Und ihr habt einen neuen Leitwolf gefunden. Darf ich dich bitten zu uns zu kommen, Levior."

Dieser hebt zuerst überrascht die Augenbrauen, ehe er den Blick senkt und so zu ihm geht, dankend nickt und eine schwarze Kerze in Empfang nimmt. „Sie gehört nun dir und ermöglicht dir den Kontakt zu jedem Lichtwolf." Mit beiden Händen hält er sie fest: „Danke." Und dann dreht er sich mit ihr um, schaut die anderen Wölfe an: „Ich danke euch, für euer Vertrauen." Auf einem kleinen Tisch stellt er die Kerze dann vorsichtig ab. Die Versammlung ist beendet, die Anwesenden zerstreuen sich in die anderen Räume oder gehen heim, oder ihren sonstigen Aufgaben nach.

Lupus setzt sich auf einen der Stühle im Versammlungsraum. Bei näherem hinsehen ist zu erkennen, dass er sich seit der Weitergabe der Heilkräfte äußerlich verändert hat! Die dunkelbraunen halblangen Haare werden von grauen Strähnen durchzogen und der Blick seiner Augen erscheint matter.

Loona geht zu ihm, kniet sich vor ihn: „Lupus, irgendwas wird passieren, oder?" Sein müdes Lächeln lässt sie ihn aufmerksamer anschauen, auch wenn sie noch nicht ahnt, was er ihr nun erzählen würde.

„Ich werde euch verlassen. Es ist Zeit für mich, wie es für einen normalen Menschen auch wäre. Der Kerzensaal im Haus wird verlöschen und hier euer neues Domizil werden." Seine Worte sind inhaltlich wohl wie ein Schlag in die Magengrube, auch wenn seine Stimme dabei sanft klingt.

Die junge Frau schüttelt den Kopf, spürt die Tränen wieder aufsteigen, verdammt, wie kann sie jetzt nur so weich werden?! „Aber... wieso? Wieso kannst du nicht bleiben? Ich meine, du bist doch nur etwas älter wie wir, wieso musst du gehen? Und, können wir nicht weiterhin in dem alten Haus bleiben? Es ist wie ein zweites Zuhause geworden, viel heimeliger als hier in den doch recht unruhigen Räumen drum herum."

Der Ältere, nun darf er sich ja nicht mehr Ältester nennen, legt ihr eine Hand an die Wange: „Loona, mein kleiner liebevoller Welpe, nein, meine stolze und prächtige Alphawölfin. Ich bin älter als du vermutest, nur die Heilkräfte haben mich so jung erhalten und jetzt wo sie fehlen folge ich meinem lange vorbestimmten Weg. Natürlich könnt ihr weiter in dem Haus bleiben, dort auch wohnen. Aber ich hätte euch niemals darum gebeten, denn das steht mir nicht mehr zu." Er nimmt sie bei den Händen, steht langsam und unsicher auf und sie folgt ihm. „Wenn es dein Wunsch ist, so wird das Haus dir gehören und die Gemeinschaft der Wölfe kann es weiterhin nutzen. Oben könnt ihr zwei Gästewohnungen freigeben und unten den Bereich selbst privat nutzen." Damit winkt er Levior zu sich, nimmt ihn kurz beiseite, um mit ihm ein paar Worte zu wechseln, ehe beide zurück kehren. „Levior überlässt euch das Haus, er möchte lieber hier wohnen bleiben. So könnt ihr den Raum neben der Bibliothek selbst einrichten wie ihr es möchtet."

Jetzt, wo sie ihn so sieht, ist es einleuchtend, dass die Heilkräfte da wie ein Jungbrunnen für ihn waren, denn sein ganzer Körper hat sich innerhalb kürzester Zeit von einem wohl gerade optisch Dreißigjährigen zu einem mindestens Fünfzigjährigen gewandelt und es wird von Stunde zu Stunde extremer! Es ist viel was er ihr da sagt, und sie kann manches noch nicht nachvollziehen, wieso den Raum an der Bibliothek? „Aber, da wohnst du doch, neben der Bibliothek. Wie meinst du das?"

Er nickt nur langsam: „Ja, noch, aber ich werde mich bald von euch verabschieden und dann ist das Zimmer leer. Danach zieht bitte so schnell wie möglich in das Haus um, damit der Kerzensaal nicht lange alleine ist, denn die Kerzen dürfen nicht verlöschen wenn ihr ihn weiter nutzen möchtet. Sind sie verlöscht, ist er entweiht und unbrauchbar. Ihr könnt die Wohnungen und den Raum nach euren eigenen Vorstellungen gestalten, solange der Kerzensaal seine jetzige Form behält. Ich habe alles wichtige aufgeschrieben, ihr werdet es beizeiten in der Bibliothek finden. Und ich bin mir sicher, dass ihr zusammen diese Aufgabe schaffen werdet. Und nun, begleite mich bitte heim, ich bin müde." Er winkt Lobo zu sich heran.

Dieser schaut ihn besorgt und fragend an, denn die Entwicklung gefällt ihm gerade nicht, der Abschied schient nahe zu sein, auch wenn Lupus es nicht direkt sagt. Er sieht ihm in die Augen, braucht gar keine Worte, sondern hilft ihm vorsichtig hoch. Wie hat sich sein sonst so dynamischer Körper nur verändert, förmlich eingefallen und zusammen gesunken steht er dort und stützt sich auf Lobo ab, während er ihn zum Wagen bringt.

Auch Levior schluckt kurz hart bei dem Anblick, nickt Loona dann nur zu, ehe sich ihre Wege trennen.

Vor der Haustür schaut Lupus hinauf zum Mond, der hell hinunter scheint: „Bald ist die Vollmondzeremonie, die ihr leiten werdet, morgen ist es das erste Mal soweit." Er steigt in den Wagen und schaut mit müden Augen hinaus.

Auch Loona setzt sich zu ihm nach hinten und es dauert nur ein paar Minuten, ehe sie das große Haus erreichen. Nur langsam erhebt er sich aus dem Wagen, geht die Stufen hoch und öffnet die Tür, ehe er sich drinnen an Loona wendet: „Begleite mich bitte."

Diese folgt ihm in die Wohnung im unteren Bereich, die er wohl auch meinte, abgesehen von dem kleinen Zimmer. Dort verschwindet er für einen Moment im Schlafbereich, um dann in einer einfachen schwarzen Stoffhose und einem schwarzen Shirt wieder aufzutauchen, was ihn noch kränklicher und blasser erscheinen lässt. Müde sinkt er auf die Couch, wandert sein Blick zu ihr, die sich gerade zu ihm setzen möchte: „Bitte, schenke mir für einen Moment deine stärkenden Kräfte." Sein Kopf sinkt auf die Lehne und er atmet durch, spürt in sich die bleischwere Müdigkeit.

Loona kniet sich vor ihn, legt ihre Hände an seine und schließt die Augen. Langsam bemerkt sie das Kribbeln in ihrem Körper, sieht auf sein Gesicht, und wie er langsam die Augen schließt, sanft lächelt.

Ein paar Minuten verharren sie so, schweigend und bewegungslos, dann atmet Loona einige Male tiefer durch und schließt die Augen, merkt, wie die aufkeimende Schwäche ihren Körper wieder verlässt. Behutsam legt sie seine Hände in seinen Schoß und steht auf.

Lupus öffnet die Augen und sein warmer Blick legt sich auf sie: „Ich danke dir. Komm bitte morgen Nachmittag zu mir, damit ich Levior und dir die Zeremonie erklären kann." Als er ihr stummes Nicken sieht, lächelt er sie aufmunternd an und schaut ihr noch hinterher, während sie seine Wohnung verlässt.

Lobo hat die ganze Zeit draußen am Wagen gewartet und schaut sie nun doch fragend an, als sie einsteigt: „Ist alles in Ordnung?" Ihr Nicken lässt die angenommenen Befürchtungen weichen.

„Ja, es geht ihm gut. Morgen möchte er uns auf die Zeremonie vorbereiten, Levior und mich. Magst du heute mit zu mir kommen?" Irgendwie zieht es sie gerade in ihre kleine heimelige Wohnung.

„Ja, warum nicht. Wir waren ja in letzter Zeit doch mehr bei mir als dort." Und er nickt ihr zu, sieht ihr die Anspannung und Traurigkeit deutlich an. Sie braucht jetzt ihr kleines eigenes Schneckenhaus. So fährt er sie heim, während von ihr die ganze Fahrt über kein weiteres Wort mehr kommt. Ab und an schaut er zu ihr hinüber, sieht wie es in ihrem Gesicht arbeitet, ehe Tränen auftauchen! Da kommt die nächste rote Ampel sehr gelegen, wo er sie einen Moment einfach nur in den Arm nehmen kann, ehe sie weiter fahren.

Abschied

Für Loona ist heute der Tag der Entscheidung. Denn mittlerweile merkt sie selbst, dass ihr altes Leben mit ihrem momentanen nicht mehr harmonisieren kann. Lobo hat den Schritt schon vor einigen Wochen gewagt, seine alte Arbeit verlassen und es bis heute nicht bereut. Er arbeitet nun in Leviors Diskothek und bekommt auch eine recht gute Entlohnung dafür, mehr als im Büro. Loona weiß selbst, dass sie das Zwischenspiel mit Sheilah nicht mehr lange koordinieren kann, wo sie doch in der nächtlichen Welt mehr Verantwortung zu tragen hat. Also setzt sie sich mit Lobo und Levior zusammen, und danach ihre Kündigung auf...

Levior hat ihr sofort einen Platz in seinem Team zugesagt, was auch sonst, eigentlich ist sie doch schon fest dabei und zahlt ihr das Doppelte von dem was sie im Büro bekam, denn als Heilerin ist sie da unbezahlbar und wertvoll und würde eh nie ausreichend das bekommen, was ihre Fähigkeiten wert wären, aber das ist eine andere Sache.

Schrecklich nervös und mit Herzklopfen macht sie sich früh auf den Weg zur Arbeit, wie üblich, aber der heutige Tag verspricht schon lange nicht üblich zu werden. Aber wieso ist sie so nervös? In dem großen Bürokomplex ist sie doch beinahe nur eine unter vielen, nicht besonders auffällig. Wieso macht sie sich dann solche Gedanken?

Sie parkt ihren Wagen in der Parkgarage, nimmt Handtasche und Briefumschlag und dann anschließend die Treppen, statt wie sonst den Aufzug. Als sie oben ankommt, ist sie nicht einmal leicht kurzatmig, was für eine Kondition, nicht zu vergleichen. Am Empfang grüßt sie Mercedes, so freundlich wie immer, wobei diese vermutlich ein sehr gutes Gespür hat, denn ihr Blick zeigt eindeutig, dass sie etwas ahnt, dass hier was nicht so ist wie sonst. Sie schaut ein wenig traurig, während sie Loona bei ihrem Chef anmeldet.

Dieser ist deutlich überrascht, weil sie das Gespräch mit ihm sucht und schaut den Umschlag zuerst irritiert an, den sie ihm auf den Schreibtisch legt, ehe er ihn öffnet und die wenigen Zeilen auf dem Papier liest. „Sheilah, wie soll ich das verstehen?" schüttelt er leicht den Kopf, „Gefällt es ihnen nicht mehr bei uns?"

Ihren alten Namen zu hören lässt sie lächeln, es ist ungewohnt, fast fremd. „Nein, damit hat es nichts zu tun. Mein Leben hat sich in den letzten Monaten ziemlich verändert, zum positiven und ich habe mich entsprechend weiter entwickelt und mir eine passende Beschäftigung gesucht. Mein Resturlaub geht noch bis Ende des Monats, dann wäre auch die Kündigungsfrist durch die kurzen Verträge eingehalten. Es hat aber nichts mit der Firma zu tun, mir hat es hier sehr gut gefallen. Auch menschlich, es war immer eine gute Arbeitsatmosphäre."

Von ihrem Chef folgt nur ein nachdenkliches Nicken, nachdem er ihr aufmerksam zugehört hat: „Ich verstehe. Nun, ich werde ihre Papiere fertig machen und die Kündigung damit akzeptieren. Auch wenn es mir leid tut, denn ich habe sie menschlich und auch von ihren Leistungen her sehr geschätzt."

Die letzten Worte lassen sie innerlich doch etwas schmunzeln, ah ja, aber mit einer Lohnerhöhung oder einer Weiterqualifizierung ist er ihr nie um die Ecke gekommen, hm, was soll sie nur dazu sagen? Nun, für heute belässt sie es dabei, möchte hier nicht noch auf den letzten Metern eine große Klappe für nichts riskieren. So reicht sie ihm die Hand: „Danke, schicken sie sie bitte an Joshuas Adresse." Zwar wohnt sie ja noch in der kleinen Wohnung, aber der Umzug ins Haus ist wohl näher als gedacht, als sie wahrhaben möchte und deswegen sorgt sie vor, auch wenn sie sicherlich einen Nachsendeantrag in die Wege leiten würde.

Er lächelt sie bei der Verabschiedung an: „Ich wünsche ihnen und Joshua alles gute und viel Erfolg bei ihrer neuen Aufgabe."

Nur ein tapferes Nicken, ehe sie sich langsam umdreht und dann das Büro von ihm verlässt. Es ist schon ein eigenartiges Gefühl dann an ihrem eigenen Schreibtisch anzukommen. Die wenigen persönlichen Sachen werden in die kleine Korbtasche gepackt, die sie vorsorglich im Schrank stehen hat, dann noch eben einiges am Rechner freigegeben und gelöscht, auch wenn sie da nichts verwerfliches drauf hatte. Und dann nimmt sie Handtasche und Korbtasche, um auf den Flur hinaus zu gehen, wo langsam aber sicher die Mitarbeiter eintrudeln, nur wenige bekannte Gesichter, von denen sie sich kurz verabschiedet und wohl doch viele damit in Erstaunen versetzt. Nach unten nimmt sie jetzt aber dann doch den Aufzug und ist froh als er leer ankommt und sich die Türen dann hinter ihr schließen. Ihr direkter Weg führt sie dann zu sich heim.

Vor dem Haus kann sie Lobos Wagen sehen und als sie die Haustür aufschließt klingt leise Musik aus dem Wohnzimmer. Ein kurzes Lauschen, aber ansonsten sind keine anderen Geräusche erkennbar. So geht sie durch den Flur, stellt ihre Korbtasche und die kleine Handtasche ab und wirft auch einen Blick in die Küche dabei, ins Schlafzimmer, sogar ins Bad, aber von Lobo keine Spur! Als sie das Wohnzimmer erreicht, bleibt sie einen Moment lächelnd stehen, denn dort liegt er auf der Couch und schläft. Leise geht sie zu ihm, kniet sich hinunter und berührt dabei nur leicht seien Schulter, was ihn kurz zucken und den Kopf bewegen lässt. Nur behutsam legt sie die Hand an seine Wange, küsst sachte seine Lippen: „Schlaf weiter..." Und bekommt dafür ein unbewusstes Lächeln von ihm geschenkt.

Leise zündet sie die schwarze Kerze an, setzt sich dann im Schneidersitz davor und schließt die Augen, ehe ihre Gedanken ein Wort formen: 'Lupus?' sie wartet ab, bekommt aber keine Antwort. Ob sie etwas falsch gemacht hat? Vielleicht funktioniert die schwarze Kerze doch noch anders? Dann merkt sie aber, wie ihre Gedanken anfangen zu wandern, zum alten Haus, die geschlossene Tür öffnet sich langsam und sie kann den Flur erkennen, auch die Wohnungstür von Lupus, die einen Spalt offen steht und ihr so Einlass gewährt. Sie hört ein leises Seufzen und folgt dem nach, bis in sein Schlafzimmer. Dabei kann sie unterwegs erkennen, dass seine Kerze im Wohnzimmer auch brennt, die Verbindung also da wäre. Etwas zögerlicher nähert sie sich dem Schlafzimmer und kann Lupus dort in seinem Bett finden. Die grau durchzogenen Haare und seine Haut sind verschwitzt, vielleicht hat er etwas geträumt? Und als sie gerade auf ihn zu gehen möchte, knallt eine Tür!

Loona schreckt zusammen und reißt die Augen auf! Sie ist wieder in ihrer Wohnung, sieht sich um, aber es scheint nichts ungewöhnliches passiert zu sein. Lobo legt immer noch auf dem Sofa und schläft tief und fest und als sie auf die Uhr schaut ist es bereits halb drei Nachmittags, sie war ziemlich lange in der Trance! Leise geht sie zu Lobo, streift ihm über die zusammen gebundenen Haarlängen, möchte ihn eigentlich nicht aufwecken, aber er bewegt den Kopf und blinzelt dann langsam: „Schatz. Ist alles in Ordnung?" Sie lächelt ihn sanft an, nickt leicht: „Ja, ich fahre zu Lupus. Magst du mitfahren oder später nachkommen?"

Er schaut sie immer noch ziemlich müde an: „Ich komme nach, bin irgendwie total fix und alle." Zärtlich legt sie ihm eine Hand an den Kopf, ehe die Andere seine umfasst und die junge Frau die Augen schließt, dann lächelnd wieder zu ihm schaut: „Es ist alles in Ordnung. Du bist ausnahmsweise nur ausgepowert. Heute Abend ist Wolfsmond, danach geht es dir wieder besser." Und doch kann sie und auch er bald das Kribbeln spüren, als ihre Energie seine wieder langsam ausgleicht. „Danke, das tut gut. Ich glaube, ja, ich komme doch mit, jetzt ist die Müdigkeit komplett verschwunden." Und damit steht er auf, hilft ihr hoch und beide verlassen das Haus, fahren hinüber zu dem alten Haus.

Unterwegs entdecken sie den leichten Nebel, der sich immer mehr ausbreitet und am Haus direkt ist in Lupus Wohnung Licht zu erkennen. Loona steigt aus dem Wagen, geht flink die Stufen hoch und drückt die Tür zu dem lieb gewonnenen Ort auf, dicht gefolgt von Lobo, der sie schnell eingeholt hat, nachdem er den Wagen noch eben abschließt.

Im Flur kommt ihnen Lupus schon entgegen, immer mal hält er sich leicht an der Wand fest, sind die Schritte unsicherer geworden: „Schön dass ihr da seid. Kommt mit." Und er geht in die Bibliothek, sich darüber im Klaren, dass Loona seine Schwäche sicherlich spüren würde. Als sie dort versammelt sind, nimmt er ein großes und sichtlich altes Buch, hält es ihr entgegen: „Hier steht alles drin, was ihr ab heute wissen müsst. Oh, Levior ist auch gerade angekommen. Dann warten wir noch einen Moment, natürlich."

Tatsächlich dauert es keine Minute, ehe der groß gewachsene Dunkelhaarige die Bibliothek ebenfalls erreicht: „Seid gegrüßt." Ihm wird zugenickt und dann fährt Lupus fort: „Nun können wir beginnen. Dies ist das wichtigste Buch im Haus. Darin findet ihr alle Antworten, was die Zeremonie betrifft, das Leben der Wölfe, die Gemeinschaft. Und ihr habt nun die Erlaubnis es zu nutzen, aber nur ihr Beide, außer ihr erlaubt es persönlich jemandem." Damit nimmt er das schwere Buch und geht langsam hinüber in den Kerzensaal. Dort wird es auf den altarähnlichen Tisch abgelegt und von ihm aufgeschlagen: „Als allererstes ist zu kontrollieren, ob auch alle Kerzen brennen, oder welche ausgetauscht werden müssen. Es ist nicht so schlimm wenn eine oder zwei erloschen sind, aber es sollten nicht mehr als zehn Prozent fehlen, denn damit wird die Energie des Raumes erhalten. Am besten ersetzt ihr sie schon, wenn sie nur einen oder zwei Zentimeter über dem Halter sind."

Gemeinsam schauen sie sich die doch recht große Anzahl Kerzen an, doch sind nur ruhig brennende Flammen zu erkennen. So geht Lupus auch bald zu der Fensterreihe und zieht die Vorhänge auf, so dass die roten Strahlen der Abendsonne hinein scheinen können und den Raum in einen sanften Schimmer hüllen, der beinahe schon etwas magisches hat.

Loona spürt die Wärme auf der Haut, und das Kribbeln in sich, dass immer stärker wird, schließt genießend für einen Moment die Augen.

Auch die Anderen stellen sich in die Mitte des Saales und genießen die ersterbenden Sonnenstrahlen, so sterbend wie es wohl ihr ehemaliger Ältester auch ist. Dieser sieht deutlich müder aus und bittet Loona zu sich: „Du wirst heute die Zeremonie leiten..." Sein Herz wird schneller und er schwankt leicht.

Sie greift fast schon automatisch zu, hat sie Angst dass er einfach so zu Boden gehen könnte: „Wie kann ich dir helfen?" Verzweiflung macht sich in ihr breit, nein, sie möchte ihn nicht gehen lassen, das ist zu erkennen. Er ist ihr über die Zeit einfach ans Herz gewachsen.

„Es ist bald soweit, keine Angst, ich fühle mich wohl, bin nur furchtbar müde. Heute werde ich euch verlassen", Lupus stützt sich auf ihrer Schulter ab und auch Lobo kommt zu ihr, als er es sieht, kann gerade noch zugreifen als die Knie des Mannes nachgeben: „Schließt die..." Vorhänge, ja, das leuchtet ein. Doch für den Moment ist es wichtiger ihm weiter zu helfen. Lobo hält ihn fest, Loonas Hand geht schon automatisch in den Nacken des Älteren, aber der schüttelt nur den Kopf, es würde wohl nicht mehr helfen, seinem Schicksal kann niemand entgehen. „Mach dir keine Sorgen darum, ihr werdet es schon schaffen", lächelt er sie an, als ob er gerade wohl ihre auftauchenden Gedanken gelesen hätte, die sie sich gerade macht. „Es braucht nur Zeit und Vertrauen und ihr müsst eine Gemeinschaft bleiben, Levior, du und Lobo, denn ihr helft euch gegenseitig."

Letzterer bringt ihn zu einem der Stühle und Lupus setzt sich langsam hin, lehnt sich hinten an und atmet durch: „Ich hätte nicht gedacht, dass ich mich mal so fühlen würde, es ist eigenartig."

Draußen ist die Haustür zu hören und Levior schaut um die Ecke: „Die ersten Besucher sind da." Zwei junge Männer betreten bald darauf den Raum, grüßen die Anderen nickend und für einen Moment bleibt ihr Blick besorgt auf Lupus liegen, aber dieser schaut sie nur leicht lächelnd an und sendet ihnen beruhigende Gedanken, auch wenn ihn das einiges an Kraft kostet, so einfach wie früher ist es nicht mehr.

Nach und nach füllt sich der Raum, bis kaum noch Platz ist, sie scheinen gemerkt zu haben, dass heute ein besonderer Tag ist, oder aber sie wurden benachrichtigt, immerhin haben sie auf der Versammlung darüber gesprochen.

Schwerfällig steht Lupus auf, es ist ihm anzusehen, dass es ihn Überwindung kostet und seine Stimme klingt leise, doch das gute Gehör der Wölfe versteht jedes seiner Worte: „Ich freue mich, dass ihr heute hier seid, denn es ist ein sehr wichtiger Tag. Ab heute werden Loona und Levior die Zeremonie leiten und euch weiter helfen. Meine Heilkräfte habe ich an die Wölfin weiter gegeben und sie sich als würdevolle Nachfolgerin bewiesen. Ich weiß, dass ihr bei ihnen gut aufgehoben seid und ihr sie so lieben werdet wie mich. Das Haus steht euch weiterhin jederzeit offen. Und nun kommt, lasst uns baden gehen."

Langsam ziehen Loona und Levior die Stoffbahnen beiseite, die warmen roten Sonnenstrahlen sind dem kühlen hellen Mondlicht gewichen, das nun vom Vollmond geschenkt den Raum durchflutet!

Lupus bleibt in der Mitte stehen, schließt die Augen, ein letztes Mal möchte er sich dem Mond noch hingeben, ihn genießen, sich darin verlieren, wie lange schon nicht mehr. Er streckt seine Hand nach Loona aus, die ihm folgt, sein umfasst und zärtlich festhält, fast wie die Tochter die des Vaters. Sie kann es genau fühlen, es ist heute stärker, während das Licht ihren Körper förmlich durchflutet. Die Macht des Mondes lässt sie fast schweben, so fühlt es sich an und ihre Augen fallen langsam zu, die Umgebung verliert sich, während sie dieses Gefühl mit allen Sinnen genießt. Es ist zu sehen, wie sich ihr Herzschlag erhöht, ihr Atem schneller wird und es dauert nicht lange, bis ihr Kopf in den Nacken sinkt, sie schwankend stehen bleibt, vollkommen in Trance gefangen. Tiefer geht ihr Atem, die Augen bewegen sich leicht unter den Lidern, doch sie schafft es nicht mehr sie zu öffnen, geschweige sich zu kontrollieren, schwebt einfach nur dahin.

Leise kommt Lobo zu ihr, stellt sich hinter sie und Levior tut es ihm bei Lupus gleich. Nach und nach tauchen alle Wölfe in das magische Licht des Mondes ein. Es dauert nur ein paar Minuten, was die Intensität verdeutlicht, bis die Ersten sich hinsetzen müssen. Nach zehn Minuten, in denen kaum jemand noch stehen kann, außer die Vier vorne, bewegt sich Levior langsam zu den Vorhängen und verschließt sie wieder. Dann kommt er zu Lupus zurück, der noch immer bewegungslos dort steht.

Loona öffnet unsicher die Augen, hebt den Kopf wieder aus dem Nacken hoch und braucht einen Moment: „Was ist passiert?" Sie spürt Lobos Hand auf ihrer Schulter: „Der Mond." Das reicht schon als Erklärung, um den Blick dann zu Lupus zu wenden.

Er schwankte deutlich mehr und kann die Augen kaum mehr offen halten, langsam sinkt sein Kopf auf die Brust und Levior fängt ihn ab, als er in sich zusammen sinkt, legt ihn behutsam auf dem Boden ab. „Ich muss gehen... macht euch keine Sorgen..." Er spürt Loonas Hand, die sich an seine warme Stirn legt und lächelt leicht vor sich hin: „Ich bleibe bei euch... versprochen..." Langsam fallen ihm wieder die Augen zu und sein Körper verliert jegliche Spannung, so dass sein Kopf zur Seite sinkt. Es dauert nicht lange, bis ein diffuses Licht ihn einhüllt und kurz darauf ist er einfach verschwunden!

Loona sinkt in sich zusammen, Tränen sind zu sehen, die über ihr Gesicht laufen, ehe sie leicht das Gesicht gen Decke hebt und nur leise flüstert: „Wir vergessen dich nicht, Lupus."

Umzug

Es hat nicht lange gedauert, nachdem alle anderen nach der Vollmondzeremonie heute auch das Haus recht schnell verlassen haben, bis sie auch gefahren sind, in die Wohnung der kleinen Wölfin.

Der Morgen erwacht und Loona ist die Erste, die die Augen öffnet, ein Blick zur Seite, Lobo schläft neben ihr auf dem Rücken, tief und fest, was sein gleichmäßiger Atem deutlich zeigt. Für einen Moment dreht sie sich auf die Seite, stützt den Kopf in ihre Handfläche und beobachtet ihn einfach nur. Ein leichtes Lächeln huscht dabei über ihre Lippen, kann sie es manchmal nicht glauben, dass sie so ein Glück mit ihm hat. Es dauert ein paar Minuten, bis sie sich wieder ins Kissen sinken lässt, als sie spürt, wie sie doch noch eine leichte Müdigkeit einfängt.

Und während ihr die Augen langsam zufallen, taucht Lobo aus der Schwerelosigkeit des Schlafes wieder auf. Müde öffnet er die Augen, sieht wie sie sich wieder einkuschelt und umarmt sie zärtlich, während er durch das Fenster beobachtet, wie die Sonne rotglühend aufgeht. Nur leicht küsst er Loonas Stirn, sieht wie sie sich wieder regt.

„Guten Morgen", nur langsam schafft sie es wieder die Augen aufzuschlagen, eine freche Strähne wird ihr aus dem Gesicht gestrichen. „Na, noch müde?" Ja, ja, so ist ihr Schatz, eben noch selbst geschlafen wie ein Murmeltier und hier nun einen auf Mister Hellwach machen. Sie liebt den Anblick seiner ins Gesicht fallenden Haare und nickt nur leicht: „Hundemüde..." Aber als er ihr dann mit dem Zeigefinger die Kinnpartie leicht nachfährt, kann sie nicht anders, folgt seinen leisen Worten: „Komm her." Und schon hat sie sich wieder an ihn geschmiegt, die Augen geschlossen. „Noch ein paar Minuten, Lobo. Ich fühle mich heute wie zerschlagen."

Ihr Schatz lächelt sie an und sagt nur leise ein einziges Wort: „Ausgleich?" Dann vergräbt er sein Gesicht in ihren Locken und nimmt ihre Hand, um sie sich auf den gut gebauten Oberkörper zu legen. Schon bald darauf kann er das bekannte Kribbeln spüren, schließt die Augen und genießt es einfach, so wohlig warm wie es sich in ihm ausbreitet.

Loona sieht ihn verschlafen an und genießt ihrerseits gerade seinen Anblick, während sie merkt wie das matte Gefühl in ihr immer weniger wird, je mehr er ihrer Energie abnimmt: „Mein kleiner Energieräuber." Nur leise raunt sie ihm die Worte zu, sieht ihn danach lächeln, ja, das macht er sehr gerne, dass weiß sie.

„Aber gerne doch", raunt er zurück, ehe er ihr einen sanften Kuss auf den Mund schenkt, ihre streichelnden Hand über seinen Rücken fährt, und auch der Rest von ihr sich an ihn schmiegt! Lobo atmet durch, die Hitze schießt ihn ins Blut, durchströmt seinen Körper und er schließt die Augen, als er das bekannte Funkeln davor sieht. Mittlerweile macht es ihm keine Probleme mehr, gibt er sich einfach nur hin und schenkt Loona damit eine Mischung aus Verlangen und Hilflosigkeit, die sie von ihm fühlen kann.

Die junge Frau weiß mittlerweile auch, dass ihm nichts mehr passieren kann, solange sie den Kontakt nicht verlieren und so liegt ihre Hand weiter in seiner auf seiner Brust, während sie ihm die Chance gibt sie vollkommen zu erobern, ihnen beiden einen so zuckersüßen Höhenflug zu bescheren, bis sie danach eng aneinander gekuschelt liegen bleiben und noch etwas die Zeit genießen.

Zur Mittagszeit kommen sie an dem alten Haus an, jeder im eigenen Wagen, um schon ein paar Dinge hin transportieren zu können. Es fühlt sich fast schon kühl und einsam an, als sie es betreten und in Lupus Wohnung kommt sich Loona fast wie ein Eindringling vor. Aber er hat ihnen doch die Erlaubnis gegeben, trotzdem ist es ein unschönes Gefühl. „Lass uns die Möbel aufteilen, sie sind zum wegschmeißen zu schade."

Die Haustür wird geöffnet und Leviors Stimme ist zu hören: „Loona? Lobo? Seid ihr hier?" Er betritt kurz darauf auch die Wohnung, die er wohl schon in der langen Freundschaft mit Lupus als sein eigenes Zuhause bezeichnen könnte. „Hey ihr zwei." Für einen Moment steht er einfach nur da, schaut sich um und schluckt das traurige Gefühl in sich förmlich hinunter. Lupus hat ihm schon vor einigen Tagen gesagt was passieren würde, aber trotz allem ist da dann in dem Moment doch de Wahrheit wie eine harte Backpfeife, wenn man sie versucht bis dahin zu verdrängen.

„Hallo Levior. Hast du dir das noch einmal überlegt, ob du vielleicht doch hier einziehen möchtest? Wir möchten Lupus Möbel gerne aufteilen, so dass sie nicht ungenutzt irgendwo herum stehen müssen. Wie wäre es mit den Wohnungen, dem öffentlichen Teil und dem Flur? Das dürfte sich doch gut bewerkstelligen lassen, oder?" Loona lächelt ihn leicht an, ist von der Situation an sich ja auch noch ziemlich überrannt.

Der Dunkelhaarige nickt leicht, auch wenn ihm das Lächeln genauso schwer fällt: „Die Idee ist sehr gut. Oben in den Wohnungen ist kaum etwas vorhanden. Wobei ich sicherlich auch Möbel von mir mitbringen werde. Deswegen könnt hr die Möbel am besten auf die linke Besucherwohnung, den Flur und den anderen Räumen aufteilen, die Rechte würde ich gerne übernehmen. Soll ich mal ein paar helfende Hände zusammen trommeln, dann ist das alles schnell zu schaffen."

„Das wäre super, sonst brauchen wir ja doch ewig und drei Tage dafür", Lobo legt ihm eine Hand freundschaftlich auf die Schulter.

„Das denke ich auch. Ihr könnt ja in der Zeit bei euch daheim jeweils schon packen und dann holen wir es nach und nach ab. Macht hier doch einfach Klebezettel an die Möbelstücke wo ihr es hin haben möchtet, den Rest erledigen wir." Gesagt getan, so holt Loona die Klebezettel aus der Bibliothek und nach einer Viertelstunde ist alles aufgeteilt. Levior ist in der Zeit schon verschwunden, regelt das meiste wohl von der Disko aus, wo er die entsprechenden Leute trifft und mitbringt. In der Zeit sind Loona und Lobo jeweils in den eigenen Wohnungen damit beschäftigt zu packen.

Hier bei sich spürt die kleine Wölfin wieder die Traurigkeit, die sich in ihr breit macht, sie vermisst Lupus! Und doch kann sie es auch in dem einen Moment spüren, wie sein Gesicht vor ihrem inneren Auge auftaucht, er sie anlächelt und ihr damit ein wohliges Gefühl schenkt, so vertraut und tröstend, als ob er sie gerade selbst in seinen Arm nehmen würde. Ihr Herz wird leichter und sie macht sich daran die Wäsche aus dem Schlafzimmerschrank in bereitgestellte Koffer zu packen, so dass sie gut hinüber kommt und sofort wieder genutzt werden kann. Die anderen Möbel sind auch recht schnell ausgeräumt, denn sie muss feststellen, dass sie gar nicht so viel herum stehen hat, wenn sie sich die daraus resultierenden Kartons anschaut. Also geht es im Bad weiter, wo ihre Utensilien in Kosmetiktasche und kleinem Make-Up-Koffer verschwinden, fertig. Ihre Bücher im Wohnzimmer und noch ein paar andere Kisten brauchen dann noch etwas Zeit, aber das würde sie nach einem Kaffee schon noch rechtzeitig schaffen, deswegen verschwindet sie auch noch in die Küche, wo außer des Wasserkochers und einer kleinen French-Press aber nichts mehr zu finden ist, die Kaffeemaschine hat schon einen Kartonplatz gefunden.

Wie wird es sich wohl in dem Haus wohnen? Und dazu noch zusammen mit Lobo, in ihrer ersten gemeinsamen Wohnung. Es hört sich ungewohnt an, aber sie freut sich doch darauf. Das heiße Wasser ist aufgekocht, während sie schon einen großen Löffel Kaffeepulver in die Kanne gefüllt hat, so dass sie es bald aufgießen und den Deckel mit dem Stempel aufsetzen kann. Damit geht sie hinüber, noch eine Tasse mitgenommen und ans Fenster gesetzt. Es dauert nicht lange, bis sie den Stempel vorsichtig hinunter drückt, damit oben nur der durchgezogene schwarze Kaffee über bleibt, der dann in den Becher gegossen wird, genau richtig. Ihr Blick wandert hinaus, während sie den ersten Schluck trinkt und dann für einen Moment genießend die Augen schließt. Und erst das Telefon lässt sie zusammen zucken! Schnell wird die Tasse beiseite gestellt und beim dritten Ton nimmt sie auch schon ab. Heute funktioniert es noch, ab morgen hätte sie den Anschluss drüben, zusammen mit Lobo. „Ja, hallo? Oh, hallo Schatz! Wie sieht es bei dir aus? Echt? Oha, da muss ich mich dann ja doch beeilen. Ich habe mir gerade einen Pausenkaffee gemacht, fehlt nur noch das Wohnzimmer, dann bin ich auch fertig. Bis gleich." Sie legt auf und lächelt, bei Lobo sind sie schon fertig, obwohl sie immer meinte er hätte mehr Sachen wie sie. Aber vielleicht hat er die letzten Tage schon einiges gepackt, haben sie ja hier eher bei ihr geschlafen, so braucht er daheim nicht mehr so viel. Nun, dann muss sie sich hier echt etwas ran halten. Also schwupp den Kaffee ausgetrunken, die Tasse und Kanne ausgespült und den Rest aus der Küche in die letzte Kiste gepackt, hier auch fertig! Also, ab ins Wohnzimmer, schnell die kleine Anlage angestellt, mit Musik geht bekanntlich alles besser und dann fetzt sie los! Kiste um Kiste wird gefüllt, Bücher finden darin ihr vorerst neues Zuhause, und auch alles andere, bis die Wohnzimmerschränke leer vor ihr stehen!

Es dauert wohl insgesamt noch fast zwei Stunden, ehe es schellt, die kleine Anlage auch mittlerweile in einer Kiste verschwunden ist und Loona sich umschaut, sie ist tatsächlich fertig!

Als sie öffnet, ist es Lobo mit den Helfern und einem LKW vor der Haustüre! Meine Güte, wie hat Levior das alles nur so schnell hinbekommen? Tja, das ist wohl sein Geheimnis. Und sofort macht sich jeder ans Werk, werden die Möbel so gut es geht auseinander genommen, etwas eingepackt wenn sie empfindlich sind und dann auf die Ladefläche getragen. Auch die angesammelten Kisten finden dort ihren Platz und schneller als gedacht sitzen auch Lobo und Loona in ihren Wagen und machen sich auf den Weg zum alten Haus.

Dort können sie dann auch gleich die verschiedenen Möbelstücke von ihm und ihr an ihre festen Plätze aufbauen lassen und man sollte nicht meinen, es ergibt trotz des Mixes doch ein angenehmes Gesamtbild. Alles wird untergebracht, ohne dass es überladen wirkt. Anschließend werden auch noch die Kisten entsprechend der Räume verteilt, was dann natürlich wieder wie ein kleines Chaos aussieht, aber das würde sich auch noch legen.

Jeder richtet für sich noch einen kleinen Bereich ein, wo die Möglichkeit besteht sich zurück zu ziehen, Räume stehen dafür ja genug zur Verfügung. In Gedanken sind sie aber ohne es den anderen jeweils offen zu sagen oft bei Lupus, er scheint trotz allem noch allgegenwärtig zu sein.

Zum Abend hin sind sie dann komplett fertig, ist die letzte Kiste ausgepackt und das letzte Teil verstaut. Wobei Loona sich schon vorher in die Küche verzogen hat, und dort schwer beschäftigt ist. Am Ende trägt sie dann auch gut gefüllte und zurecht gemachte Platten mit verschiedenen Kurzgebratenem, Schnittchen und Salaten nach vorne, so dass die Helfer sich stärken können. Ohne sie hätten sie es doch gar nicht so schnell geschafft.

„Das sieht alles sehr gut aus, mein Schatz", lobt Lobo sie doch erstaunt, als er die im Wohnzimmer aufgebauten Köstlichkeiten sieht.

„Levior war so freundlich und hat mir unterwegs noch einen Abstecher gemacht, um entsprechend einzukaufen. Dafür weiß er aber auch am Besten was seine Leute so mögen und ich hoffe das reicht aus. Wo ist er überhaupt?" Loona schaut sich um, kann ihn aber nirgends entdecken. „Fangt doch einfach schon einmal an, bitte, greift zu. Für die Getränke einfach an Lobo wenden." Dieser nimmt sie sanft in seine Arme, löst sich aber nach einem Moment wieder von ihr: „Das habt ihr echt gut hinbekommen, äh, Getränke, ich vermute die sind in der Küche? Hm, ich schau mal nach ob ich ihn finde." Damit geht er dann doch raus in den Flur, die Stufen hoch in die rechte Wohnung, wo de Tür nur angelehnt ist. Leise klopft er an den Rahmen, wartet auf eine Antwort, die aber ausbleibt. Deswegen schiebt er sie langsam auf, betritt die Wohnung: „Levior?" Ein Blick ins Wohnzimmer und er bleibt stehen, denn dort sitzt der Gesuchte im Schneidersitz auf dem Boden und hat die Augen geschlossen. „Levior? Ist alles in Ordnung?" spricht er ihn leise an.

Dieser regt sich kurz darauf endlich, schaut ihn ziemlich müde an: „Ja? Ich, ich brauchte eine kleine Auszeit. Geht gleich wieder."

„Das ist gut, ich habe mir schon Sorgen gemacht. Magst du mit hinunter kommen? Loona hat noch etwas leckeres gezaubert, nachdem sie dich mit dem Einkaufszettel los schickte." Lobo schmunzelt leicht.

Levior beantwortet seine Worte mit einem leichten Lächeln: „Ich weiß. Gerne. Geb mir bitte noch ein paar Minuten, dann komme ich nach."

Mit einem Nicken verlässt Lobo das Wohnzimmer wieder, bewegt sich leise durch die Wohnung und kehrt hinunter zu den Anderen zurück.

Loona schaut ihn bei seiner Ankunft fragend an, als sie ihm im Flur begegnet: „Und?"

Ihr Schatz lächelt sie an: „Er kommt gleich hinunter."

Nur kurz nickt sie, ehe Loona nachhakt: „War alles in Ordnung?"

„Ja, er sah ziemlich geschafft aus, brauchte eine Pause. Naja, er hat in drei Wohnungen mitgeholfen, dazu noch in der Disko koordiniert und war für dich einkaufen, und das in den Stunden, die wir dazu brauchten. Es hätte mich gewundert, wenn er da noch fit wie Turnschuh ist. Ich könnte auch gerade ein Sofa gebrauchen." Er geht mit ihr zusammen zurück ins Wohnzimmer zu den Anderen.

Es dauert wirklich keine zehn Minuten, da hören sie im Flur leise Schritte und Levior betritt die Wohnung. Seine grünen Augen haben den alten Glanz wieder, die Müdigkeit ist verschwunden. Und er geht zu Loona hinüber, nachdem er sich kurz etwas umgeschaut hat: „Das hat ihr sehr wohnlich eingerichtet, gefällt mir."

Die kleine Wölfin lächelt ihn freudig an: „Danke. Hast du oben auch alles gemütlich herrichten können? Oder brauchst du noch Hilfe?"

Er schüttelt nur den Kopf: „Nein, es ist alles fertig, so wie ich es gerne haben möchte."

„Das ist schön, und danke, du hast uns mit deinen Leuten hier echt viel Arbeit

abgenommen"; und damit drückt sie ihn einfach mal, schaut frech zu ihm hoch.
„Hey, ich wusste ja genau wen ich dafür alles einspannen könnte, und so haben
wir drei alles auf einen Rutsch geschafft, einmal großes Chaos und dann ist es
erledigt. Und nun, lasst und zusammen unseren Umzug feiern!"
Oh ja, das machen sie dann auch, und wie! So schnell geht in dem alten Haus
an diesem Abend nicht das Licht aus!

Kochendes Blut

Wochenende, die Diskothek ist gut besucht und sie verstärken wieder Leviors Team. Denn in der letzten Zeit ist es immer wieder zu Unruhen gekommen, die angespannte Situation muss zeitnah und schnellstmöglich entschärft
werden. Die Uhr zeigt beinahe elf, als es auf der Tanzfläche wieder ordentlich
zu brodeln beginnt! Einige Jugendliche, die eigentlich den Heimweg anzutreten
haben, fangen an Theater zu machen, reizen sich, eigentlich ohne ersichtlichen
Grund, oder ist es doch wegen der Verordnung dass sie nach 23 Uhr nicht mehr
hier anwesend sein dürfen, ohne Elternschein. Eigentlich auch egal welchen
Grund es geben könnte, Levior gibt seinen an den Wänden verteilten Männern
entsprechende Anweisungen und auch Loona nähert sich dem Tumult.
Noch ehe jemand reagieren kann, tanzt sie einen der Jugendlichen an und hat
ihn im Sicherheitsgriff, noch ehe er reagieren kann!
Als ihm ein Anderer zur Hilfe kommen möchte, stellt sich Lobo dazwischen,
während Loona den Ersten durch die Menge Richtung Flur führt. So ganz ein-
sichtig ist er nicht, das kann sie merken, denn es dauert nicht lange, bis er wieder versucht sich zu wehren! Ihr bleibt nichts anderes übrig als nach zu greifen,
wobei sie kurz den Arm los lassen muss. Der kurze Augenblick recht für den
schmächtigen beweglichen Kerl aus um sich zu drehen und ihr mit der flachen
Hand klatschend ins Gesicht zu schlagen! Zuerst spürt sie den Schmerz und
dann den Zorn...! Nur wenige Schritte sind nötig, um den Flüchtigen zu erwi-
schen, schmale Frauenhände greifen an seinen Kopf, bringen ihn mit einer
schnellen Bewegung zu Boden und sie kniet sich in seinen Rücken, was durchaus unangenehm sein dürfte! „Endstation! Mich schlägt niemand ungestraft!"
Und ihre Augen funkeln gefährlich zu ihm hinunter!
Er keucht auf, merkt wie sie ihm die Arme wieder fixiert und erkennt die gerade doch aussichtslose Lage, so dass nicht mehr als leises vor sich hin Schimp-
fen kommt.
Mittlerweile haben die Anderen auf der Tanzfläche wieder für Ruhe gesorgt
und Lobo kommt ebenfalls zu ihr: „Alles in Ordnung?"
„Jetzt ja, er wollte verduften", damit steht die kleine Wölfin auf und zieht in der
Bewegung den Jugendlichen mit sich auf die Beine! Der Griff bleibt so eisern
und entlockt ihm einen leisen Aufschrei! Doch lässt er sich dann ohne weitere

Gegenwehr vor die Tür bringen! Und es dauert nicht lange, bis Loona wieder hinein kommt.

Lobo schaut sie etwas besorgt an, denn die Wange glüht rot und heiß, das ist zu erkennen: „Tut es weh? Lass dir am besten an der Theke etwas Eis geben, dann schwillt es schnell wieder ab."

Auch Levior ist gerade bei ihnen angekommen, nachdem er über Funk Rückmeldungen erfragt hat und schaut beide an: „Das war saubere Arbeit. Oh, Loona, was ist passiert?"

Fragend schaut diese ihn an, tastet sich über das Gesicht und an der Lippe zuckt sie zusammen, da hat es sie anscheinend auch noch erwischt ohne es zu merken, denn an ihren Fingerspitzen klebt frisches Blut! „Das ist nicht so schlimm, wird wieder." Auch wenn sie das Brennen deutlich merkt, je mehr ihr Adrenalin gerade abnimmt. Deswegen geht sie auch zur Theke und lässt sich dort von dem Barkeeper ein Tuch mit Eis geben. Nach wenigen Minuten ist die Schwellung wieder verschwunden und auch die Wunde verschließt sich, so dass nur eine kleine rote Narbe überbleibt, die wohl auch noch mit der Zeit verschwinden dürfte. So kehrt sie dann auf ihren Platz zurück und sieht Leviors zufriedenes Nicken und Lächeln. Ja, anscheinend hat sie tatsächlich sehr gute Selbstheilungskräfte, als Heilerin nicht verwunderlich, oder? Aber sie hat es so noch nie selbst bemerkt, heute zum ersten Mal.

Leider dauert es nicht allzu lange, bis sie erneut gefordert werden, was ist heute nur los? Wieder knäuelt es sich auf der Tanzfläche. Lobo erreicht den Ort des Geschehens als Erster, zieht den oberen Beteiligten an den Schultern hoch. Dieser strauchelt, fällt auf den Rücken und bleibt dann mit geschlossenen Augen liegen! Der Untere springt nun seinerseits auf, realisiert aber wohl nicht dass Lobo ihm zur Hilfe kommt und möchte sich auf ihn stürzen. Doch dieser dreht sich mit einer geschmeidigen Bewegung aus der Bahn, lässt ihn vorbei stolpern und kann zusehen wie er ebenfalls zu Boden geht und dort liegen bleibt.

„Was ist denn nun los? Ich habe kaum was gemacht. Kommt, wir bringen die Beiden erst einmal an die Luft", verwundert schaut er sie sich an und zusammen mit den anderen nehmen jeweils zwei einen der Männer, um sie vor die Tür zu bringen. Dort wird einer langsam aber sicher wieder wach und es ist ihm anzusehen, dass er ziemlich unsicher auf den Beinen ist. Auch sein Blick wandert unsicher herum, ehe er die Sprache wieder findet: „Was ist passiert?" Von Lobo kassiert er einen ungewohnt harten Blick: „Was passiert ist? Hier wird kein Theater auf der Tanzfläche gemacht." Er wartet einfach ab, was als 'Rechtfertigung' kommt.

Eine Rechtfertigung kommt in Form eines noch verwirrten Blickes, als er ihn anschaut: „Aber, ich habe doch nur getanzt, wie komme ich hier raus?" Er schaut zu dem Anderen hinüber, der auch gerade recht verunsichert durch die Gegend schaut und ein paar rote Flecken im Gesicht aufweist, eindeutig Male einer Schlägerei.

Und ja, auch bei Lobo macht sich eine gewisse Verunsicherung im Blick breit: „Wie meinen sie das? Können sie sich an die Schlägerei nicht mehr erinnern? Dann sollten sie besser einen Arzt aufsuchen. Haben sie irgendwas eingenommen?"

Das wird ja immer schöner! „Wieso sollte ich mich prügeln? Ich habe keinen blassen Schimmer was war. Eingenommen, sie meinen Drogen? Hallo, geht's noch, die habe ich echt nicht nötig!" Er wird etwas lauter, ehe seine Hand an den Kopf greift und er Lobo entgegen taumelt: „Schwindelig..."

Ein beherzter Griff Lobos verhindert, dass er in die Knie gehen kann: „Ganz ruhig, das wird wieder." Dann schaut er Richtung Tür: „Loona!!"

Diese hat sich drinnen noch um ein paar junge Frauen gekümmert, die ziemlich durch den Wind waren, als sie ihn hört, dank ihrer Ohren, denn sonst wäre es an ihr vorüber gegangen. Schnell kommt sie hinaus vor die Eingangstüre, schaut sich um: „Was ist passiert?" Dass da einer ziemlich ungalant im Arm ihres Schatzes hängt, ist nicht zu übersehen.

Dieser stützt ihn ab, hat den jungen Mann an sich gelehnt, der die Augen immer noch geschlossen hat und sich nicht rührt. „Ich weiß es nicht. Ich hatte mit ihm geredet, er schien wieder klarer zu sein und ich plötzlich zusammen gesackt, ihm wäre schwindelig."

„Dann lass mich mal schauen was los ist..." kommt es etwas zaghaft, denn es ist noch ungewohnt ihre Fähigkeiten so explizit einzusetzen. Loona stellt sich neben ihn, legt ihre Hände auf seinen Oberkörper und schließt die Augen. Für einen Moment verharrt sie so, spürt das Kribbeln durch ihren Körper fluten und auch die Schwäche, aber sie kann sich rechtzeitig lösen und noch abfangen.

Nur langsam öffnet jemand wieder die Augen, sieht zu Lobo und auch zu Loona und die altbekannte Frage erklingt: „Was ist passiert? Mir war plötzlich so komisch."

Die junge Frau hat sich wieder unter Kontrolle, auch wenn ihr der Missmut fast schon Ärger anzusehen ist: „Oh Mann, sich erst vollpumpen und dann fragen was los ist? Was hast du genommen?"

„Ich nehme keine Drogen!" möchte er lauter antworten, hält sich aber merklich zurück, denn gerade hat es damit geendet, dass bei ihm sämtliche Lichter ausgegangen sind, das möchte er nicht noch einmal riskieren.

„Klar, das sehe ich, erzähl mir keine Märchen. Ich werde jetzt mal nach deinem Freund schauen." Wobei sie Freund etwas spitzfindig betont, immerhin sind die Beiden ziemlich heftig aneinander geraten. So geht sie zu dem anderen jungen Mann hinüber, kniet sich zu ihm und legt ihre Hand auf, aber so dass es nicht so offensichtlich von seinem Freund zu erkennen ist, muss ja nicht jeder wissen was hier gerade passiert, Wolfsgeheimnis, usw, ihr wisst schon. Vor ihrem inneren Auge fangen tausend Funken an zu tanzen, während sie die Energie heraus zieht und gegen ihre positive austauscht, um ihn wieder auszugleichen. Und es dauert einen Moment, wo sie zusammen gekauert sitzen bleibt: „Das ist echt heftig." Dann steht sie vorsichtig mit ihm zusammen auf, der sich auch wieder berappelt hat: „Okay, woher habt ihr das Zeug, hier aus dem Club? Oder habt ihr es mit rein gebracht, das wäre dann Hausverbot für euch."

Die Beiden schütteln zaghaft den Kopf, damit die Welt sich nicht wieder so dreht: „Keine Ahnung was sie meinen. Wir haben nichts mitgebracht und auch nichts genommen. Was soll der Mist, wollen sie uns hier irgendetwas anhängen?"

Langsam aber sicher beginnt Lobo zu verstehen und nimmt Loona ein Stück zur Seite, um mit ihr ein paar Worte zu wechseln: „Was ist, wenn sie es nicht wissentlich genommen haben, sondern jemand es ihnen untergeschoben hat? Dann müssen wir heraus finden wer dahinter steckt."

Okay, von der Seite her hat sie es noch nicht betrachtet und anhand der Reaktionen der beiden Männer liegt es fast schon nahe. Sie müssten sich eine Strategie ausdenken, um es heraus zu finden. Aber bis dahin ist hier dann alles soweit fürs erste geklärt und sie lassen die Zwei gehen, Richtung Zuhause, nachdem sie ihre Jacken aus der Disko geholt haben.

In die kehrt das Team um Levior auch zurück, den sie an der Theke sehen können, er weiß dass sie ihre Arbeit gut machen, er nicht immer vorne dabei sein muss, deswegen fällt er auch kaum auf, naja, er hat schon eine gewisse Aura, aber Menschen würde er einfach nur wie ein ziemlich selbstbewusster Dunkelhaariger vorkommen.

Loona dreht sich noch einmal zur Tür um, während sie wieder umher streifen: „Wer macht so was? Ich versteh das nicht."

Lobo seufzt leise, denn jetzt heißt es erst einmal Notizen machen, für den Bericht, darauf legt Levior Wert, dem er zunickt, als er ihn an der Bar sieht.

Loona folgt seinem Blick und nagt kurz an ihrer Unterlippe: „Ich werde mal kurz mit ihm reden. Vielleicht hat er eine Lösung für meine Ausfälle. SO kann das ja nicht weiter gehen."

„Mach das, ich zieh mich mal in eine ruhige Ecke zurück, kurz schreiben." Und damit geht Lobo auch schon in einen der ruhigeren Bereiche der Diskothek, wo er zwar immer noch ein Auge auf die Anwesenden halten kann, aber gerade dabei an einem Tisch steht und kurz etwas auf einen Notizzettel schreibt.

Die junge Wölfin geht auf Levior zu, der schon zu ahnen scheint dass ihr etwas auf dem Herzen liegt, er hat da einen sehr guten Spürsinn für: „Loona, was kann ich für dich tun?"

Diese stellt sich neben ihn an die Bar, allerdings so dass sie den Raum noch etwas überblicken kann, und doch zu ihm gewendet ist: „Ich habe ein Problem. Jedes Mal wenn ich die Energien tausche, geht es mir richtig schlecht dabei."

Er nickt verstehend: „Das kommt durch die negativen Energien. Du entziehst sie, nimmst sie in dir auf und tauscht sie dann gegen neutrale oder positive aus. Für einige Zeit schwächt es dich, aber es wird immer besser, das braucht etwas

Übung. Ich habe in dem Buch darüber etwas gelesen, schau doch nachher hinein. Es war eine Kräutermischung, wenn ich das noch richtig im Kopf habe." Er nickt ihr aufmunternd zu, hält sich aber ansonsten zurück, um nicht zu offensichtlich zu zeigen, dass sie sich kennen, Inkognito-Chef oder so.

Loona kennt das schon, als Chef ist er anders wie privat und so folgt nur ein leichtes Lächeln, ehe sie dann die Bar auch wieder verlässt. Sie hat gesehen in welche Richtung Lobo verschwindet und folgt nun nach. Zusammen gehen sie seine Notizen durch, schreibt sie auch noch etwas dabei und der Abend nimmt seinen Lauf.

Morgens führt ihr erster Weg daheim dann auch in die Bibliothek, wo sie sich das große Buch aus dem Schrank holt und auf den Schreibtisch legt. Es sieht schon sehr als aus, aber auch robust und trotz allem geht sie damit sehr vorsichtig um, klappt es auf und ihr Zeigefinger huscht über das Inhaltsverzeichnis, bis sie an einem Eintrag hängen bleibt. Wie meinte Lupus noch, sie würde es instinktiv nutzen. Und als sie sich dann den Text entsprechend durchliest, ist es tatsächlich auch annähernd das, was sie gesucht hat. Die Erklärung klingt nach ihrem Problem, die Mischung ist ziemlich unkompliziert und vielfach einsetzbar. So holt sie zwei Kräutergläser und eine Blechdose, mischt es anhand der Angaben darin zusammen und verschließt sie dann gut. Einerseits kann es während des Heilens angezündet und auch danach als Tee getrunken werden, perfekt und unauffälliger. Hoffentlich klappt das auch alles so. Denn sie hat immer eine merklich lange Erholungsphase. Und das kann so nicht weitergehen. Die Blechdose wird in ihrer Tasche verstaut und sie geht in den Kerzensaal, um nachzuschauen ob alles in Ordnung ist. Normalerweise brennen die Kerzen sehr langsam und halten schon einen Tag durch. Manchmal geht aber auch eine aus, oder der Docht ist nicht in Ordnung, so dass sie schief brennt und eher verglühen würde. Aber heute ist alles in Ordnung, einige möchten ausgetauscht werden, aber keine besonderen Vorkommnisse. Noch ein letzter prüfender Blick umher bestätigt es.

Ihr nächster Weg führt in die eigene Wohnung, wo sie sich doch etwas müde auf das Sofa setzt und die Augen schließt. Nur einen Moment... Sanft legen sich zwei Hände auf ihre Schultern und lassen sie doch kurz zusammen zucken und als sie die Augen öffnet, steht Lobo vor ihr.

„Du hast fast zehn Minuten geschlummert, mein Schatz." lächelt er sie sanft an und kann sich vorstellen, dass es ihr um ein Vielfaches kürzer vorgekommen ist.

„Ich glaube, ich gehe ins Bett. Kommst du mit?" und bei den Worten muss sie ein Gähnen unterdrücken. Der Tag heute hat sie eindeutig geschafft, ja, normal braucht sie nicht viel Schlaf, heute ist es bitter nötig.

Lobo nickt und dann hält er ihr auch schon die Hand hin, um ihr hoch zu helfen und ins Schlafzimmer mitzunehmen. Es dauert nicht lange, bis beide soweit fertig und in den Betten sind, Loona sich an ihn kuschelt , nachdem sie ihm einen sanften Gute Nacht-Kuss geschenkt hat und seine Arme sich um sie legen. Er liegt noch etwas wach, die Gedanken wandern durch den Kopf, während er schon merkt wie sie in die Leichtigkeit des Schlafes abdriftet.

Katz und Maus

Auch an diesem Abend finden sie sich wieder in der Diskothek ein. Die Tanzfläche ist schon fast als überfüllt zu betrachten und an der Tür herrscht deswegen eindeutig Einlass-Verbot, nichts geht mehr. Leviors Team ist bis auf den letzten Mann angesammelt und verteilt, um den Besuchern einen angenehmen Abend zu verschaffen.

Auf ihrem Weg sieht Loona auch die beiden jungen Männer von gestern wieder. Anscheinend haben sie sich von dem Vorall nicht abschrecken lassen und sind wieder gut erholt. Mit einem freundlichen Lächeln geht sie auf sie zu: „Na, alles klar? Schön dass ihr wieder da seid. Wir bleiben an der Sache dran, durch eure Aussagen sind wir da wohl was größerem auf die Spur gekommen." Damit gibt sie ihnen zumindest das Feedback, dass sie hier kein Hausverbot haben und sie davon ausgehen dass es einen anderen Grund gab, sie nicht hier als 'Drogenkandidaten' gelistet werden.

Der Eine lächelt ebenso freundlich zurück, den es um einiges länger ins Land der Träume gejagt hatte, während der Andere verlegen errötend zu Boden schaut: „Okay, hoffentlich finden sie heraus was passiert ist, es war echt peinlich. Weil wir wirklich keine Drogen nehmen, aber ich hatte auch nicht gemerkt, wie ich mich wohl verhalten habe. Tut mir leid."

„Ist schon gut, ja, das kann ich mir vorstellen, das merkt man auch nicht, erst bis man meist nach dem Blackout wieder zu sich kommt. Ihr könnt ja an der Theke eure Adressen hinterlegen, dann melden wir uns noch, wenn wir was wissen, oder noch Fragen haben, aber alles gut. Und nun amüsiert euch. Falls was ist, kurze Rückmeldung an mich, okay?" Mit einem Winken macht sie sich weiter auf den Weg, hinüber zu Levior, der sich gerade an der Theke eingefunden hat.

Als sie bei ihm ankommt, reicht dieser ihr die Hand: „Hey, hallo, alles im Griff? Das waren doch die Zwei von gestern oder?"

Die junge Frau nickt, auch wenn sie die offensichtliche Begrüßung etwas irritiert, aber er wird sich schon was dabei denken: „Ja, ich habe ihnen nur nochmal gesagt, dass wir glauben dass sie keinen Ärger machen wollten und sie sich amüsieren sollen. Und ich habe die Lösung für mein Problem gefunden, ist nun in meiner Tasche, damit ich es hier auch greifbar habe. Hier ist ja im Vergleich zu gestern eine richtig gute Atmosphäre, alle Achtung." Ich Blick schweift kurz umher, sieht die ausgelassenen Tanzenden und ebenso gut gelaunte restlichen Gäste. „Gefällt mir, hoffentlich bleibt das auch so. Hast du schon irgendwie in

Erfahrung bringen können wie den Jungs das Zeug verabreicht wurde?"
Der Dunkelhaarige schüttelt vage den Kopf: „Noch nicht. Es gibt noch eine andere Sache, über die ich mir ernsthaft Sorgen mache. Denn der Vorfall zeigt deutlich, dass die Schattenseite immer brutaler wird. Früher gab es mal hier und da ne kleine Schlägerei, die schon schlimm genug war. Aber mittlerweile hat es sich durch die moderneren Zeiten stark verändert und es wird kaum noch vor etwas zurück geschreckt. Eine sichere Quelle hat mir berichtet, dass Tamira ihre Truppe sogar bewaffnet hat. Wie soll das nur weiter gehen? Wir Lichtwölfe verabscheuen jede Art von Waffen, werden aber mehr und mehr damit konfrontiert, und es herrscht völliges Ungleichgewicht. Wie soll das noch alles zu stoppen sein?" Sein müder Blick zeigt, dass ihn die Situation mehr belastet als er zugeben möchte.

Für den Moment schmeißt sie alle Tarnung über Bord und legt ihm eine Hand in den Nacken, streichelt nur behutsam über seine kurzen dunkelbraunen Haare: „Hey, das schaffen wir. Noch habe ich keine Lösung gefunden, aber Gewalt gehört sicherlich nicht dazu. Was hätte Lupus wohl gemacht? Ich bin mir aber sicher, solange die Wölfe des Lichts zusammen halten, schaffen sie uns nicht."

Da muss der Dunkelhaarige ihr Recht geben: „Ich bin überzeugt, unsere Stärke ist die Gemeinschaft und nicht die Unterwürfigkeit. Wir halten zusammen, und kuschen nicht nur voreinander."

Loona stockt, zieht die Hand langsam wieder aus seinem Nacken weg, als es in ihrem merkwürdig kribbelt und schaut sich suchend um, auch wenn sie nicht genau weiß was sie sucht: „Spürst du das auch?"

Leviors Nicken bestätigt es: „Irgendwas passiert hier gleich." Er taxiert einen Randposten nach dem anderen, aber es ist alles ruhig. Moment, da fehlt doch jemand. „Wo ist Lobo?"

Jetzt ist es Loona, die sich erneut umschaut, aber sie kann ihn ebenso wenig entdecken: „Ich weiß es nicht, ich geh mal eine Runde." Und damit bewegt sie sich auch schon auf die Tanzfläche zu.

„Warte, ich komme mit." Mit etwas Abstand folgt Levior ihr. Zusammen durchkämmen sie das Gebäude, die Unruhe wird immer stärker, doch Lobo bleibt verschwunden! Ein Mensch kann sich doch nicht einfach in Luft auflösen! Schon gar nicht bei der guten Teambesetzung, jeder Bereich ist abgedeckt. „Komm", damit ergreift er die Hand der jungen Wölfin und nimmt sie mit sich, oben im neu eingerichteten Büro zündet sie ihre schwarze Kerze an und beide setzten sich vor die Flamme, schließen die Augen, nachdem die Blicke förmlich darin versunken sind. Levior wirkt immer verbissener, während Loona einfach nur eine schreckliche Leere spürt! „Ich kann ihn nicht finden", murmelt der Dunkelhaarige nur matt, öffnet flatternd die Augen und braucht einen Moment um sich wieder zu sammeln, ehe sie zusammen aufstehen.

Loona merkt auch wie sie der kurze Moment merklich erschöpft hat. Und gleichzeitig macht sich pures Entsetzen in ihr breit, Panik! „Was ist mit ihm?

Was bedeutet das?"

Levior zieht die Augenbrauen zusammen, weder sie eine noch die andere Möglichkeit gefällt ihm, oder kommt für Lobo in Frage, dennoch nennt er sie: „Entweder er ist bewusstlos, oder er hat die Seite gewechselt, oder..." Nein, er beendet den Satz nicht, muss er nicht, Loona würde wissen was er meint.

Und wie sie es weiß! Ihr Herz fängt an zu rasen und tausend Gedanken schießen ihr ungebremst durch den Kopf, die zwar alle ihr gehören, aber keinen Sinn ergeben und so wandert sie ziellos durch den Raum: „Er hat die Seite nicht gewechselt, auf keinen Fall. Vielleicht ist er tatsächlich einfach nur bewusstlos."

An alles weitere möchte sie nicht denken! „Wir müssen was machen. Wir müssen ihn suchen. Wenn ihm was passiert ist, dann braucht er Hilfe!"

Levior hat ihren Weg gekreuzt und sich einfach nur vor sie gestellt, um sie abzubremsen, seine Hände legen sich an ihre Schultern, um sie am weiter wandern zu hindern: „Lonna, ruhig. So kannst du ihm nicht helfen. Sammel dich."

Seine grünen Augen versinken mit besonnenem Blick in ihren und sie kann die Ruhe spüren, die von ihm ausgeht, auch wenn er kein Heiler ist.

Genau diese Ruhe hat sie wohl auch gebraucht, lehnt ihre Stirn jetzt an seine Schulter und atmet durch, ehe sie seine behutsame Umarmung spürt und nur leise murmelt: „Bitte...hilf mir."

Beruhigend streicht er ihr über den Rücken, kann durchaus verstehen dass sie gerade vollkommen durcheinander ist, diese Welt kann furchtbar verwirren, erst Recht wenn es den eigenen Partner betrifft. „Das werde ich. Komm, lass uns fahren, wir werden ihn finden." Und damit nimmt er sie wieder bei der Hand, weil er das Gefühl hat dass sie gerade einfach jemanden als Halt braucht und zusammen verlassen sie die Diskothek durch einen der Hinterausgänge, nachdem die schwarze Kerze gelöscht wurde. Dort steht auch sein Wagen und abwartend bleibt Levior stehen: „Spürst du etwas?"

Auch Loona hält an, wartet ab und schüttelt nur den Kopf: „Nein, nichts. Lass uns bitte erst einmal heim fahren zu uns." Und damit steigen beide in den Sportwagen, den der Dunkelhaarige bald darauf zügig durch die Stadt lenkt.

In einem geräumigen Loft mit mehreren abgeteilten Zimmern steht eine dunkelhaarige Frau an einem hellen Ledersofa. Die schwarzen Locken harmonieren gut mit dem blutroten Kleid das sie trägt und was ihren Körper so wunderbar untermalt wie es nur eine zweite Haut könnte. Ein kurzes Winken und ein gut aussehender junger Mann kommt zu ihr, der gerade den Raum seinerseits leise betreten hat. „Daniel, komm zu mir."

Nur ein Nicken von ihm, den Blick der bernsteinfarbenen Augen zu Boden gesenkt, geht er die wenigen Schritte hinüber.

Mit fast schon sanfter Art streicht Tamira ihm durch die kurzen schwarzen Haare: „Was macht unser Gast?"

Nur kurz hebt er den Blick, ehe ein sachtes Kopfschütteln folgt, mit dem Wissen, dass die Antwort ihr nicht gefallen wird: „Seit er wach ist, lässt er niemanden mehr an sich heran."

Mit einer schnellen Bewegung wirft die Frau ihre schwarze Lockenmähne in den Nacken und streift das Samtkleid etwas zurecht: „DAS wollen wir doch mal sehen. Seid ihr Kerle echt nicht fähig mir einen einfachen Wolf zu bringen? Anscheinend war die Dosis bei ihm etwas zu schwach? Dann zeige ich dir jetzt mal wie das geht." Und damit verlässt sie schnellen Schrittes auf ihren hochhackigen Schuhen den Raum und geht den Flur entlang, um an einer Tür stehen zu bleiben und auf Daniel zu warten.

Dieser folgt ihr und sein durchtrainierter Körper zeigt deutlich, dass er normalerweise kein einfacher Gegner sein dürfte, geschmeidige Bewegungen und ein sichtliches Muskelspiel in den bloßen Armen, da er nur mit einem Tankshirt und einer schwarzen Stoffhose bekleidet ist. Auf Tamiras Nicken hin öffnet er langsam die Tür, wirft einen Blick hinein.

Lobo steht an einem der großen nachtschwarzen Fenster, die Arme vor dem Oberkörper verschränkt und beobachtet in der Spiegelung wie die Türe sich öffnet und die beiden Personen den Raum betreten. Langsam dreht er sich um, schaut ihnen verächtlich entgegen: „Was willst du von mir, was soll das?"

Die Schwarzhaarige geht mit langsamen und wiegenden Schritten auf ihn zu, den Blick in seine Augen geheftet: „Zuerst dass du ruhig bleibst, und ansonsten wirst du es noch früh genug erfahren."

Er kennt die Wirkung ihrer Augen und deswegen dreht er auch den Kopf weg, sieht zu Daniel hinüber: „Und du, wirst du vorgeschickt? Versteckt sie sich hinter dir? Anscheinend ein schlechter Tausch, ansonsten hättest du mich schon gepackt." Auch jetzt spürt er ihren Blick immer noch, wagt sich nicht sie anzusehen, um die Kontrolle zu behalten.

Daniel springt auf die Worte sofort an, vermutlich zum Missfallen seiner Chefin, aber sie würde sich eh nicht die Finger dreckig machen, deswegen lässt sie ihm auch ein wenig Spaß mit dem Spielzeug auf drei Beinen, äh, sorry, zwei Beinen. Und als Lobo sich frech wieder mit dem Körper Richtung Fenster umdreht, dabei wohl weißlich den Blick in die Spiegelung richtet, wird er von hinten angegangen, legen sich kräftige Männerarme um seine eigenen! Er lässt sich einfach in die Bewegung zu Boden fallen, löst damit die Umklammerung wieder auf und bringt Daniel zum strauchceln, da er damit nicht gerechnet hat. Ein nach gesetzter Tritt und dieser bleibt benommen am Boden liegen.

„Stopp!" Nur ein einziges Wort erreicht ihn, als Lobo sich aufrichtet und Tamira steht direkt vor ihm, den Blick der braunen Augen starr in seine gerichtet! Er möchte sich weg drehen, aber sein Körper gehorcht einfach nicht mehr! Und ihr gleichbleibender Tonfall klingt an seine Ohren: „Verschwende keine wertvolle Energie, indem du dich wehren möchtest, es funktioniert nicht, dafür bin ich zu stark." Ihre Hand streift sanft über seinen Kopf.

Lobo kann nur minimal zurück weichen: „Nicht..." Und mit eiskaltem Blick erwidert er ihren, „Nicht noch einmal." Er spürt, wie er die Kontrolle über seinen Körper wieder bekommt, anscheinend hat sie sich in ihm geirrt.

Tamira greift urplötzlich nach seinen Handgelenken: „Lobo... nein." Anscheinend hat sie einen anderen Plan gefasst?

Dieser merkt die Gänsehaut über seinen Körper jagen, als ob Eis ihn lähmen würde! Deswegen kann er sich auch nicht wehren, als Daniel sich wieder aufgerappelt hat und ihn seinerseits hart von hinten an den Ellenbogen packt, sie nach hinten zieht, dass es schon vom zusehen weh tun kann.

Und dass es auch genauso, erkennt er an Lobos Reaktion, als seine Muskeln förmlich aufbegehren, er aufschreit und nach hinten taumelt, wo Daniel ihn weiter ausbremst und den harten Griff nicht lockert!

„Ich frage mich mittlerweile, wieso du es dir so schwer machst?" Mit diesen Worten geht Tamira wieder auf Lobo zu, der den Kopf erneut weg dreht und den Blick zu Boden richtet! „DU kannst dich sowieso nicht ewig gegen mich wehren, das müsstest du langsam wissen." Und damit greift sie ihm hart unter das Kinn, dreht seinen Kopf damit wieder zur Mitte und ihre Hand gleitet an seinen Hals!

Sofort spürt er wieder das Kribbeln und sein Körper fängt an zu zittern, ohne dass er es auch nur beeinflussen kann! „Niemals!" Nur gepresst kommt das Wort über seine Lippen, quetscht sich förmlich durch seine Zähne hindurch!

Der dunkelhaarigen Schönheit scheint dieses Spiel zu gefallen, sie greift ihm mit der freien Hand am Hinterkopf in die langen Haare, zieht ihn in den Nacken: „Bleib bei mir! Vergiss Loona! Ich bin viel mächtiger als sie und kann dir Dinge bieten, von denen du bei ihr dein Leben lang träumen müsstest!"

„Leere Versprechen. Träum weiter!" Lobo verzieht das Gesicht als es in den Haaren reißt und schließt die Augen, kleine Schweißperlen rinnen ihm über die Stirn, zeigen dass seine Temperatur deutlich gestiegen ist. Er braucht Loona, dringend! Und in Gedanken versucht er sie zu rufen!

Doch selbst das scheint sie zu merken, denn Tamira lächelt kalt: „Sie spürt dich nicht. Und nun wirst du ruhig bleiben." Und damit fahren ihre Fingerspitzen über seinen Hals, drücken auf eine bestimmte Stelle, deren Wirkung sie eindeutig kennt!

Vor seinen Augen tanzen Funken und Lobo stöhnt leise auf, während seine Gegenwehr komplett erlahmt! Mit einer kurzen Bewegung wird er von Daniel auf einen Stuhl gezogen, bleibt dort sichtlich benommen sitzen, nur leise kann sie ihn flüstern hören: „Biest."

Seine Gegenspielerin schenkt ihm ein triumphierendes Lachen! „Verabschiede dich vom Licht und bleibe bei mir!" Und damit beugt sie sich zu ihm hinunter, kann er ihre lüsternen Lippen bald auf seinen spüren, die eine Hitzewelle durch seinen Körper jagen! Natürlich weiß sie das zu genau, stört sich aber nicht daran und sorgt nur dafür dass er sich nicht von ihr lösen kann!

Er spürt die Schwäche und kann den Kopf nicht mehr halten, als sie ihn los lässt, so dass er ihm auf die Brust sinkt: „Ich... verbrenne..." So bekommt er auch nicht mit, wie Daniel eine Schale weiter reicht, die ihm bald darauf an die erhitzten Lippen gehalten wird. Eine lauwarme Flüssigkeit rinnt wenig später seine Kehle hinunter, löscht die Flammen ihn ihm und beruhigt auch seinen Herzschlag wieder. Wohlig fängt es ihn ein und als er die geschlossenen Augen flatternd wieder öffnet und sein Blick auf Tamira fällt, kann sie es sehen, wie er abdriftet, und sie kurz danach anlächelt...

Nebelschwaden

Viele Stunden sind Levior und Loona durch die Stadt gefahren, nachdem sie die Wohnung erfolglos nach Lobo abgesucht haben. Wo kann er nur sein? In der Dunkelheit ist es auch nicht einfach jeden auf der Straße zu erkennen, auch wenn die Beleuchtung natürlich eine gewisse Helligkeit spendet. Still sitzt Loona auf dem Beifahrerplatz, versucht ihn zu erspüren, während Levior den Sportwagen sicher durch die Straßen lenkt. Nichts, kein einziger Funken eines Wiedererkennens, er scheint vom Erdboden verschwunden zu sein. Sie bemerkt nicht, wie Levior sie ab und an besorgt anschaut, wenn es die Straßenlage zulässt. Und nur leise kann er es hören, während sich ihre Augen mit Tränen füllen: „Ich finde dich, Lobo, egal wo du bist." Ja, sie ist sich sicher, auch wenn sie ihn nicht spürt, aber sie wird ihn finden! Bei der nächsten Gelegenheit hält der Dunkelhaarige den Wagen an, nimmt sie behutsam in den Arm und hielt sie fest, während Loona hemmungslos weinte, gerade einfach nicht mehr konnte. So bleiben sie dort im Wagen sitzen, bis sich Loona langsam wieder von ihm löst, ein Gedanke sich in ihrem Kopf verfestigt, den sie kurz darauf auch mit recht hartem Unterton ausspricht: „Irgendwas sagt mir, dass Tamira dahinter steckt." Mit besorgten Blick mustert er sie, setzt sich wieder richtig auf den Fahrerplatz, ehe sein Blick erst umher und dann zu ihr zurück wandert: „Niemand kann genau sagen wo ihr Aufenthaltsort ist. Sie schafft es, sich unglaublich gut zu verstecken und dann plötzlich wieder aufzutauchen, wie ein Geist." „Ich kann es mir nicht anders erklären, immerhin hatte sie es schon einmal bei ihm versucht und war gescheitert", Die junge Wölfin atmet tief durch, schluckt die letzten Tränen tapfer hinunter, „Lass uns noch einmal die Hauptstraßen abfahren. Wir müssen ihn einfach finden. Wer weiß, was sie mit ihm im Schilde führt."

Die Sonne geht bereits langsam glühend rot auf, als sie am Hafen stehen bleiben. Lobo ist immer noch wie vom Erdboden verschwunden! Für einen Moment steigt Loona aus, spürt die wärmenden Sonnenstrahlen auf der Haut, schmeckt das Salz auf ihren Lippen und schließt die Augen, um sich doch etwas zu entspannen, die Suche zerrt deutlich an ihr.

Auch Levior verlässt den Wagen, die stundenlange Fahrt ist auch an ihm nicht spurlos vorüber gegangen und seine Hand fährt leicht über die Augenlider, die Sonne blendet im ersten Moment doch ziemlich, während er um den Wagen herum geht, sich etwas die Füße vertritt.

Da spürt Loona merklich ihr schlechtes Gewissen aufsteigen, als sie zu ihm hinüber schaut: „Du bist müde... Es tut mir leid, das war rücksichtslos von mir, wir hätten Pausen machen müssen. Vor lauter Sorge um Lobo habe ich nicht einmal darüber nachgedacht wie es dir geht." Sie geht zu ihm und nimmt ihn in den Arm, hält ihn einfach für einen Moment so fest.

Langsam nur richtet er sich wieder auf, nachdem sie so verharrt haben, auch wenn er nicht ihre Energie angezapft hat: „Das geht schon, lass uns weiter suchen." Damit dreht er sich auch schon um, möchte zur Fahrertür gehen und spürt die sanfte Hand, die ihn zurück hält und ihm die Schlüssel abnimmt. „Ruh dich etwas aus, ich fahre weiter, okay?" Sie schaut ihn besorgt und bittend an, hat zwar auch die Stunden über mental viel geleistet, aber noch fühlt sie sich nicht müde.

„Musst du nicht auch eine Pause machen?" hakt er deswegen auch nach, steigt aber schon auf der Beifahrerseite ein und muss zugeben, dass es ziemlich geschlaucht hat, auch wenn er es jetzt erst merkt. Wie muss es da bei Loona sein, die ja die ganze Zeit immer versucht hat Lobo telepathisch zu finden?

Diese winkt ab: „Mir geht es gut, und ansonsten melde ich mich, versprochen." Und damit schließt sie seine Beifahrertür und steigt auf dem Fahrersitz ein, während er seinen Kopf etwas an die Seite lehnt, durchatmet, versucht sich zu erholen. Der Blick geht aus der Fensterscheibe hinaus, vielleicht ist Lobo zu sehen?

Der Motor wird gestartet und Loona fährt den Sportwagen wieder weiter durch die noch recht leeren Straßen, am Hafen entlang und zum anderen Ende der Stadt. Doch noch immer gibt es keine Spur, wie sollten sie ihn finden, wenn sie ihn nicht einmal spüren kann? Gut eine Stunde später fährt sie an einer Tankstelle ran, füllt das Benzin auf und bringt Levior noch einen Croissant und Kaffee mit, sie selbst bekommt gerade nichts hinunter, ist dafür innerlich auch zu unruhig. Sie würde es nachholen, später, nicht jetzt. Nur eine kurze Pause, um dann erneut aufzubrechen, auch wenn sie den besorgten Blick Leviors mitbekommt, ihn aber zu ignorieren versucht, noch gibt sie nicht auf.

Mittlerweile steht die Sonne hoch am Himmel, als Lobo die Augen wieder öffnet und sich blinzelnd umschaut. Er liegt in einem schmucken Futonbett, mit cremefarbener Seidenbettwäsche und hat gerade nur noch seinen Sportslip an, die restlichen Kleidungsstücke hängen über der Lehne des Stuhles, der neben dem Bett steht. Etwas verwirrt versucht er sich zu sortieren, wo ist er, was ist passiert?

Doch noch ehe die Gedanken vertieft werden können, öffnet sich eine Tür und ein junger Mann kommt hinein, sichtlich trainiert, schwarze Hosen, ein Tankshirt und ein Tablett auf den Händen, das er auf die freie Seite des Doppelbettes stellt: „Gut geschlafen?"

Das Gesicht kommt ihm zwar irgendwie bekannt vor, aber er kann sich anscheinend nicht mehr daran erinnern, dass er mit ihm vor einigen Stunden eine handfeste Auseinandersetzung hatte, auch wenn Lobo spürt dass ihm der Körper zog und zerrt, als ob er zu lange auf einer Seite geschlafen hätte, wie lange war er hier? „Was war los und wer sind sie?" fragt er deswegen erst einmal noch ziemlich zerknirscht, die Situation ist viel zu konfus, aber vielleicht kann der Andere ihm weiter helfen?

Dieser lächelt freundlich, keine Spur von der Aggressivität, die er vorher gezeigt hat: „Oha, eindeutig zu viel Champagner und ein kleiner Filmriss. Ich bin Daniel. Hier, das wird dir gut tun", und er nimmt eine Teeschale, reicht sie an Lobo weiter.

Es ist ein recht eigentümlicher und doch angenehmer Duft, der aus der Schale entsteigt und förmlich die Sinne etwas benebelt, auch wenn Lobo das nicht merkt, sondern vorsichtig etwas trinkt, aber die Temperatur lässt es zu, dass er danach einen größeren Schluck nimmt. „Der ist gut, ein sehr angenehmer Geschmack, was ist das? Und mit wem habe ich die Champagnerflasche geleert?" Viele Fragen huschen durch seinen Kopf, und doch werden sie langsam immer träger, die Gedanken um das was hier passiert ist, mit wem und wann und wo er gerade ist, immer langsamer, bis sie verschwinden und nur noch ein wohliges Gefühl ihn einfängt. Sein Blick folgt Daniel, der den Raum verlässt und Lobo stellt die Schale auf das Tablett zurück, nimmt dann das Käsebrötchen und isst es langsam auf. Nach der einen Hälfte lehnt er den Kopf für einen Moment hinten an, fühlt sich gerade vollkommen zufrieden und langsam fallen ihm die Augen wieder zu, ohne dass er es merkt. Erst als er ein undefinierbares Geräusch hört, öffnet er sie wieder und sieht eine dunkelhaarige Frau!

Dunkle lange schwarz gelockte Haare, ein dunkelblaues Seidenkleid, was ihren Körper umschmeichelt, setzt sie sich zu ihm auf die Bettkante: „Ich hoffe du hast dich gut erholt." Und dabei wirft sie ihm einen fast schon lasziven Blick und ein verführerisches Lächeln zu, das zusammen mit dem geleerten Champagner wohl auf eine heiße Nacht hinweisen würde, an die er sich aber in keiner Einzelheit mehr erinnert!

Der junge Mann schaut doch etwas verlegen, streift sich durch die offenen Haarlängen und schiebt sie wieder nach hinten, wo sie über seinen Nackten Rücken streicheln: „Ja, äh, danke. Wo bin ich und, naja, was ist passiert, ich habe keinen blassen Schimmer, sorry." Keine Ahnung wie sie nun darauf reagiert, wenn er zugibt sich an nichts mehr zu erinnern was sie da wohl angestellt haben.

Doch schenkt sie ihm einen milden Blick, ehe ihre Finger über seine Haare streifen: „Du bist in meinem Haus. Gefällt es dir? Nun, es war eine ausgiebige champagnerfreudige Nacht und ich weiß, es hat dir sehr gut gefallen." OH ja, sie spielt dieses angefangene Spiel zu gerne. Soll er es doch ruhig denken, so würde er wohl noch fügsamer sein.

Sein Blick wandert zu ihren Lippen und er nickt leicht, fährt dann behutsam mit dem Zeigefinger die feinen Linien ihres Gesichtes nach: „Dann bin ich froh, dass du es mir noch sagen kannst, dass es mir gefallen hat. Ich glaube, ich vertrage kein Prickelwasser, so einen Filmriss hatte ich noch nie. Du bist so schön..." Und damit wandert seine Hand in ihren Nacken, zieht er sie behutsam zu sich und verwickelt sie in einen leidenschaftlichen Kuss. Er spürt nicht mehr, wie benebelt seine Sinne von dem Tee sind, was wohl auch der Sinn der Sache ist, sondern nur noch die Leidenschaft und das Verlangen, was sie in ihm gerade weckt, die Gänsehaut, die über seinen Körper hinweg rauscht. „Bleibst du bei mir..." klingt es an seine Ohren, und er nickt wieder leicht, kann ihre Hände auf seinen Oberkörper fühlen, das Kribbeln was sich ausbreitet.

Nur langsam hat sie sich von seinen Lippen gelöst und ihm diese Frage gestellt, ehe ihr Blick in seinem versinkt, der schon sehr abwesend ist, die Mischung hält was sie verspricht, ohne dass er es merkt. „Sehr gut, das gefällt mir. Leg dich noch etwas hin, du siehst müde aus, mein Schatz." Und damit übt sie sanften Druck auf seinen Oberkörper aus, so dass er sich in die Kissen sinken lässt. Ihre dunklen Augen liegen auf seinem Gesicht, während er sich entspannt, die Augenlider immer schwerer werden und zufallen, und sein gleichmäßiger Atem ihr zeigt, dass er wieder tief und fest schläft. Leise steht sie auf, geht zur Tür und öffnet sie, ehe sie sich dort noch einmal umdreht, ihr eiskalter Blick sich auf ihn legt und ein spöttisches Lächeln ihre Mundwinkeln umspielt: „Damit hast du ausgespielt, Loona. Armes Mädchen aber auch." Draußen auf dem Flur wirft sie Daniel einen strengen Blick zu: „Pass gut auf ihn auf!" Von ihm kommt nur ein leichtes Nicken, während sie sich schon entfernt.

Immer wieder sind sie die bekannten Straßen abgefahren, und doch bleibt Lobo verschwunden. Während Loona fährt und versucht ihn telepathisch zu erreichen, ist Levior auf dem Beifahrersitz eingeschlafen, was deutlich zeigt wie geschafft er ist. Erst als sie an einer roten Ampel hält, blinzelt er und schaut zu ihr hinüber: „Loona, du brauchst auch eine Pause, das sehe ich. Fahr uns bitte heim."

Von Loona kommt nur ein energisches Kopfschütteln: „Mir geht es gut. Lass uns nochmal zur Diskothek zurück fahren, irgendwas haben wir übersehen." Und als die Ampel auf grün umspringt, setzt sie den Blinker und biegt rechts in die Straße ein. „aber, hier geht es nicht..." kann sie von ihrem Sitznachbarn hören und erntet einen fragenden und besorgten Blick, schaut sich irritiert um. „Äh, du hast Recht..." Damit nimmt sie auch schon den Fuß vom Gas und fährt rechts ran. Der Motor brummelt im Leerlauf weiter, während sie still da sitzt und hinaus schaut, gar nicht merkt wie beide Sicherheitsgurte gelöst werden und Levior aussteigt, um zu ihr hinüber zu gehen. Erst als sich die Fahrertür öffnet, blinzelt sie zu ihm hoch, wischt sich über die schweren Augenlider. „Ist schon gut, komm her, Kleine." Vorsichtig nimmt er sie auf den Arm, ihr Kopf sinkt an seine Schulter und er kann den Duft ihrer Haare wahrnehmen, schließt die Augen und nur einen Moment merkt er das aufkeimende Gefühl in sich, was nicht sein darf, also wird es rigoros beiseite geschoben. Und noch ehe er Loona auf dem Beifahrersitz abgesetzt hat, ist sie eingeschlafen! „Kleiner Sturkopf." Damit schnallt er sie an, setzt sich auf den Fahrersitz und fährt los, allerdings nicht mehr wie geplant zur Disko, sondern zu ihr heim. Es dauert nicht lange, bis sie dort ankommen und er sie vorsichtig aus dem Wagen hebt und ins Haus hinein trägt, im die junge Frau dann auf dem Bett abzulegen. Loona bewegt nur leicht den Kopf etwas, nuschelt vor sich hin: „Lobo..." Und bald wird sie behutsam zugedeckt, ehe der Dunkelhaarige sie einen Moment anschaut, warm und gleichzeitig eine Spur wehmütig.

Sein Weg führt ihn hoch in die eigene Wohnung, wo er lange einfach da sitzt und überlegt wie er ihr helfen kann. Niemand kennt Tamiras Aufenthaltsort und er ist mittlerweile Loonas Meinung, dass sie dahinter steckt, vermutlich um die Heilerin durch Lobos Abwesenheit zu schwächen, das wäre eine simple und naheliegende Strategie! Sein Blick wandert aus dem Fenster hinauf zum Mond, der in zwei Tagen wieder rund erstrahlen würde. Er zündet seine schwarze Kerze an, setzt sich im Schneidersitz davor und versenkt den Blick in die Flamme: *Lobo... wo bist du? Wer hat Lobo gesehen? Ich brauche jede verfügbare Hilfe!* Seine Gedanken wirbeln schier durcheinander und er schließt die Augen, tausende Antworten prasseln gerade auf ihn ein, leider bis jetzt nur negative, aber sie würden die Augen offen halten. Er lässt den Kopf sinken, fühlt sich nach dem kurzen Moment der Verbindung matt und schläft ein ohne es zu merken! Als er aufwacht, brennt die Kerze immer noch und langsam steht er auf, löscht die Flamme und geht ins Schlafzimmer. Levior liegt nicht lange in seinen Kissen, da ist er auch schon wieder eingeschlafen! Aber von einem ruhigen Schlaf kann nicht die Rede sein, denn verzerrte Bilder spuken durch seinen Kopf, lassen ihn sich unruhig hin und her bewegen, ohne ihnen entkommen zu können!

Phoenix

Erschrocken fährt er hoch, seine Hau ist tropfnass und für einen Moment ringt Levior nach Atem, weiß allerdings auch nicht was ihn so erschreckt hat, die Erinnerung daran ist weg. Er bleibt im Bett sitzen, bis sein Körper sich wieder beruhigt hat, ehe er sich in die Kissen sinken lässt. Die Sonne scheint bereits und er fühlt sich, als hätte er nicht eine Minute erholsam geschlafen! Matt bleibt er auf dem Rücken liegen, die Augen geschlossen und spürt immer noch seinen heftigen Herzschlag, ehe er sich endlich wieder beruhigt, ihn langsam einschlummern lässt und für einige Stunden endlich etwas Erholung bringt.

Auch Loona wird in ihrem Bett wach, allerdings viel erholter, wobei sie sich doch etwas verwundert umschaut, wie ist sie hier hin gekommen? Ihre letzte Erinnerung ist der Wagen, die Fahrt, dann ist alles vernebelt, fort. Nur langsam krabbelt sie aus ihrem Bett, fühlt sich trotz der durchgeschlafenen Nacht müde und verspannt, jeder Muskel zieht und schmerzt und deswegen entkleidet sie sich auch erst einmal und verschwindet unter der heißen Dusche! Ob Levior schon wach ist? Das Wasser wird abgedreht, was ihr wirklich gut getan hat und sie lauscht, hört aber nur wie es im Abfluss verschwindet, ansonsten gibt es noch keine weiteren Geräusche in dem großen Haus. Also trocknet sie sich ab, schlüpft in Unterwäsche, Jeans und einen leichten Pulli, Strümpfe und Hausschuhe, ehe sie Kaffee aufsetzt, Brötchen im Ofen aufbackt. Während der Ofen heizt und backt, geht ihr Blick aus dem Fenster hinaus, wo ist Lobo? Es fühlt sich schrecklich an, ein Teil von ihr fehlt, er fehlt! Am Abend ist die Vollmondzeremonie und er ist nicht da! Der aufsteigende Brötchenduft holt sie wieder zurück und so befreit sie diese aus der Hitze, ab in einen Korb, dazu Kaffee in die Thermoskanne und einigen Leckereien auf ein Tablett gelegt, ehe sie dieses dann die Treppe hoch zu Leviors Wohnung bringt. Wie immer ist seine Tür nur angelehnt, so dass ihr Ellenbogen sie aufschieben und sie hinein gehen kann, noch eben in die Küche, von ihm ein paar Frühstücksleckereien dazu gelegt. Jetzt ist aber auch kaum mehr Platz durch das Geschirr und Besteck und alles andere. Also bringt sie es so leise wie es geht zu ihm ins Schlafzimmer. Dort kann sie ihn sehen, mittlerweile mit dem Gesicht zu ihr auf der Seite liegend, aber er wirkt nicht im geringsten entspannt oder erholt. Vorsichtig stellt sie das Tablett ab und setzt sich zu ihm auf die Bettkante, streift nur behutsam durch die verschwitzten Haare, während sie flüstert: „Wie gerne würde ich dir den schweren Traum abnehmen."

Nur zögerlich öffnet Levior die Augen und ist im ersten Moment erstaunt, als sein Blick auf jemanden fällt. Er wandert hoch und entdeckt Loona bei sich auf der Bettkante. „Hey, guten Morgen. Hm, was duftet hier so gut?" Und als er das Tablett entdeckt schaut er doch ziemlich erstaunt.

Die junge Frau lächelt zu ihm hinunter, während er sich aufsetzt und den Schlaf aus den Augen streicht: „Dafür, dass du die Strapazen auf dich genommen hast, Levior." Sie gießt ihm frischen Kaffee ein und reicht ihm die Tasse weiter. „Ich weiß, vermutlich ist es für dich selbstverständlich, für mich aber nicht. Hast du schlafen können? Du siehst ehrlich gesagt ziemlich fertig aus."

„Hm, ja, nein, da hast du Recht, für mich ist das selbstverständlich. Aber es ist lieb von dir." Auf ihre Frage hin schüttelt er nur leicht den Kopf: „Nein, nicht viel, ich glaube erst die letzten zwei Stunden. Mein Kopf kam nicht zur Ruhe. Ich habe total wirres Zeug geträumt. Lass uns nach dem Frühstück nochmal los.

Irgendwo muss Lobo doch zu finden sein. Ich habe mich schon mit den anderen gestern in Verbindung gesetzt, aber da konnte mir noch keiner weiter helfen." Er trinkt einen großen Schluck und schließt die Augen: „Das tut gut."
Von Loona kommt nur ein leichtes Lächeln. Es ist eigenartig hier mit ihm zusammen auf dem Bett zu sitzen, es macht sie unsicher, auch wenn nichts dergleichen im Raum steht, immerhin hatte sie die Idee mit dem Frühstück selbst, als Dankeschön, mehr nicht. Himmel nein, die ganze Sache mit Lobo macht sie völlig irre, da kommt sie schon auf total unsinnige Gedanken! Deswegen nimmt sie einfach nur den Brötchenkorb und reicht ihn weiter: „Sehr gut, hier, bitte schön." Und mit einem Lächeln nimmt auch sie sich dann etwas heraus.

Die warme Sonne auf seinem Gesicht weckt Lobo wieder auf. Verschlafen öffnet er fast schon widerwillig die Augen und schaut sich um, möchte auf die Uhr schauen, aber seine Armbanduhr ist ihm abgenommen worden! Wie lange hat er geschlafen? Und wo sind seine Sachen? Als die Tür aufgeht, sieht er Daniel hinein kommen, der das bekannte Tablett mit sich bringt und es bei ihm abstellt, mit einer Schale Tee und einer großen Schale geschnittener Obstwürfel. „Ich denke, das wird dir schmecken, wie geht es dir?" fragt er nach und schaut Lobo dabei sehr direkt an.
„Danke. Ich bin mir nicht sicher. Ich fühl mich müde und zerschlagen, obwohl ich doch schlafe. Was ist das für ein Tee? Er schmeckt gut." Nebenher nimmt er sich einen Fruchtwürfel und isst ihn, denn sein Magen verlangt eindeutig etwas. „Und wo sind meine Sachen, meine Uhr, meine Kleidung? Ich kann doch nicht ewig nur hier rum liegen und schlafen." Nein, irgendwie kommt ihm das alles komisch vor.
Von Daniel kommt ein etwas zaghaftes Lächeln. „Tamira lässt schöne Grüße bestellen, sie kommt gleich zu dir und bringt dir alles. Du warst sehr unruhig, vermutlich durch deinen Filmriss, ich weiß es nicht und sie wollte nicht dass du dich da verletzt. Vielleicht hattest du doch eine leichte Alkoholvergiftung wie es scheint, wenn es dir noch nicht so gut geht, dann braucht dein Körper die Ruhe." Und damit steht er auf und geht zur Tür, die sich bald darauf hinter ihm schließt.
Lobo trinkt wieder etwas von dem Tee, der wohlig warm seinen Körper durchflutet und so ist der Becher bald geleert, während er über Daniels Worte nachdenkt. Filmriss, Alkoholvergiftung, wenn er nur wüsste was los gewesen war. Hatte er echt so heftig gefeiert, aber was? In Gedanken setzt er sich auf, möchte sich das Kissen etwas zurecht schütteln und dabei schwappt der Tee aus der Tasse, so dass die Hälfte des Inhaltes daneben geht. Oha, okay, hm, schnell das Kissen drüber, das trocknet ja wieder und Tee ist nicht so schlimm, ist ja nur Wasser. Er kuschelt sich wieder etwas ein, weil die Gedanken in seinem Kopf immer zäher werden, gar nicht mehr so recht einen Sinn ergeben möchten und die Müdigkeit immer noch in ihm hoch kriecht wie ein unerbittliches Reptil!

Noch ein paar Fruchtwürfel, die er fast schon im Halbschlummer isst, ehe ihm die Augen zufallen.

Nur leise betritt sie das Zimmer, seine Kleidung in der Hand und legt die Anziehsachen auf den Stuhl am Bett, ehe sich Tamira zu ihm ans Bett stellt und mit spöttischem Blick auf ihn hinunter sieht: „Heute ist Vollmond, mein Süßer. Heute wird Loona dich mehr denn je vermissen, denn ihre Kräfte schwinden immer mehr und sie kann die Vollmondzeremonie nur mit dir leiten. Noch ein paar Tage und du brauchst den Tee nicht mehr, um sie komplett vergessen zu haben und mir zu gehören." So leise wie sie aufgetaucht ist, verlässt sie den Raum auch wieder.

Als er alleine ist, bewegt Lobo leicht unruhig den Kopf, in dem ihre Worte nachhallen, gerade keinen Sinn ergeben, aber sie rufen Bilder hervor! Bilder einer jungen Frau mit langen hellbraunen Locken und grünblauen Augen! Sein Herz schlägt schneller und er sieht wie sie nach ihm ruft, in ihren Augen stehen Tränen! Immer wieder räkelt und wendet er sich, bekommt die Bilder nicht mehr los und auch die Worte Tamiras, die er vermutlich gar nicht hören durfte, aber durch die geringere Menge Tee ist er nicht so tief eingeschlafen wie geplant! Dennoch dauert es noch einige Zeit, ehe er hoch schreckt! Das Bild aus seiner Erinnerung bleibt haften und nur fahrig steht er auf, kleidet sich an, als er seine Sachen auf dem Stuhl entdeckt. Wer ist diese Frau? Wieso hat sie ihn gerufen und warum geweint? Für eine Weile steht er einfach nur am Fenster und schaut hinaus, als ob er dort die Antworten auf seine Fragen finden könnte.

Wieder vergeht etwas Zeit, ehe es an der Tür klopft und Daniel eintritt: „Ich sehe, dir geht es wieder besser, sehr schön. Du hast vorhin geschlafen, als Tamira dir deine Sachen brachte. Anscheinend hast du das noch gebraucht, jetzt siehst du viel besser aus." Es kommt ihm freundlich und fast ein wenig unbefangen über die Lippen. Ist es wirklich die Wahrheit oder ist er darauf programmiert so zu sein? Wer weiß das schon?

Lobo bleibt dort am Fenster stehen und sieht hinaus, ehe er sich nur langsam zu ihm dreht: „Dies ist nicht mein Zuhause, wieso bin ich hier?" Die junge Frau aus seinen Träumen spricht er nicht an, sein Bauchgefühl rät ihm davon ab. Daniel scheint kurz zu überlegen, ehe er bedächtig antwortet: „Das stimmt, nun, du bist hier, weil Tamira es so möchte, du bist ihr Gast." Dann stellt er eine Wasserflasche und ein Glas auf den Tisch: „Oder möchtest du lieber Tee?" Und es schwingt ein recht eigenartiger Unterton mit, der auch Lobo auffällt. Dieser schüttelt den Kopf: „Danke, nein, das ist vollkommen in Ordnung. Aber, wenn ich hier Gast bin, wo komme ich her? Wo ist meine Familie? Wieso weiß ich nichts mehr davon?"

„Das geht vorbei. Die Wahrheit ist, dass Tamira dich aus einer gefährlichen Situation heraus geholt hat, bei der du das Bewusstsein verloren hast. Vermutlich so was wie eine Gehirnerschütterung. Aber das wollte sie dir die ersten Tage nicht sagen, um dich nicht zu erschrecken, deswegen haben wir erzählt, dass du zu viel Champagner getrunken hättest. Mittlerweile bist du aber wieder kräftig genug und ich dachte mir, jetzt ist es auch Zeit dass du die Wahrheit erfährst, so wie ich sie dir eben erzählt habe." Damit geht Daniel zu ihm und legt ihm eine Hand auf die Schulter: „Das wird sich wieder geben, glaube es mir, dein Kopf braucht nur noch etwas Zeit."

Es ist für ihn kaum nachvollziehbar, denn in dem Zimmer gibt es keinen Spiegel, und in der dunklen Fensterscheibe hat er bei sich keine Verletzung erkennen können, es fehlt einfach nur alles in seinem Kopf, als ob es vollkommen ausradiert wäre! Und immer noch widerstrebt es ihm, Daniel von dem Traum zu erzählen, so dass er nur leicht nickt: „Das will ich hoffen, dass es sich wieder gibt. War ein Arzt hier?" Na, vermutlich, auch wenn er das nicht mitbekommen hat, aber sie würde ihn doch nach so etwas einfach hier ohne Arzt mitnehmen, oder? Sein Blick wandert erneut aus dem Fenster heraus und er bekommt nicht mehr mit wie Daniel den Raum wieder leise verlässt. Als er den Blick gen Himmel lenkt, kann er die Dämmerung erkennen und auch den runden hellen Mond, der herunter glänzt! In ihm wächst die Unruhe wieder an und auch das Bild taucht erneut auf, so dass er anfängt im Zimmer auf und ab zu gehen. Was ist nur los mit ihm, kommt das noch von diesem erwähnten Vorall? Fahrig streicht er sich die Haare aus dem Gesicht, die aus dem Zopf gerutscht sind und spürt dabei die leicht schweißnasse Stirn. Ihm wird immer wärmer, sein Herz rast und er hat keine Ahnung was los ist! So geht er hinüber, trinkt etwas von dem Wasser, das Daniel gebracht hat.

„Lobo!" klingt es in seinem Kopf, an den er sich wenig später greift, weil es sich schwammig anfühlt und er sich setzen muss. Gleichzeitig hat er das Gefühl, dass die Nebelschwaden in seinem Kopf immer dünner werden, und auch seine Sinne nicht mehr so benebelt sind, wie es noch vor einigen Stunden war. Langsam setzt er sich auf das Bett, vergräbt das Gesicht in den Händen, als er die junge Frau immer und immer wieder vor sich sehen kann, sie seinen Namen ruft! Und nur leise kommt es über seine Lippen: „Loona..."

Bis zum frühen Abend sind Levior und Loona erneut durch die Stadt gefahren, haben Kontakte abgefragt und versucht den Aufenthaltsort von Lobo oder Tamira ausfindig zu machen, ohne Erfolg!

Nun machen sie sich daran, die Vollmondzeremonie vorzubereiten und spüren schon die starke Energie, die von dem Mond ausgeht.

Nach einer Weile merkt Loona eine leichte Abgeschlagenheit, kann sich kaum noch richtig konzentrieren und muss tatsächlich einige Dinge noch einmal kontrollieren, ob sie es auch schon oder richtig gemacht hat!

So kennt Levior sie nicht und kommt zu ihr hinüber: „Alles in Ordnung?" Ja, er macht sich Sorgen um sie, denn er kennt durchaus die Auswirkungen fehlender Partner in Wolfskreisen, das ist hier deutlich stärker zu merken als es in der Tierwelt erscheint.

„Ja, ich denke schon", zuckt sie doch etwas zusammen, als er sie anspricht. „Hm, nein, eigentlich nicht. Ich fühle mich total gerädert. Das hat gerade angefangen und wird immer schlimmer." Sie lehnt sich an die Wand, wo sie gerade die Kerzen aufgesteckt hat und atmet merklich durch.

Der Dunkelhaarige legt das Buch beiseite, in dem er etwas nachschauen möchte und kommt zu ihr hinüber, nimmt sie bei den Händen, um die junge Frau in das helle Mondlicht zu führen: „Vielleicht brauchst du einfach etwas Energie?"

Für einen Moment fühlt es sich gut an, bis sie dann plötzlich zu schwanken anfängt, als sie Lobos Stimme in ihrem Kopf hört! Ihre Augen fallen zu und sie murmelt nur leise: „Halt mich..." Ehe ihre Beine dann doch nachgeben.

„Lobo... du lebst... wo bist du...?"

Mit sicherem Griff hat Levior sie aufgefangen und an sich gelehnt, als er ihre Worte hört! „Ganz ruhig, ich hab dich. Wo ist er?" raunt er ihr zu, bleibt für den Moment so mit ihr stehen, denn er hat Angst, dass sonst die telepathische Verbindung abreißen könnte, wenn der Körper bewegt wird.

Schwer lehnt sie an ihm, spürt es selbst aber nicht mehr und nur leicht bewegen sich ihre Lippen: „Ein Hochhaus... Berge... große Fenster..." Wenigstens ist es das, was ihr Lobo anscheinend zeigen kann, mehr könnte sie dazu auch nicht sagen.

Seine Stirn runzelt sich doch etwas, während Levior überlegt wo das sein könnte: „Eigentlich kommt da nur eines in Frage, was hoch genug wäre um die Berge sehen zu können und durchaus eine nicht gerade günstige Preisklasse hat. Komm, setz dich, ich schau mir das erst einmal an." Und damit möchte er sie eigentlich vorsichtig zum Sofa führen. Denn sie braucht eindeutig etwas Ruhe.

Aber Loona versucht sich wieder zusammen zu nehmen, die Gewalt über ihren Körper zurück zu erlangen und schüttelt nur leicht den Kopf: „Ich möchte nicht hier bleiben. Nimm mich bitte mir." Auch wenn sie gerade merkt, dass sie alleine keine drei Schritte kommt und ihm eigentlich eine Belastung wäre, aber sie hofft, dass sie sich auf der Fahrt wieder etwas erholt und dann doch nützlich sein könnte.

„Und du bist sicher, dass du es schaffst?" fragt er sie skeptisch. Denn was würde es ihm bringen, wenn sie unterwegs wieder komplett zusammen klappt und sie beide Schwierigkeiten bekommen. Nicht, dass er sich das nicht zutrauen würde, aber er wiegt die Risiken vorher gerne ab. Und das mit ihr ist momentan ein ziemliches Risiko, wenn es wirklich ein Treffen mit Tamira geben sollte.

„Bitte, nimm mich mit, das wird schon wieder während wir fahren." kommt es leise, auch wenn sie sich entschlossener anhören möchte, aber da spielt ihr Körper noch nicht ganz mit. Sie versucht sich zu sammeln, die eigene Energie zu bündeln und nur langsam steht sie auf, als er ihr die Hand reicht. „Aber was wird aus der Zeremonie?" stockt sie doch kurz, denn die Anderen werden bald kommen.

„Wenn du es ihnen mitteilst, wird es sicherlich kein Problem sein." lächelt Le-

vior sie aufmerksam an und wartet ab, während sie kurz die Augen wieder
schließt und vermutlich mit den Anderen in Kontakt tritt, was hier im Kerzensaal ja kein großes Problem darstellt. Und es dauert auch nicht lange, bis er
sieht wie sich ihre Augen wieder öffnen und sie zufrieden nickt. So verlassen
sie auch so schnell es nur geht das Haus und fahren los.

Räuber und Gendarm

Die Fahrt ist kurz, kaum zehn Minuten, viel zu kurz für Loona um sich zu
erholen, als sie das aufstrebende Hochhaus erreichen. Sie ist die Fahrt sehr ruhig, die Augen sind geschlossen und erst als der Wagen anhält schaut sie sich
um, ist innerlich total aufgewühlt: „Er ist hier... Ich kann ihn spüren, Levior."
Dieser hat während der Fahrt immer wieder zu ihr geschaut und ihre Worte lassen Hoffnung aufwallen, eindeutig, wenn sie ihn spürt, dann ist er hier! Er
steigt aus, hilft ihr aus dem Wagen, aber noch immer muss er sie abstützen,
schafft sie es kaum sich auf den Beinen zu halten. Durch die Eingangstür kommen sie problemlos, niemand scheint groß Notiz von ihnen zu nehmen und laut
der angeschlagenen Tafel ist dies hier ein renommiertes Bürogebäude, von daher schon die gehobenere Klasse. Die Aufzüge sind entsprechend gut erreichbar
und als sie darauf warten dass die Tür sich öffnet, schaut er wieder zu ihr, hat
seinen Arm um sie gelegt: „Schaffst du es wirklich?" Gerade ist er sich nicht
sicher, ob die Entscheidung gut gewesen ist sie mitzunehmen.
Ihr Blick wandert zu ihm hoch und spiegelt die Schwäche wieder, die sich in
ihr ausweitet, aber auch die Hitze. „Wir müssen ihn schnell finden..." Auch
wenn sie weiß dass er hier ist, kennt keiner von ihnen beiden den genauen Aufenthaltsort.
Allerdings vermutet Levior eine der obersten Etagen, deswegen drückt er auch
auf entsprechendem Knopf, als die Tür sich endlich öffnet und er mit Loona
den Fahrkorb betreten hat.
Loona atmet durch, als die Welt sich leicht dreht und lehnt das Gesicht an Leviors Oberkörper, ehe dieser sanft über ihre Stirn streichelt. „Kein Fieber, ich
muss meine Energie mit Lobo ausgleichen... Es ist zu viel." Wieder sinkt sie
deutlich ein und er fängt sie sanft ab, lehnt sie an sich und nimmt dann ihre
Hände, um sie sich an die Wangen zu legen. Doch die kleine Wölfin schüttelt
nur kurz den Kopf: „Nicht, das ist zu viel für dich, du bist ausgeglichen."
„Nein, bin ich nicht, aber ich merke es noch nicht so extrem wie du, weil ich
keine Partnerin habe." raunt der nur leise und kurz darauf merkt er das Kribbeln
auf der Haut, lehnt ich selbst auch an den Aufzug an, weil vor seinen Augen
bunte Funken tanzen! Er kann ihren Energieschub förmlich spüren, der ihn kurz
unsicher werden lässt, ehe es sich langsam wieder einpendelt. „Levior, alles in
Ordnung?" kann er ihre Stimme hören und nickt nur leicht, auch wenn es eher

gelogen ist, denn er könnte sich gerade kaum mehr regen, geschweige denn gehen.

„Gleich ist es wieder besser", fügt sie leise hinzu und schließt noch einmal die Augen, merkt wie die eigene Schwäche verschwunden ist, so dass sie die in Levior überschüssige Energie vorsichtig wieder annimmt, was auch gut funktioniert.

Nur langsam verschwinden bei ihm die Funken wieder vor den Augen und spürt er seinen eigenen Körper wieder, so dass er sich langsam wieder aufrichtet, sie dann leicht umarmt: „Es ist alles gut."

„Wir sind gleich da, er ist hier." kommt es von der jungen Wölfin, denn je höher sie fahren desto stärker spürt sie Lobos Anwesenheit! Ihr Körper kribbelt heftig und sie kann es kaum abwarten, bis sich oben die Aufzugtüren öffnen. Zu ihrem Erstaunen erwartet Daniel sie schon: „Willkommen, die Herrin wartet bereits." Also kann niemand wirklich davon ausgehen, dass man sich hier ungesehen nähern kann, und es bestätigt sich, dass sie hier richtig sind, in Tamiras Domizil.

Levior versucht sich seinen dementsprechend erstaunten Blick nicht anmerken zu lassen, auch wenn es wohl klar ist, dass Tamira da eindeutig bessere Sensoren hat, vergleichbar mit Loona. Aber wieso hat sie niemand auf dem Weg hier hoch schon aufgehalten? Eine gute Frage, deren Antwort sie wohl bald bekommen werden.

Daniel führt sie durch einen großen mit beigefarbenen Stoffen bespannten Raum, in dem verschiedene Sitzgruppen angesiedelt sind, vermutlich ein weitläufiger Flur, oder Versammlungsraum. Daran grenzt ein separates Appartement, das sie durch große Flügeltüren betreten, die er langsam öffnet, und schon stehen sie in einem großen Wohnzimmer, an dessen gedeckten Tisch die Hausherrin persönlich sitzt und sie mit fast schon spöttischem Blick zu sich heran bittet: „Setzt euch doch und esst mit mir, bevor wir zum geschäftlichen Teil über gehen."

Weder Loona noch Levior schenken ihr die Höflichkeit sich zu setzen und bleiben seitlich des Tisches stehen, die Anspannung im Raum ist deutlich zu spüren. Und ebenso war ersichtlich, dass die Schwarzhaarige diese Art Spielchen liebt und die Situation genießt.

Immer noch ist Loonas Bild vor seinem inneren Auge förmlich verankert, während Lobo angezogen auf dem Bett liegt. Und immer wieder stellt er sich die eine Frage: Wie kam er hier her? Nur langsam tauchen einzelne Bildfragmente auf, wie aus zähem Nebelschwaden und lassen ihn aus der Situation schlauer werden. Er war in der Diskothek, das kommt ziemlich klar wieder, danach wurde er hier wach, das ist die nächste Erinnerung. Aber was ist dazwischen passiert? Langsam lässt sein Gehirn wieder alles auftauchen, was vor der Diskothek geschah, so dass er zumindest schon sein Leben wieder bekommt, ohne nur die gähnende Leere im Kopf zu spüren. Es strengt an und es wühlt ihn auf, denn ihm wird klar, die junge Frau ist seine Freundin, seine kleine Wölfin! Aber wieso ist sie nicht hier? Er steht auf, geht umher, von draußen scheint das helle Mondlicht ins Zimmer. Fahrig öffnet er die dunklen Haare, streicht sie sich glatt und bindet den Zopf neu, während er weiter versucht in die Zeit vorzudrängen, die ihm gerade noch fehlt. Immer mehr spürt er das wattige Gefühl in seinem Kopf, die Benommenheit und er taumelt zum Stuhl hinüber, muss sich hinsetzen, weil der Raum furchtbar schwankt!

Und dann kann er sie sehen, Tamira! Sie kommt direkt auf ihn zu, mit zwei Begleitern und er möchte Levior warnen, aber es geht nicht, sein Körper gehorcht ihm nicht mehr, er kann sich einfach nicht bewegen! Die Beiden packen ihn und dann ist da ein Stich in den Nacken, ehe alles schwarz wird!

Verdammt! Sie haben ihn entführt! Er hatte weder einen Unfall, noch ist er sonst auf eine Art freiwillig hier hin mit gekommen, sie haben ihn schlicht und einfach dort gekidnappt und zwar noch draußen vor der Türe, so dass die anderen es nicht mitbekommen. Ja, er ist kurz hinaus gegangen, um etwas aus dem Wagen zu holen, den Moment müssen sie eindeutig abgepasst haben!

Nur zögerlich beruhigt sich sein Kopf wieder, so dass er aufstehen kann, zum Fenster geht und zum Mond blickt. Heute ist Vollmond! Loona braucht ihn für die Zeremonie! Würde er sie erreichen können? Würde sie ihn finden? Wie kommt er hier am schnellsten heraus?

Draußen sind Schritte zu hören und wenig später wird die Tür geöffnet, betritt Daniel den Raum! Er schaut sich nach Lobo um, findet ihn am Fenster und möchte ihn gerade ansprechen, als dieser sich umdreht, ihn fast ein wenig wehmütig anschaut: „Wann kommt Tamira wieder zu mir? Ich fühle mich ein wenig einsam." Und er scheint leicht zu seufzen, senkt den Blick etwas, so dass Daniel näher tritt: „Wenn du möchtest, leiste ich dir Gesellschaft, sie hat noch etwas zu erledigen."

Zuerst nickt Lobo nur verhalten, dehnt dann den Nacken etwas: „Das wäre gut, hm, verflixt..." Ob es wohl funktionieren würde?

Tatsächlich springt Daniel darauf an: „Was ist denn, hast du Schmerzen?" Anscheinend möchte Tamira ihn so unversehrt wie möglich? Allerdings ist das bei ihrem Umgang eher schwer zu glauben, aber wieso sollte Daniel sonst so reagieren?

Innerlich triumphiert Lobo und hofft, dass es weiter funktioniert: „Ich glaube, ich habe falsch gelegen. Das geht wieder weg, denke ich." Und doch kann er seinen Bewacher bald hinter sich spüren. Das nächste was dieser allerdings fühlt, sind Lobos Ellenbogenhiebe in seiner Rippengegend! Die Nerven dort nehmen es ihm deutlich krumm, so dass ihm die Luft weg bleibt und er zu Boden geht, um dann nur noch mitansehen zu können, wie der Dunkelhaarige den Raum so schnell wie nur möglich verlässt!

Dieser sprintet hinaus auf den Flur, nachdem er die Tür erreicht und vorsichtig umher gespäht hat. Von seiner inneren Unruhe geführt, bewegt er sich zielstrebig durch die Etage, muss allerdings zweimal anhalten, um von Tamiras Leute nicht erwischt zu werden und je näher er ihr kommt, desto mehr kriecht die Schwäche wieder in seinen Körper! Allerdings ahnt er gerade nicht, dass er sich genau auf ihren Wohnbereich zubewegt! Schwer atmend und mit rasendem Herzen lehnt er sich an die Wand, schließt kurz die Augen und ist sich sicher, Loona muss in der Nähe sein! Anders kann er es sich nicht erklären.

Während dessen hat sich im Wohnbereich noch nicht viel getan, außer dass die Frauen sich mit durchdringenden Blicken fixieren, jede auf einen Fehler der Anderen wartet, ehe Loona das Wort ergreift, nur leise, aber nicht ängstlich: „Du weißt genau, wieso ich hier bin, Tamira. Und wir werden nicht ohne ihn gehen.“
Diese lächelt sie eiskalt an: „Meine arme Kleine, den Weg hättest du dir echt ersparen können. Wie möchtest du jemanden mitnehmen, der kein Interesse mehr an dir hat?“
„Das glaube ich nicht! Bring mich zu ihm, sofort! Das soll er mir selbst sagen!“
Auch wenn es in ihr gerade zu toben anfängt, versucht sie so ruhig wie nur möglich zu bleiben. Nein, das kann sie einfach nicht glauben, da muss dieses Biest nachgeholfen haben! Und um das zu wissen, möchte sie ihn persönlich sehen!
Die Schattenmagierin ist sich ihrer Sache eindeutig sicher, denn sie schüttelt nur den Kopf: „Hier stellst du sicherlich keine Forderungen, hier bist du in meinem Hause. Sei froh, dass meine Männer dich nicht schon mit deinem Schoßhund raus geschmissen haben! Und was Lobo angeht, vergiss es! Ich werde ihn dir nicht zeigen, damit du ihn manipulieren kannst! Verzieht euch beide! Ehe ich hier noch die Geduld mit euch verliere!“
Levior bleibt tatsächlich nichts anderes übrig, als dort auf der Stelle zu stehen, nur sein Blick geht von einer Frau zur anderen, während die Energien beider ihn förmlich blockieren, da sie innerhalb kürzester Zeit immer stärker wurden und den Raum förmlich erfüllen! Er hat keine Möglichkeit auch nur in irgendeiner Form einzugreifen, egal was passiert, die Sache wird anscheinend nur zwischen Loona und Tamira entschieden! Aber würde die Lichtwölfin sich gegen ihre Kontrahentin zur Wehr setzen können? Er hofft es, denn sie hat viel dazu gelernt, würde es ausreichen?
Loona spürt ihren Herzschlag, als Tamira sich langsam bewegt, sie meint es wirklich ernst, sie ist fest davon überzeugt Lobo bei sich zu behalten, egal um welchen Preis auch immer. Allerdings ist Loona auch darüber im Klaren, dass es nur dem Zwecke gilt sie in ihrer Kraft zu schwächen, da sie sich nicht mehr mit ihm austauschen kann, ihr Seelenpartner fehlt und damit lassen auch die Kräfte der Heilerin nach. Wie hat Lupus das nur hinbekommen, ohne Partnerin? In den Gedanken hinein spürt die junge Wölfin noch etwas anderes,

doch schiebt sie es schnell wieder davon, damit Tamira es nicht auch entdecken kann!

Tamira scheint einen Moment ernsthaft zu überlegen, sieht dann zur Tür und zurück zu Loona: „Okay, anscheinend lernst du es nicht anders, musst es von ihm direkt hören, also los, gehen wir zu Lobo, du und ich! Dein Schoßhund kann gerade eh nicht viel ausrichten. Und danach verschwindest du mit Levior, sonst werdet ihr dieses Gebäude nicht mehr lebend verlassen!" Damit geht sie zur Tür und öffnet sie bei dem letzten Wort, ehe ein erstaunter Blick hinaus geht und sie starr stehen bleibt: „Lobo?" Im nächsten Moment wird sie auch schon von dem jungen Mann beiseite gedrängt, womit sie anscheinend gar nicht gerechnet hat! Und im Fallen hört sie noch Loonas freudigen Aufschrei! Trotz allem gibt sie nicht auf, erhebt sich schnell und möchte sich auf Lobo stürzen, doch dieses Mal ist es Levior, der sich ihr in den Weg stellt, bevor sie den jungen Wolf erreichen kann. Ihre Hand greift an die Kehle des Dunkelhaarigen und er wird blass!

Es liegt nicht primär daran, dass sie ihm die Luft abdrückt, sondern eher an der viel zu starken Energie, die durch seinen Körper jagt und ihm die Beine förmlich weg reißt! So geht er wie ein Stein zu Boden, als sie ihn los lässt und bleibt zusammengekauert und benommen dort unten knien, die Welt fühlt sich gerade recht seltsam an.

In Loona steigt ein nie gekannter Zorn auf, ja, eine Wut, die sie so von sich noch nie gespürt hat! Und in einer schnellen Bewegung, die wohl in weniger als zwei Sekunden abläuft, hebt sie die Hände vor die Brust, die Handflächen dabei aneinander, bis sie die Hitze dazwischen spürt und in einer instinktiven spontanen Bewegung schleudert sie die Hände nach vorne und damit eine sichtbare gebündelte Energiewolke direkt auf Tamira, die davon haltlos zu Boden geschleudert wird! Und während Lobo sie hinten im Nacken am Kopf fixiert, kniet sich Loona hinunter und ihre Hände legen sich auf den Rücken der Schattenwölfen, nur ein kurzer Moment, ein minimales Augenschließen und diese bleibt regungslos liegen! Fahrig erhebt sich Loona wieder: „Wir müssen weg, das hält nur kurz an!"

Mit Lobos Hilfe kommt auch Levior wieder auf die Beine und zu ihrem Glück ist der Aufzug in der Nähe der Räumlichkeit, so dass noch niemand von dem Tumult etwas mitbekommen hat und sie ihn schnell erreichen können! Eine weitere Konfrontation mit den Anderen hätten sie gerade nur schwer gemeistert, oder aber Loona hätte vermutlich alle zu Brathähnchen verarbeitet, wenn sie diese Aktion noch einmal geschafft hätte. Sie lehnt sich an die Aufzugwand, die Augen geschlossen und atmet durch: „Was war das gerade? Aber eines weiß ich jetzt, sie ist zwar stark, aber ich bin stärker! Das habe ich bei der Berührung ihres Körpers gespürt. Ich kann es nur nicht sehr lange mit ihr aufnehmen..." Ihr Blick wandert müde von einem zum anderen.

Levior streicht sich am Hals entlang, der einige rote Schattierungen zeigt:

„Dann möchte ich deine Energie niemals ernsthaft spüren, ihre hat mir durchaus gereicht." Er ist sich vorgekommen wie eine Maus in einer viel zu kleinen Falle!

Der Aufzug bewegt sich weiter hinunter, während Lobo zu ihr hinüber geht, sie in seine Arme nimmt und das bekannte Kribbeln spürt, das ihn angenehm durchströmt, ihn von Tamiras Energien befreit und Loona wieder die Möglichkeit gibt sich zu sammeln.

Zusammen verlassen sie doch eilig das Gebäude, als die Aufzugtüren sich öffnen und erreichen bald darauf Leviors Wagen, ehe dieser ihn mit quietschenden Reifen anfahren lässt und eine Viertelstunde später schon an dem alten Haus ankommt. So nahe und doch hat sie Lobo nicht spüren können, als Tamira ihn in ihrer Gewalt hatte. Dieser hilft Loona aus dem Wagen und schmiegt sich an sie, hört bald darauf ihre leise Frage: „Und? Wie war er auf der Schattenseite?" Nur sachte schüttelt er mit kritischem Blick den Kopf: „Nicht zu vergleichen. Allerdings brauchte ich wohl auch einige Tage, um das überhaupt richtig zu realisieren. Aber das lag wohl an Tamiras hinterlistigen Hilfsmitteln."

Die kleine Wölfin nickt nur leicht: „Ja, allerdings hättest du ohne die wohl auch kaum die Zeit überstanden. Ich bin froh, dass du wieder hier bist." Sie folgt ihm in den Flur, nachdem Levior die Haustür geöffnet hat und sich von ihnen verabschiedet, sichtlich geschafft ist.

Auf der Treppe wird er von ihr noch aufgehalten, kurz in den Arm genommen: „Danke." Er lächelt nur sanft, schüttelt leicht den Kopf: „Dafür nicht, ist schon gut." Und dann geht er weiter bis in seine Wohnung, wo es nicht allzu lange dauert, bis er sich müde auf das Bett legt, die weichen Kissen spürt und langsam weg dämmert.

Loona geht hinüber in den Kerzensaal, öffnet die Vorhänge und mit Lobo zusammen nimmt sie ein erfrischendes Vollmondbad! Er spürt, wie die Kraft des Mondes seinen Körper restlos von Tamiras Einfluss reinigt und Loona ihre Energien wieder regulieren kann, sich frisch und zufrieden wie lange nicht mehr fühlt. In der sanften Umarmung bleiben sie dort noch etwas stehen, ehe sie sich lächelnd etwas löst: „Lass uns schlafen gehen. Ich vermute, dass Tamira uns nicht lange Ruhe gönnen wird."

Unerwartete Hilfe

Langsam nur öffnet Levior die Augen und findet sich angezogen auf dem Bett wieder. Die Erinnerungen der letzten Nacht kommen aus dem leichten Nebel des Schlafs wieder, der so gut zu dem Frühnebel passt, den er draußen sehen kann und durch den sich die Sonne gerade nur mühsam hindurch kämpft, langsam wird es Herbst. Verschlafen steht er auf, spürt beim strecken die schmerzenden Muskeln, Tamiras Attacke hatte ihn wie Elektroschocks erwischt, unglaublich. So schält er sich aus seinen Sachen und verschwindet erst einmal unter der Dusche, wo das warme Wasser die Anspannung nach und nach aus dem Körper vertreibt. Besser, viel besser. Ein bequemer Trainingsanzug perfektioniert es alles noch und nun fehlt nur noch eines, da Frühstück! Es dauert nicht lange, bis er Kaffee aufgesetzt hat und dann den Tisch deckt. Zwei Croissants, mit Frischkäse und einem Klecks Konfitüre, dazu ein Becher Kaffee, gibt es etwas besseres? Seiner Meinung nach für den Moment nicht. Nachdem er so gemütlich den Morgen gestartet hat, geht er leise die Treppe hinunter und in die Bibliothek. Vielleicht findet er ja dort eine Lösung, um Loona gegen Tamira zu helfen. Er zweifelt nicht an ihrer Kraft, ihr fehlt es einfach noch an Ausdauer, oder Vertrauen, sie braucht etwas zur Unterstützung. So nimmt er das große Buch hervor, bringt es auf den Schreibtisch und bald darauf ist er auch schon darin versunken, studiert Medizinrezepte, Stärkungsformeln und Schutzsprüche. Aber nichts scheint gerade zu passen, um einer sehr starken Heilerin gegen eine andere ohnehin schon starke Heilerin zu helfen. Leicht rauft er sich beinahe die Haare, das ist doch nicht möglich, es muss etwas zu finden sein! Er fühlt sich gerade tatsächlich etwas überfordert mit der Last der Aufgabe. Vielleicht hilft ihm ja der Kontakt zu den Anderen. Also zündet er die große Kerze an, versinkt in der Flamme und seine Gedanken beginnen schwebend abzuschweifen, ehe sich seine Augenlider schließen und ihn eine sanfte Entspannung einholt.

Für die nächsten Minuten steht er nur ruhig dort, die Hände auf dem Buch ruhend. Leise kann er plötzlich von weit her eine Stimme hören: „Levior..." Er möchte die Augen öffnen, aber es gelingt nicht! „Levior, ich bin hier..." erklingt es wieder und nur sachte bewegen sich seine Lippen: „Lupus?" Vor seinem inneren Auge verfestigt sich das Bild des Ältesten: „Ja, ich bin hier um dir zu helfen." Levior lächelt sanft: „Es ist schön dich zu sehen, mein Freund."
„Ich bin immer bei euch, auch wenn ich selten direkt handeln kann. Ich hätte Lobo gerne davor bewahrt, aber Tamiras Schutz war zu stark", fast ist es wie ein unbewusstes Lächeln, dass da über Lupus Lippen huscht, „aber jetzt kann ich euch zur Seite stehen. Hör mir bitte genau zu. Es gibt nur eine einzige Möglichkeit Tamira zu stoppen..." Und dann beginnt er in allen Einzelheiten zu erklären, was sie machen müssen, auch wenn er nach einiger Zeit merkt, dass Levior davon schier überfordert ist, viel zu viele Informationen! „Wir machen es anders. Geh bitte in deine Wohnung, nimm dir etwas zu schreiben und dann werde ich es dir noch einmal erzählen." Und damit verschwindet sein Bild wieder vor Leviors innerem Auge.

Ist das tatsächlich gerade passiert? Nur langsam taucht der Dunkelhaarige wieder auf, erhebt sich und geht kopfschüttelnd in seine Wohnung, wo er sich dann aber doch einen Block und einen Kuli aus der Schublade holt, und sich dann auf die Couch setzt. Sofort spürt er, wie seine Augen wieder bleischwer werden und ihm langsam zufallen, nur einen Moment ausruhen... Und als er sie nach einiger Zeit, für ihn nur eine kurze Weile, wieder aufschlägt, ist die Müdigkeit verschwunden und er hat das Blatt sehr eng beschrieben. Ganz unten steht der Name eines Arztes im hiesigen Krankenhaus! Er liest es sich noch einmal durch, kann damit aber nichts anfangen. Ist es eine Formel, ein Rezept, oder was ist es? Keine Ahnung, aber auf jeden Fall steht da was von Loonas Blut, also werden sie das benötigen. Und vermutlich kann der Arzt ihnen dabei und bei der Herstellung helfen. Levior lauscht kurz, von unten hört er Schritte, die ist schon jemand wach. Deswegen geht er mit dem Blatt Papier auch hinunter, klopft an die Türe.

Lobo ist mittlerweile leise aufgestanden, als die ersten Strahlen der Sonne sich ihren Weg durch die Wolkendecke bahnen, während Loona neben ihm noch tief und fest eingerollt schläft. Gerade kommt er nur mit Shorts bekleidet aus dem Bad, als es leise an der Wohnungstür klopft. Als er diese öffnet, kann er Levior entdecken: „Na, auch schon ausgeschlafen, guten Morgen."

Dieser lächelt ihn noch etwas verschlafen an, nickt aber: „Ich denke im großen und ganzen schon. Ist Loona schon wach?"

Von Lobo kommt ein sanft lächelndes Kopfschütteln, auch wenn er ahnt dass da etwas wichtiges sein muss, wenn Levior jetzt schon hier anklopft, deswegen antwortet er auch: „Nein, noch nicht, aber ich kann sie wecken. Komm doch erst einmal herein." Und nachdem er einen Schritt beiseite getreten ist, betritt der Dunkelhaarige auch den Flur und folgt ihm anschließend in die Küche.

„Magst du einen Kaffee?" Mit den Worten angelt Lobo sich noch eben sein Shirt vom Stuhl und streift es über.

„Ja, gerne, danke." Und danach erzählt Levior erst einmal von Lupus Besuch. Währenddessen wird auch Loona wach, irgendwie ist das Bett leer und sie hört Stimmen. Als sie Leviors erkennt, steht sie verschlafen auf, denn wenn er so früh da ist, dann muss es etwas wichtiges sein. Also schnell einen Hausanzug geschnappt, ein Kurzbesuch im Bad und schon taucht auch sie in der Küche auf, die nach frischem Kaffee duftet! Dort sitzen beide Männer am Tisch, schon die Becher vor sich und grinsen sie an, als sie durch die Tür stromert. Lobo steht auf und geht zu ihr hinüber, nimmt sie zärtlich in seine Arme: „Guten Morgen, meine kleine Schlafmütze." Wohlig spürt sie seiner Wärme nach, schmiegt sich an ihn: „Guten Morgen, mein Schatz. Was bist du früh auf, früher Vogel. Hallo Levior." Und sie löst sich von Lobo, begrüßt den Besucher ebenfalls mit einer kleinen Umarmung und entdeckt dabei den Zettel: „Oh, was bringst du uns da mit?"

Der Dunkelhaarige reicht ihr das Blatt, zuckt dabei leicht mit den Schultern: „So ganz genau weiß ich das auch nicht. Aber es scheint irgendeine Rezeptur zu sein, in die dein Blut gemischt wird." Und dann erzählt er ihr ebenfalls, was an diesem Morgen schon passiert ist.

Die kleine Wölfin klebt mit erstauntem Blick förmlich an seinen Lippen und braucht dann einen Augenblick, um ihre Gedanken etwas zu ordnen: „Lupus war bei dir? Und ich dachte er wäre gegangen. Dann kann er doch noch mit uns in Kontakt treten? Das ist sehr beruhigend. Ich denke, wir sollten diesen Arzt aufsuchen und dann sehen wir weiter. Ohne Grund wird er dir seinen Namen nicht gesagt haben. Aber erst wird gefrühstückt."

Während der Zeit kann man es sehen, wie Loona und Lobo immer wieder sanfte Blicke austauschen, die von Levior mit leichtem Schmunzeln bemerkt werden. Gleichzeitig registriert er aber auch ein fast bohrendes dumpfes Gefühl in seinem Herzen. Wie sehr fehlt ihm selbst eine Partnerin... Aber nicht dass jemand auf dumme Gedanken kommt, er gönnt den Beiden ihr Glück ohne Neid oder Groll!

Als Lobo soweit fertig ist, steht er auf: „Ich zieh mich mal eben schnell um."

Tja, in Shorts und T-Shirt kann er schlecht los. Und so verlässt er lächelnd die Küche und ist bald im Bad, wo das kalte Wasser die Lebensgeister restlos weckt. Und während er im Schlafzimmer zugange ist, verschwindet auch Loona noch einmal kurz im Badezimmer. In der Zeit schlüpft er selbst schon in Jeans und Shirt, Socken und Schuhe. So dass sie doch etwas erstaunt schaut, als sie aus der Tür kommt: „Na, du bist aber schnell, und das am frühen Morgen."

Sie stellt sich vor ihn hin, ihre Hände umfassen sanft sein Gesicht und ziehen es zu sich hinunter: „Ich habe dich so vermisst. Ich dachte ich würde dich niemals wieder sehen. So etwas lasse ich nicht noch einmal zu, das verspreche ich dir."

Sanft küsst er zärtlich ihre Lippen: „Ich wusste doch, dass jemand auf mich wartet. Wenigstens mein Unterbewusstsein wusste es sicherlich die ganze Zeit."

Nur zögernd löst Loona ihre leichte Umklammerung, geht zum Kleiderschrank, um sich dann erst einmal ein paar Sachen heraus zu holen. Sie entscheidet sich für einen Jeans, einen leichten Wollpulli und zieht beides flink an, während sie weiter redet: „Wie hat sie dich eigentlich überzeugen können mit ihr zu gehen, ohne dass es groß auffiel?" Das hat sie sich schon ziemlich oft in der kurzen Zeit gefragt, seit Lobo wieder daheim ist.

Dieser sieht etwas betreten zu Boden, Bildfragmente tauchen vor seinem inneren Auge wieder auf und nur leise antwortet er: „Es war eine schlecht einzusehende Ecke, als ich von Wagen zurück kam. Ich konnte mich plötzlich nicht mehr bewegen und dann sah ich sie, die mit zwei Männern ankam, sie packten mich und dann spürte ich nur einen Stich, ehe alles schwarz wurde." Nein, er hatte zu der Zeit keine Chance auch nur ansatzweise jemanden zu warnen.

Ihr Blick liegt auf ihm, sieht wie es ihn immer noch mitnimmt und sie geht zu Lobo hinüber, streicht ihm über die langen offenen Haare: „Mach dir bitte keine Vorwürfe. Jetzt bist du hier und wir werden dieser feigen Schlange die Grenzen zeigen."

Nur zögerlich nickt er, sieht sie dann wieder an: „Ich weiß dass du es kannst, auch wenn ich mich nur zu einem gewissen Grad gegen sie wehren kann, deswegen muss ich vorsichtig sein." Er legt seine Stirn an ihre und schließt die Augen, genießt ihre Nähe so einen Moment, während sie ihm sanft über die Oberarme streicht. „Komm, meine Kleine, lass uns zu dem Arzt gehen und hören was er zu den Aufzeichnungen sagt."

Levior hält den dunklen Sportwagen direkt vor dem Krankenhaus an und lässt Loona und Lobo aussteigen: „Ich komme nach, ich finde euch schon." Und damit macht er sich auf den Weg, um einen Parkplatz zu finden.
Beide betreten bald darauf das Gebäude und fragen an der Information nach Dr. Bach. Die Empfangsdame nimmt mit einem freundlichen Lächeln den Telefonhörer zur Hand, um eine Kurzwahl zu wählen, wartet einige Sekunden , ehe sie spricht: „Herr Dr. Bach, hier ist Besuch für sie. Oh, sehr gut, ich gebe es weiter, danke." Und damit legt sie auch schon auf und schaut zu Loona: „Er ist schon auf dem Weg, um sie zu ihrer Untersuchung abzuholen."
Bloß nichts anmerken lassen, Loona, anscheinend hat dort schon jemand Bescheid gesagt und so lächelt die kleine Wölfin ebenfalls freundlich: „Danke sehr, dann warten wir hier einfach."
Es dauert tatsächlich nur ein paar Minuten, ehe ein große und schlanker Mann den Flur entlang kommt, der weiße Kittel ihn eindeutig zumindest als Personal ausweist. Die blonden strubbeligen Haare lassen ihn etwas verschlafen wirken, aber das machen die aufmerksamen grünen Augen wieder wett, die den Beiden entgegen strahlen: „Hallo, schön euch zu sehen, dann kommt mal mit, schauen wir doch mal." Mehr sagt er vorerst nicht, kann das ja so weit alles mögliche heißen für Nichteingeweihte. Und so weist seine Hand nur einladend den Flur entlang und er geht zu einem der Behandlungszimmer vor. Dort wartet schon eine Schwester, die gleich die große Schiebetür schließt, als sie zusammen dort versammelt sind. Er deutet nur leicht auf eine Liege, auf die Loona sich dann setzt, immerhin dürfte sie gleich angezapft werden. „Ich habe gehört du brauchst meine Hilfe. Um was geht es denn genau? Lupus war ziemlich kurz ab, um mich nicht ganz so lange zu strapazieren."
Also zieht Loona das Blatt von Levior hervor und reicht es ihm einfach hinüber, ehe sie schon den Ärmel ihres Pullis langsam hoch schiebt.
Dr. Bach schaut sich die Zeilen an und nickt: „Ja, damit kann ich gut etwas anfangen, das ist eine Formel, für ein Gegenmittel. Und da du eine Heilerin bist, gehe ich davon aus dass es gegen eine andere Heilerin eingesetzt werden soll, von den Schattenwölfen."
Auch Lobo setzt sich, auf einen der herum stehenden Stühle: „Ja, das ist richtig, woher weißt du das?"
Mit einem verschmitzten Lächeln sieht der Arzt von einem zur anderen: „Lupus hat es mir heute Nacht erzählt. Nennt mich doch einfach Jonas." Und damit reicht er Loona und Lobo die Hand.
„Und du bist auch ein Wolf?" schaut sie ihn neugierig an. „Ist das hier bekannt?"

Jonas sieht sie und dann die Schwester an, die anscheinend auch eingeweiht ist: „Es wissen nur die hier arbeitenden Wölfe, so wie sie hier. Es ist einfacher, wenn unsere Welt hier auch ihren Platz hat, um sie entsprechend behandeln zu können. Normalen Menschen bleibt es natürlich verborgen. So, also, für die Formel brauche ich etwas von deinem Blut, so wie du schon geahnt hast."
Die kleine Wölfin nickt nur und hält ihm tapfer den Arm hin: „Dann leg mal los."
Der Arzt zieht sich die bekannten Handschuhe über, nimmt dann eine Schale mit Infusionsbesteck und stellt sich neben die junge Frau auf der Liege: „Mehr als eine Kanüle brauche ich nicht, also keine Sorge, das merkst du kaum. Ansonsten einfach Bescheid sagen." Und damit legt er auch schon den Stauschlauch an, nimmt den Tupfer, um das Desinfektionsmittel auf der Haut aufzureiben: „Ich werde euch drei Pfeile und ein Spray herstellen. Damit sollte sie zu stoppen sein." Während er redet nimmt er auch schon die Spritze bei der Hand und trifft ziemlich zielsicher eine Vene.
Loona zieht doch kurz die Luft ein: „Autsch. Ich hoffe es, dass wir sie damit endgültig Schachmatt setzen können. Denn ich befürchte, auf die Dauer bin ich nicht stark genug. Ich kann sie eine Zeit lang außer Gefecht setzen, aber sie scheint sich davon immer wieder zu erholen."
Jonas entfernt schon bald die Nadel wieder, während er einen Tupfer auf den Einstich drückt und signalisiert Loona, dass sie noch weiter drücken soll, so dass sie den Arm anwinkelt, die Finger dazwischen einklemmt, um mehr Druck auszuüben: „Wie lange wird es dauern?"
„Ungefähr eine Stunde. Ihr könnt ja unten im Café warten", streift er sich nebenher die Handschuhe ab und wirft sie in den Müll.
„Ja, das ist eine gute Idee, nicht dass wir nicht gefrühstückt hätte, aber jetzt noch gemütlich einen..." sie ist währenddessen auf die Füße gekommen, und das Wort Kaffee bleibt unausgesprochen, als sie schlagartig die Farbe wechselt und nach Halt sucht, weil sich die Welt zu drehen beginnt, Kälte in ihr hoch kriecht und alles ziemlich dumpf erscheint! Jonas und Lobo greifen beherzt zu und bald liegt sie waagerecht auf der Liege. „Keine Sorge, das ist gleich wieder vorbei, anscheinend verträgst du das Blut abnehmen nicht so gut." Jonas gibt ihr eine kleine Tablette, während ihr Blick ziemlich unruhig umher wandert, ihr Herz rast förmlich, ihr Puls donnert in ihren Ohren.
„Versuch dich zu entspannen, dir passiert nichts", kann sie Jonas hören, wenn auch wie von weit her, aber immerhin hört sie ihn, ehe der Arzt Lobo zunickt und dann mit der Ampulle das Behandlungszimmer verlässt.
„Schatz, alles ist gut, ich bin hier bei dir." beugt er sich über sie, so dass sie ihren Blick an ihn fixieren kann. „Ich bin irgendwie total müde..." kommt es von Loona. „Dann ruh dich etwas aus." Und langsam findet ihr Körper wieder seinen normalen Rhythmus, schließt sie für eine Weile die Augen, während Lobo bei ihr sitzen bleibt, ihre Hand nur sanft streichelt, was sie immer mal mit ei-

nem leichten Lächeln beantwortet.

Die Zeit vergeht und Loona schlummert vor sich hin, ehe sie dann doch langsam wieder wach wird und sich erstaunt umschaut, sie liegt ja immer noch hier herum. „Huch, nu habe ich aber echt genug geschlafen."

„Na, wie geht es meinem kleinen Bruchpiloten?" grinst ihr Schatz sie an und erntet dafür ein leises Brummeln. „Das war nicht witzig, einfach mal so aus den Latschen zu kippen. Fühlt sich doof an", mault sie deswegen auch.

Lobo hilft ihr hoch, beugt sich dann zu ihr und küsst sie zärtlich in die Halsbeuge.

„Na, bleibst du brav...", damit schiebt sie unter wohligen Seufzen sein Gesicht vorsichtig beiseite, „nicht hier. Bitte gedulde dich." Auch wenn es ihr gerade in dem Moment auch nicht besser geht, das spürt sie, da steckt er sie ziemlich kunstvoll an.

Mit entschuldigendem Blick hebt er den Kopf, sieht ihr in die Augen: „Möchte ich ja, aber, naja, seit ich ein Wolf bin fällt mir das in deiner Gegenwart echt schwer. Wie viel Mensch wohl noch in uns steckt?"

Sanft streicht sie ihm die Haare aus den Gesicht und fährt mit dem Zeigefinger seine Augenbraue nach: „Genug um nicht aufzufallen. Zum größten Teil werden wir menschlich sein, denn wir sind ja keine Werwölfe."

Lobo schließt genießend leicht die Augen: „Hm, ja, ich wunder mich nur jedes Mal selbst, wenn sich mir neue Fähigkeiten zeigen. Manchmal fühlt es sich so an, als würden sie mich überrennen."

In der trauten Zweisamkeit klopft es an der Schiebetür, ehe diese von außen geöffnet wird und Jonas hinein kommt: „Na, geht es wieder, siehst schon wieder viel besser aus."

Die kleine Wölfin nickt lächelnd: „Ja, danke. Bist du schon mit allem fertig?"

Und sie schaut das schwarze Reißverschlussetui neugierig an, was ihr gereicht wird, klappt es auf. Es enthält wie versprochen drei kleine Pfeile, mit Schutzkappen über den Nadeln und einen durchsichtigen Pumpflakon mit einer klaren Flüssigkeit.

„Das Serum in dem Flakon ist so konzentriert, dass ein einziger Sprühstoß ins Gesicht ausreicht, genauso wirksam wie ein Pfeil", Jonas reicht ihr ein kleines Röhrchen, wovon der insgesamt drei mitgebracht hat, „damit kannst du sie abfeuern. Pfeil einrasten lassen, spannen und hier auf den Knopf drücken. Ja, ich weiß, normalerweise benutzen wir keine Waffen, aber dies ist ein Notfall."

Mit einem leichten Nicken nimmt sie die drei kleinen Röhrchen entgegen, legt sie ebenfalls in das Etui und verschließt es sorgsam: „Wir haben nur einen Versuch, ohne dass sie vorgewarnt ist. Danke." Damit reicht sie ihm die Hand, die noch etwas unruhig ist, aber das dürfte jetzt mittlerweile die Aufregung ob der bevorstehenden Auseinandersetzung sein.

„Das nächste Mal sehen wir uns auf einen Kaffee, nachdem ihr es vollbracht habt", lächelt Jonas sie aufmunternd an, dann legt er Lobo eine Hand auf die

Schulter, der sich schon zur Tür drehen möchte, und reicht ihm eine kleine Karte, „das ist meine direkte Nummer, wenn ihr Hilfe braucht."
Dieser lässt den Blick zuerst hinunter und dann in das Gesicht des Blonden schweifen: „Danke, ich hoffe dass wir sie nicht benötigen und dann einfach einen gemütlichen Kaffee genießen können. Ich finde es aber erstaunlich, wo wir Wölfe uns überall herumtreiben. Wir sehen uns." Damit verlassen er und Loona den Behandlungsraum, während Jonas ihnen hinterher schaut: „Viel Glück."

Shooter!

Im Schlafraum sitzt Tamira an einem großen verspiegelten Schminktisch und kämmt ihre schwarzen Locken. Als sie damit fast fertig ist, hält sie inne, den Blick nachdenklich in ihre Augen im Spiegel gerichtet, ehe sie zur Tür schaut: „Daniel?" Diese öffnet sich und der großgewachsene Dunkelhaarige betritt leise den Raum. „Ruf die Anderen zusammen. Wir gehen heute tanzen."
Von ihm kommt nur ein kurzes Nicken, ehe er den Schlafraum wieder verlässt. „Heute wird die Schattenseite gewinne", mit siegreichem Lächeln streift sie mit der Bürste noch kurz durch die Spitzen, ehe sie aufsteht, sich noch einmal ihr Spiegelbild ansieht und zufrieden nickt. Kurz verschwindet sie in ihrem betretbaren Kleiderschrank und es dauert nicht lange, bis sie in einem schwarzen Lederoverall wieder heraus kommt und dann in den großen Versammlungsraum geht, wo schon sechs Männer stehen und ihr erwartungsvoll entgegen sehen. Alle sind komplett schwarz gekleidet, meist in Jeans und Shirt und es ist ihnen anzusehen, dass sie sehr sportlich sind.
„Wir haben uns nun eine Woche zurück gehalten, das reicht aus um sie in Sicherheit zu wiegen. Es ist an der Zeit die Macht der Schattenseite unter Beweis zu stellen, so wie es in dem alten Buch geschrieben steht. Nur mit einem Unterschied: Wir sind stärker wie unsere Vorfahren. Wir werden uns jetzt zentrieren, und dann gehen wir tanzen. Und ich warne euch, wer heute versagt, kehrt nie mehr hier hin zurück!" Und damit stellt sie sich in die Mitte des Raumes, die Arme leicht zur Seite gehalten, wartet ab bis jeder seine Position eingenommen und somit den Kreis geschlossen hat. „Schließt eure Augen und empfangt die Stärke die ihr braucht." Für ein paar Minuten herrscht Stille und Bewegungslosigkeit, ehe sie den Kreis wieder auflöst: „Fahren wir."
Daniel reicht ihr schweigend einen langen schwarzen Ledermantel, den er ihr hin hält, so dass sie hinein schlüpfen kann. Und mit entschlossener Miene geht sie anschließend den Flur entlang, bis zu den Aufzügen hin. Die sechs Männer folgen ihr, ohne eine weitere Miene zu verziehen.

Auch an diesem Abend ist die Diskothek gut besucht und auf der Tanzfläche bewegen sich unzählige zuckende Leiber im Laserlicht zu dem stampfenden Bass. Levior steht oben in seinem Büro an der Fensterfront und beobachtet die Menge. Er hat sich hier mit Loona und Lobo verabredet, wenn sie in der Klinik fertig sind. Ja, instinktiv ist die junge Frau sich sicher, dass Tamira heute hier auftauchen würde. Es ist zu lange schon zu ruhig und da muss er ihr insgeheim Recht geben.

Ein paar Minuten später entdeckt er Loona an der Bar, während Lobo am Rand der Tanzfläche steht. Auch sie haben ihn bemerkt, nicken ihm nur kurz dezent zu. Also verlässt er sein Büro und gesellt sich zuerst einmal zu der jungen Frau an die Bar: „Alles in Ordnung?"

Mit ernstem Blick sieht sie ihn an: „Ja, ich bin nur schrecklich unruhig, aber vorbereitet. Frag nicht warum, aber ich bin mir sicher, dass sie heute hier auftaucht." Sie atmet tief durch und langsam wieder aus, um ihren Herzschlag etwas zu beruhigen.

Levior legt ihr aufmunternd eine Hand auf die Schulter: „DU schaffst das, und wir helfen dir so gut es uns möglich ist."

Fast etwas zu zaghaft nickt sie: „Ja, ich weiß. Hier, bitte, das ist ein vorbereiteter Pfeil. Einfach hier spannen und dort drücken, ist noch unscharf. Lobo hat auch einen. Und ich vertraue darauf, dass ihr sie auch einsetzt, wenn ich es gegenüber Tamira nicht schaffen sollte."

Der Dunkelhaarige steckt ihn vorsichtig in die Tasche seines Hemdes, nachdem er sich das genauer angeschaut hat was zu tun ist: „Danke. Hey, wir lassen das gar nicht erst zu, dass sie dich besiegt."

Mit vielsagendem Blick nimmt Loona ihr Glas, trinkt von der grünlichen Flüssigkeit, ehe Levior dem Barkeeper ein Zeichen gibt und ebenfalls ein kleines Glas bekommt, mit dem er ihr zuprostet.

Nur langsam bewegt sich Lobo durch die Menge auf sie zu. Seine Haare fallen offen wie schwarzes Ebenholz an seinen Schultern hinunter und Loona lächelt ihn verträumt an, für einen Moment genießt sie dieses Bild einfach nur, was sie so sehr liebt und viel zu selten sieht. Es gibt ihm einen unheimlich kraftvollen Ausdruck, wenn er die Haare offen trägt, fast wie ein stolzer Indianer. Der junge Mann legt ihr einen Arm um die Schultern, spürt ihre Unruhe zu genau: „Ganz ruhig, mein Schatz." Langsam nimmt er einen Schluck, als sie ihm ihr Glas reicht.

Levior lässt den Blick schweifen, seine Männer sind Raum übergreifend verteilt und stehen in Funkkontakt miteinander. Ein paar Minuten nur und sie beginnen sich langsam durch die Diskothek zu bewegen, während die Drei hier weiter an der Bar bleiben. Oh ja, ihre Geduld wird ziemlich auf die Probe gestellt.

Weit nach Mitternacht macht ein Posten an der Eingangstür Levior auf die sieben heran kommenden Personen aufmerksam! „Hinhalten, wir sind sofort da! Keineswegs möchte ich sie hier drinnen haben, verstanden?!" Seine grünen Augen funkeln gefährlich auf, als er zu Loona hinüber schaut, kein weiteres Wort mehr sagen muss.

Diese steht ruckartig auf und bahnt sich kurz darauf trotz ihrer recht zarten Größe einen Weg durch die Menge, während die beiden Männer ihr folgen! Als sie sich der Eingangstür nähern, dreht sie sich kurz zu ihnen um: „Seid bitte vorsichtig." Ihre Stimme ist eine Mischung aus erbarmungsloser Härte und Sorge.

Tamira und ihre Begleiter sind gerade vorne an den Eingangsstufen angekommen, als Levior als Hauseigentümer die Tür aufschiebt. Sie bleiben zwar stehen, aber die Blicke sind eher herausfordernd statt eingeschüchtert: „Was möchtest du gegen mich machen? Du bist dir darüber bewusst, dass du gegen mich keine Chance hast, erst Recht seit Lupus nicht mehr da ist."

„Das überlasse ich Loona. Mich interessieren deine Schoßhunde. Hier hinein werdet ihr nicht kommen, ich möchte hier keinen Stress im Haus", kommt es streng über seine Lippen und niemand würde auch nur vermuten, dass er ihr tatsächlich unterliegen könnte.

Die junge Frau wirft den Kopf in den Nacken und lacht, ehe sie zu Daniel schaut: „Kümmere dich um ihn. Und denk an meine Worte."

Dieser geht langsam auf Levior zu, fixiert ihn mit seinem Blick: „Du hast es gehört. Dann werde ich dir mal den nötigen Respekt beibringen, der dir anscheinend fehlt."

Levior beschränkt sich darauf, sich langsam mit ihm mit zu bewegen, dabei auch die anderen Männer Tamiras mit im Blick zu behalten, während Lobo die Tür sichert.

Tamira selbst spielt sich auf Loona ein, versucht sie mit ihrem Blick förmlich zu durchbohren und geht langsam auf die junge Heilerin zu, die sie aufmerksam anschaut. „Na Kleine, freust du dich denn gar nicht mich wieder zu sehen?"

„Ich freue mich, wenn die Welt von dir und deinen Schoßhunden befreit ist. Du kannst der Schattenseite zu keinem Recht verhelfen, dass ihr nicht zusteht", kommt es kühl von Loona.

„Oh, du irrst dich Kleine, und wie es uns zusteht, schon seit tausenden von Jahren, das solltest du endlich lernen und verstehen", entgegnet Tamira deutlich höhnend.

„In dem Punkt irrst du dich, denn das ist ein Punkt, der sich schon seit Generationen falsch in euren Köpfen eingemeißelt hat und sich dort ebenso tapfer hält. Aber einmal muss damit Schluss sein." Die kleine Wölfin spürt die sich aufbauende Energie um sie beide herum.

Tamira scheint sich davon nicht beeindrucken zu lassen und kommt langsam auf sie zu, so dass Loona merklich die Muskulatur anspannt, ihr Körper sich auf einen Kampf einstellt, obwohl sie es gar nicht möchte, aber es scheint keinen anderen Weg zu geben: „Bleib stehen, Tamira!"

„Wieso das? Hast du etwa Angst vor mir?" Diese lacht auf, ist sich ihrer Sache deutlich sicher.

„Nein, wieso sollte ich? Das brauche ich nicht. Immerhin bin ich nicht alleine und brauche mir die Unterstützung nicht zu erkaufen." kommt es frech daher. Mit nur zwei großen Schritten ist Tamira bei ihr! Kräftig stößt sie die Kleine beiseite und packt danach Lobo mit eisernem Griff an die Kehle! So wie es ein Wolf in der freien Wildbahn machen würde, wenn er ein Beutetier erlegt, mit der Absicht es zu töten! Dieser ist vollkommen paralysiert, sieht nur noch Funken vor seinen Augen tanzen und schafft es nicht mehr sich zu wehren!

Loona ist zwar ziemlich hart aufgekommen, hat sich aber schnell wieder aufgerappelt und dabei in ihre Tasche gegriffen, wo der Flakon ist, glücklicherweise auch heile. Wieso hat sie ihn nicht schon vorher heraus geholt? Naja, sie wollte nicht dass er entdeckt wird.

Tamira sieht die Bewegung aus den Augenwinkel, lässt Lobo los und möchte sich stattdessen auf Loona stürzen! Doch diese tritt ihr hart in den Unterleib, um Zeit zu gewinnen, was aber nicht viel bringt, die Schattenwölfin scheint es einfach so wegzustecken, richtet sich wieder auf und mit einer schnellen Bewegung streckt sie beide Hände vor!

Von einer Energiewelle gepackt geht Loona zu Boden, möchte aber sofort wieder aufstehen, doch da kommen ihr zwei der Männer zuvor und packen sie bei den Armen!

Lobo rappelt sich langsam wieder auf, greift sich an den Hals, der sich wie zugeschnürt anfühlt, während Levior gerade von Daniel beschäftigt wird. Frontal möchte dieser sich auf ihn stürzen, doch hebt Levior seine Arme an, so dass er zwar einiges einkassiert, aber nicht viel passieren kann, ehe er zwei Schritte beiseite geht und Daniel damit an sich vorbei stolpern lässt, um ihn postwendend die Ellenbogen in den Rücken zu rammen!

Daniel keucht auf, geht zu Boden und bleibt dort auf dem Bauch liegen! Sechs. Levior schaut sich nach allen Seiten um, entdeckt Loona kniend fixiert unten am Boden und macht einen Schritt auf sie zu, so dass er sich den Männern von hinten nähert und einen mit einem schnellen Griff an den Kopf rückwärts auf den Boden ziehen kann, wo er nach einem kurzen Hieb bewegungslos liegen bleibt. Fünf.

Der andere möchte sich natürlich revanchieren, lässt dabei allerdings Loona los! Der Kerl stürzt sich auf Levior, der ihn aus dem Gleichgewicht hebt, da er noch am Boden kniet und ihn dann auf den Rücken prallen lässt, wo ihm ordentlich die Luft weg bleibt! Vier.

Die drei anderen Begleiter und Tamira scheinen gerade für einen Moment Abstand zu halten, so wie auch Lobo, der versteckt seinen Pfeil gespannt in der Hand hält.

Kaum dass sie los gelassen wird, schafft Loona es auch wieder auf die Beine zu kommen, was Tamira natürlich entdeckt und auf sie zu springt, um sie zu Boden zu reißen und an einem Arm zu fixieren, so dass sie den Oberkörper nicht mehr anheben kann: „Du bist einfach zu langsam, kleines Mädchen." Doch spürt die Schattenwölfin plötzlich den Stich in ihrer Rippengegend! Lobo steht über ihr und hat ihr den Pfeil in den Körper gerammt! Die junge Frau stöhnt auf, es fühlt sich eigenartig an: „Was war das?" Sie lockert ungewollt den Griff, so dass Loona sie fort drängt und aufspringt und sieht wie Tamira sich noch halbwegs über die Schulter abrollt, um dann langsam aufzustehen. Dabei zieht sie den Pfeil raus und wirft ihn beiseite! „DAS war alles? Anscheinend nicht genug. Du hättest mich nicht reizen sollen!" Und in einer schnellen Bewegung dreht sie sich um und schlägt Lobo dabei mit der Hand gegen den Kopf, der sich gerade entfernen möchte, aber noch in ihrem Kreis ist.

Dieser strauchelt und kann sich kaum noch auf den Beinen halten, fühlt sich, als wäre er mit dem Kopf gegen eine Wand gerannt!

„Tamira, untersteh dich!" Loona spürt die Wut wieder in sich hoch kochen, während Lobo zu Boden geht, auf dem Rücken liegt und versucht mit den Augen einen Ruhepunkt zu finden, weil die Welt sich gerade zu schnell dreht. Ein Bein wird aufgestellt, aber auch das hält das überdimensionale Karussell nicht auf.

„Lobo, steh auf!" kommt es von Levior, der kurz zu ihm schaut, aber gerade selbst beschäftigt ist, denn aus den Augenwinkeln vernimmt er eine Bewegung, als jemand sich auf ihn stürzen möchte. So duckt er sich weg, blockiert ihn dann mit den Armen und rammt ihm das Knie in den Magen. Drei... Ehe er selbst einen heftigen Schlag in den Rücken spürt! Der Schmerz legt ihn viel zu schnell lahm und er bleibt vorne über gebeugt stehen, stoßweise Atemzüge, die Augen zusammen gekniffen, ehe er auf die Knie sinkt. Mit einer fahrigen Bewegung greift er sich hinten an die Seite und spürt die Nässe in der Kleidung. Und als er die Hand nach vorne zieht, ist sie blutrot getränkt! Nur mühsam presst er ein einziges Wort hervor: „Loona..." Ehe er nach vorne fällt, sich kaum mit den Unterarmen abfangen kann und dann auf die unversehrte Seite kippt. Die Welt fühlt sich an wie Wattewolken, dumpfe Stimmen, kaum richtig zu verstehen.

Eine kurze Bewegung nur, um ihn anzuschauen, als sie den Dunkelhaarigen am Boden entdeckt! „NEEIINN!" Wütend hallt es hervor, und in ihr merkt sie den Schub, der sich in einer schnellen Bewegung ihrer Hände den Weg nach draußen sucht! Ihre Wut entlädt sich in einer unglaublich starken Energiewelle, die sie Tamira entgegen schleudert!

Diese wird davon förmlich zu Boden gedrückt und bald darauf von zwei kräftigen Sprühstößen Loonas im Gesicht erwischt! Die Schattenwölfin reißt erstaunt die Augen auf, kann sich nicht mehr bewegen und man sieht wie sie nach Luft japst, und merkt wie sich die Schwäche in ihrem Körper ausbreitet!

Die Gelegenheit nutzend rennt Loona zu Levior, nimmt ihm den Pfeil ab und auch den von Lobo, um Tamira beide und ihren eigenen Reservepfeil in den Körper zu rammen!

Die Frau am Boden keucht schmerzhaft auf, ehe sich ihre Augen schließen und ihr Körper sich in Rauch auflöst! Zwei.

Tamiras Begleiter scheinen kurz verunsichert zu sein, stürzen sich dann aber beide auf Loona! Immerhin ist sie nun dafür verantwortlich! Diese tauscht unter dem Einen hinweg, so dass er strauchelt und erst einmal beschäftigt ist, während der Zweite sich ihr mit einer Waffe nähert! Sie starrt auf den Lauf: „Neue Methoden?"

„Wir gehen mit der Zeit", zuckt er nur kurz eine Schulter und drückt ab! Gleichzeitig schleudert Loona ihm eine weitere Energiewelle zu, die die Kugel abdrängt! Ein Griff an seinen Arm, ein kräftiger Zug und schon kann sie ihm einen Tritt nachsetzen und er geht zu Boden! Einer.

Als sie sich umschaut, kann sie den Letzten sehen, er kauert mit offenen Augen am Boden, in seiner Brust anscheinend die fehl gelaufene Kugel!

Für ein paar Sekunden hält Loona den Atem an, sieht sich um, meine Güte, was war das alles? Dann rennt sie zu Lobo: „Komm, steh auf, bitte." Er schüttelt nur zaghaft den Kopf: „Ich komm zurecht, kümmer dich um Levior, den hats erwischt."

„Okay..." Damit springt sie auf und ist mit wenigen Schritten bei dem Dunkelhaarigen Mann, der auf der Seite liegt, kniet sich zu ihm hinunter und nur zaghaft berührt sie seine Wange: „Levior... hörst du mich?"

Dieser öffnet nur langsam die Augen, in denen Tränen schimmern, in die Augenwinkel laufen, als er sie anschaut: „Mir ist kalt. Irgendwas hat mich erwischt."

Nur vorsichtig schaut sie sich seinen Rücken an und zeiht die Augenbrauen zusammen, es sieht schlimm aus, aber das braucht er nicht zu wissen: „Bleib schön bei mir, das wird wieder. Hast du gehört?"

Sein Atem geht kurz und schnell, während das Gesicht aschfahl wirkt: „Ich kann nicht mehr..."

„Levior, nicht aufgeben, hörst du!" Sie legt ihre Hände auf die Wunde, schließt die Augen und kann seine Schmerzen förmlich spüren! Einen Moment verharrt sie so, ehe sie verzweifelt die Hände sinken lässt, sich völlig ausgezehrt fühlt: „Ich kann nichts machen. Ich schaffe es einfach nicht." Ihre Hand tastet in die Jackentasche, zieht ihr Handy hervor und drückt die Kurzwahl, wo sie vorsichtshalber Jonas Nummer abgespeichert hat: „Jonas, schnell, Levior wurde angeschossen, am Eingang seiner Diskothek!" -"Ich bin gleich bei dir!"- Sanft streicht sie Levior über den dunklen Schopf: „Bitte halt durch, Jonas ist auf dem Weg."

Lobo hat sich mittlerweile auch aufgerappelt, ist zu ihnen gekommen und kniet sich zu dem Dunkelhaarigen: „Ruhig, Levior, ganz ruhig, Hilfe kommt. Du bist hier nicht alleine, okay." Er schließt die Augen, weil ihm immer noch schwindelig ist, aber solange er sich nicht zu hektisch bewegt geht es.

Loona steht die Verzweiflung über die momentane Situation ins Gesicht geschrieben. Sie presst die Lippen aufeinander und fühlt sich gerade einfach nur noch unheimlich hilflos! Wieso musste es überhaupt so weit kommen?? Von weitem kann sie die Sirenen des Krankenwagen hören, der eine Minute auch um die Ecke gefahren kommt!

Direkt bei ihnen hält der Wagen an und Jonas springt heraus. „Loona, alles ist okay, wir sind hier, was ist passiert?" Sein geübter Blick erkennt ihren Schock zu genau. Und damit kniet er sich auch schon neben Levior, öffnet den Notfallrucksack und beginnt vorsichtig sich um die Wunde zu kümmern, während er sich die Geschehnisse berichten lässt.

Levior selbst stöhnt leise auf, als er nach der Behandlung von der Bauchlage auf den Rücken und damit auf die Trage gedreht wird und bewegt unruhig den Kopf. Vorsichtig fixieren sie ihn etwas, so dass er sicher transportiert werden kann, versorgen ihn mit Glukose und Flüssigkeit, um seinen Blutkreislauf zu stabilisieren und ihn dann in den Rettungswagen zu bringen.

„Er hat einiges an Blut verloren, aber die Kugel hat keine großen Gefäße erwischt, er wird wieder", nickt Jonas Loona zu und schaut sich dann Lobo an, der langsam aufsteht, „Und wie geht es dir?"

Dieser streicht sich leicht über das Gesicht: „Mir ist noch etwas schwindelig, aber es geht wieder." Sein Blick geht zu Loona, die auch gerade merklich mehr Farbe bekommt, sie scheint sich von dem ganzen Chaos noch am schnellsten wieder zu erholen.

„Okay, dann lass dich bitte untersuchen, danach kannst auch wieder heim. Na kommt, wir haben noch Platz im Wagen", schaut Jonas ihn doch etwas ernst an.

Lobo nickt nur leicht, und zusammen mit Loona geht er zum RTW, steigt hinten ein, wo er sich auf den Transportstuhl setzt und somit niemandem im Wege ist, während sie vorne Platz nimmt.

Levior wird im Krankenhaus sofort weiter in den OP gebracht, dafür vorbereitet die Kugel zu entfernen. Er nimmt zwar Stimmen und geschäftiges Treiben wahr, aber seine Augen sind eindeutig zu schwer um sie zu öffnen. Dass er schon längst die nötigen Zugänge bekommen hat und der Arzt gerade die Narkoseinjektion ansetzt, bekommt er erst mit, als das kühle Gefühl durch seinen Körper wandert und er im Nichts verschwindet!

Loona selbst wartet, hat eine kleine Infusion bekommen, weil sie doch ziemlich fahrig und schwach gewirkt hat, aber mittlerweile geht es ihr soweit wieder gut. Endlich taucht zumindest schon einmal Lobo wieder auf, der sich einer näheren Untersuchung unterziehen durfte. Ein erleichtertes Lächeln liegt auf seinen Lippen, auch wenn er immer noch etwas blass wirkt: „Es ist nur eine leichte Gehirnerschütterung, einige Tage Ruhe und dann wird das wieder."

„Sehr gut", damit nimmt sie ihn erleichtert in den Arm, schaut auf die Uhr, eine Stunde ist es wohl her, seit sie hier angekommen sind. Hinter ihnen ist zu sehen wie jemand über den Flur geschoben wird und die Schwester nickt ihnen zu.

„Das scheint Levior zu sein, dann haben sie die Kugel schnell entfernen können." Sie hat schon mit einer langen Wartezeit gerechnet.

„Komm, lass uns kurz bei ihm vorbei gehen und sehen wie es ihm geht", nur zögerlich löst sich Lobo wieder von ihr, so dass sie zusammen den Flur entlang gehen, bis sie das Zimmer erreichen, in das er kurz vorher gebracht worden ist. Lobo klopft nur leise an die Tür, öffnet diese dann langsam und schaut hinein. Am Bett steht noch eine der Schwestern, kontrolliert den Puls des Dunkelhaarigen, der mit geschlossenen Augen da liegt.

Auf Loonas fragenden Blick lächelt sie nur, spricht leise: „Keine Sorge, er schläft gerade die Narkose aus. Wenn ihr morgen früh vorbei kommt, dann geht es ihm schon besser." Die kleine Wölfin nickt zaghaft: „Ja, ich denke, wir sollten uns auch noch etwas ausruhen und morgen wieder kommen. Danke." Und sie verlassen beide das Zimmer wieder, und kurz darauf auch das Krankenhaus.

In Obhut

„Ich bin froh, dass es Levior bald besser geht", Loona ist die Erleichterung anzuhören, während sie den Wagen durch die Stadt lenkt, den Lobo ihr freiwillig überlassen hat, was wohl deutlich zeigt, dass er gerade nicht ganz auf der Höhe ist. Bald biegen sie auch schon in die Straße ein, wo das große Haus zu finden ist und der junge Mann zieht leicht die Augenbrauen zusammen, deutet Richtung Tür: „Da liegt jemand auf der Treppe!"

Der Wagen wird direkt am Eingang angehalten und doch recht flink steigt die junge Frau aus, erreicht schnellen Schrittes die Treppe, wo sie sich die Person genauer anschaut: „Es ist wohl ein noch ziemlich junger Mann. Moment..." Damit kniet sie sich hinunter und dreht ihn behutsam um, da er gerade ziemlich ungemütlich Bauch längs auf den Stufen liegt, den Kopf auf den rechten Unterarm gelegt. Auch ist erkennbar, dass er wohl einiges abbekommen hat, sein Körper ist von Hämatomen jeglicher Größe übersät. Und als er auf dem Rücken liegt, sie sein Gesicht erkennen kann, erschreckt sie sich doch im ersten Moment, nicht weil er so vermöbelt aussieht, sondern weil sie ihn kennt: „Aber..."

Nachdem Lobo auch ausgestiegen und zu ihr gekommen ist, reagiert er doch ziemlich ungehalten, und möchte den Fremdling am Shirt packen, hoch zerren: „Das ist einer von Tamiras Männer! Was sucht er hier?!"

die junge Frau streckt den Arm aus, kann ihn gerade noch davon abhalten: „Lobo, warte, bitte. Er wird einen Grund dafür haben, dass er hier auftaucht, schau ihn dir an."

Mit einem Grummeln versucht Lobo ihn so schonend wie nur möglich hoch zu heben, schiebt ihn sich teils über die Schulter, um ihn hinein zu bringen, auch wenn sein Kopf gerade wieder hoch erfreut aufjault, so etwas nennt sich also Ruhe! Er folgt Loona ins Wohnzimmer, wo sie eine dicke Decke auf die Couch legt und lässt ihn dort hinunter: „Hat er auf Levior geschossen?"

„Ich weiß es nicht, ich habe es nicht gesehen, aber er wird es uns sagen", sie geht zu ihrem Schatz hin, streift ihm behutsam ein paar der offenen Strähnen aus dem Gesicht. „Danke, dass du ihn hinein gebracht hast. Ich weiß, dass es dir selbst gerade nicht gut geht."

Dieser schließt die Augen, atmet merklich durch: „Sei bitte vorsichtig. Ich traue ihm nicht. Er war es, der auf mich aufgepasst hat." Deswegen widerstrebt es ihm wohl auch so, dass er sich jetzt hier im Haus befindet, dazu noch in ihrer Wohnung.

„Ich schaue ihn mir an. Und ich werde aufpassen, versprochen", dabei ist sie schon an die Couch heran getreten, hat sich hin gekniet und ihre Hände fahren behutsam über seinen Körper: „Er ist sehr warm. Ich kann viele versteckte Hämatome spüren, unter den Anziehsachen. Jemand muss ihn ordentlich in die Mangel genommen haben." Aber sie kann sich nicht vorstellen, dass die Verletzungen von dem vergangenen Zusammentreffen sind. Denn die Lichtwölfe versuchen trotz allem mit den sanftesten Mitteln vorzugehen. Leicht legt sie ihre Hand auf seine Stirn, nickt: „Eindeutig, er fiebert stark, deswegen auch die Hitze."

Bei der Berührung seiner Stirn, die er als angenehm kühlend empfindet, was bei den umfassenden Schmerzen eine sehr wohltuende Abwechslung darstellt, bewegt Daniel dennoch leicht den Kopf, murmelt etwas vor sich hin, was aber ziemlich unverständlich klingt.

„Ganz ruhig", sachte legt sie ihm eine Hand auf die Schulter, registriert wie er das Gesicht verzieht und versucht den Rücken zu entlasten. Ein fragender Blick zu Lobo, der ihr hilft, indem er ihn vorsichtig an den Schultern anhebt und sie ihm dann das Shirt ausziehen kann. „Holla... nicht schlecht." entfleucht es ihr, als sie den gut gebauten und tätowierten Oberkörper sieht und ihr Blick huscht schnell entschuldigend zu Lobo. Welcher Mann findet es schon gut, wenn seine Freundin da über einen anderen schwärmt? Er nicht, das ist ihm anzusehen, aber er sagt nichts dazu. Als sie ihn sich nun in anderer Hinsicht genauer anschaut, entdeckt sie die beiden doch sehr großen Hämatome auf dem Rücken und erinnert sich an Leviors Ellenbogenstoß. Das passt eindeutig. „Hältst du ihn bitte so, ich hole schnell etwas." Und damit huscht sie auch schon los, kommt aus dem Bad mit einer Dose und einem großen Handtuch zurück. Damit kniet sie sich erneut vor das Sofa, legt das Handtuch auf die Decke unter seinen Rücken und öffnet die Dose, in der eine weiße Masse zum Vorschein kommt, die sie mit den Fingerspitzen der rechten Hand entnimmt und damit behutsam über die Blutergüsse streicht. Immer mal zuckt Daniel zusammen, murmelt etwas. „Ich weiß, es ist kalt, aber es wird gleich besser", mit den Worten streicht sie das Handtuch noch einmal auf dem Sofa glatt und nickt Lobo zu, der den Dunkelhaarigen langsam wieder auf den Rücken legt.

Schwerfällig blinzelt Daniel und öffnet die Augen leicht, ein leises Seufzen kommt über seine Lippen und er erzittert leicht: „Mir ist kalt..." Aber immerhin

scheint er sich etwas zusammen rappeln zu können, wirkt nicht mehr total weggetreten.

„Hat Tamira dir irgendetwas gegeben?" hakt Loona nach, denn sie vermutet,
dass das Fieber und der Schüttelfrost gerade Entzugserscheinungen sein könnten. Sein Blick wirkt verunsichert. „Daniel, ich hatte das Gefühl, dass ihr unter
Drogen gestanden habt", äußert sie deswegen auch die Vermutung.

„Vielleicht war es ja im Tee, von dem du mir so vorgeschwärmt hast, als ihr bei
euch wart", Lobo blickt Daniel in die Augen, die Erklärung ist naheliegend.
Dieser schaut doch nun etwas ungläubig von einem zur anderen und schluckt
hart: „Du meinst, sie hat mit uns das Gleiche gemacht, was sie bei dir abzog?"
„Naja, aus welchem Grund sollten sonst sechs erwachsene junge Männer einer
Frau dermaßen an den Lippen hängen und ihr jeglichen Wunsch erfüllen? Das
schreit doch förmlich nach irgendeiner Gehirnwäsche", antwortet Lobo mit
leicht schief gelegtem Kopf.

Von Loona kommt ein bestätigendes Nicken: „Das vermute ich auch, denn normal ist das in der Form nicht. Ich werde dir jetzt auch einen Tee machen, aber
nicht um dich zu beeinflussen, denn ich bin mir sicher den trinkst du freiwillig,
weil er dir helfen wird, okay?" Und damit steht sie auf und geht hinüber in die
Küche. Wasser ist schnell aufgesetzt und dann steht sie vor ihrem Regal, schaut
sich die verschiedenen Dosen an. „Tja, und welchen nehme ich jetzt am Besten?" Ihre Fingerspitzen wandern langsam über die Namensschilder, ehe sie
dann eine der Dosen heraus zieht, rein instinktiv, sie öffnet und daran schnuppert: „Oh ja, der ist zwar ziemlich stark, aber er wird auf jeden Fall helfen."
Und nach gut zehn Minuten kommt sie mit einer großen Tasse wieder ins
Wohnzimmer zurück: „Der wird dir wirklich gut tun."

Vorsichtig setzt Daniel sich mit Lobos Hilfe auf, lehnt sich hinten an ein großes
Sofakissen und nimmt die Tasse entgegen. Mit langsamen Schlucken leert er
sie, spürt wie die Flammen in ihm erstickt werden und sich gerade eine wohlige
Müdigkeit einfindet. „Danke." Damit reicht er sie zurück, nachdem Loona und
Lobo die Zeit einfach nur schweigend bei ihm sitzen geblieben sind, legt sich
wieder langsam hin, während ihm schon immer mal die Augen leicht zufallen.
Loona sieht es mit einem milden Lächeln: „Schlaf jetzt ein wenig, das wird
dich bald wieder auf die Beine bringen." Dann wandert ihr Blick zu ihrem
Schatz: „Magst du dich auch hinlegen?"

Von Lobo kommt ein leichtes Nicken, ehe er zu ihr geht und sie in seine Arme
nimmt, nachdem er die Tasse beiseite gestellt hat: „Ich liebe dich, mein Schatz.
Du bist eine so unglaublich starke Frau, weißt du das eigentlich?"

Mit einem leisen wohligen Seufzen schmiegt sie sich eng an ihn: „Hmmm, das
hast du schön gesagt und ich bin froh dass du auch meine schwachen Seiten
kennst und erträgst, dafür liebe ich dich wohl am meisten."

Zusammen gehen sie hinüber ins Schlafzimmer, wo Lobo sich auf das Bett legt
und zufrieden lächelnd die Augen schließt, etwas Ruhe, das tut so gut. Und ehe

Loona sich neben ihn setzen kann, ist er auch schon eingeschlafen!
Mit einem Lächeln beugt sie sich zu ihm hinunter, küsst ihn sanft auf die Stirn, ehe sie das Schlafzimmer nach einer Weile wieder verlässt.

Ziemlich unsanft wird Lobo von seinem Wecker aus dem Tiefschlaf gerissen, was schon lange nicht mehr passiert ist. Müde blinzelnd reibt er sich die Augen, entdeckt dabei auch das leere Bett nebenan und nur langsam steht er auf, streckt sich, um ins Wohnzimmer hinüber zu gehen. Dort findet er Loona tief und fest schlafend auf der kleinen Couch! Er kniet sich zu ihr, streicht behutsam eine freche Haarsträhne aus ihrem Gesicht und lächelt sie dabei sanft an, während sie nur ganz leicht den Kopf bewegt und sich wieder einkuschelt. Hinter sich kann er eine dunkle Stimme hören: „Sie ist unvergleichbar. Kein Wunder, dass du kein Interesse an Tamira hattest." Daniel ist aufgewacht und schaut ihn an, als Lobo sich zu ihm dreht: „Da hast du Recht." Etwas zerknirscht setzt er sich auf, schaut einen Moment zu Boden: „Lobo, ich weiß, du traust mir nicht. Dazu hast du wohl auch allen Grund. Aber ich muss dir etwas sagen, was du nicht mitbekommen hast. Ich habe bei deiner Anwesenheit das Wasser in der Karaffe ausgetauscht, damit du wieder klar werden konntest, weil ich gemerkt habe, dass Tamira dich damit nur quälen wird, irgendwie konnte ich das nicht mehr ertragen. Bei den Mahlzeiten konnte ich es leider nicht, das wäre aufgefallen. Aber so hast du zu der Zeit wenigstens nicht mehr ihre volle Dosis bekommen, was schon einiges ausmachte." Er reibt sich über die Augen, ist noch gar nicht richtig da: „Wenn ich geahnt hätte, dass sie mit uns das gleiche Spiel treibt, aber vermutlich war ich gar nicht dazu fähig es bei mir zu merken."
Nur leicht hebt Lobo die Hand: „Moment, was sagst du da? Du hast das Wasser ausgetauscht? Also hast du dich indirekt ja schon gegen Tamira aufgelehnt, ohne dass sie es merkte."
Zaghaft nickt der Tätowierte: „Ja, es war die einfachste Möglichkeit. Vermutlich, ja, aber ich habe trotz allem kaum darüber nachgedacht, es war eher aus einem Impuls heraus."
„Wieso war sie so vernarrt in mich? Sie wusste doch, dass ich eine Freundin und Partnerin habe", schüttelt Lobo leicht den Kopf.
„Es ging gar nicht um dich persönlich, du warst das Mittel zum Zweck. Sie wusste, durch deine Abwesenheit werden Loonas Kräfte geschwächt." Daniel sieht immer noch ziemlich müde aus, streicht sich erneut über das Gesicht und nur vorsichtig legt er sich wieder hin, verzieht dabei kurz das Gesicht.
Mit aufmerksamen Blick steht Lobo auf, nimmt die Salbe vom Tisch und geht zu ihm hinüber: „Dreh dich bitte mal auf die Seite."
Zuerst etwas fragend schauend, dann aber die Salbe in der Hand entdeckend, dreht Daniel das Gesicht und den Oberkörper Richtung Lehne: „Danke."
Behutsam schiebt er die Decke beiseite, mit der Daniel zugedeckt ist: „Du

brauchst dich nicht immer zu bedanken." Er reibt die Prellungen mit der Salbe ein, es ist zu sehen, dass sie schon gut heilen, so wie die anderen Verletzungen auch. „Aber eines würde mich noch interessieren. Du warst vorhin dabei und bist anschließend hier hin gekommen. Wieso? Du wusstest nicht, wie du hier empfangen werden würdest."

Daniel dreht sich wieder auf den Rücken, als Lobo ihn sachte an der Schulter berührt. „Ich weiß es nicht. Die Anderen haben mich ziemlich in die Mangel genommen, weil sie meinten ich sei daran Schuld, ich hätte Tamira nicht gut genug beschützt. Als sie weg waren habe ich mir ein Taxi genommen, bin zu ihrem Appartement, um meine Sachen zu holen. Aber ich konnte dort nicht aussteigen, es war wie eine Blockade. Der Taxifahrer hätte mich am liebsten ins nächste Krankenhaus gebracht, aber ich sagte ihm die Adresse hier, mit den Worten, dass hier eine Ärztin wohnt, die ich kenne. Als wir hier ankamen musste er mir helfen aus dem Wagen zu kommen, ich hatte das Gefühl mir wird jegliche Energie entzogen." Ihm ist anzumerken, dass er noch ziemlich ko ist, auch wenn er regelmäßig von Loonas Tee bekommt, aber etwas macht ihm da noch zu schaffen.

Nachdenklich schaut Lobo ihn an: „Du konntest nicht aussteigen? Vermutlich hat sich da eine Seite von dir schon entschieden. Denn Tamira übte keine Macht mehr auf dich aus, also wäre es kein Problem gewesen dort hinein zu gehen. Daniel, möchtest du der Schattenseite komplett entsagen?"

Dieser nickt leicht: „Ja, ich weiß nur nicht wie ich aus dieser komischen Abhängigkeit heraus komme, immerhin gibt es bestimmt noch Schattenwölfe, die versuchen würden mich zu manipulieren."

„Ich bin mir sicher, dass Loona dir da weiter helfen kann", lächelt Lobo und schaut zu der jungen Frau hinüber, die sich im Schlaf etwas bewegt.

Fahrig streicht er sich über die Haare, ehe Daniel antwortet: „Ich denke, ich habe einiges bei euch gut zu machen. Ich werde euch nicht enttäuschen." Und langsam nickt er ein, kann die Augen einfach gerade nicht mehr auf halten.

„Schatz?" Loona ist dann doch gerade wach geworden, schaut sich um und streckt sich ausgiebig, „Wie geht es unserem Gast?"

Lobo schenkt ihr einen sanften Blick, sie sieht so herrlich zerknautscht aus, wenn sie wach wird: „Besser. Ich habe ihn gerade noch einmal eingerieben. Und, er hat sich entschuldigt. Er möchte sich von der Schattenseite lossagen."

Damit kniet er sich vor sie hin, küsst sie sanft auf die Lippen, ehe er ihr von dem Gespräch mit Daniel erzählt.

Schattendämonen

„Ich danke euch, dass ich noch so lange hier bleiben darf, bis ich eine neue Wohnung gefunden habe", mit den Worten reicht Daniel Lobo die Hand, als sie im Flur des großen Hauses stehen, mit einer Kiste und einem Koffer, dazu seinen Rucksack, mehr Habseligkeiten besitzt er nicht.

Lobo hat ihm gerade dabei geholfen die Sachen hinein zu schaffen und bringt einen Teil davon auch schon hoch ins Gästezimmer, ehe er wieder hinunter kommt und sieht wie der junge Mann unten auf den Treppenstufen sitzt und ziemlich müde ausschaut. Es ist ihm anzusehen, dass der Besuch einiges an Überwindung und Kraft gekostet hat, auch wenn niemand dort anzutreffen war, aber einige hatten sich wohl ihren Anteil schon geholt, denn das Appartement ist recht ausgeräumt gewesen, von den Zimmern der Männer ganz zu schweigen. „Alles in Ordnung?" fragend schaut er ihn an.

Daniel steht nur langsam auf, kommt kaum auf die Beine und wohl gerade auch nur mit Lobos Hilfe die Treppe hoch: „Ich weiß nicht, ich fühle mich total kraftlos, schwer, und ich friere."

Dieser nimmt noch den Rucksack, legt ihm einen Arm um die Schultern und stützt ihn ab, während sie die Treppenstufen erklimmen: „Leg dich hin, ich sage Loona Bescheid." Damit bringt er ihn bis zum Bett, stellt den Rucksack daneben ab und geht dann hinunter in die Wohnung: „Loona?"

Zuerst kann er ihre Stimme und dann den Rest von ihr aus dem Bad hören und heraus kommen sehen: „Ja? Na, seid ihr wieder zurück."

Ein Nicken nur: „Es war nicht einfach für ihn. Kannst du nochmal nach Daniel sehen? Er ist völlig fertig und friert wie ein Schneider." Sanft streift er über ihre offenen Haare.

„Das habe ich befürchtet. Nun, ihm fehlt eindeutig Tamiras Teemischung. Ich weiß, dass es da eine Ablösezeremonie gibt. Aber ich möchte sie theoretisch erst machen wenn er kräftiger ist. Anscheinend ist es Zeit sie vorzuziehen."

Ihre Finger spielen leicht mit seinem Zopf: „Ich werde alles vorbereiten und zu ihm gehen. Es kann einige Zeit dauern, bis ich wieder hinunter komme." Damit holt sie eine Salbe aus dem Bad, nimmt ihre Blechdose und verschwindet in der Küche, um eine Kanne Tee aufzusetzen.

„Oha, der ist aber kräftig", schnuppert Lobo, „willst du ihn damit umhauen?"

Die kleine Wölfin lacht leise auf: „Nein, aber er wird ihn sicherlich ruhig stellen, und er wird ihm definitiv helfen." Damit legt sie alles auf ein Tablett, die Kanne und eine Tasse dazu und verlässt damit nach einem sanften schnellen Kuss für Lobo die Wohnung, um die Treppe hoch zu steigen.

Daniel hat die Tür nur angelehnt, wieso sollte er auch abschließen wenn er noch jemanden erwartet und liegt mit geschlossenen Augen auf dem Bett. Erst als sie näher kommt blinzelt er: „Hallo..."

„Hallo. Lobo erzählte mir, dass es dir nicht so gut geht und ich möchte gerne etwas mit dir machen. Ich hatte vor noch damit zu warten, aber anscheinend ist das keine gute Idee. Es nennt sich Ablösezeremonie, und wird dich von dem Einfluss von Tamira komplett trennen, so dass du wie wir Lichtwölfe auch die Kraft des Mondes als Quelle nutzen kannst, ohne negative Energie in dir zu haben. Egal was dabei auch passiert, vertrau mir bitte, ich bin die ganze Zeit hier bei dir, bis du wieder wach wirst. Oder Lobo wird sich zu dir setzten, du wirst niemals alleine sein." Damit stellt sie das Tablett vorsichtig auf dem Nachttisch ab und räuspert sich kurz verlegen: „Könntest du dich bitte bis auf die Shorts ausziehen, damit ich dir den Körper einreiben kann, falls es nötig ist."

Daniel schaut sie zuerst ernst an: „Ich vertraue dir, Loona. Vermutlich wäre ich sonst gar nicht hier, wenn ich nicht unbewusst wüsste, dass es so gut ist." Als sie etwas verlegen räuspert und schaut, wirkt sein Blick kurz fragend, ehe er nur still lächelt und sich dann aus seinen Sachen schält.

In der Zeit bereitet Loona den Tee vor, gießt ihn schon einmal in die Tasse und als er sich dann wieder auf das Bett setzt, fällt ihr Blick auf die bunten Tätowierungen auf seinem Oberkörper: „Was bedeuten die einzelnen Bilder?" Sie selbst trägt keine, hat Angst vor den Schmerzen der Nadeln, aber sie sieht sich gut gemacht Bilder gerne an, je nachdem wie die Unterlage darunter auch ist, der sie gerade die Tasse weiter reicht, eine ziemlich gut aussehende Unterlage, wenn sie ehrlich ist. Keine Sorge Lobo, die kleine Wölfin ist treu!

„Manche habe ich schon sehr lange, es war immer nach besonderen Augenblicken, die ich damit festhalten wollte. Aber sie sind alle aus der Zeit vor Tamira", er nimmt die Tasse an und trinkt einen großen Schluck, „sie gefallen dir, hm?"

Oh ja, es ist ihr doch etwas unangenehm, dass er es bemerkt hat: „Ja, sie machen einen Menschen einzigartig." Damit wartet sie ab, bis er die Tasse geleert hat und sie ihr wieder reicht, um sie auf dem Nachttisch abzustellen. Die Frage in seinem Kopf braucht er gar nicht stellen, bekommt die Antwort auch so schon von ihr: „Ich bin mir nicht sicher wie unangenehm es wird. Zuerst wirst du einschlafen, und deswegen auch nicht alles mitbekommen. Und wie ich schon sagte, es wird immer jemand bei dir sein", damit steht sie auf, sieht sich seinen Rücken noch einmal an, wobei sie kurz seine Schulter berührt und doch etwas zusammen zuckt, „Das sieht doch schon gut aus. Tut es noch weh?"

Daniel schüttelt leicht den Kopf: „Nein, nur die ersten Stunden waren wirklich schlimm. Hm, du hast nach der Bedeutung der Bilder gefragt... Der schwarze Wolf ist nach dem Tod meines Vaters entstanden und war meine erste Tätowierung, deswegen ist er auch noch relativ klein, fügt sich aber gut ein." Er atmet merklich durch, spürt die Wärme und ein Wohlgefühl in sich aufsteigen. „Darum herum habe ich mir eine Blumenwiese aus japanischen Blüten für meine Mutter machen lassen, sie liebte Jasmin." Nach und nach erklärt er ihr auch die anderen Motive, wobei Loona sehen kann wie seine Augen schon immer schwerer werden, bis er sich über die Augenlider streicht: „Ich werde gerade tierisch müde..." Er spürt ihre Hände auf den Oberarmen und lässt sich ins Bett dirigieren, bis er das weiche Kissen unter sich spürt.

Aufmerksam hört sie ihm weiter zu, während er erzählt, immerhin hat er einiges an Bildern auf der Haut, deckt ihn mit der leichten Decke zu: „Das sind sehr schöne Erinnerungen, wenn auch die Gründe nicht immer positiv waren, aber so hast du jeden bei dir. Magst du dich jetzt etwas ausruhen?" Eigentlich nur eine rhetorische Frage, denn dass er gleich schlafen würde ist nicht zu übersehen, aber sie mag diesen Kommandoton nicht. 'Hinlegen und schlafen!' Auf ihre Worte hin nickt er nur leicht, spürt wie die dünne Zudecke sich über ihn legt und bleibt mit halb offenen Augen träumend liegen, während die Welt um ihn herum verschwommen und weich zu sein scheint, dumpf und weit weg. Gleichzeitig sind da Bilder, die vor seinem inneren Auge auftauchen, die Tamira und die Anderen zeigen, und sein Leben bei ihr. Immer schneller bewegen sie sich und er kann bald nicht mehr folgen, bewegt immer wieder leicht zuckend die Augen, ehe sie ihm zufallen und er nur kurz etwas gequält aufstöhnt.

Er weiß, dass er ihr vertrauen kann, deswegen ist Lobo auch alleine zu Levior ins Krankenhaus gefahren. Mit gemischten Gefühlen geht er über den Flur, erreicht endlich das besagte Zimmer und betritt es nur leise, um ihn nicht zu wecken, denn der Dunkelhaarige liegt mit geschlossenen Augen im etwas auf gepolsterten Bett und sein gleichmäßiger Atem zeigt die Ruhe in ihm. Dennoch scheint er ihn gehört zu haben, denn leicht flatternd öffnen sich seine Augenlider und er lässt den Blick müde wandern, ehe ein leichtes Lächeln folgt. Lobo erwidert es fast schon erleichtert: „Guten Morgen." Und damit setzt er sich leise auf den am Bett stehenden Stuhl. „Na, muss ich mir Sorgen machen?" Er deutet mit dem Kinn gen Verband, der sich um Leviors Oberkörper schmiegt, die Verletzung hinten gut ab polstert.
Doch dieser schüttelt nur langsam den Kopf, hört sich ziemlich zerknautscht an: „Nein, das wird wieder. Solange ich ruhig bin, geht es einigermaßen."
„Na, dann bin ich ja beruhigt, dann lass dich hier mal von den hübschen Schwestern gesund pflegen", neckt Lobo ihn doch etwas und erzählt ihm dann erst einmal von dem Zusammentreffen mit Daniel.
Ab und an ist zu merken, dass Levior nicht ganz so schnell folgen kann, was wohl auch an den Schmerzmitteln liegt, die er momentan noch bekommt, aber meist hakt er dann noch und irgendwann schaut er doch etwas überlegend, ehe es über seine Lippen kommt: „Ich glaube ich weiß wen du meinst. Er hört sich nach dem an, dem ich meine beiden Ellenbogenstöße verpasst habe, unterhalb der Schulterblätter."
„Das könnte auch von der Intensität her passen, du hast ziemlich gut hingelangt." grinst Lobo, versucht von sich aus schon die Infos immer in kleine Häppchen aufzuteilen. „Loona macht gerade die Ablösezeremonie mit ihm, um ihn komplett von den Schatten zu befreien." Nur leicht dehnt er seinen Nacken, oh ja, das Zusammentreffen mit Tamira hat bei allen wohl ein paar Erinnerungen hinterlassen. „Vielleicht wächst unser Team dann noch. Auch wenn ich noch nicht ganz davon begeistert bin."
„Das Schicksal hat ihn zu euch beiden geführt, das ist ein gutes Zeichen." Le-

viors Blick schweift wieder zwischendurch ab, die Müdigkeit kriecht merklich in ihm hoch. „Ich kann mir vorstellen wie du dich fühlst, dennoch hat er dein Wasser ausgetauscht, und alle Konsequenzen damit auf sich genommen. Er wusste, wenn das raus kommt, ist er geliefert. Ich denke, deswegen alleine hat er eine zweite Chance verdient, wenn das Schicksal sie ihm bei der Zeremonie gibt." Er wird immer leiser und träumt schon fast leicht vor sich hin, während er Lobo anschaut.

„Du hast Recht", seine Hand legt sich auf die Schulter des Dunkelhaarigen und er schaut ihn sanft an, „ruh dich etwas aus, hm? Ich schau mal wie es Loona und Daniel geht."

„Bleib ruhig hier, sie schafft das schon", murmelt Levior noch, während ihm die Augen schon wieder zufallen und er langsam einschläft.

„Ich weiß." Nur leise verlässt er das Zimmer, fährt heimwärts. Es ist nicht so, dass er ihr das nicht zutrauen würde. Aber irgendwie möchte er sie nicht so lange mit Daniel alleine lassen.

Nachdem sie ihn mit dem Tee ins Land der Träume geschickt hat, sitzt Loona nun bei Daniel auf der Bettkante und beobachtet ihn, immerhin ist es ihre erste Ablösezeremonie. Nur ab und an bewegt er den Kopf unruhig hin und her, murmelt etwas vor sich hin, so dass sie seinen Oberkörper nur leicht mit ihrer Hand berührt, die Augen schließt und bemerkt wie er wieder ruhiger wird. Sie weiß, als nächstes muss sie noch die Salbe auftragen. Und damit bedeckt sie auch bald darauf seine Arme, Beine, den Oberkörper, spürt dabei das unruhige Spiel seiner Muskulatur unter seiner Haut. Nein, er ist immer noch nicht zur Ruhe gekommen, doch das würde sich die nächsten Minuten durch die Wirkstoffe der Salbe ändern.

Daniel selbst spürt die innere Hitze immens und kann sich weder davon, noch von den Bildern in seinem Kopf befreien. Auch das Öffnen der Lider ist ihm versagt, sie scheinen wie verklebt. Dennoch nimmt er die Berührungen an seinem Oberkörper, Armen, Beinen wahr, riecht den Eukalyptus, die Rose, den Jasmin und alles in allem eine exotische Mischung. Nur langsam beruhigen sich seine Gedanken davon wieder, verblassen die Bilder und verschwinden bald darauf! Er fühlt sich unheimlich gut!

Loona selbst sieht sein Lächeln, doch weiß sie, dass es noch nicht überstanden ist. Daniel fehlt noch die dritte Stufe, die sich gerade entwickelt. Sie verlässt eilig das Zimmer, holt eine Schüssel mit Wasser und ein Tuch aus der Wohnung im Erdgeschoss. Sie hat gelesen, dass sich in der dritten Stufe das wahre Gesicht des Wolfes zeigen würde und ob er es würdig wäre, der Seite des Lichtes beizutreten. Sollte er die Schattenseite auf Grund seiner inneren Einstellung oder seiner negativen Gedanken nicht verlassen können, würden die alten Geister ihn vernichten! So ist es in dem alten Buch geschrieben. Und als sie nun das Gästezimmer wieder betritt, da hört sie schon das leise Wimmer, es hat eindeutig begonnen!

Nass geschwitzt liegt Daniel im Bett und atmet viel zu schnell! Leises Wimmern ist von ihm zu hören, während sein Kopf sich unruhig hin und her bewegt.

Loona setzt sich zu ihm auf die Bettkante, darüber bewusst, dass sie jetzt nicht mehr mit ihren Heilkräften eingreifen darf, egal was auch passieren würde. Immer wieder taucht sie das Tuch ins kühle Nass, wringt es aus und wischt ihm behutsam über das Gesicht.

Daniel wird merklich ruhiger, seine Augen öffnen sich nur langsam und sie kann ihn heiser hören, auch wenn seine Stimme fast erstickt: „Bitte...hilf mir."

Mit traurigem Blick schaut sie ihm in die bernsteinfarbenen Augen, kann seine Schmerzen fast schon selbst spüren: „So gern ich es würde, ich darf es nicht. Sei bitte stark."

Der kräftige Körper bäumt sich massiv auf, die Flamen reißen an ihm und er kann kaum noch richtig atmen. Immer wieder spürt er das kühle Tuch auf seiner Stirn, und doch gibt es ansonsten keine Veränderung, es fühlt sich an wie eine Ewigkeit!

Sie bleibt die ganze Zeit bei ihm, hört wie Lobo heim kommt und nur leise ruft sie ihn.

Dieser steigt die Treppe hinauf, als er ihre Stimme vernimmt, betritt leise das Gästezimmer und bleibt schweigend neben Loona stehen. Der junge Mann dort in dem großen Bett scheint einen schweren Kampf bestehen zu müssen.

Fast schon verzweifelt schaut sie ihren Liebsten an, hadert wohl in dem Moment wie so oft mit ihrer Aufgaben: „Er ist auf der dritten Stufe. Es dauert schon eine Weile an."

„Und was heißt das?" Damit sieht er sich den jungen Mann dort in dem Bett an, der sich immer und immer wieder zusammen krampft und damit wohl deutlich zeigt, welcher Kampf in ihm tobt!

„Nun, er kämpft mit den Schattendämonen. Und wenn er den Willen hat zu uns zu gehören, so wird er siegen..." damit legt sie das Tuch wieder in die Schüssel zurück und steht langsam auf, „...Ich bin gleich zurück, kannst du solange bitte bei ihm bleiben?" Loona kennt die Antwort schon und verlässt leise den Raum.

Nur leise setzt sich Lobo zu ihm, kennt so eine Situation nicht, hat sie noch nie in seinem Leben gesehen. Sein Blick huscht über den gut gebauten Körper, sieht den viel zu schnellen Atem. Er nimmt erneut das Tuch aus der Schüssel, wringt es leicht aus und legt es ihm wieder auf die Stirn. Nur leicht kann er sehen wie sich die Augen öffnen, ein kurzes Lächeln, ehe der Kopf des Dunkelhaarigen beiseite sinkt! Lobo selbst sieht ihn mit zusammen gekniffenen Augen an: „Daniel?" Seine Fingerspitzen tasten am Hals entlang, doch suchen sie vergeblich nach dem erwarteten Puls! „Loona!"

Diese kommt die Treppen hoch gerannt und um die Ecke: „Was ist passiert?" Denn anhand seiner Stimme hat sie gemerkt, dass es nichts gutes heißen kann, wenn er sie ruft. Sie beugt sich über Daniel, der mit halb offenen Augen regungslos im Bett liegt, tastet am Handgelenk und am Hals nach seinem Puls, nichts!

Lobo steht auf und geht unruhig umher: „Er hat mich gerade kurz angelächelt und dann ist er weggetreten." Er weiß gerade nicht, wie er ihr da helfen könnte, denn selbst Loona darf ja ihre Kräfte nicht einmal nutzen.

Der kleinen Wölfin laufen stille Tränen über das Gesicht: „Komm zurück, Daniel, du hast es doch fast geschafft." Sie hätte es ihm von ganzem Herzen gegönnt hier ein neues Leben anfangen zu können.

Dieser erkennt ziemlich verschleiert ihr Gesicht, hört ihre Stimme und dass sie weint. Er möchte etwas sagen, aber seine Lippen sind zu keiner Bewegung fähig, wie auch der Rest seines Körpers. Die Flammen in ihm sind dafür vollkommen erstickt und er fühlt sich geradezu leicht und geborgen, was ist passiert? Wieso weint Loona, er ist doch hier!

Ihre zarte Hand fährt behutsam über seine Augenlider, um sie zu schließen: „Er war nicht stark genug, auf der letzten Stufe."

„Und du kannst ihm nicht irgendwie helfen?" Fragend und fast schon eindringlich bittend schaut Lobo sie an.

Doch es kommt nur ein Kopfschütteln als Antwort, ehe sie leise hinzu fügt: „Ich darf es nicht, es ist mir laut des Buches untersagt in die Ablösung einzugreifen. Ich werde ihn erst säubern und dann schauen wie ich weiter machen muss, damit er einen würdigen Abschied bekommt. Und damit fängt sie an mit dem Tuch die Salbenreste abzuwaschen.

Daniel selbst versteht nicht, was hier vor sich geht. Hat er nun die Lichtseite erreicht? Oder ist er noch auf der Schattenseite? Was ist mit ihm los? Und wieso weit Loona? Das kann nichts gutes heißen. Er spürt, wie sie das Tuch über seinen Körper gleiten lässt. Sollte er tatsächlich...? Nein, das kann nicht sein! So einfach möchte er sich dann doch nicht geschlagen geben! Das hat er nicht verdient, auch wenn er lange bei Tamira gelebt hat! Und langsam wird es um ihn herum still und dunkel, als die kleine Wölfin ihm die Augen schließt! Gleichzeitig macht es ihm Angst, er muss hier raus! Nur leicht erzittert sein Körper und er weiß nicht genau, was hier eigentlich passiert!

Besagte kleine Wölfin fährt mit dem Tuch über seinen Oberkörper: „Es ist ungerecht, denn ich denke, er hätte sich hier wohl gefühlt. Wieso?" Einer der Momente, wo sie mit ihrem Heilerdasein rein gar nicht konform geht. Nur leicht berührt sie die Tätowierungen, spürt in sich den Drang danach ihre Energie einzusetzen! Aber sie darf es nicht! Und doch, da hält sie plötzlich inne, schaut ihn irritiert an: „Daniel?" Ihre Handfläche legt sich auf seinen Oberkörper und da kann sie es tatsächlich spüren... seinen Herzschlag! Hektisch tasten ihre Fingerspitzen an seinen Hals entlang, finden einen Puls! Was ist hier passiert?

„Daniel?" Sie umfasst seinen Kopf, schaut ihn beinahe eindringlich an, während Lobo die Situation einfach nur beobachtet, innerlich bis aufs Zerbersten angespannt ist.

Nur langsam öffnen sich seine Augen wieder, blinzelt er und kann Loonas Gesicht klarer sehen, nicht wie ein paar Momente zuvor vollkommen verschwommen erahnen. Er kann erkennen, dass sie sich über ihn beugt, in ihren Augen immer noch Tränen schimmern. Und doch ist da ein Strahlen, hört er wie aus weiter Ferne ihre Worte: „Du hast es geschafft!" Er versucht sich aufzusetzen, aber sein Körper möchte ihm noch nicht gehorchen, doch erkennt er Lobos erstaunten Blick, der ihm hilft, so dass er bald auf dem dicken Kissen in seinem Rücken ruht: „Was war los?" Seine Stimme klingt noch viel zu rau, fremd, ihm fehlt einiges an Erinnerungen, das ist zu erkennen.

Lobo legt ihm fast schon freundschaftlich die Hand auf die Schulter: „Na dann, herzlich willkommen bei den Wölfen des Lichts. Und jage uns bitte nicht noch einmal so einen Schrecken ein, okay?"

Loona schaut sich die beiden Männer mit sanftem Lächeln an, ehe ihr Blick direkt zu Daniel geht: „Für einige Minuten hatte ich keinerlei Lebenszeichen mehr von dir. Ich bin froh, dass du zurück gekommen bist. Und vertragt euch schön, ja?" Damit zwinkert sie ihnen zu.

Von Lobo kommt ein Nicken: „Ich denke jeder hat eine zweite Chance verdient." Und er rechnet ihm die Sache mit dem ausgetauschten Wasser doch recht hoch an. So reicht er Daniel seine Kleidung wieder an: „Hier, nicht dass sich mein Schatz noch in deine bunten Bilder verliebt, da kann ich ja echt neidisch werden." Doch dem schelmischen Blick ist anzusehen, dass er es nicht böse meint.

Die kleine Wölfin errötet heftig und steht auf, grinst vor sich hin: „Ehe hier noch mehr Unsinn verzapft wird, in jeglicher Form auch immer, fahre ich zu Levior." Und damit verlässt sie auch schon das Gästezimmer und ist innerlich mehr als dankbar, dass Daniel bei ihnen bleiben darf. Ein Wolf mehr, der die richtige Seite gewählt hat. Denn Tamira ist sicherlich nicht die einzige Schattenwölfin, die ihnen Probleme machen konnte. In der Wohnung nimmt sie sich ihren Rucksack und die Lederjacke und trifft im Flur doch noch mit Lobo und Daniel zusammen, die die Treppe hinunter kommen.

Lobos Blick geht zu ihr, fragend und fast besorgt schaut er sie an: „Alles in Ordnung, Schatz?" Er kennt sie mittlerweile zu gut, spürt einfach dass etwas nicht stimmt, auch wenn sie bis jetzt nichts dergleichen gesagt hat.

Die junge Frau nickt nur zögerlich: „Äh ja. Ich denke schon. Ich wusste nur nicht, wie grausam die Zeremonie sein kann. Es war hart es mitanzusehen. Es scheint einfacher zu sein auf die Schattenseite zu gelangen, als den Weg wieder zurück zu finden." Sie schmiegt ihren Kopf an Lobos Schulter, der bei ihren Worten zu ihr hinüber gekommen ist und sie in seinen Arm genommen hat, während Daniel sich leise Richtung Kerzensaal entfernt, der Moment gehört eindeutig nur ihnen beiden.

„Da hast du wohl Recht", raunt Lobo ihr zu, während sein Arm sie fest hält, ihr die Möglichkeit gibt sich an ihn zu schmiegen und erst nach ein paar Minuten hebt er ihren Kopf zärtlich mit den Fingerspitzen an, haucht ihr einen liebevollen und sanften Kuss auf die Lippen. Welche Wunden können damit nicht geheilt werden?

Heim kommen

Der schwarze Sportwagen hält vor dem großen alten Haus, und nach und nach steigen die drei Personen aus, mehr oder weniger schnell. Loona geht zur Haustür vor, um sie aufzuschließen, während Lobo Levior etwas beim aussteigen hilft.

Dieser schaut zum Gebäude und lächelt: „Endlich wieder zuhause." Die letzten Woche hat er in der Klinik verbracht, trägt noch einen Stützverband am Oberkörper. Doch da sein Kreislauf nach der Entfernung der Kugel stabil ist, hat Jonas den Rest in die Hände der jungen Heilerin gelegt und ihn heim geschickt. Nur langsam steigt er die Stufen hoch. Im Flur bleibt er stehen und lauscht, sieht Loona an: „Ist das Daniel?" Denn aus der oberen Etage kann er leise Töne vernehmen. Auch die Treppen geht er eher langsam, es strengt an, das ist zu sehen und es zieht immer noch unter dem Verband. An der Tür der Gästewohnung bleibt der Dunkelhaarige stehen und lächelt: „Er spielt Querflöte." Und nur leise klopft er an.

Daniel sitzt im Schneidersitz auf dem Bett, bekleidet mit einer ausgewaschenen Jeans und einem weißen Shirt. Als er das leise Klopfen durch die Töne vernimmt, ist er sich zuerst nicht sicher, ob es keine Täuschung ist, doch antwortet er dennoch leise mit tiefer Stimme: „Ja?"

Kurz darauf öffnet Levior auch die Tür und betritt das Zimmer mit ruhigen Schritten. Sein Blick fällt auf den Dunkelhaarigen und er lächelt ihn freundlich an: „Hallo Daniel. Ich habe dein Flötenspiel gehört und mir gedacht ich sehe kurz nach dir." Wie so oft strahlt Levior etwas fürsorgliches, fast schon väterliches aus, auch wenn er noch gar nicht so alt ist. „Darf ich?" Damit deutet er auf die Bettkante.

Daniel selbst nickt nur leicht, lässt die Querflöte in den Schoß und den Blick fast schon demütig zu Boden sinken. „Mir geht es gut." Er kann sehen, wie sich Levior bedächtig hinsetzt, weiß noch zu genau wie flink er sich bei dem Zusammentreffen mit Tamira bewegt und was dabei vorgefallen ist. „Es tut mir leid... das hätte nicht so weit kommen müssen... Ich habe keine Ahnung, wieso er geschossen hat."

„Mach dir bitte darüber keine Sorgen"; spricht Levior ihn mit milder Stimme an, „denn du bist nicht dafür verantwortlich. Du hast hier deine zweite Chance bekommen, alles andere ist nicht mehr wichtig. Ich werde schon wieder gesund." Er legt ihm eine Hand wieder auf die Schulter, spürt den kräftigen Körper leicht zittern.

Bernsteinfarbene Augen sehen ihn unsicher an: „Es sind noch so viele Bilder in meinem Kopf, die mir die Ruhe rauben, auf die ich keinen Wert mehr lege, da sie vergangen sind. Wird es aufhören? Werde ich sie jemals vergessen?" Nur leise fragt er nach.

Und genauso leise hat auch Loona den Raum betreten, bleibt neben dem Bett stehen und sieht zu ihm hinüber, freundlich, besorgt. „Ohne Hilfe wirst du sie nicht vergessen können. Aber wenn du möchtest, dann kann ich dich davon befreien. Ich kann heute Abend zu dir kommen und wenn du morgen wach wirst, dann ist die Zeit mit Tamira wie hinter einer dichten Nebelwand, die dich nicht belastet. Dann hast du die nötige Ruhe für neue positive Erfahrungen auf unserer Seite."

Ein zaghaftes Nicken ist zu sehen: „Wenn du das so machen kannst, gerne. Aber wieso abends?" So ganz kann er die Gepflogenheiten deswegen wohl noch nicht nachvollziehen, auch wenn die Erklärung die er dann von Loona hört logisch ist.

Mit aufmunterndem Lächeln antwortet sie: „Weil dein Unterbewusstsein es im Schlaf verarbeitet." Und sein erneutes Nicken zeigt, dass er es machen möchte. „Ich bin dann um elf Uhr bei dir." Und damit geht sie zur Tür.

Auch Levior steht langsam wieder auf, merkt das Ziehen in seinem Rücken, davon dürfte er noch eine Weile was von haben. „Bis später, Daniel." Und damit folgt er Loona hinaus. Draußen hört er nach kurzer Zeit wieder die leisen Töne der Querflöte, ein melodisches und fast schon trauriges Spiel, während sie beide die Treppe hinunter gehen. Sein Weg führt ihn weiter in den Kerzensaal, wo die Vorhänge beiseite geschoben sind und die Sonne den Raum förmlich durchflutet.

„Noch zwei Nächte, dann ist wieder Wolfsmond. Und endlich brauchen wir uns keine Sorgen mehr machen", die junge Frau tritt an den Tisch, auf dem sie das große Buch abgelegt hat, was sie behutsam öffnet, eine bestimmte Seite sucht und aufschlägt und dann schweigend liest. Es dauert einige Minuten, in denen Levior aus dem Fenster sieht, einfach abwartet, die Ruhe genießt und schließlich hinter sich wieder ihre leisen Bewegungen hört, als sie zu einem Regal geht und eine Blechdose hervor holt: „Das in einer Schale an seinem Bett verbrennen und noch bei Bedarf etwas von meiner Energie dazu, das sollte reichen."

„Dann sehen wir uns heute Abend. Ich werde mich erst einmal etwas hinlegen", damit wendet er sich vom Fenster um, sieht tatsächlich gerade ziemlich müde aus und möchte zur Tür gehen, aber Loona hält in sanft zurück. Ihre Hand schiebt sich hinten in seinen Rücken, wo sie den Verband spürt, bleibt dort liegen und sie schließt die Augen.

Levior merkt die Wärme, die ihn durchflutet und die Schmerzen merklich lindert, sieht entspannt zu Boden: „Das tut gut."

Die kleine Wölfin schaut in seine grünen Augen und lächelt: „Ich möchte ja, dass du schnell wieder auf die Beine kommst. Damit du wieder in deiner Diskothek auftauchen kannst."
„Ah, daher weht der Wind und ich dachte du möchtest mir einfach nur die Schmerzen nehmen, dabei magst du mich nur schnell wieder an die Arbeit bekommen, tz." Er schaut sie gespielt entrüstet an.
„Oh, wenn ich hexen könnte, wäre alles schon erledigt, aber das krieg ich nicht hin." Langsam lässt sie die Hand wieder sinken, würde ihm die Verletzung am liebsten wirklich einfach so weg schnippen. Für sie ist es schwer zu ertragen wenn jemand verletzt ist, der ihr am Herzen liegt. „Und nun, ab ins Bett mit dir, damit du fit bist, falls ich dich heute Abend doch noch als Unterstützung brauchen sollte."
Und damit trennen sich ihre Wege vorerst. Levior verschwindet in seine und Loona in ihre Wohnung, wo der Tag soweit seinen Lauf nimmt.

Den Tag über hat Loona dann noch das große Buch durchforstet, Informationen daraus gesammelt, die sie aus Lupus doch weitreichender Recherchen nun nutzen kann. Nicht immer reicht das, was er ihr als Wissen übertragen hat, doch hilft es ihr dann im Normalfalle den Informationen auf die Spur zu kommen und sie an anderer Stelle zu finden.
Lobo ist auf Leviors Wunsch mit ihm in die Diskothek gefahren, um kurz nach dem Rechten zu sehen, immerhin war er eine ganze Weile fort. Und doch erwartet ihn eine ruhige und entspannte Atmosphäre, für den Moment nur wenige menschliche Besucher, die sich allerdings sichtlich wohl fühlen, und den Hintergrund dieser Örtlichkeit nicht kennen.
Von der Glasfront aus beobachtet der Chef des Hauses die Menge, bekommt immer mal zwischendurch einige Berichte seiner Mitarbeiter, über den Verlauf während seiner Abwesenheit. Es sieht gut aus, es gab keine großen Probleme und ansonsten hat der Sicherheitsdienst es erfolgreich wieder in die richtigen Bahnen gelenkt. Alles in allem kann er hoch zufrieden sein und das sagt er seinem gesamten Team dann auch, wenn er sie nach und nach in sein Büro holt, damit es nicht so auffällt, dass sie verschwinden. Und es dauert wohl gut drei Stunden, bis er damit fertig ist und dann auch mit Lobo wieder den Heimweg antritt, das reicht eindeutig für heute. „Ich bin froh, dass es alles so gut läuft. Das Publikum hat sich daran gewöhnt, dass hier mit einigen Tagen Ausnahme rund um die Uhr geöffnet ist. Das wechselnde Personal verhindert, dass es zu auffallend wird, wenn jemand Tag und Nach hier anwesend ist. Aber ich denke jetzt wird es Zeit heim zu fahren, wir haben fast neun Uhr. Und ich gebe zu, es hat ziemlich geschlaucht."
Zehn Minuten später erreichen sie das alte Haus, wo Loona schon das verspätete Abendessen vorbereitet hat, immerhin haben die Beiden ihr noch Bescheid gesagt, dass es später wird. Als sie heim kommen ist der Tisch gedeckt und so-

weit alles fertig, so dass sie gemeinsam über den Tag reden können, während sie essen. Ihr Blick zeigt deutlich, dass sie merkt, dass Levior da ziemlich geschafft ist, aber das sieht man ihm auch problemlos an. Und so ist es wohl kein Wunder, dass er sich nach dem Essen noch etwas hinlegt.

Um kurz vor elf nimmt Loona dann die vorbereitete Kräuterschale und die Streichhölzer, um Levior im Obergeschoss zu treffen, auch wenn er gerade total verschlafen ausschaut. Nur leise klopft er an die Tür des Gästezimmers und bald darauf sind Schritte zu hören, ehe geöffnet wird.

Mit einem doch leicht nervösen und dennoch freundlichen Lächeln öffnet Daniel ihnen und geht etwas zur Seite, so dass sie hinein kommen können: „Halo. Und danke." Er trägt eine bequeme Schlafshorts und ein Shirt drüber, einerseits wohl auch um Loona durch seine bunte Bemalung nicht wieder in Verlegenheit zu bringen und weil er weiß, dass er die Nacht wohl kaum noch aus dem Bett kommt, also schon mal das Schlafzeug anziehen.

Die kleine Wölfin lächelt ihn ebenfalls an, dann weist ihre Hand leicht Richtung Bett: „Morgen früh kannst du dich bei mir bedanken, aber jetzt gibt es erst einmal Arbeit für mich." Es hört sich nicht vorwurfsvoll oder negativ an, eher sachlich. Und sie lächelt ihn noch einmal aufmunternd an, während sich der junge Mann bequem auf den Rücken legt und sie dabei schon die Schale aufstellt, um auch die Kräuter dabei zu entzünden. Sein fragender Blick lässt sie wieder etwas lächeln: „Keine Angst, es wird nicht so schlimm wie beim letzten Mal. Soweit ich gelesen wirst du einfach nur einschlafen, nicht unangenehmes dabei spüren." Und dabei wedelt sie schon den Rauch direkt in seine Richtung, so dass die Kopfseite des Bettes mehr und mehr verraucht.

Schwer und harzig erreicht ihn der Duft der Brennschale und Daniel kann die Wirkung bald in jeder Faser seines Körpers spüren, ebenso schwer und wohlig zugleich. „Schleichst du dich gleich in meinen Kopf?" kommt es unsicher und er atmet durch, lässt sich weiter von dem Duft umströmen.

Von Loona bekommt er ein Kopfschütteln als Antwort: „Nein, das wäre auch gegen die natürlichen Regeln. Hat Tamira das jemals gemacht?" Sie weiß, dass er gerade nicht lügen kann, dazu ist er schon zu sehr unter der Einwirkung des Krautes, aber sie hat auch nicht vor ihn böswillig auszufragen.

Levior hat sich neben das Bett gestellt und sieht schweigend zu. Er weiß, dass sie das Richtige machen wird. Langsam spürt er bei ihr einen Anstieg und dafür bei Daniel ein Sinken der Körperenergien. Dieser liegt mittlerweile sehr entspannt da, die Arme locker neben dem muskulösen Oberkörper und sein Blick sieht schon eine Spur zu abwesend aus, als dass er sie hier noch lange wahrnehmen würde.

„Wie fühlst du dich?" fragt die kleine Wölfin leise nach, schaut ihn aufmerksam dabei an. Ihr Blick sucht seinen, der nur langsam zu ihr wandert, die immer wieder vor ihm verschwimmt, während sein Körper scheinbar gerade auch immer mehr verschwindet, weil er ihn nicht mehr spürt, aber selbst das macht ihm nichts aus, es fühlt sich alles gut an. „Dassss Seuch is ech-ser Hammer!" bringt er mit schwerer Zunge hervor, hört sich gerade an als ob er sturzbetrunken wäre! „Tamira... immer... es tat weh... wenn sie es machte..." kommt es kurz noch recht gut über seine Lippen. Und kaum sind die Worte ausgesprochen, verschwinden sie auch schon wieder aus seinem Kopf, die Konzentration sinkt schlagartig auf Null! Er sieht noch was passiert, aber er kann es sich nicht mehr merken, es schwebt einfach nur alles an seinen Augen vorbei. Leise und tief klingt es bald von ihm: „...mü-e..." Und langsam fallen ihm die Augen zu!

Loona ist froh, dass sie vorher entsprechend ein Gegenmittel zu sich genommen hat, denn die Kräutermischung wirkt erstaunlich stark und vermutlich wäre sie sonst hier selbst auch gerade aus den Latschen gekippt wie die Fliege von der Wand. Ihr Blick geht zu Levior, der auch leicht zu schwanken beginnt. „Danke Levior, ich denke das war es im großen und ganzen. Vielleicht solltest du etwas an die Luft gehen, hm? Nicht dass du gleich hier nebenan liegst." Und ein Lächeln legt sich auf ihre Lippen, denn er schaut schon ziemlich müde aus. Und in dem Moment fällt ihr wohl auch auf, dass sie vergessen hatte ihm da etwas vorher zu geben. Zu spät, sich da jetzt groß Gedanken drüber zu machen, bringt auch nichts.

Levior selbst hat es zuerst gar nicht gemerkt, wie die Wirkung ihn erreicht, erst als sein Körper schon langsam schwammig wird, ihre Worte nur leise zu ihm durch kommen, nickt er leicht: „Besser is...das. Wieso haut dich das nicht um?" Tja, da hat sie wohl vergessen ihn etwas drauf vorzubereiten. Aber Loona kann auch nicht an alles denken. Doch leicht schwankend geht er zur Tür raus, holt draußen einige Male tief Luft und ja, da verziehen sich die Spinnweben in seinem Kopf ziemlich schnell wieder, anscheinend ist das dann nur von kurzer Dauer, nur solange der Rauch einwirkt.

Die nächsten Stunden bleibt Loona bei Daniel sitzen. Er schläft ruhig und fest weiter, keine Alpträume die ihn zucken lassen, nichts anderes was ihn aufwecken könnte, keine negative Erinnerung, die seine Ruhe stört. Er sieht zufrieden aus, wie er dort liegt, sich nicht rührt, aber anhand des sich hebenden und senkenden Brustkorbes sieht sie seine tiefe Atmung, macht sich deswegen auch keine Gedanken.

Levior ist in seine Wohnung gegangen, begleitet von Lobo, die beiden gönnen sich heute einen Männerabend, wenn man das so beschreiben möchte. Gleichzeitig sitzt nicht jeder für ich alleine herum und so haben sie es sich in seinem Wohnzimmer gemütlich gemacht, reden leise, manchmal müssen es keine lauten Worte sein.

„Sie hatte die Befürchtung, mich als Unterstützung zu brauchen, falls sie ihre Energien einsetzen muss, die Kräuter nicht ausreichen würden", sein Blick huscht kurz in die Richtung, wo Daniels Gästezimmer ist, „aber dieses Mal ist es eindeutig besser für Daniel gelaufen. Das letzte Mal muss unglaublich unangenehm gewesen sein, so wie er es mir erzählt hatte."

Lobo hört ihm schweigend zu, nickt auf die letzten Worte und es dauert, ehe nur ein einziges Wort über seine Lippen kommt: „Danke." Auf Leviors fragenden Blick fügt er noch hinzu: „Dafür dass du meine Kleine unterstützt."
Leicht winkt er ab, lächelt ihn an: „Dafür brauchst du dich nicht bei mir zu bedanken. Das ist doch eine meiner Aufgaben und die mache ich gerne. Lupus Arbeit durch Loona weiter leben zu lassen und sie dabei so gut es geht zu unterstützen."
Lobo selbst nickt nur leicht, ja, so ungefähr sieht er seine Aufgabe bei ihr auch, außerhalb ihrer Beziehung. „Und fällt es dir schwer?" hakt er leise nach.
Einfach kann er sich Leviors Aufgaben eh nicht vorstellen.
„Nein, nicht unbedingt, auch wenn ich mich manchmal etwas hilflos fühle, wenn ich ihr nicht helfen kann. Aber ich sehe auch die positiven Auswirkungen. Das reicht mir dann als Bestätigung", erklärt er Lobo seinen eigenen Standpunkt, und nur leicht geht seine Hand dabei etwas an die Seite, auch wenn er den Rücken damit nicht erreichen möchte.
„Brauchst du etwas Eis für deinen Rücken?" schaut Lobo ihn fragend an, denn er weiß, ganz fit ist der Andere noch nicht, aber Loona versucht so gut es geht die Heilung voran zu treiben.
„Danke, nein. Momentan ist es egal ob ich sitze oder liege, er meckert immer ein wenig. Die Kugel hatte da einiges an Muskeln erwischt und die brauchen Zeit. Aber Loona hat vorhin schon wieder etwas nachgeholfen. Ihre Gabe verblüfft mich immer wieder, auch wenn ich es ja von Lupus schon kenne."
„Also braucht es einfach ziemlich Geduld, bis es wieder weg ist? Ja, das stimmt, mich auch. Seitdem hat sich auch einiges verändert. Wobei ich glaube, dass es für sie auch nicht immer so einfach ist wie es aussieht", kommt es nachdenklich als Antwort.
„Das ist klar, so geht es wohl jedem, der eine sehr verantwortungsvolle Aufgabe ausübt. Denn sie muss sich immer über die Auswirkungen im Klaren sein. Das ist nicht immer einfach zu handhaben", und Levior schüttelt nur leicht mit dem Kopf.
Fragend schaut er zu Levior hinüber, ist es Neugierde, oder einfach nur Interesse? „Was ist da heute eigentlich oben passiert?" Immerhin sah er doch recht ko aus, als er dort raus kam, wobei Lobo auch nicht weiß, dass es da eine kleine Nebenwirkung des Krautes gab.
„Im Grunde hat sich nicht viel offensichtliches abgespielt", schaut er Lobo an, „Daniel ist durch den Rauch gut eingeschlafen, hörte sich bei seinen Worten total betrunken an, es muss ihn echt heftig aus den Schuhen gehauen haben. Naja, ich habe es nur aus etwas Entfernung mitbekommen und war auch schon ziemlich benebelt. Und Loona hat sich einfach nur zu ihm gesetzt und ihn beobachtet."
„Oha, okay, dann sollte ich mich nicht zu nahe an die Schale setzen? Gut zu wissen. Ich denke, ich werde mich jetzt ein wenig hinlegen und dann nachher

Loona ablösen", damit streckt sich Lobo etwas.

„Das ist ratsam, am besten auf den Stuhl an der Seite, am Fußende war es definitiv noch zu nahe für mich. Aber lass mal, ich kann nachher auch rüber gehen,
ich bin hier ja gleich nebenan. Bleib du dann lieber nachher bei Loona, wenn
sie raus kommt, dann braucht sie sicherlich auch einfach jemanden, der für sie
da ist, nach der ganzen Zeit." Auch wenn Levior keine Schwierigkeiten erwartet, aber wer schläft nicht gerne in den Armen einer lieben Person ein? Oh ja,
die Gedanken lassen es kurz innerlich etwas ziehen, aber er wischt sie so
schnell es geht wieder weg.

„Da hast du wohl Recht, ist in Ordnung. Dann bis später", und mit einem Lächeln verlässt er seine Wohnung. Ja, in Levior hat er mittlerweile einen guten
Freund gefunden. Die Zeit hier schweißt eindeutig zusammen.

Verwirrung

Eine ganze Weile sitzt Levior hier schon im Gästezimmer in dem Sessel,
den Lobo ihm noch hingestellt hat, da er auf jeden Fall bequemer als der Stuhl
ist, aber auch in entsprechender Entfernung zum Nachttisch, denn Lobo hat es
auch gemerkt, als er bei Loona vorbei schaute, das Kraut haut um! Levior selbst
hatte sich nach ihrem Gespräch hingelegt, aber nach drei Stunden war die
Nacht schon wieder für ihn vorbei, er kann nicht lange auf dem Rücken liegen
und die Seitenlage geht momentan noch gar nicht. Also ist er aufgestanden und
hat Loona abgelöst.

Daniel selbst hat die ganze Nacht bewegungslos auf dem Rücken gelegen und
so ist er ab und an zu ihm hin gegangen, um sich davon zu überzeugen dass er
auch lebt, denn in der Dunkelheit kann er seine Atemzüge nicht so gut erkennen, aber Licht möchte er auch nicht anschalten, um ihn nicht zu stören.

Mit einer fahrigen Bewegung streicht er sich über die Augen, schaut auf die
Uhr an seinem Handgelenk, fast halb sieben. Und leise kann er jemanden die
Treppe hoch kommen hören.

Kurz darauf betritt Lobo das Zimmer, denn die Tür ist momentan meist nur angelehnt. „Hey, ich dachte mir du könntest eine Pause gebrauchen. Du scheinst
momentan nicht gut zu schlafen." Er kann sich allerdings auch schon denken
woran das liegt.

Die Schale auf dem Nachttisch ist seit einigen Stunden ausgeglimmt und Levior
steht langsam auf, nickt leicht: „Ja, ist momentan nicht so einfach. Ich versuche
es momentan immer auf Etappen." Und damit geht er auch Richtung Tür, wo er
sich noch einmal umdreht: „Er hat die ganze Nacht sehr ruhig dagelegen, da bin
ich schon teils hin um zu schauen ob er noch lebt. Was macht Loona?"

„Das kann ich mir vorstellen, bin ich auch hin und wieder. Oh, sie hat die ganze
Nacht wie ein Stein im Bett gelegen, brauchte den Schlaf auch. Immerhin ist es

für sie hier noch etwas ganz anderes. Aber bald ist wieder Wolfsmond, der wird uns gut tun." Und mit einem Lächeln setzt er sich in den Sessel.

„Ja, es wird Zeit. Der letzte Monat hat uns wohl alle ziemlich gefordert und ich genieße dieses Energiebad in vollen Zügen. Es tut unglaublich gut", er hebt kurz grüßend die Hand, „bis später." Und dann verlässt er das Zimmer so leise wie Lobo es betreten hat der dort sitzt und Daniel einfach nur anschaut.

Und es ist wohl gegen acht Uhr morgens, als er aus seinen Gedanken gerissen wird, weil dieser unruhig den Kopf hin und her bewegt: „Nein...nicht..." Flink ist Lobo auf den Füßen und geht zu ihm hinüber, um seine Hand auf die Schulter des Anderen zu legen: „Ganz ruhig. Es ist alles in Ordnung, Daniel." Dieser wird wieder merklich ruhiger und dreht sich dann auf die Seite zu ihm hinüber, um dann weiter zu schlafen. Er bekommt nicht mit wie Lobo sich wieder setzt und die Gedanken auftauchen, ob es wohl funktioniert hat. Eine Weile dauert es noch, ehe er langsam wach wird, blinzelnd die Augen öffnet und sich den Schlaf daraus fort wischt. Ein Lächeln huscht über seine Lippen, als er Lobo entdeckt: „Hey, warst du die ganze Zeit hier?"

Dieser schüttet den Kopf sachte, lächelt hinüber: „Nein, wir haben uns alle abgewechselt, du warst nicht alleine hier. Wie geht es dir?" Hat es geklappt? Nicht dass er Loona anzweifelt, aber er ist da meist solange skeptisch, bis er das Ergebnis sieht.

„Ich fühl mich ziemlich gut. Das Kraut war sehr stark, oder? Ich habe kaum noch was mitbekommen, nachdem es angezündet wurde. Und mein Kopf fühlt sich gerade viel freier an, keine großen belastenden Gedanken mehr." Damit setzt er sich auf. „Wo ist Loona?"

„Oh, du warst ziemlich zugedröhnt, das stimmt allerdings. Hast dich angehört als hätten wir dir eine ganze Flasche Wodka eingeflößt, aber du scheinst dich echt wohl gefühlt zu haben. Nur mit dem Sprechen klappte es nicht mehr so gut, ehe du dann komplett weg warst", beschreibt er ihm kurz und knapp was wohl in der Zeit passiert ist. „Sie schläft noch. Ich würde vorschlagen du machst dich einfach mal fertig und kommst runter, ich bereite in der Zeit schon mal das Frühstück vor", damit steht Lobo auch schon aus dem Sessel auf und verlässt das Zimmer. Leise geht er die Treppe hinunter, denn er möchte Levior nicht mutwillig wecken und betritt kurz darauf die Wohnung, um in der Küche zuerst Kaffee aufzusetzen und dann drüben den Tisch zu decken. Als er aus dem Schlafzimmer ein Geräusch hört, geht er doch hinüber, schaut durch die leise geöffnete Tür, und kann eine noch ziemlich verschlafene aber aufgewachte kleine Wölfin sehen, die ihn mit einem leisen „Guten Morgen" müde anlächelt. „Na, ausgeschlafen?" Damit beugt er sich zu ihr hinunter und schenkt ihr einen behutsamen Kuss auf die noch Nacht warmen Lippen.

Seine Kleine zieht ihn verspielt zu sich und vorsichtig nur beißt sie ihm ins Ohrläppchen, nachdem sie den Kuss nach einer sinnlichen Weile wieder gelöst hat, was ihn sich doch leicht innerlich aufbäumen lässt, das weiß sie zu genau, spürt die Hitze in ihm aufwallen und sieht die Gänsehaut. „Na, gefällt dir das?" Zischend atmet er kurz ein: „Ja... aber wir haben gleich Frühstücksbesuch." Nur sanft küsst er ihren Nacken, versucht sich wieder zu beruhigen.

„Hmm, okay, das ist ein Grund..." ihre Hände legen sich auf seinen Rücken, öffnen den Zopf, so dass die Haare ihm schwer ins Gesicht fallen, „...aber kein Hindernis."

„Loona, bitte", er spürt ihre Nägel auf seiner Haut, „mach langsam." Doch der darauf folgende herausfordernde Blick von ihr sagt wohl alles, sie weiß doch dass er das Spiel mit dem Feuer liebt, auch wenn er jedes Mal davon besiegt wird.

„Wieso sollte ich? Ich weiß, ich bin gemein", und sanft streifen ihre Finger ein paar Haarsträhnen aus seinem Gesicht, schaut sie ihm dabei tief in die Augen.

„Hmm, du bist ein richtig kleines Biest"; atmet er durch und nur kurz darauf spürt er ihren Griff in die Haare, nicht schmerzhaft, aber ungewohnt, ihr Blick hingegen versprüht puren Übermut! „Wie hast du mich genannt?" hakt sie dann auch nach. „Biest..." kommt es mit schelmischem Lächeln von ihm zurück.

„Dann habe ich mich tatsächlich nicht verhört", damit zieht sie ihn erneut zu sich, zwickt ihn in die Seite seines Halses und sein darauf folgendes Aufstöhnen lässt sie innerlich selbst erbeben, sie liebt seine Lustlaute so ungemein.

„Soll ich aufhören?" Doch sein Kopfschütteln sagt danach wohl alles, auch wenn sie sein Zittern ebenso spürt. Er fängt an sich langsam zu verlieren. Nur leicht kratzt sie unter seinem Oberteil über seinen Solarplexus und schiebt danach auch schon seine Hose tiefer, so dass es nicht lange dauert, ehe sie beide in wollüstiger Ekstase versinken!

Und selbst nachdem er ihr einen wunderschönen morgendlichen Aufwach-Höhepunkt beschert hat, ist es bis zu seinem eigenen auch nicht mehr weit, der die Flammen dann endgültig über ihm zusammen schlagen lässt, so dass er sich komplett in ihr verliert, auch sie hinunter sinkt und sich einfach nur noch abtreiben lässt, in den sanften Hauch von Nichts, der ihn in dem Moment immer umhüllt. Wie sie ihn auffängt und sanft auf den Rücken dreht, bekommt er schon nicht mehr mit, bleibt ruhig liegen und es dauert einen Moment, ehe das Zucken seiner Hand kurz zeigt, dass er langsam wieder aufwacht. Er kann sie bei sich spüren, hat sie sich eng an ihn gekuschelt und legt seinen Arm um sie: „Ich liebe dich, mein Schatz." Ihr Blick sagt danach mehr als jedes Wort, so sanft und innig. Doch hält er bald darauf inne, sieht zur Tür: „Ich glaube unser Frühstücksgast kommt. Na los, meine Süße, raus aus den Federn!" Und damit verlässt er das Bett, zieht sich richtig an und geht ins Wohnzimmer. Dort trifft er auch schon auf Daniel, der nach dem Anklopfen etwas zögerlich herein gekommen ist. Zusammen gehen sie erst einmal in die Küche, Kaffee wird ausgeschenkt und sich an den Tisch gesetzt.

Es dauert nicht lange, bis auch Loona in die Küche kommt, die hellbraunen Locken fallen heute offen auf ihre Schultern und ein Lächeln begrüßt sie, als sie

Lobo anschaut und sich dann doch besser einfach nur neben ihn setzt, nicht wieder auf Nachtischgedanken kommen, sie haben immerhin Besuch. Deswegen schaut sie dann auch zu Daniel hinüber: „Guten Morgen. Na, hast du gut geschlafen?"

Dieser muss doch etwas schmunzeln, denn sie scheint morgens wohl erstens immer total verschlafen zu sein und eine kleine Schmusekatze, auch nicht schlecht. Doch nickt er auf ihre Worte nur: „Ja, danke. Ich bin auf jeden Fall sehr ausgeruht wach geworden. Ich habe schon gehört, dass ich ziemlich lustig war."

„Stimmt, das warst du, als die Wirkung am stärksten war und dann hat es dich ziemlich ins Land der Träume katapultiert", lächelt sie ihn an, „Aber keine Sorge, du hast nichts angestellt. Dafür konntest du dich einfach nicht mehr genug bewegen, um herum zu tanzen."

„Oh ja, das war echt ein kurzer aber sehr lustiger Moment. Hm, sag mal, kannst du dich noch an deinen Traum erinnern, kurz bevor du wach geworden bist?" hakt Lobo nach, denn das hat er vorhin nicht, aber es wäre interessant zu wissen, in welche Richtung der Inhalt ging.

Etwas irritiert schaut Daniel ihn an, runzelt die Stirn und muss doch kurz nachdenken. „Ja, da war etwas. Ich hatte von unserem letzten Zusammentreffen geträumt, als Tamira euch angriff. Aber es war komisch, es verflog alles wie weißer Rauch. Ich kann mich nur an ein letztes Bild erinnern, mehr nicht."

Loona hört ihm aufmerksam zu: „Das klingt doch schon gut. Und den Rest deiner Zeit davor? Weißt du da noch etwas von?" Doch dann hält sie inne, schaut von einem zum anderen: „Entschuldigt, wenn ich jetzt einfach so vom Thema abschweife. Aber habt ihr Levior heute schon gesehen?"

Lobo stellt seine Tasse ab, aus der er gerade einige Schlucke getrunken hat: „Nein, stimmt, die letzten Stunden nicht. Momentan schläft er nicht gut, weil er nicht lange liegen kann."

„Ich habe ihn nebenan auch noch nicht gehört", kommt es leise von Daniel, jetzt wo er darüber nachdenkt.

„Ich denke, ich schaue kurz nach ihm", damit steht die kleine Wölfin auch schon auf und verlässt die Wohnung, geht leise die Treppen hinauf, um dann an Leviors Türe zu klopfen, aber es gibt keine Antwort! Sie versucht ihre Gedanken zu fokussieren: *Levior?* Und leise erklingt seine Stimme in ihrem Kopf, was sie förmlich aufatmen lässt. *Komm bitte rein, ich bin im Schlafzimmer.* So drückt sie die Klinke herunter, betritt die Wohnung und ihre Schritte führen direkt in erwähnten Raum, wo sie ihn aufrecht auf dem Bett sitzen sieht, und dabei schaut er ziemlich fertig aus. Ja, in dem Moment fragt sie sich, ob es zu früh war ihn heim zu holen, vielleicht wäre er in der Klinik noch besser aufgehoben, immerhin können sie ihm bei Bedarf ein Schmerzmittel geben. „Du siehst ziemlich fertig aus, das macht mir Sorgen", kommt es leise über ihre Lippen und sie setzt sich zu ihm.

Ein tapferes Lächeln huscht leicht über seine Lippen: „Sorry, ich wollte dir nichts vor jammern, du hattest ziemlich viel mit Daniel zu tun. Ich kann nicht lange liegen, damit auch nicht unbedingt gut schlafen, das ist momentan ein ziemlicher Teufelskreis."

„Erstens jammerst du mir nichts vor, immerhin bin ich doch dafür da euch zu helfen, wenn ihr hier irgendwie was habt, oder? Das ist vollkommen in Ordnung. Und zweitens, lass mich mal schauen, ob ich dir wieder etwas weiter helfen kann. Auf einmal alles klappt ja leider nicht, so gerne ich es auch möchte."

Er nickt nur leicht: „Ich weiß, aber immerhin bin ich ja schon hier und nicht mehr in der Klinik. Schlimmstenfalls gibst du mir auch einfach eine Schale mit deinen Kräutern und schickst mich schlafen. Und ich bin ja schon froh darüber, dass du es auf Etappen schaffst, in der Klinik würde es noch länger dauern."

„Für mich ist das alles noch ziemlich ungewohnt, weil Lupus mir sein Wissen einfach nur übertragen aber nicht viel dazu erklärt hat. Manchmal ist es ein herum probieren was gerade passt, wie ich damit umgehen kann, bis jetzt glücklicherweise immer erfolgreich", Loona sieht bei den Worten aus dem Fenster und seufzt leise. Ja, manchmal fühlt sie sich doch etwas überfordert.

„Jeder wächst bekanntlich mit seinen Aufgaben und Lupus hätte es dir niemals übertragen, wenn er nicht gewusst hätte dass du es schaffst. Manchmal dauert es einfach etwas, sich damit zurecht zu finden. Er war anfangs auch nicht perfekt darin", seine Finger berühren nur kurz ihre Hand, ehe er spricht, um ihre Aufmerksamkeit wieder auf sich zu richten.

Ihr Blick richtet sich in seine grünen Augen und aufmerksam hört sie ihm zu, glaubt ihm das auch, wer ist schon von Anfang an perfekt? „Na komm, lass mich mal nach deinem Rücken schauen." Damit möchte sie wohl auch einfach etwas ablenken.

Levior zieht sich langsam das Shirt aus und sieht dabei ihren erstaunten Blick. Nein, sie hat ihn noch nicht so oft oben ohne gesehen, eigentlich heute das erste Mal richtig, wenn sie darüber nachdenkt. Im Krankenhaus das Zählt nicht, da hatte er ja meistens einen großen Verband um den Oberkörper. Aber jetzt kann sie es sehen, auf der massig muskulösen Brust prangt eine Tätowierung! Langsam beginnt sie diese bunten Bilder zu lieben. „Was ist das, ein Drache?"

Von dem jungen Mann kommt ein Nicken: „Ja, und schau mal, sein Blick folgt dir, wenn du dich bewegst." Und damit lächelt er sie an, hat schon von Lobo gehört, dass sie die Tätowierungen von Daniel auch schon bestaunt hat.

Langsam bewegt sie sich und ihr Blick bleibt dabei in die Augen des Drachen gerichtet, die ihr wirklich zu folgen scheinen! „Das ist ja echt der Hammer, so was habe ich noch nie gesehen. Sehr gut gemacht." Doch dann besinnt sie sich wieder, räuspert sich kurz: „So, dann mal weg mit dem Pflaster." Und damit setzt sie sich hinter ihm auf das Bett, und mit einer schnellen Bewegung entfernt sie das große weiße Pflaster, was er hinten immer noch trägt. Vorsichtig berührt sie die rosa Narbe: „Sie sieht sehr gut aus, nicht entzündet, gut verschlossen, ein Glück."

Levior lächelt: „Siehst du, auch da hat er gut auf mich aufgepasst, mein Schuppendrache. Na, dann bin ich ja beruhigt, ich kann da hinten auch selbst nicht schauen." Hier und da spürt er ihre vorsichtigen Berührungen, als sie die Verletzung abtastet, es zieht ein wenig, das dürfte sie merken, aber das ist wohl nach so kurzer Zeit noch normal.

Sanft legt sie ihre Handfläche auf das Mal und spürt Leviors warme Haut darunter, was ihr eine Gänsehaut verpasst! Meine Güte, was ist nur mit ihr los?

„Geht es?" fragt sie leise nach, nicht dass sie ihn hier gleich umhaut.

Er schließt die Augen, als die Wärme ihn angenehm durchflutet und nickt leicht: „Ja, das tut gut, es entspannt sich merklich." Tief atmet er einmal durch und nur langsam sinkt er zurück, merkt es selbst nicht einmal mehr, so dass sein Kopf sich in den Nacken neigt.

Ihre freie Hand stützt seinen Kopf schnell ab, als sie es merkt wie er locker lässt: „Levior?" Doch es kommt gerade keine Reaktion von ihm. Nur langsam lässt sie ihn hinunter auf das Bett gleiten, deckt ihn zu. Er sieht sehr entspannt aus, es ist alles in Ordnung, das kann sie an seinem ruhigen Puls fühlen. Gleichzeitig fühlt sie es in sich wieder, was sie nicht richtig einordnen kann. Es ist nicht richtig. Sie darf sich nicht zu ihm hingezogen fühlen. Das darf nicht sein! Er ist nur ihre Unterstützung, aber Lobo ist ihr Partner, ihr Seelenwolf! So bleibt sie bei ihm sitzen, wartet ab und es dauert gut zehn Minuten, ehe er sich wieder regt. „Levior...?" ihre Stimme klingt leise und rau, als sie ihn anspricht.

Er zuckt merklich zusammen, öffnet die Augen und schaut sich kurz unsicher um: „Huch, du scheinst momentan eine umwerfende Wirkung auf Männer auszuüben..." Damit setzt er sich langsam wieder auf, fühlt sich gleichzeitig aber auch erholter und nicht mehr so zerschlagen wie vorher.

Loona steht wieder auf, nickt nur zaghaft: „Ja, irgendwie schon, ich weiß auch nicht. Aber immerhin ist es nun viel blasser geworden."

„Hey, Kleine", auch Levior steht auf, kommt zu ihr und legt seine Hände an ihre Oberarme: „Mach dir bitte keine Gedanken, es ist alles in Ordnung."

Sie schaut ihn ziemlich verwirrt an, weiß nicht was er meint. „Wie meinst du das?"

„Naja, du scheinst mir gerade deine Gedanken geschickt zu haben, ich konnte es spüren, deine Unsicherheit und Verwirrung, über deine Gefühle", er sieht sie mit leicht schief gelegtem Kopf an.

Sie selbst schluckt hart, als sie ihm in die grünen Augen schaut, so ruhige Seen, in denen sie sich gerade verlieren könnte: „Es tut mir leid... Das wollte ich nicht..."

„Es muss dir nichts leid tun, es ist doch nichts passiert. Und solche Gedanken sind nicht schlimm, schlimm wäre es nur, wenn ich es ausnutzen würde", und damit entfernt er sich doch langsam wieder von ihr, um zu zeigen, dass er das nicht vor hat.

„Lass uns bitte hinunter gehen, das Frühstück ist fertig, ja?" Ihr Blick fällt noch einmal auf seinen Drachen, der sie ebenfalls anschaut, dann verlässt sie langsam das Schlafzimmer. Vermutlich würde er sich nun noch etwas frisches anziehen und dann folgen. Sie kann ihn noch hören, als sie die Wohnungstür bei ihm erreicht, dreht sich um und er verlässt gerade in Jeans und einem Shirt das Schlafzimmer, wirft ihr einen fast schon beruhigenden Blick zu. *Es ist nichts passiert.* Klingt es in ihrem Kopf nach und sie nickt nur leicht, geht dann doch ziemlich in Gedanken die Treppe hinunter zu ihrer eigenen Wohnung, wo aber wohl niemand zu bemerken scheint was sich in ihr abgespielt hat, selbst dann nicht, als Levior auch am Tisch sitzt und sie endlich gemeinsam alle weiter frühstücken können.

Besuch

Am Nachmittag macht sich Loona daran den Kerzensaal wieder zu betreten, die Vorhänge dort zu öffnen und warmes Sonnenlicht strömt herein. Noch schnell werden die fast abgebrannten Kerzenstümpfe gegen frische ausgetauscht, ehe sie inne hält, weil sie im Flur Schritte hört: „Lobo?"
„Nein, ich bin es, Levior", und langsam nur kommt er auf die Tür zu, „darf ich?" Er weiß nicht, ob sie gerade nicht Zeit für sich haben möchte.
Doch Loona nickt und fährt dann mit ihrer Arbeit fort: „Ja, der Saal ist doch für alle da, hm? Du kannst mir mithelfen, wenn du magst." Und damit geht sie an das Regal, was hinter einem Vorhang verborgen steht und reicht ihm dann verschiedene Blechdosen an: „Mein Salben-Vorrat ist fast zu Ende und ich möchte neue herstellen."
So stellt er die Behälter nach und nach auf den großen altarähnlichen Tisch ab, wo sie auch das große Buch hinüber geholt hat. Und füllt die Menge der Zutaten in einen Mörser, so wie Loona es ihm sagt. Dabei kann er ihr angespanntes Gesicht sehen, wie ihre Kiefer leicht arbeiten. „Ist alles in Ordnung?"
Sie hält inne und blickt ihn mit großen Augen an, ihre Stimme klingt ungewohnt ernst: „Nein, nichts ist in Ordnung. Ich habe mich hinreißen lassen und das war überhaupt nicht in Ordnung."
Okay, aus der Richtung weht also der Wind! „Aber, es ist nichts passiert, warum quälst du dich so?" Er dreht sich damit komplett zu ihr und schaut sie mit leicht zusammen gezogenen Augenbrauen an.
Ihre Augen fangen verräterisch an zu glitzern, ehe sie leise antwortet, die Tränen ihr die Worte fast schon zuschnüren: „Und wer kann mir versprechen, dass nichts passieren wird?" Mit hartem Schlucken klappt sie das große Buch zu und nimmt ihm zaghaft den Mörser ab: „Danke, ich mach den Rest lieber alleine. Nicht böse sein, okay?" Sie nimmt mit unruhiger Hand eine Flasche und füllt die ölige Flüssigkeit daraus auf die Mischung, um sie dann nach und nach zu

einer zähen Masse zu verarbeiten.

Levior schaut nur mit leichtem Kopfschütteln kurz zu Boden: „Du kannst dir sicher sein, dass ich dich in dem Punkt niemals ausnutzen würde. Ich hoffe das weißt du. Du hast eine Symbiose mit Lobo. Es wäre ein Verbrechen euch darin zu stören und es liegt nicht in meinem Sinne das zu tun. Ich... Es ist alles in Ordnung." Nein, er sagt nicht was ihm noch auf der Zunge liegt, ein Punkt über den er sehr selten mit jemandem gesprochen hat. Es würde vieles erklären, aber würde es ihr gerade helfen? Deswegen ist er da lieber ruhig.

Langsam stellt Loona den Mörser ab, wandert ihr Blick in seine grünen Augen: „Ich habe mich über meine eigenen Gefühle erschrocken. So kenne ich mich nicht, schon gar nicht in einer Partnerschaft. Es fühlte sich so an, als ob ich Lobo hintergehen würde."

„Das verstehe ich. Hast du es ihm erzählt? Vielleicht hilft es dir mit ihm darüber zu reden?" Er hält ihr seine Hand hin: „Komm mal her, bitte."

Sie reicht ihm ihre, schüttelt den Kopf und lässt sich doch von ihm umarmen, weiß Frau eigentlich gerade noch was sie will? „Als Mensch war es einfacher, irgendwie ist es alles kompliziert geworden. Ich weiß nicht wie er darüber denkt, nicht dass er sich nachher wirklich hintergangen fühlt, davor habe ich Angst." Ihr Körper kribbelt leicht, während sie seinen an sich spürt.

„Loona, nicht... was..." Schwankend lässt Levior sie los, hält sich am Tisch fest und atmet schwer durch.

Erschrocken zuckt sie zusammen, schaut ihn fassungslos an: „Was ist mit dir?" Was ist hier passiert?

„Ich weiß nicht, ich hatte das Gefühl du entziehst mir meine Energie", er strafft die Schultern und verzieht kurz das Gesicht, das war nicht gut.

„Das... das wollte ich nicht, ehrlich." Sie schluckt kurz hart, möchte sich weg drehen, da sieht sie wie er das Gesicht verzieht und kommt doch wieder zu ihm zurück, „Dreh dich bitte um." Und sanft legt sie eine Hand auf die Stelle, wo sie seine Narbe spürt, bleibt regungslos mit offenen Augen stehen, bis sie bemerkt, dass sie keinerlei negative Schwingungen mehr spürt, und selbst innerlich auch ziemlich aus gezerrt ist, aber das gibt sich erstaunlich schnell wieder. „Ich glaube, es ist komplett geheilt, ich spüre nichts negatives mehr." Für einen Moment atmet sie selbst auch durch, aber hier im Kerzensaal regulieren sich ihre Energien merklich schneller. Sie sollte das für die Zukunft im Hinterkopf behalten.

Levior bewegt sich behutsam, dreht den Oberkörper langsam zur einen und anderen Seite und schaut sie dann doch etwas erstaunt an: „Es scheint alles weg zu sein, als ob nichts passiert wäre."

„Das ist gut." Damit nickt sie nur leicht, geht dann die Wände entlang, um die Vorhänge wieder zu schließen: „Ich freue mich auf heute Abend, wenn wir wieder Wolfsmond haben."

„Ich danke dir. Wir sehen uns nachher." nickt er und geht dann zur Tür. „Bis später." Und damit verlässt er den Kerzensaal. Eindeutig, heute Nacht würde er wohl so gut schlafen wie lange nicht mehr.

Die kleine Wölfin füllt die hellgrüne Masse noch eben aus dem Mörser in eine Plastikdose, die sie gut zuschrauben kann und nimmt sie mit in die eigene Wohnung. Dort sieht sich Lobo gerade eines seiner Muskelshirts an und sie wirft ihm einen recht schwärmerischen Blick zu, oh ja, sie liebt diesen Mann über alles! „Ja sag mal, hast du heute noch etwas vor?" fragt sie mit einem Lächeln.

Und mit vielsagendem Blick kommt er auf sie zu: „Du hast es erfasst. Ich möchte sich mit etwas überraschen. Und ich hoffe, dass es dir dann auch gefällt, aber das wird sich zeigen."

„Öh, was machst du? Ich meine, was könnte mir nicht gefallen?" Sie stellt den Salbentopf in den Kühlschrank und geht zu ihm, um ihn in den Arm zu nehmen und sich mit geschlossenen Augen einfach nur an ihn zu schmiegen. Hier ist sie zuhause, eindeutig. „Ich liebe dich..." Nur leise raunt sie es ihm zu, sicher er würde es trotz allem verstehen.

Zärtlich streift er über ihre Haare, sieht zu ihr hinunter: „Ich liebe dich auch, mein Schatz. Aber – deswegen muss ich jetzt auch zu meinem Termin und mach dir keine Sorgen, es könnte etwas dauern." Ein sanfter Kuss auf ihre Lippen folgt, ehe sie noch weiter fragen kann, dann greift er nach seiner Lederjacke, nimmt den Haustürschlüssen und verlässt grinsend die Wohnung.

Loona bleibt dafür ziemlich irritiert zurück, hat das Gefühl bei ihm eine Nervosität zu spüren, oder fängt sie durch die Sache mit Levior jetzt schon komplett an zu spinnen? „Aber, wohin möchtest du? Denkst du an heute Abend?"

Mit einem Lächeln dreht er sich noch einmal um, ehe er die Wohnungstür hinter sich schließt: „Natürlich, ich verpasse doch keinen Wolfsmond." Hinter ihm schließt sich die Haustüre und sie kann wenig später den Motor seines Wagens hören.

Doch ziemlich nachdenklich geht sie in die Küche und setzt Wasser auf. Ist sie gerade etwas zu empfindlich? Interpretiert sie Informationen hinein die gar nicht wahr sind? Was soll sie nur davon halten, er hatte noch nie Geheimnisse vor ihr. Als sie nebenher aus dem Fenster schaut, traut sie ihren eigenen Augen kaum. Da steht ein Wolf! Ein großes dunkelbraunes Tier mit bernsteinfarbenen Augen, fast wie die von Daniel. Aber sie kann sich nicht daran erinnern, dass sich die Wölfe wandeln können. Er hat ihr auch nichts davon gesagt, dass er es könnte. Und so geht sie zur Haustüre, steckt noch ihren Schlüssel ein und kann sehen, wie das Tier sie dort sehr direkt anschaut.

Schweigend stehen sie sich gegenüber und doch meint sie eine Verbindung zu spüren. Ein paar Schritte machen die großen Pfoten über den Asphalt, direkt auf sie zu, ehe sich der Kopf langsam senkt, der Blick aber auch ihr verweilt.

Loona bleibt still stehen, spricht nur leise: „Du bist ein wunderschönes Tier, aber was machst du hier mitten in der Stadt? Das kann ernste Probleme geben."

Nur langsam hebt der Wolf seinen Kopf wieder, dreht sich um und geht dann mit eleganten Schritten die Straße entlang, während Loona nur fast schon bewundernd hinterher schaut.

„Bengie?" Aus dem Schlafzimmer einer großen Wohnung kommt die junge Frau mit den dunkelblonden Haaren heraus und schaut sich suchend um. „Ich bin hier." Angenehm und dunkle, mit einem heiteren Unterton klingt die Antwort Richtung Wohnzimmer.

Was sie wiederum dazu veranlasst den Flur flinken Fußes zu durchqueren und plappernd das selbige zu erreichen: „Hast du schon gehört? In der Stadt gibt es einen Treffpunkt für uns. Ich habe es gestern in der Disko erfahren, von einer der Kellnerinnen. Und zu Vollmond ist da jeder Wolf willkommen. Ich finde das total spannend, weil sie endlich etwas für uns machen. Was meinst du, Brüderchen, gehen wir uns das heute mal ansehen?" Während ihres Wortschwalls ist sie an die Couch heran getreten, wo besagter Bengie gerade sitzt, im Schneidersitz, die Hände auf die Oberschenkel gelegt und die Augen geschlossen, doch um seine Mundwinkel zuckt es schon verdächtig. „Oh, entschuldige." kommt es nur leise von ihr, verflixt, hat sie sich nicht vorgenommen nicht immer in seine Meditationen rein zu platzen, mag sie es bei sich doch genauso wenig. Und leise setzt sie sich nebenan auf einen der Sessel.

Tief atmet er einmal ein und aus, ehe der junge Mann die Augen öffnet und sie seinen verschmitzten Blick sehen kann, er hat sie doch längst schon vorher gehört. „Ist schon gut. Hm, warum nicht, lass uns mal vorbei schauen. Du hast mich damit auch ein wenig neugierig gemacht." Er streicht sich leicht durch die kurzen dunkelblonden Haare und sieht zu ihr hinüber: „Kann es sein, dass du die letzten Nächte nicht unbedingt gut geschlafen hast, Maci?"

Von ihr kommt ein leichtes Nicken: „Ja, das habe ich oft vor Vollmond, dass ich einige Male in der Nacht wach werde."

„Hmm, das habe ich wohl gehört, ich weiß, als Wolf hat man es nicht leicht." Er streckt gemütlich die Beine aus.

Sie steht auf und schaut ihn etwas müde an: „Ich brauche frische Luft, magst du mitkommen?"

Von Bengie kommt nur ein Kopfschütteln: „Nein, ich werde hier noch etwas nacharbeiten, dann habe ich für heute Abend den Kopf frei und kann es genießen."

„Okay, aber mach nicht mehr so lange, ja?" Sie strubbelt ihm durch die Haare und erntet dafür einen eindeutig brummeligen Blick der braunen Augen.

Später...

Bengie hat den ganzen Nachmittag über seinen Büchern verbracht. Eindeutig, er braucht eine Pause, das ist an seinem doch schon leicht unleserlichen Schriftbild zu erkennen, sonst würde er seine eigenen Notizen bald nicht mehr entziffern können. So steht er auf, reibt sich dabei über die Augen, die merklich brennen und geht in die Küche, um sich ein großes Glas Wasser zu holen und es erst einmal zu leeren. Danach führt ihn sein Weg zurück an den Schreibtisch, wenigstens noch eine Stunde. Und nach vier weiteren Seiten legt er den Stift endgültig beiseite, das reicht für heute, mehr ist einfach nicht drin. Seine Augen fühlen sich schwer wie Blei an, ja, er hat es mal wieder übertrieben, aber irgendwie muss er doch den Lernstoff in die Rübe bekommen. Nach und nach nickt er ein, sinkt nach vorne und kuschelt sich auf seine Unterarme, die auf den Büchern liegen.

Eine halbe Stunde später öffnet sich die Haustür, Maci ist zurück: „Ich bin wieder da." Sie lauscht, wartet vergeblich auf eine Antwort und so geht sie wohl wissend direkt ins Wohnzimmer, wo sie lächelnd stehen bleibt: „Unverbesserlich, lernen bis zum umfallen, äh, einschlafen." Ihre Hände legen sich auf seine Schultern und sie beugt sich hinunter an sein Ohr, spricht ihn leise an: „Ben... aufstehen."

Nur langsam bewegt er etwas den Kopf, spürt den Druck auf seinen Schultern und seufzt leise: „Gleich." Gerade ist es so schön, einfach nur ausruhen, schlummern. Er ist sich nicht darüber bewusst, dass er vorhin doch recht tief eingeschlafen ist.

„Komm Bengie, leg dich auf die Couch", damit streicht sie ihm über den Kopf, der sich nur langsam hebt, der Rest von ihm sich auch endlich gemächlich aufrichtet und etwas verwirrt schaut, weil sie schon wieder da ist. „Wie immer", sie lächelt ihn an, „du bist beim lernen eingeschlafen. Vielleicht solltest du dir mehr Pausen gönnen? Ich sehe dich nur noch über den Büchern sitzen, das hält selbst ein Wolf nicht auf die Dauer aus."

Er streckt sich ausgiebig: „Es sind momentan einfach zwei ziemlich komplizierte Sachgebiete, die mir überhaupt nicht in den Kopf wollen, irgendwie liegen sie mir nicht. Aber das mit der Couch ist eine gute Idee."

Nur leicht massiert sie ihm die Schultern: „Meine Güte, da komme ich ja kaum mehr durch, total verkrampft."

„Autsch, das merk ich." seufzt er leise und steht dann auf, legt sich auf das Sofa auf den Bauch, so wie er es schon kennt: „Besser?"

Maci beugt sich über ihn, und beginnt behutsam zu kneten: „Viel besser." Nach und nach nimmt sie sich jede Partie vor, wo sie Verhärtungen finden kann und hört dafür hier und da ein leises Seufzen oder aufstöhnen, je nachdem wie tief sie geht. Aber auch gerne mal einen Wohlfühl-Laut, wenn sie es wieder geschafft hat eine Stelle zu entkrampfen. „So, einmal bitte die Seite wechseln..." kommt es dann von ihr, als sie den Nacken halb bearbeitet hat. „Ben?" hakt sie leise nach, weil keine Reaktion auf ihre Worte folgt und so streicht sie nur ein wenig noch über seinen kräftigen Rücken, die andere Schulter entlang, ehe sie langsam aufsteht und ihn sich anschaut. Er ist tief und fest eingeschlafen!

Über zwei Stunden vergehen, bis Loona die Haustüre wieder hört und wenig später Lobo frech grinsend die Wohnung betritt: „Na, alles klar?" Auf ihr Nicken hin begrüßt er sie mit einer zärtlichen Umarmung und zieht dann vorsichtig die Lederjacke aus, wobei auf seinem linken Oberarm an der Außenseite ein doch recht großes Pflaster zum Vorschein kommt!

Von Loona erntet er einen entgeisterten Blick! „Was hast du gemacht?"

Er streicht sich über den unteren Teil des Armes und grinst: „Es ist eine Tätowierung. Die Haut muss sich noch etwas beruhigen."

„Du bist doch verrückt!" Sie umfasst seinen Kopf und küsst stürmisch seine Lippen. „Wieso hast du das gemacht? Nicht weil ich so für Daniels Tätowierungen geschwärmt habe, oder?"

„Nein, ich habe schon eine Zeit lang mit dem Gedanken gespielt, aber deine Reaktion hat mir gezeigt, dass du mir dafür nicht den Kopf abreißen würdest", damit streicht er ihr über den Kopf und schmiegt sich an sie.

Neugierig schaut sie zu ihm hoch „Und welches Motiv hast du dir ausgesucht?"

„Da lass dich mal überraschen. Morgen sehen wir nach, okay?" Er löst sich von ihr, tauscht das Muskelshirt gegen eines mit halblangen Armen, so dass das Pflaster so gut wie verdeckt ist.

„Ich muss dir noch was erzählen. Hast du vorhin bei deiner Abfahrt den Wolf gesehen?" Loona geht mit ihm zusammen in die Küche, schenkt zwei Tassen Tee ein und reicht ihm eine. Von Lobo kommt nur ein Kopfschütteln.

„Es war ein großes braunes Tier, mit bernsteinfarbenen Augen, fast so wie die von Daniel. Aber er hätte uns das doch erzählt, oder nicht?" Sie trinkt einige kleine Schlucke.

„Das ist ja was ganz neues. Aber was treibt ihn hier in die Großstadt? Das kann ein ernstes Problem werden." Lobo schaut nebenher doch kurz aus dem Fenster, draußen dämmert es schon.

Die kleine Wölfin stellt ihre Tasse weg, schmiegt sich von hinten an ihn: „Ich weiß es nicht, vielleicht ist er krank?"

„Das wäre ein Grund und ein Risiko, denn wenn sich jemand bedroht fühlt oder von ihm verletzt wird, dann bricht hier die Hölle los", Lobo streicht ihr sanft über ihre Hände, die sich nach vorne geschoben haben und ihn liebevoll halten. Doch plötzlich hält er inne: „Ich glaube es nicht!" Seine Hand weist aus dem Fenster auf die Straße, wo auf dem Bürgersteig der Wolf steht!

Loona geht eilig zur Tür, öffnet sie aber bedächtig und bleibt wie beim letzten Mal auch einfach nur ruhig davor stehen, auch wenn ihr Herz einen Moment ziemlich heftig schlägt! Wie ein Schatten bewegt sich das große Tier mit geschmeidigen Bewegungen auf sie zu und bleibt im Abstand von gut zwei Metern stehen, um sie dann aus den bernsteinfarbenen Augen lange anzuschauen!

Lobo ist ihr gefolgt, doch als er hinter Loona auftaucht erntet er ein kehliges Grollen aus der felligen Kehle! „Loona, komm bitte rein, das ist anscheinend doch keine gute Idee", seine Hand legt sich auf ihre Schulter, das Grollen wird stärker und die Nackenhaare stellen sich leicht auf.

Nur langsam dreht sie sich etwas um, schaut zu ihm hoch: „Geh bitte wieder rein. Ich weiß nicht warum, aber irgendwie misstraut er dir. Aber ich bin mir sicher, dass er mir nichts macht." Sie schaut den Wolf ihrerseits direkt an: „Ganz ruhig. Lobo tut dir nichts. Sei fair."

Fast ein wenig ungehalten wirft der Wolf den Kopf etwas hoch, das Knurren wird dann doch leiser. Und als Lobo rückwärts im Haus verschwindet, verstummt es gänzlich und die Augen verlieren den feindseligen Ausdruck mit dem er den jungen Mann gemustert hat, ehe das Tier langsam auf Loona zukommt.

Langsam streckt sie ihre Hand vor, spürt bald darauf die warmen und weichen Lefzen, die ihren Duft aufnehmen und streicht dann zärtlich durch das braune Fell zwischen den Ohren, was die Bernsteinaugen langsam zuklappen und auch die Körperspannung abnehmen lässt. „Na, das gefällt dir, siehst du. Was machst du nur hier in der Stadt? Bist du krank? Oder bist du einfach nur einsam und hast hier her gefunden? Spürt ihr Tiere das auch, wenn der Mond sich rundet? Du musst aber aufpassen, die Menschen sind nicht gut auf Wölfe zu sprechen. Du solltest besser etwas mehr Acht geben." Sie lächelt vor sich hin, während sie die Worte spricht.

Nach einigen Minuten schleckt ihr der Wolf über die Hand und dreht sich um, um dann gemächlich wieder zu verschwinden!

Loona bleibt nachdenklich zurück, schaut noch hinterher, ehe sie in ihre Wohnung zurück geht. Lobo hat das alles aus dem Flur beobachtet und kann sich auch noch keinen Reim auf die ganze Sache machen.

<u>Nachwuchs</u>

Es ist halb acht abends, als die ersten Besucher an die Tür klopfen, die kurz darauf von Loona weit geöffnet wird, um sie herein zu beten und dann auch offen stehen bleibt.

Levior hat bereits im Kerzensaal die Kerzen überprüft und die Vorhänge geschlossen. In den vorderen Bereich stellt er zwei Stuhlreihen, denn jeder Wolf reagiert auf den Mond anders. Mancher bleibt starr stehen, andere brechen förmlich darunter zusammen und heute Abend ist eine sehr starke Energie zu spüren. So füllt sich der Saal in der nächsten Stunde nach und nach.

Eine Weile wartet Loona noch ab, dann geht sie zur Haustür, nachdem niemand mehr zu kommen scheint und schließt sie wieder, um sich dann der Treppe nach oben zuzuwenden, als sie schon Daniel aus dem Gästezimmer kommen sieht, mit einem fragenden Blick. „Spürst du es? Es ist soweit. Magst du zu uns kommen?" Sie wartet ab bis er hinunter gekommen ist und nimmt ihn dann bei der Hand, spürt das leichte Zittern des sonst so kräftigen Körpers: „Ganz ruhig." Vorne lässt sie ihn los, legt nur eine Hand hinten auf seinen Rücken, um ihm noch etwas Sicherheit zu geben, die er gerade anscheinend braucht. Sein erstaunter Blick wandert über die Menge und wird von fragenden und skeptischen Blicken beantwortet! Mit einem sanften Lächeln grüßt Loona in die Runde: „Ich heiße euch heute alle willkommen und freue mich, dass ihr wieder so zahlreich hier erschienen seid. Langsam müssen wir anbauen, das sind gute Aussichten. Heute möchte ich euch ein neues Gesicht vorstellen. Daniel hat durch die Zeremonie den Wechsel auf unsere Lichtseite geschafft, nachdem er die Strapazen auf sich nahm. Bitte begrüßt ihn auch so freundlich, wie ihr es gerne hättet." Ihm wurde freundlich zugenickt, auch wenn hier und da Zurückhaltung mitschwingt, denn einige scheinen ihn aus seiner Zeit bei Tamira zu kennen, schon ein Zusammentreffen erlebt zu haben. Und doch kann Loona keine direkte Abneigung spüren, denn sie wissen alle, wer die Zeremonie besteht, hat der Schattenseite abgeschworen, sonst hätte er sie nicht überlebt. Als ihr Blick weiter schweift, kann sie in der letzten Reihe zwei neue Gesichter entdecken: „Auch euch beide begrüße ich herzlich und möchte euch bitten, für die Mondzeremonie doch nach vorne zu kommen." Sie winkt sie zu sich heran und beide kommen recht zögernd hervor. Loona nimmt sanft ihre rechten Hände und hält einen Moment inne, ehe sie lächelt: „Auch euch begrüßt die Lichtseite und ihr seid hier herzlich willkommen." Und damit zeigt sie auf die vorderen Reihen, wo sich dann beide hinter die zweite Reihe stellen. Die kleine Wölfin selbst geht die Fensterreihe ab und öffnet nacheinander die Vorhänge, so dass der gleißende Vollmond den Raum bis in die letzte Ecke erfüllt. Die meisten schließen die Augen, genießen es einfach nur in die Helligkeit einzutauchen, die sie mit dem starken Energiefeld umschließt. Loona sieht von einem zum anderen, spürt sanft in sie hinein wie es ihnen geht und wird sich darüber bewusst, dass Lupus es wohl auch immer so gemacht hat, was sie lächeln lässt. Nach zehn Minuten setzten sich einige schon freiwillig auf einen der Stühle, sinken sachte in sich zusammen. Sie schaut zu den beiden neuen Gästen, sie stehen aneinander gelehnt dort, die Köpfe gesenkt und die Arme umeinander gelegt. Die Ähnlichkeit ist nicht zu übersehen und sie vermutet, dass es sich um Geschwister handelt. Nur leicht nickt sie Lobo und Levior zu, die zu ihnen hinüber gehen, sich außen neben sie stellen. Sie möchte auf Nummer Sicher gehen, da es ihr erstes Mondtreffen ist und sie es noch nicht gewöhnt sind. Die beiden Männer geleiten sie langsam zu den Stühlen, wo sie sich setzen, ohne es selbst groß zu merken, die Augen bleiben geschlossen. Auch auf Daniel wirft sie einen prüfenden Blick und stellt mit Erstaunen fest, dass er die Augen immer noch halb offen und eine sehr stabile Körperhaltung hat! Leise geht sie zu ihm, berührt seinen Oberarm, doch kommt keine Reaktion. Sachte tastet sie nach seinem Puls, der förmlich unter ihrer Fingerspitze rast! Daniel ist völlig unter der Kontrolle des Mondes! Auch hier kommen Lobo und Levior zu ihr und als sie ihm die Hand in den Nacken legt, gibt sein Körper nach, wird von ihnen aufgefangen und sanft zu Boden gelegt, so dass er auf der Seite liegen bleibt und die Augen langsam zufallen. Jeder macht hier seine eigene Erfahrung mit der Kraft des Mondes, aber so eine Stärke hat Loona wohl nur bei Lupus gesehen! Nun stellt sie sich selbst auch in die Mitte, schließt die Augen für eine Weile und genießt das sanfte Vibrieren, was sich wellenartig in ihrem Körper ausbreitet, während die Energie sie umschmeichelt. Während dessen füllen sich die Stühle nach und nach und irgendwann öffnet Loona aus einem inneren Impuls heraus wieder die Augen, geht leise die Fensterfront entlang, um die Vorhänge zu schließen. Und so kehrt ein Besucher nach dem anderen wieder in die Realität zurück, verabschiedet sich leise von Loona und verlässt den Raum, so wie es immer passiert. Manche wechseln im Flur noch leise ein paar Worte, aber hier im Kerzensaal ist das tabu, solange nicht alle Anwesenden wieder zurück sind. Es bleibt nur eine Handvoll zurück, teils sitzend oder stehend und Loona sieht von einem zum anderen, spürt ihre Ruhe und ihr Wohlbefinden und lächelt sanft. Ihr Blick bleibt an Lobo hängen, der mittlerweile im Schneidersitz auf dem Boden ruht, die Hände im Schoß, den Blick vor sich gerichtet. Sie kniet sich vor ihn, hebt seinen Kopf sanft an und streichelt über seine Wange, was ihn langsam wieder auftauchen lässt und mit einem warmen Lächeln flüstert er leise: „Es war magisch, viel intensiver." Sanft streicht sie ihm durch die offenen Haare: „Bleib noch etwas sitzen, Schatz." Dann steht sie auf und geht zu Levior hinüber, der mit geschlossenen Augen da steht, die Arme locker neben dem Oberkörper. Behutsam berührt sie seine Schulter und er zuckt leicht zusammen, öffnet die Augen: „Das tat heute unglaublich gut." Weiter geht sie die Stuhlreihe entlang.

Die junge Frau mit den dunkelblonden Haaren ist schon alleine wieder wach geworden, schaut sich aber noch etwas irritiert um: „Was... wie...?" Denn eigentlich hat sie dort gestanden und jetzt sitzt sie hier.

Loona legt ihr eine Hand an den Oberarm: „Es ist alles in Ordnung, bleib noch ein wenig sitzen. Wie heißt du eigentlich?"

„Maci", und nebenher schaut sie neben sich, wo ihr junger Begleiter immer noch zusammengekauert sitzt und möchte ihn erschrocken an den Schultern nehmen, „Ben, was ist mit dir?"

Loona kann es gerade noch mit einer Hand abbremsen: „Ruhig, gib ihm noch etwas Zeit. Schau..." Damit legt sie ihre Handfläche an seinen Nacken und nur langsam hebt er den Kopf wieder, braucht einen Moment um anzukommen und wischt sich fahrig über das Gesicht, ehe der die Schultern leicht dehnt: „Meine Güte, so etwas habe ich noch nie erlebt."

Loona lächelt ihn freundlich an: „Oh ja, die ersten Male sind oft wortwörtlich umwerfend, deswegen auch die Stühle. Das gibt sich dann nach und nach. Deswegen hole ich auch neue Gesichter gerne hier nach vorne, um ein Auge auf sie werfen zu können, hinten ist es so schlecht zu sehen, falls jemand weg kippt. So, nun fehlt eigentlich nur noch Daniel." Und damit geht sie zu ihm hinüber, kniet sich hinunter, wo er immer noch auf der Seite liegt und berührt sachte seine Wange.

Daniel bewegt zuerst nur den Kopf, ehe sich seine Augen langsam öffnen und er sich etwas irritiert umschaut: „Wieso liege ich hier?" Und als sie ihm ihre Hand reicht, setzt er sich wieder auf.

„Wir haben dir vorhin auf den Boden geholfen. Und doch bin ich erstaunt, denn du hast eine sehr große innere Stärke", so steht sie langsam mit ihm zusammen auf. „Das heute ist die Vollmondzeremonie, mit der wir unsere inneren Energien ausgleichen können. Für gewöhnlich reicht es auch einmal im Monat, wenn er am stärksten ist." Sie geht zum Tisch und klappt das große Buch zu, was dort immer während der Treffen liegt.

Zusammen gehen sie dann zu Levior und Lobo, die sich gerade mit Maci und Ben unterhalten, ehe die Gruppe doch noch einen Abstecher in Loona und Lobos Wohnung macht, wo sie den Abend ganz gemütlich erst weit nach Mitternacht ausklingen lassen.

Tiefste Nacht und ein Streifenwagen fährt durch die Straßen der Stadt. Doch irgendetwas hat da die Aufmerksamkeit des Beamten auf dem Beifahrersitz geweckt! „Halt mal bitte an, ich habe da etwas gesehen." wendet er sich an seine Kollegin und sie bremst das Fahrzeug an, legt den Rückwärtsgang ein und fährt wieder das Stück zurück, bis sie die schwach erleuchtete Nebenstraße einsehen können. Und als sie angehalten ist, nimmt er seine Taschenlampe, öffnet das Fenster und leuchtet die Straße ab, wobei er einen großen dunklen Schatten erkennen kann. „Komm, das sehen wir uns genauer an", damit öffnet er auch schon die Beifahrertür und steigt vorsichtig aus, den Blick auf besagten Schatten gerichtet, der stehen geblieben ist!

„Bleib lieber hier und wir warten auf Verstärkung", die besorgte Stimme aus dem Wagen ist nicht zu überhören, wenn auch leise, „Steve!"

„Ich bin gleich zurück, ist sicher nur ein verschüchterter Bernhardiner", und doch öffnet er den Verschluss des Waffenholsters, legt die Hand auf den Knauf, denn auch Bernhardiner mit Tollwut könnten gefährlich werden. Und er geht behutsam auf den Schatten zu, um nachzusehen um was für ein Tier es sich nun handelt. Besagtes Tier dreht plötzlich den Kopf zu ihm und ein Blick aus bernsteinfarbenen Augen trifft den seinen, ehe ein lautes Grollen zu hören ist! Das alleine treibt ihm schon das Adrenalin hoch und als er den Schein der Taschenlampe höher hebt, erreicht dieser die Augen und lässt ihn erstarren! Da steht ein ziemlich großer brauner Wolf, mit hochgezogenen Lefzen, die die weißen Reißzähne deutlich hervor blitzen lassen! Das Herz des jungen Polizisten fängt förmlich an zu rasen und er geht stoßweise atmend langsam rückwärts, während die Luft deutlich von seiner Angst durchströmt wird, was auch den Wolf erreicht! „Okay... wir warten... auf Verstärkung... Das ist mir... eine Nummer zu groß." Und während er wieder den Wagen erreichen möchte, wittert der

Wolf und folgt ihm mit bedrohlich gesenktem Kopf! Und als der junge Mann stolpert, den Aufprall aber noch geschickt abfangen kann und sich gerade erheben möchte, setzt das mächtige Tier zum Sprung an! Steve zieht die Waffe und feuert einen Schuss ab! Die Kugel findet ihr Ziel in der Flanke des Tieres, das laut aufjault und dann zu Boden stolpert! Schnell springt der Polizist auf seine Füße, rennt zum Wagen und sprintet hinein, um die Tür hinter sich zu zu reißen, damit ihm die Bestie nicht folgen kann! Doch als er mit aufgerissenen Augen schwer atmend zurück schaut, und den Aufprall des angreifenden Körpers erwartet, ist der Wolf verschwunden!

Seine Kollegin hat es nur schemenhaft mitbekommen, was da vor sich gegangen ist, aber sie hat den Schuss gehört! „Bist du verletzt?" reißt sie ihn aus seiner Starre!

Steve dreht das Gesicht zu ihr, sie kann sehen wie kreidebleich und tropfnass es ist: „Ich habe ihn vorher erwischt!" Und damit greift er zum Funkgerät: „Zentrale für Wagen 21.4. In der Stadt treibt sich ein verletzter großer brauner Wolf mit bernsteinfarbenen Augen herum. Bitte weiter geben, seid vorsichtig!"

Einige Kilometer entfernt...

Gerade bereiten sie das Abendessen vor, als Loona die große Schüssel von der Anrichte hebt und sie zu Lobo hinüber reicht. In dem Moment wo er sie annimmt, schreit sie plötzlich leise auf und krümmt sich über der Arbeitsplatte zusammen! Mit einem Satz ist er bei ihr, die Schüssel vorher doch recht unsanft abgestellt und hält Loona am Oberkörper fest, womit er einen ziemlich unsanften Sturz gerade noch stoppen kann. „Schatz, was ist mit dir?!"

Die kleine Wölfin hat die Augen geschlossen, während ihr Atem viel zu flach geht: „Was ist mit mir?" Und nur vorsichtig wird sie von ihm hoch gezogen und auf den Arm genommen, um sie dann behutsam auf der Couch abzulegen: „Ich weiß es nicht. Ganz ruhig, ich bin bei dir."

Sie bleibt auf dem Rücken liegen, bewegt den Kopf unruhig und seufzt leise auf: „Ich spüre die Schmerzen eines anderen Wolfes! Er kann nicht zu uns kommen, ihm fehlt die Kraft dazu!"

Lobo streicht ihr sanft die Haare aus dem Gesicht: „Weißt du wo er ist? Kann ich dir oder ihm irgendwie helfen?" Seine Hand hält ihre fest, er spürt den Druck ihrer Finger, die nach Halt suchen.

Loona atmet langsam wieder ruhiger: „Nein. Ich kann es nicht sehen. Ich glaube, es geht gleich wieder, danke. Es war nur der kurze Moment, der mich förmlich von den Beinen gehauen hat."

Das Telefon klingelt und nur zögerlich lässt er sie dort alleine, nimmt das Gespräch an. Es ist Bengie. Eigentlich haben sie sich für nachher in der Disko verabredet, aber er möchte absagen: „Maci liegt mit Migräne im Bett, das kann dauern." Lobo nickt nur, auch wenn der Andere das nicht sehen kann: „Kein Problem, das holen wir nach. Wünsch ihr liebe Grüße, ja? Wir holen das

einfach nach." Sie wechseln noch ein paar Worte und dann legt er auf.
Loona ist langsam aufgestanden und zu ihm hinüber gekommen, so dass er sie hinter sich hören kann: „Wer war das?"
„Bengie, er hat abgesagt, da Maci mit einer Migräneattacke flach liegt", damit geht er zu ihr, nimmt sie in den Arm, „Geht es dir wieder besser?"
Die junge Frau nickt leicht: „Ja, es ist wie weg gewischt. Ob ich Maci's Schmerzen gespürt habe? Aber bei mir war es eher der Bauchraum nach unten hin."
Nachdenklich schaut er sie an „Dann war es vermutlich noch jemand ganz anderes."

„Maci?" Nur leise hat er das abgedunkelte Zimmer seiner Schwester betreten und sich neben sie auf die Bettkante gesetzt, um besorgt zu ihr hinunter zu schauen. Sie liegt mit geschlossenen Augen auf dem Rücken und ihr sind die Schmerzen förmlich ins Gesicht geschrieben. „Hey..." nur vorsichtig berührt er sachte ihre Halsbeuge.
Die junge Frau öffnet zögerlich die Augen: „Ben? Wie lange habe ich geschlafen?" Sie sieht seinen Blick auf die Uhr und die Antwort sagt wohl alles: „Fast zwölf Stunden. Wie geht es dir?"
„Die Schmerzen haben nachgelassen, mir ist nur noch schrecklich schwindelig", und ihre Lider flattern wieder, ehe sie eingeschlafen ist.
Sanft streicht er ihre über die offenen Haare, macht sich ernsthaft Sorgen um sie. Aber sie hat sich dagegen gewehrt einen Arzt zu rufen. Und er weiß, dass sie da einen großen Sturkopf zeigen kann.

<u>Neue Feinde</u>

Am Hintereingang der Diskothek hält Lobo das Sport-Coupé an und wartet ab, bis Loona und Levior ausgestiegen sind, um dann einen der Parkplätze anzusteuern. Als die Beiden das Gebäude betreten, kommt einer der Mitarbeiter schon auf sie zu: „Levior, wir müssen reden, es gibt Probleme."
Okay, wenn der große trainierte Blonde mit den schulterlangen glatten Haaren so auftaucht, dann gibt es echt Probleme, denn normalerweise bringt ihn nichts so leicht aus der Ruhe. Deswegen nickt sein Chef auch nur kurz: „In Ordnung, wir gehen ins Büro. Loona kommt bitte auch mit. Und wenn Lobo rein kommt, dann schick ihn mir auch hoch, danke." Die letzten Worte sind an eine Mitarbeiterin gerichtet, die dann solange hier die Stellung hält, um ihm Bescheid zu sagen.
Zusammen steigen sie eilig die Stufen hoch. Die Glasfront des Büros ermöglicht einen guten Überblick über die Tanzfläche und die Bar, auch wenn sie nur von einer Seite durchsichtig ist, die andere ist verspiegelt, aber ansatzweise zu

erahnen wenn jemand dort steht. Und nur ein paar Minuten später taucht auch Lobo auf, bindet sich noch gerade die Haare zu einem frischen Zopf und schon sucht sich jeder einen Platz an dem großen runden Tisch, wobei sie meistens Stammplätze haben, je nachdem wie viele anwesend sind. „Worum geht es, Peter?" Er schaut den Mann mit den stahlgrauen Augen aufmerksam an.

„Wir hatten in der letzten Viertelstunde mehrere Besucher, die aus unerklärlichen Gründen zusammen gebrochen sind", sein Blick wandert auf die Tanzfläche, wo es sich alles wieder normalisiert hat, „Niemand konnte genau sagen warum und sie waren nur kurz weggetreten, wurden relativ schnell wieder klar. Die Bar ist sauber. Wir haben drum herum Posten und niemand kann den Besuchern etwas bei mischen. Das Personal ist auch darauf sensibilisiert. Es gibt auch keinerlei Nachwirkungen, so wie es bei den E-Fluids war. Nichts."

„Haben wir irgendetwas übersehen?" Levior schaut besorgt von einem zum anderen. „Gibt es etwas neues, was wir noch nicht kennen? Wir müssen das schnellstens klären, ehe der Ruf der Wölfe unnötig geschädigt wird, und der Diskothek." Denn das wäre die offizielle Seite, die als erstes leiden würde.

„Moment, ich werde mich erkundigen", und damit nimmt Peter sein Handy, wählt eine Nummer und wartet, bis sich am anderen Ende endlich jemand meldet. „Joe? Ich habe ein wichtiges Anliegen und hoffe du kannst mir da weiter helfen. Was setzt einen Menschen ohne Nebenwirkungen kurzzeitig außer Gefecht, ohne dass es das Umfeld gleich erkennen würde?" Er lauscht, nickt, lauscht weiter und hebt leicht die Augenbrauen. „Ja, genau." Es dauert noch einen weiteren Moment, ehe er das Gespräch beendet: „Danke, du hast mir echt geholfen, hast was gut bei mir." Und auf Leviors fragenden Blick hat er auch eine Antwort parat: „Joe tippt auf einen Teaser."

Von Lobo kommt ein fragender Blick: „Einen Elektroschocker?"

Peter antwortet mit einem Nicken: „Genau, nur dass er Kabeltentakeln hat, durch deren Kontakte am Ende der Stromstoß abgegeben wird. Dadurch ist die Reichweite größer." An Levior gerichtet spricht er weiter: „Joe meint, wir sollen die Betroffenen noch einmal kontaktieren, denn es gibt durchaus Nebenwirkungen, die aber nicht sofort ins Auge fallen. Muskelzittern, und kleine rote Abdrücke auf den Kontaktstellen am Körper. Ich hatte dir eine Liste zu gemailt."

Dieser steht auf, geht zum Schreibtisch, um zügig eine Liste auszudrucken, die dort auf dem Bildschirm erscheint. Die reicht er ihm auch gleich weiter: „Magst du das machen? Ich weiß, es gehört nicht zu deinen Aufgaben, aber dich kennen die Personen auch schon."

„Das ist kein Problem." Und Peter nimmt die Din-A4-Seite an, faltet sie einmal zusammen und legt sie vor sich auf den Tisch.

Levior beendet das kurze Treffen und geht dann mit Lobo und Loona los, um sämtliche Räume zu kontrollieren, vielleicht würden sie einen Anhaltspunkt erkennen? Das Dumme ist nur, diese Teaser sind nicht unbedingt groß. Wer wür-

de den versuchen rein zu schmuggeln? Oder wer hat es geschafft?
Peter macht sich darauf in in seinem Büro im Erdgeschoss an die Arbeit die
Liste abzutelefonieren, was nach und nach den Verdacht erhärtet. Danach geht
er in den Videoraum, um sich dort einige DVDs heraus zu suchen, die Aufnah-
men der Überwachungskameras zum besagten Zeitraum, denn anscheinend war
es nicht das erste Mal, aber die meisten Personen waren so betrunken, dass vermutet wurde sie wären einfach nur aus den Latschen gekippt. Damit verbringt
er wohl einige Zeit, ehe es an der Tür klopft und er die Pausetaste drückt: „Herein."
Die Tür wird geöffnet und Loona betritt den Raum, mit einem großen Becher
dampfend heißen schwarzen Kaffee. Sie reicht ihn vorsichtig an den jungen
Mann weiter: „Vorsicht, der ist frisch aufgebrüht. Ich dachte mir, den kannst du
gebrauchen. Hast du Hunger?"
Ein dankbares Lächeln wird ihr geschenkt: „Danke, der kommt genau richtig.
Nein, danke, aber Kaffee geht gerade immer."
Die junge Frau lehnt sich seitlich an seinen Schreibtisch: „Hast du schon etwas
entdecken können?"
„Nein", er schüttelt kurz den Kopf, „Ich habe mir die DVDs angeschaut, die in
die Zeiträume der Vorfälle passen, denn heute war es nicht das erste Mal. Aber
ich kann soweit nichts erkennen und viele meinte, es wäre im Bereich der Toiletten passiert, wo natürlich keine Kameras sind und wo mancher davon aus-
ging, der Bekannte oder Freund hätte zu viel einen über den Durst getrunken.
Aber die Anrufe haben mich dennoch weiter gebracht. Denn von heute haben
die Betroffenen tatsächlich winzige Verbrennungsmale. Und auch stundenlang
noch das typische leichte Muskelzucken."
Loona stellt sich wieder richtig hin, schaut ihn fassungslos an: „Also wurden
sie tatsächlich mit Teasern attackiert?"
„Ja, eindeutig", Peter nimmt einen Schlüssel aus der Schreibtischschublade,
geht zum Tresor und öffnet ihn, um eine Mappe heraus zu holen, in der er auf
dem kurzen Stück zu ihr zurück herum blättert: „Und so sehen die Teile aus."
Loona wirft einen genauen Blick auf das Foto. Eigentlich sieht es aus wie ein
üblicher Elektroschocker, allerdings hat er an dem einen Ende, wo normal die
kleinen Kontaktstummel sind, einige längere Drähte, an deren Ende sich je eine
Elektrode befindet! „Also wird man damit gleich an mehreren Stellen unter
Strom gesetzt?" hakt sie nach. Ein unschöner Gedanke!
Der Bondschopf nickt: „Ja, und es gibt nur recht wenige Menschen, die davon
nicht zu Boden gehen."
Der Satz erbringt ihm einen ungläubigen Blick von ihr „Du meinst, es gibt
Menschen die das aushalten? Und das sind wirklich keine Wölfe?"
Erneutes Nicken von ihm: „Ja, einer davon war in einer Spezialeinheit und hat
dadurch schon eine ganz andere Ausbildung hinter sich." Er trinkt den Rest des
Kaffees aus und gibt ihr den Becher zurück: „Danke, das tat gut. Ich werde mal

weiter machen. Ich hoffe immer noch, irgendwo einen Hinweis zu finden."
„Wow, das klingt spannend. Äh ja, ich werde mich dann mal bei den Anderen umhören. Bis später." Damit lächelt sie ihn kurz noch freundlich an und verlässt sein Büro. Sie findet Lobo bei Levior im Büro, wo sie mit den Beiden die neuesten Informationen austauschen und dann eine Weile recht schweigend und nachdenkend da sitzen. Und als Lobo seine Jacke auszieht und über den Stuhl hängt, fällt ihr Blick wieder auf seinen Arm, ehe sie frech grinst: „Wolltest du mir nicht noch etwas zeigen?" Falscher Moment? Nein, es gibt niemals den richtigen Moment, also wieso nicht jetzt?

Lobo selbst wird doch etwas verlegen, sein Blick schweift zu Levior hinüber, der neugierig schaut. „Hm, okay." Damit geht er zu Loona hinüber: „Dann einmal kurz und schmerzlos bitte, du kriegst das mit deinen Fingern immer so gut hin."

Sie grinst triumphierend, ergreift eine kleine Ecke, sieht dann doch weg und mit einer schnellen Bewegung zieht sie dann das Pflaster ab.

„Aua, war das schmerzlos? Das üben wir noch." Und schnell legt er die Hand drauf, noch ehe sie das Motiv erkennen kann. Erst als sie schon leicht ungeduldig wird und auch Levior den Kopf förmlich verrenkt, gibt er das Bild langsam frei. Es zeigt einen wunderschönen Wolfskopf, mit einer weiß-schwarzen Maske und türkisfarbenen Augen. Der Ausdruck ist beinahe schon als friedlich und ruhig zu bezeichnen.

Erstaunt schaut sie sich das Bild an: „Wow, der sieht ja richtig gut aus!" Und nur vorsichtig streift ihre Fingerspitze darüber: „Die Überraschung ist dir eindeutig gelungen."

Levior begutachtet das Bild ebenfalls eingehend: „Eine sehr saubere Arbeit, ich sehe du warst bei meinem Spezi. Schau dir mal die Augen an, Loona."

Diese sieht sich die türkisen Seen genauer an und merkt dann doch das leichte Kribbeln in sich, wirft Levior nur einen kurzen Blick zu: „Sie scheinen mir zu folgen..."

Erst weit nach Mitternacht verabschieden sich Loona und Lobo von Levior. Viel ist an dem Tag beredet worden und auch wenn es selten vorkommt, so fühlen sie sich gerade doch müde und freuen sich auf ihr gemütliches Zuhause.

Lobo lenkt den schwarzen Wagen mit der linken Hand, während die Rechte auf Loonas Knie liegt.

Die junge Frau schaut sich das Treiben in der hell erleuchteten Stadt durchs Fenster auf der Beifahrerseite an: „Was meinst du, wie viele von ihnen gehören zu unserem Kreis?"

Kurz überlegt er, zuckt leicht mit der Schulter: „Das ist schwer zu sagen, auf die Entfernung ist es schwierig einzuschätzen." Ein paar Minuten später lenkt er auch schon den Wagen auf das alte Haus zu. Wobei es darin noch eine Weile dauert, ehe sie den Weg ins Bett finden, denn die mysteriösen Ereignisse in der Diskothek lassen nicht so schnell die Ruhe einkehren.

„Na, magst du mitfahren?" fragt Bengie, während er sich den breiten Lederschutz um die Taille legt und vorne den Klettverschluss schließt. Er steht im Flur an der Garderobe, sieht zu Maci, die sich mit ihrer Kaffeetasse in den Rahmen der Küchentür lehnt und ihm lächelnd zuschaut. Doch sie schüttelt nur den Kopf: „Fahr ruhig, heute lieber nicht." So zieht er die schwere Lederjacke der Kombi an, schließt den Reißverschluss und zwinkert ihr zu: „Bis später." Einen kleinen Kuss auf ihre Stirn und er nimmt den Helm vom Regal, um dann die Wohnung zu verlassen. Die schwarze Montur passt wie eine zweite Haut und untermalt noch die athletische Figur des jungen Mannes.

In der Garage erwartet ihn eine schwarz antrazit farbige Tourenmaschine, die er sich einen Moment einfach nur genießend anschaut, ihre Linien, die Spiegelungen im Lack, ja, sie ist durchaus als hübsch zu bezeichnen. Mit einer geschmeidigen Bewegung steigt er auf, schiebt das Motorrad vom Hauptständer und startet es. Der Motor springt wohlig energiegeladen an und macht schnell klar, wie kraftvoll er arbeiten kann, wenn man ihn lässt. Doch für den Moment wird er gezügelt, rollt das PS-Monster langsam die Einfahrt zur Straße entlang und erst als Bengie gesehen hat dass alles frei ist, beschleunigt er etwas mehr. Unter sich spürt er die Vibrationen, hört den Klang durch den Helm und ja, genau das ist es, was ihn daran so fasziniert. Einerseits die Kraft unter sich und auch dann der Fahrtwind, der sich immer mehr aufbaut. Nur kurz wird der Fuß einige Zentimeter hoch gezogen und damit der nächste Gang erreicht.

Die Fahrt führt ihn durch ländliche Gegenden, wo kaum ein Wagen entlang kommt und so kann er einige Zeit gut durchfahren, ohne groß abbremsen zu müssen. Als er die nächste Ortschaft erreicht, zügelt der junge Mann die unter ihm vibrierenden Pferdestärken, spürt dabei allerdings auch noch ein anderes Kribbeln in seinem Nacken, obwohl er den eng sitzenden Helm trägt. Also schaut er sich kurz die Umgebung an und steuert dann einen Wald an, den er bald darauf auch erreicht, so dass er bei den ersten Bäumen anhält und absteigt. Die Maschine wird abgestellt und der Helm abgenommen und eingeschlossen, ehe er die Baumreihen betritt. Ruhe umfängt ihn, von den üblichen Geräuschen der Tierwelt abgesehen. So zieht er die Lederjacke aus, setzt sich auf eine kleine Moosfläche in den Schneidersitz und schließt die Augen, während sein Atem doch etwas schneller und das Kribbeln in ihm immer stärker wird...

Aufmerksam den Blick auf die verschiedenen Bildschirme gerichtet, sitzt Peter an seinem Schreibtisch. Es ist einer dieser typischen Samstage, in denen die Disko randvoll bis ans Ende ihrer Kapazitäten ist und die Mitarbeiter angehalten werden niemanden mehr hinein zu lassen, ehe nicht jemand gegangen ist. Leider gibt sich damit nicht jeder wartende Gast zufrieden, manche sind da ziemlich uneinsichtig.

Levior steht an der Glasfront, schaut sich das Gewusel auf der Tanzfläche wieder genauer an. Gleich würden die nächsten hinein kommen können, denn gerade ist es kurz vor Mitternacht und damit Sperrstunde für alle minderjährigen Besucher. So machen sich die Mitarbeiter auch daran, die Gäste zu kontrollieren und gegebenenfalls bis zum Ausgang zu begleiten, um sicher zu gehen, dass sie die Örtlichkeit auch verlassen.

So geht Lobo gerade auf eine ausgelassen feiernde Gruppe zu, die bestimmt noch nicht alle achtzehn sind, da müsste er sich schon schwer täuschen. Ein Junge sieht ihn doch etwas nervös an, Lobo kann das leichte Zucken in seinem Gesicht registrieren, und er sieht auch schon ziemlich angetrunken aus. So richtet er sich etwas mehr auf, fängt dann allerdings am anderen Ende der Gruppe mit der Kontrolle an. „Seid so freundlich und zeigt mir bitte eure Ausweise, Security", schaut er nacheinander zwei doch ziemlich stark geschminkte Mädchen an.

Diese haben ihn schon quasi kommen sehen und die erforderlichen Dokumente aus ihren Taschen gezogen, um sie ihm bereitwillig zu reichen: „Bitte, ich letzten Monat und sie letztes Jahr." Und nachdem er die Daten überprüft und es abgenickt hat, verschwinden die Ausweise wieder gut verwahrt in den Taschen. Die nächste Besucherin lächelt etwas unbeholfen und seufzt: „Erwischt. Oder zählt es, wenn mein Freund schon volljährig ist?" Und damit deutet sie auf den jungen Mann, der ihm gerade schon aufgefallen ist und der ihn nun mit doch schon glasigen Augen anschaut.

Lobo macht eine entschuldigende Handbewegung: „Sorry, aber er ist augenscheinlich nicht mehr in der Lage dir als Aufsichtsperson zu dienen. Ich denke es ist besser, wenn ihr ein anderes Mal wieder kommt."

Sie nickt, hat damit wohl schon gerechnet, kein Problem und stößt ihren Nebenmann an: „Komm, lass uns gehen, nächstes Wochenende kommen wir wieder." Dieser zieht doch recht missbilligend die Augenbrauen zusammen und legt seinen Arm um ihre Schultern, ehe die Beiden dann vor Lobo her gehen, durch die Menge, bis in den Gang hinaus, der Richtung Ausgang führt. Dort macht der junge Mann eine für ihn doch recht erstaunlich koordinierte ruckartige Bewegung!

Lobo sieht etwas aufblitzen und das nächste was er spürt sind die Schmerzen in seinem Oberkörper, das heftige Vibrieren und Ziehen, was ihm die Muskeln verkrampft und ihn wie ein Stein zu Boden gehen lässt! Mit verzerrtem Gesicht bleibt er heftig krampfen unten auf der Seite liegen!

Peter hat es auf einem der Monitore gesehen, dass da irgendwas nicht mit rechten Dingen vor sich geht, als Lobo zu Boden geht und kommt heraus gerannt! Geistesgegenwärtig springt er den angetrunkenen Mann an, dem das Gerät aus der Hand fällt und am Boden zerbricht! Er selbst bekommt auch Bodenhaftung und wird dort unten von Peter am Kopf hinunter gedrückt: „Ruhig bleiben!"

Das Krampfen lässt nach und Lobo greift sich an den Kopf, der sich gerade ziemlich flau anfühlt, setzt sich nur langsam auf: „Verdammt, was war das?"

Aufstehen geht noch nicht, also zieht er die Knie an, legt die Arme darauf ab und den Kopf auf die Unterarme, erst einmal sammeln.

Der Mann am Boden zetert lautstark los, kann sich durch Peters Kopffixierung aber nicht große aufrichten und seine Freundin steht dafür wie ein verdattertes Kaninchen dabei und weiß nicht was sie machen soll, während er wie ein Rohspatz schimpft: „Ich lass mich hier nicht einfach so raus schmeißen! Wozu zahlen wir den Eintritt? Der Typ hat hier gar nix zu melden! Lass mich los du Arschloch!" Was für ein netter Mitmensch aber auch!

Es hat etwas gedauert, bis Levior sich durch die angestaute neugierige Menge hindurch gedrängt hat, die teils echten Widerstand leistet, immerhin wollen sie sehen was da los ist! „Durchlassen, aber zack! Hier gibt's nichts mehr zu sehen!" Er kniet sich zu Lobo, der sich langsam wieder erholt hat und reicht ihm seine Hand, die er auch dankend annimmt, um sich zu erheben, auch wenn die Beine immer noch zittern.

Lobo spürt das Kribbeln im Oberkörper und streicht nur sachte mir der Hand darüber: „Was war das?" Nachdenken fällt gerade ein wenig schwer, sonst hätte er sich die Frage wohl selbst beantworten können.

Und das dürfte Levior wohl auch wissen, so legt er ihm nur einen Arm um die Schultern, um ihn mit sich zu nehmen: „DAS war ein Teaser. Anscheinend in der Tasche der Kleinen versteckt, wer würde sie auch schon kontrollieren? Die Wirkung lässt schnell wieder nach, sobald keine Spannung mehr besteht. Und es bleiben auch keine Schäden zurück, nur für Leute mit Herzproblemen oder Schrittmachern kann das Teil tödlich sein. Du wirst noch die nächste Zeit ein leichtes Muskelzucken spüren, bis sie sich wieder beruhigt haben. Leg dich am besten in den Ruheraum, hm?"

„Gute Idee", nickt er nur leicht und geht den Flur entlang, durch die sich schon zerstreuende Menge, immerhin gibt es hier wie schon erwähnt nichts mehr zu sehen und er ist auf seinen eigenen Beinen wieder unterwegs, also kein Action-Fact mehr. Der junge Wolf dehnt dabei leicht seinen Rücken und seine Arme, die immer noch irgendwie verkrampft sind und nimmt die doch noch etwas neugierigen Blicke um sich herum gar nicht wahr, uninteressant für ihn.

Dafür nimmt Levior sich erst einmal den jungen Mann dort am Boden vor, den Peter immer noch für ihn 'aufbewahrend fixiert'. Er zieht ihn auf die Beine hoch, drückt ihn hinten an die nächste Wand und sein Unterarm legt sich ihm an die Kehle! Die sonst so ruhigen grünen Augen blitzen bedrohlich auf und der Ton seiner Stimme hört sich fast wie ein leises Knurren an, doch noch kann er es verbergen. „Am liebsten würde ich dir Flachpfeife seinen eigenen Teaser zu spüren geben. Aber leider geht das nicht, mein Beruf hat gewisse Grenzen. Und ich habe keine Lust mir an so einem Hornochsen wie dir den Ruf zu beschmutzen. Deswegen nur eine klare Ansage: DU hast hier lebenslanges Hausverbot und wirst gleich von einer Streife abgeholt. Sollte ich dich hier jemals wieder auf dem Gelände sehen, gibt es ernsthaften Ärger! Hast du verstanden?"

Aus den Augenwinkeln kann er zwei Beamte sehen, lockert den Griff und registriert dabei schon das leichte Nicken, während ihm die Angst des Jungen förmlich in die Nase steigt! Hat sich da etwas jemand in die Hose gemacht? Als er abgeführt wird, ist deutlich ein dunkler Fleck im vorderen Bereich zu erkennen! Levior schüttelt nur kurz darüber den Kopf, unglaublich.

Eine Stunde später...

Die Tanzfläche ist immer noch rappel voll! Mit zackigen Bewegungen treibt die Menge auf dem Takt der Musik. Lobo hat sich eine halbe Stunde hingelegt, Loona ist bei ihm geblieben, weil sie sich doch irgendwie nach dem Vorfall Sorgen gemacht hat, aber nachdem er sich etwas ausgeruht hat, geht es ihm wieder gut. Doch während er langsam durch die verschiedenen Bereiche des Gebäudes pendelt, geht ihm die Sache immer wieder durch den Kopf, nein, noch einmal möchte er das nicht erleben. Es war schon eine eigenartige und auch erschreckende Erfahrung. Jedes Jahrzehnt hat neue und einfallsreiche Methoden, die Menschheit zu manipulieren oder ihnen zu schaden. Und es wäre fatal, sich nur auf ihr bisheriges Wissen zu verlassen, sind deswegen immer auf der Suche nach neuen Mitteln und Wegen. Das ist auch einer von Leviors Grundsätzen: „Nie stehen bleiben, es geht immer noch ein Stück weiter."

Gerade hat Lobo die Tanzfläche wieder erreicht, als ein stampfender Beat einsetzt und er den Blick über die Menge schweifen lässt, die teils mit geschlossenen Augen oder nach vorne gerichteten Blick tanzt. Er selbst bewegt sich ebenfalls mit der Menge, da er sonst Gefahr laufen würde mit jemandem zusammen zu stoßen. An der Bar kann er Loona sehen, wirft ihr ein sanftes Lächeln zu.

„Na, geh schon..." sie hört Leviors Stimme neben sich, der gerade an sie heran getreten ist. Ihr erstaunter Blick lässt ihn leise lachen: „Ich sags nicht noch einmal. Überlege es dir nicht zu lange." Und er zwinkert ihr kurz zu.

„Ay ay Cheffe" und damit lächelt sie ihm schelmisch zu, schiebt sich von der Theke fort und geht mit tänzelnden Füßen los, direkt auf Lobo zu, der sie doch etwas erstaunt anschaut, als sie ihn antanzt. Von der Seite wirft sie ihm einen frechen Blick zu, tanzt dann hinter ihn, so dass er ihr nur mit den Augen folgen kann, sich dabei auf der Stelle bewegt.

Langsam dreht er den Kopf wieder nach vorne, schließt die Augen leicht und kann sie hinter sich spüren, wie ihre Hand sich an seine Taille legt, den Gürtel entlang fährt und mit einer schnellen Armbewegung fängt er sie ein, dreht sich zu ihr und nimmt sie in den Arm! Von Loona erntet er darauf einen herausfordernden Blick, die sich an ihn schmiegt und sich so eng mit ihm im Takt der Musik bewegen kann.

Mit verschmitztem Lächeln sieht Levior sich die Beiden von der Bar aus an.

Lupus Congressu
(Wolfsbegegnung)

Die schmale Sichel des abnehmenden Mondes taucht die Stadt zur kürzesten Stunde in ein fahles Licht. Seit dem Auftauchen des Wolfes sind die Nachtstreifen besonders aufmerksam und vorsichtig. Heute finden sich kaum Personen in den Straßen der Stadt, nur hier und da huscht ein Nachtschwärmer um die Ecke. Und dort, in dem großen Park, kann man es sehen, bewegen sich zwei Schatten lautlos und geschmeidig über die große Wiese! Es ist der braune Wolf! Allerdings in Begleitung eines ebenfalls großen und weißen Wolfes! Die grauen Augen lassen ihn fast geisterhaft wirken. Sein Blick tastet die Umgebung ab, bevor sie zusammen weiter gehen. Und es ist zu sehen, dass das braune Tier ab und an ein Bein etwas nach zieht, die Wunde an der Flanke ist noch zu erkennen, wenn auch schon gut verschorft. Immer mal fährt die Zunge darüber, um die Haut zu befeuchten und damit zu entspannen. Der weiße Begleiter bleibt jedes Mal stehen, schaut sie an, ehe sein Blick wieder umher wandert. So erreichen sie nach und nach eine der großen Kastanien und lassen sich in ihrem Mondschatten nieder. Der weiße Wolf lehnt sich auf die Seite, gibt ihr damit die Möglichkeit, sich an seinem Bauchbereich einzurollen, was sie auch gerne annimmt und bald darauf vertrauensvoll die Augen schließt, denn bei ihm ist sie sicher! Und während sie sich ausruht, wandern seine hellen Augen aufmerksam umher, um sie rechtzeitig warnen zu können.

Viel zu unruhig bewegt sich Daniel im Bett hin und her, während das fahle Mondlicht durch die offenen Vorhänge auf sein Bett fallen. Die Bettdecke ist mittlerweile beiseite gerutscht, bringt ihn im weißen Shirt und einer kurzen blauen Schlafshorts zum Vorschein. In seinem Kopf tauchen verschwommene Bilder auf, die er einfach nicht abschütteln kann! Immer wieder lassen sie ihn zucken, windet er sich leicht, ehe er schließlich hoch schreckt! Halb aufgerichtet bleibt er im Bett sitzen, streicht sich über das Gesicht und sein Blick geht für einen Moment hinaus. Was ist nur mit ihm los?
So setzt er sich auf die Bettkante, streicht kurz durch die schwarzen Haare, ehe er langsam aufsteht, in eine Jeans schlüpft und dann den Haustürschlüssel nimmt, um leise die Treppe hinunter zu steigen. Ein kurzer Blick zu der unteren Wohnung, die Tür war zu gezogen. Langsam öffnet er die Haustüre, so dass er ein Quietschen vermeiden kann und tritt in die frische Nachtluft hinaus.
Lange streift er durch die Straßen, hat kein direktes Ziel und doch findet er sich irgendwann am Eingang des Stadtparks wieder! Kurz nur sieht er sich um und betritt dann den breiten Hauptweg. Hier und da kann er das Zirpen der Grillen hören, die ihre nächtlichen Lieber anstimmen. Ein Kauz meldet sich ebenfalls, der ihn entdeckt hat, auch wenn Daniel ihn nicht sehen würde, dafür versteckt er sich zu gut. Eine Fledermaus fliegt nur knapp an seinem Kopf vorbei und er

zuckt zusammen, hat er nur den Windhauch gespürt, aber keinen einzigen Flatterlaut der flinken Bruchpiloten! Aber vermutlich hat sie sich genauso über das Hindernis in ihrer Flugbahn erschrocken!

Die Sohlen seiner Schuhe knirschen leise im Sand des wegen und er merkt, wie langsam die Ruhe in seinen Körper kriecht. So sehr er auch versucht, keines der Bilder will sich zeigen, das ihm im Schlaf durch den Kopf gespukt ist. Aber es hat ihn trotzdem so aufgewühlt, auch wenn er sich jetzt an nichts mehr erinnern kann. So in Gedanken versunken durchstreift er den Park, bis er plötzlich stehen bleibt! Irgendwas in ihm hat ihn gebremst und er sieht sich suchend um. Und dann kann er es sehen, den weißen Schatten unter der großen Kastanie! Nur langsam und vorsichtig geht er darauf zu.

Knirschende Geräusche sind zu hören und der weiße Wolf sieht leicht nervös in die Richtung! Bald darauf kann er den Mann erkennen und ein kehliges Grollen entfleucht ihm! Das braunfellige Weibchen erhebt sich etwas schwerfällig, folgt seinem Blick und kann den Dunkelhaarigen sehen, der langsam auf sie zu kommt! Ihr Kopf senkt sich etwas und ihr Blick liegt in seinem, während ihr Gefährte auch schon aufgestanden ist, sich allerdings gerade schützend vor sie stellt, die Ohren angelegt hat und vernehmlich lauter grollt, während er den Kopf senkt. Was auch immer dieser Mensch vorhat, er würde es zu verhindern wissen!

Daniel hat die Bewegungen der beiden erstaunlich großen und sehr hübschen Tiere beobachtet und ist dann doch lieber stehen geblieben, nachdem er wohl bis auf fünf Meter an sie heran gekommen ist. Mit einer langsamen geschmeidigen Bewegung kniet er sich nieder, schaut abwartend zu ihnen hinüber. Er hat keine direkte Angst, dafür aber einen gehörigen Respekt vor dieser Schöpfung! Er kann beobachten, wie die Wölfe lange seine Witterung aufnehmen, nach und nach die Aggression aus ihren Blicken schwindet. Ob sie wohl merken, dass er auch in gewisser Weise wie sie ist? Wenigstens verstummt das Grollen des weißen Tieres und er kommt mit langsamen Bewegungen und aufgestellten Ohren auf ihn zu! Daniel überlegt, was jetzt wohl am besten ist, aufzustehen oder sitzen zu bleiben? Und so entscheidet er sich dann doch auf den Knien zu bleiben, nur eines aufzustellen, so dass er notfalls versuchen könnte zu fliehen. Ein absurder Gedanke. Den Blick senkt er etwas, um den Beiden nicht direkt in die Augen zu schauen, und sie damit eventuell noch zu provozieren.

Einen Meter entfernt bleibt der männliche weiße Wolf stehen, wittert erneut und merkt wie Daniel ihn ebenfalls beobachtet, das weiße Fell anschaut, das beinahe milchig im Restlicht des Mondes schimmert. Wie mochte das wohl bei Vollmond aussehen? Sein Blick wird von grauen Augen erwidert.

Ist es Nervosität oder Erwartung, was ihr ein Kribbeln im ganzen Körper beschert, während ihr Gefährte aufsteht und sich dem Menschen nähert? Die Witterung kommt ihr bekannt vor und auch der weiße Wolf scheint ihn wiederzuerkennen. So schließt sie mit vorsichtigen Schritten zu ihm auf, geht sogar noch weiter und bewegt sich langsam auf den dunkelhaarigen Mann zu, bis sie seine Aura spüren kann.

Daniel traut seinen Augen kaum, was passiert hier? Denn das große braune Tier ist vor ihm stehen geblieben, und sieht ihn mit bernsteinfarbenen Augen furchtlos an. Die Größe überragt einen normalen Wolf um einiges und als er den Körper entlang schaut, kann er die noch frisch verschorfte Wunde an der Flanke erkennen, die ihn instinktiv zu etwas mehr Vorsicht mahnt, denn er weiß, dass verletzte Tiere unberechenbar sein können. Die Lefzen des braunen Wolfes berühren ihn nur ganz sanft, erst am Knie, dann am Unterarm und schließlich sogar im Gesicht! Was geht hier vor sich? So etwas hat er noch nie erlebt! Sein Herz klopft schneller, aber nicht aus Angst, sondern nur aus Aufregung. Liegt es an der Verletzung, oder gibt es einen anderen Grund, dass das Tier so zutraulich ist? Und nur langsam hebt er die Hand, was den weißen Rüden hervor kommen lässt, um sie zu beschnüffeln und dann tatsächlich zweimal mit der Zunge schnell daran entlang zu fahren! Eine Gänsehaut überzieht den trainierten Körper des Mannes und er hebt die Hand langsam noch ein Stück, legt sie zwischen die weißen Plüschohren auf die Stirn und kann sehen, wie sich die Augen des Tieres wohlig etwas schließen! Wenn das mal kein Vertrauensbeweis ist! Beide Tiere legen sich bei ihm ab und mit erwartungsvollen Augen schauen sie ihn an. Die Wildheit und Skepsis daraus ist mittlerweile verschwunden. Daniel fährt behutsam über das braune Rückenfell, dabei bedacht der in Mitleidenschaft gezogenen Flanke nicht zu nahe zu kommen. Das weiße Tier erweist sich eindeutig als Männchen, nicht zu übersehen und ihm reicht es gerade aus hier und da mal eine freundschaftliche Berührung an der Kopfmaske zu bekommen. „Was passiert hier gerade?" Daniels Stimme klingt um einiges rauer wie sonst, aber er erwartet natürlich keine Antwort von den beiden Tieren.

So verharren sie wohl eine ganze Stunde! Erst dann steht der weiße Wolf auf, stupst das braune Weibchen kurz sanft am Rücken und auch sie erhebt sich ebenfalls. Doch verschwinden beide nicht einfach. Sie tritt nahe an Daniel heran, legt für einen kurzen Moment ihren massigen Kopf auf seine Schulter, so dass er das Gewicht spürt, was ihn problemlos nieder drücken könnte. Seine linke Hand streichelt sanft über ihren Hals, genießend schließt er die Augen: „Ich danke dir." Und als sie dann ein paar Schritte zurück geht und ihn mit schief gelegtem Kopf anschaut, sieht es so aus als ob sie mit dem leicht geöffneten Maul lächeln würde. Erst dann dreht sie sich um und verschwindet langsam im Schatten der Bäume. Der weiße Wolf hingegen stößt Daniel fast schon etwas übermütig an der Schulter an, macht dann einen flinken Sprung beiseite und tänzelt davon!

Der junge Mann bleibt noch ein paar Minuten sitzen und sieht den beiden stolzen Tieren hinterher. Er weiß immer noch nicht was genau hier passiert ist, aber er spürt die Ruhe in sich, die sich mehr und mehr ausgebreitet hat. Nur langsam steht er dann doch auf, geht durch den Park, die Straße entlang, bis er zuhause ankommt. Leise schließt er die Haustür auf, steigt die Treppen hoch. Und während er sich die Jeans auszieht, diese auf den Stuhl neben seinem Bett legt und sich selbst in die Kissen begibt, erlebt er diesen Moment vor seinem inneren Auge erneut, und schläft bald darauf mit einem sanften Lächeln auf den Lippen ein.

Als Loona erwacht, scheint die Sonne hell ins Zimmer und sie reibt sich den Schlaf aus den Augen, ehe sie lächelnd neben sich schaut. Lobo liegt auf der Seite eingerollt wie ein junger Hund, die Haare offen und etwas zerwühlt und sieht zuckersüß aus. So schiebt sie die Bettdecke langsam zur Seite und steht leise auf, um ihn nicht zu wecken, schnappt sich ihren Bademantel, den sie überstreift und geht in die Küche. Von oben kann sie Schritte hören, ob Daniel schon wach ist? Ein kurzer Blick auf die Uhr zeigt fast acht. Und sie kann hören, wie Schritte die Treppe hinunter kommen, huscht zur Wohnungstür und öffnet sie nur ganz leicht. Daniel geht in den Kerzensaal, ohne sie groß zu bemerken, aber irgendwie spürt sie, dass er ein Gespräch braucht. Deswegen geht die junge Frau auch wieder ins Schlafzimmer, zieht sich vernünftig an, kämmt im Bad noch eben ihre Haare durch, ehe sie in die Küche kommt und Kaffee aufsetzt. Zwei Becher werden neben die Maschine gestellt und abgewartet, bis das Wasser durchgelaufen ist, während sie verträumt aus dem Fenster schaut und erst bei dem Brodeln wieder die Aufmerksamkeit auf die Kaffeemaschine richtet. Beide Becher werden mit dem dampfenden Getränk gefüllt und dann mitgenommen, während sie die Wohnung verlässt.
Im Kerzensaal angekommen, findet sie Daniel im Schneidersitz am Boden vor, die Hände ruhen auf seinen Knien, die Augen sind geschlossen. Nur leise geht sie zu ihm, setzt sich nieder und stellt die Tassen vor sich ab.
Daniel öffnet langsam die Augen und dreht den Kopf zu ihr, lächelt sie an: „Du bist heute aber früh wach. Hallo."
Die junge Frau lächelt freundlich zurück, nimmt eine Tasse und reicht sie ihm: „Ich hatte das Gefühl, dass du jemanden zum reden brauchen könntest."
Zuerst schaut er doch etwas erstaunt, nimmt dann den Kaffee und trinkt einen Schluck: „Mhh, sehr gut. Ja, ich glaube schon. Ich habe heute etwas erlebt und ich kann es noch gar nicht richtig glauben." Und so erzählt er ihr von der vergangenen Nacht, während die kleine Wölfin schweigend dort sitzt und ihm aufmerksam zuhört. In ihrem Inneren kann sie ein starkes Kribbeln spüren, was Daniels positive Energie ist, die sich auch auf sei überträgt und zeigt, wie wohl er sich in der Situation gefühlt hat. Zum Ende der Erzählung schaut er sie fragend an: „Was hältst du davon?"
Sie nickt nur leicht, schließt die Augen kurz, ehe sie antwortet: „Es war auf jeden Fall für beide Seiten eine sehr angenehme Begegnung. Ich frage mich nur wie es kommt, dass die Beiden sich hier in der Stadt aufhalten, das ist sehr ris-

kant. Du hast erwähnt, dass der braune Wolf verletzt war, an welcher Stelle?"
Der Dunkelhaarige legt die Hand an seine eigene Rippengegend: „Hier ungefähr, an der Flanke."
Als Loona das sieht, weiten sich ihre Augen erstaunt: „Dort? Dann habe ich vor einigen Tagen wohl die Schmerzen dieses Wolfes gespürt. Ich bin beim Abendessen vorbereiten zusammengeklappt, weil ich genau dort Schmerzen hatte. Das kann passen. Denn so schnell wie sie kamen, waren sie auch wieder weg. Deswegen wusste ich, dass es nicht meine eigenen waren. Und anscheinen kamen sie von der Wölfin."
Er nickt nur leicht, trinkt dann den Rest seines Kaffees aus: „Das hört sich stimmig an. Aber wieso kommt das Tier nicht zu dir? Es wäre doch in Ordnung, oder?"
Auch Loona nickt: „Natürlich. Er gehört doch auch zu uns, ob nun als richtiges Tier, oder als Mensch. Wenigstens sehe ich das so, und ich denke, es ist auch in Lupus Sinne.
Beide sitzen noch eine Weile dort, schweigen gemeinsam, hängen ihren Gedanken nach, tauschen sich kurz noch leise aus, ehe ihre Wege sich wieder trennen.

Gemütlich hat sie in der Küche etwas kleines vorbereitet, denn ein denkender Kopf braucht bekanntlich auch Brennstoff und so nimmt sie den Teller von der Küchen-Anrichte und geht damit hinüber ins Wohnzimmer, wo Bengie wieder die Nase am Schreibtisch im Lehrbuch vergraben hat, wie die meiste Zeit des Tages. Allerdings scheint sein Kopf schon dermaßen überfüllt zu sein, dass er ihn festhalten muss, denn er wird auf einer Hand abgestützt.
„Blick zu mir, aber sofort", grinst sie und hält den Teller in seine Richtung, „Jetzt gibt es erst einmal einen Pausensnack."
Benjamin hebt den Kopf fast schon etwas schwerfällig an, sieht sie an und lächelt müde: „Du bist ein Schatz." Und damit legt er endlich das Buch beiseite, steht auf und kommt zu ihr hinüber, um sich eine der Brotscheiben zu nehmen und genüsslich hinein zu beißen. „Mhhh, lecker."
Zusammen setzen sie sich auf die Couch und essen erst einmal in Ruhe. „Was hältst du davon wenn ich bei Loona anrufe?" Maci stellt danach den leeren Teller auf den Wohnzimmertisch und bekommt einen fragenden Blick von Ben.
„Geht es dir denn wieder gut genug? Ich meine, du warst ja doch ziemlich neben der Spur."
Sanft streicht sie im durch die kurzen dunkelblonden Haare: „Mein großer Bruder, mir geht es wirklich schon wieder gut."
„Dann spricht doch nichts dagegen", er hält gerade den Kopf ganz still, schließt genießend die Augen, „sie einfach mal zu fragen." Und langsam schweifen seine Gedanken ab, werden von dem wohligen Gefühl vertrieben, so dass er sich zurück lehnt. „Ich denke, für heute habe ich genug gelernt."

„Dann ruh dich doch etwas aus", lächelnd steht Maci auf, nimmt das Telefon und tippt einige Zahlen, während sie leise den Raum verlässt.

Mutation

Gerade hat Loona ihre Haare zu Ende geföhnt, als im Wohnzimmer das Telefon geht! Mit zügigen Schritten erreicht sie es und nimmt ab. „Oh, hallo Maci. Schön dich zu hören. Klar, kommt rüber, wir sind zuhause. Dann bis heute Abend, ich freue mich." Und schon legt sie wieder auf.
Die Schlafzimmertür geht auf und Lobo erscheint, in schwarzer Trainingshose und offenen Haaren, schaut sie neugierig an: „Bekommen wir Besuch?"
Loonas Blick wandert über seinen unbekleideten Oberkörper und sie lächelt, als sie sich zu ihm umgedreht hat: „Hey, was hast du denn noch vor? Ja, Maci und Benjamin kommen heute Abend vorbei."
Sein Blick wandert warm und sanft über ihr Gesicht, während er näher kommt: „Ich habe überlegt zu trainieren, aber das könnte auch noch warten." Immerhin hätte er da gerade durchaus noch eine andere Trainingsidee im Kopf.
Liebevoll legt sich ihre eine Hand in seinen Nacken, während die andere ihren Platz am Hosenbund findet: „Hmmm, lass es lieber nicht warten. Weißt du was, ich komme einfach mit." Oh ja, sie hat da wohl ähnliche Gedanken, aber sie möchte ihn gerade auch nicht einfach von seinem Vorhaben abbringen.
„Da sag ich nicht nein. Komm, lass uns in den Park gehen, bei dem schönen Wetter lädt er ja förmlich ein." Und schnell sind Getränke und Handtücher zusammen gepackt und das Haus verlassen.
Der Park ist normalerweise nur ein paar Minuten entfernt, wenn die Füße einen nicht vorher schon durch die Stadt tragen, wie bei Daniel und so erreichen sie den Haupteingang ziemlich schnell. Das Wetter ist herrlich und perfekt um sich draußen zu bewegen. Hand in Hand gehen sie den Hauptweg entlang, während Lobo die kleine Tasche über der Schulter trägt.
Auf der linken Seite ist ein junger Mann zu erkennen, der auf dem Rasen verschiedene Bewegungen mit einem kleinen Bambusstab und Schrittkombinationen ausführt. Er sieht groß, schlank und sehr durchtrainiert aus, fast schon etwas zu extrem definiert, die blonden halblangen Haare verdecken teils das verschwitzte Gesicht. Und es dauert nicht lange, bis er Loonas Aufmerksamkeit auf sich gezogen hat, sie ihm faszinierend zuschaut. Eine Vierteldrehung nach rechts und sein Gesicht war erkennbar, mit strahlend blauen Augen und einem markanten Kinn, das von einem Drei-Tage-Bart verziert wird. Doch geht sein Blick förmlich durch sie hindurch, ist er tief in seiner Konzentration und scheint sie nicht wahrzunehmen, oder lässt sich davon nicht stören.
Nur leicht berührt Lobo sie an der Taille: „Ja sag mal, schwärmst du da gerade jemand anderem hinterher?" Doch bei seinem Unterton und dem Lächeln auf

dem Lippen ist schnell zu erkennen, dass er sie nur aufziehen möchte. Langsam schüttelt sie den Kopf, ohne den Blick abzuwenden: „Keine Sorge. Aber schau dir diese fließenden Bewegungen an, das ist faszinierend!" „Dann geh doch einfach hin und frage ihn, ob er dich trainieren kann." Lobo knufft sie leicht in die Seite und lacht leise, er hätte nicht einmal etwas dagegen, denn er weiß, ihr Herz ist immer bei ihm, wie seines auch bei ihr. „Öy, die Idee ist gar nicht mal so schlecht. Ich kann da bestimmt noch einiges bei mir verfeinern und dir dann auch noch was neues beibringen. Aber zuerst trainieren wir beide jetzt zusammen, komm mit!" Und damit zieht sie ihn auf ein Stück freie Wiese.

Währenddessen beendet der Stockkämpfer sein Training, bleibt noch einen Moment gerade stehen, die Augen geschlossen, die Arme längs an den Körper gelegt.

An anderer Stelle rennt eine junge Frau mit rotem Bubikopf etwas genervt über die Wiese, um den unverschämten Rufen der jungen Männer zu entkommen, die sie noch aus ihrer Kindheit kennt und denen sie meistens aus dem Wege geht, denn selbst nach den Jahrzehnten haben sie kein Benehmen. Weiter und weiter geht es, quer durch den Park, immer wieder sieht sie sich um, und deswegen erspäht sie den jungen Mann dort auch erst, als es schon zu spät ist auszuweichen! Ziemlich hart prallen sie aufeinander! Während er zwar zu Boden geht, sich aber über die Schulter wieder abrollt und dann einen Moment kniend leicht verharrt, die Hand auf dem Rasen abgestützt, rappelt sie sich doch ziemlich benommen hoch, geht unsicher zu ihm und kniet sich hinunter, ehe eine Hand sich auf seine Schulter legt: „Geht es ihnen gut? Das wollte ich nicht. Tut mir leid."

Warm klingt seine Stimme zu ihr, während sein Blick weiter auf den Rasen gerichtet ist: „Ist schon gut, es geht schon." Ein wenig sammelt er sich, das ist normal und doch steht er bald wieder auf.

Die junge Frau, die wirklich noch sehr jung zu sein scheint, streicht sich ihre Sachen glatt, merkt selbst auch wie es ihr wieder besser geht: „Ich... ich habe sie nicht gesehen." Immerhin ein Grund, den sie ihm schuldet.

Er dreht den Kopf in ihre Richtung und lächelt: „Da sind wir uns einig, ich dich nämlich auch nicht."

„Naja, sie haben hinten keine Augen und ich bin ihnen ja in den Rücken gelaufen", einem ziemlich kräftigen, was sie so mitbekommen hat und verlegen schaut sie zu Boden.

Er streicht sich die Haare sachte aus dem Gesicht: „Nein, daran lag es nicht, normal hätte ich dich hören müssen. Hey, schau mich mal an."

Immer noch unsicher hebt sie den Blick, sieht in seine Augen: „Ja? Und nun? Ich meine, sie haben blaue Augen..." Verdammt hübsche blaue Augen! Doch geht sein Blick gerade förmlich durch die hindurch und die Kleine hebt doch langsam die Augenbrauen: „Äh, ah, ich glaube, oh verflixt, sie können mich gar

nicht sehen, oder?"
Erwartet sie jetzt Missmut in seiner Stimme, dann wird sie enttäuscht. „Kein
Grund verlegen zu werden. Aber kannst du mir einen Gefallen tun? Mein Stock
ist gerade weggerutscht und dürfte hier irgendwo herum liegen. Kannst du ihn
mir bitte geben?" Und damit hält er die rechte Hand leicht geöffnet nach vorne
und wartet ab.

Noch immer etwas verdattert schaut sie sich um, sucht eigentlich nach einem
großen Taststab und entdeckt dann den kleinen Bambusstab im Gras! Schnell
geht sie hinüber, hebt ihn auf und kommt wieder zu ihm zurück, ehe sie den
Stab in die wartende Hand führt. Dabei geht ihr Blick dann doch wieder zu ihm
hoch, der sie um gut zwei Köpfe überragt und ihr ein zufriedenes Lächeln
schenkt: „Danke. Wie heißt du eigentlich?"

Ein kurzes Räuspern ist zu hören, ehe sie leise antwortet: „Ich heiße Kira."

Und während er den Stab in die flexible Wildlederhülle an seinem Gürtel führt,
lächelt er wieder: „Es muss dir nicht unangenehm sein, Kira. Übrigens ein sehr
schöner Name. Ich bin Misha." Und damit hält er ihr die rechte Hand zur Begrüßung hin, die sie nur zaghaft nimmt, kurz drückt und sich dann wieder von
ihm löst, Unsicherheit pur! „Ich gebe zu, du hast mich mit dem kleinen Remp-
ler ein wenig aus dem Kompass geschubst, wo ist bitte der Hauptweg?"

Aus dem Impuls heraus deutet sie mit der linken Hand in die Richtung und bemerkt ihren Fehler sofort: „Äh ich bringe sie hin, okay?" Vorsichtig nur schiebt
sich ihre Hand wieder in seine und langsam geht sie los.

Es dauert nicht lange, bis er den Kies unter seinen Schuhen spüren kann und
stehen bleibt: „Kira. Mach dir bitte nicht so viele Gedanken. Ich bin dir nicht
böse, okay?"

Sie selbst bleibt ebenfalls stehen, da sie ja noch seine Hand hält und dadurch etwas gebremst wird: „Ich... ich muss gehen, ist das in Ordnung? Kommen sie alleine zurecht?"

Nur ein leichtes Nicken, ein forschender Blick, auch wenn er sie nicht sieht:
„Ja, das komme ich. Würdest du mich trotzdem noch ein Stück begleiten,
bitte?"

„Das ist gut", fängt sie an, ehe ihr fragender Blick wieder zu ihm hoch geht,
„Aber, ich kenne sie doch gar nicht, wieso sollte ich sie... ja, doch, ich meine,
ja. Warum auch immer, irgendwas in mir sagt, dass ich ihnen trauen kann."

Und damit drückt sie seine Hand kurz sanft.

„Okay, das ist ein Argument, aber genauso hast du gerade auch deinen Instinkt
gespürt, dem du vertrauen kannst. Und dafür danke ich dir, dass du ihm traust."

Er merkt den sanften Zug, neigt sich leicht hinunter und spürt einen kurzen
Lufthauch vor dem Gesicht, so dass er lachen muss: „Glaubst du mir jetzt endlich?"

Wusch! Die Röte schießt ihr ins Gesicht, als sie merkt, dass er das Wedeln bemerkt hat und sie ist froh, dass er ihre Verlegenheit nicht sehen kann: „Ja, äh,

es ist halt nur ungewohnt, sollte jetzt nicht doof herüber kommen."
„Wenn du möchtest, dann helfe ich dir ein wenig dabei, dich daran zu gewöhnen?" Er geht langsam etwas in die Hocke, soweit er es merkt wo seine Hände liegen und kniet dann fast schon vor ihr, die leicht nickt und dann nur zaghaft antwortet: „Ja." Wobei sie da doch über sich selbst erstaunt ist.
„Das ist ein guter Anfang. Darf ich?" Nur langsam hebt sich seine Hand in Richtung ihres Gesichtes und als Antwort legt sich ihre Darauf und führt sie an ihre Wange. Tastend huschen die Fingerspitzen über ihre Gesichtszüge, streichen an ihrem Hals entlang, ehe sie auf der Schulter liegen bleiben: „Du bist noch sehr jung, oder? Kniest du gerade?"
Dieses Mal ist es Kira, die leise lachen muss: „Nein, ich stehe, ich bin nur knapp ein Meter und sechzig klein." Und zum ersten Mal wirkt sie wieder gelöster, seit ihres kurzen Zusammentreffens.
„Hey, das ist nicht klein, das ist nur deine äußere Größe. Ich bin mir sicher innerlich bist du viel größer, glaub es mir", und damit erhebt er sich doch wieder, legt seine linke Hand auf ihre rechte Schulter, „lass uns ein Stück gehen, hm?"
Nur kurz streift sie über seine Hand, als ob sie sicher gehen möchte dass er auch Halt hat: „In Ordnung." Zu der innerlichen Größe sagt sie gerade mal gar nichts. Da fühlt sie sich eher wie ein Zwerg oder Gnom, aber sicherlich nicht größer als 1,56m.

„Erbarmen, okay, das reicht mir für heute", schwer atmend bleibt Lobo stehen, stützt die Hände auf die Knie, nachdem er in der letzten halben Stunde doch einige sehr harte Schläge abfangen musste, die er ihr so gar nicht zutrauen würde, wenn er sie nicht kennen würde, „dafür dass du nie kämpfen wolltest, bis du verdammt schnell und stark geworden.
Loona dehnt ihre Beine: „Na, was bleibt mir bei so einem Brocken wie dir denn übrig? Außerdem kämpfe ich nicht, ich wehre mich nur."
Mit einem leisen Lachen streckt er Schultern und Arme: „Na, wenn du das sagst, dann sind deine Konter aber echt heftig. Na komm, lass uns heim gehen. Mir ist jetzt nach einer schönen Dusche."
„Hey, ich greife nie an, aber wehren darf ich mich doch, mein Lieber. Und du kannst einiges einstecken, das weiß ich. Oh ja, da bin ich dabei." Und mit frechem Grinsen hakt sie sich bei ihm unter und sie schlendern gemütlich den Hauptweg entlang, zurück nach Hause.

„Was machst du so den ganzen Tag, außer unschuldige junge Männer im Park über den Haufen zu rennen?" Misha dreht sein Gesicht mit frechem Grinsen in ihre Richtung, er kann aber auch fies sein.
Sie schmunzelt vor sich hin, ja, mittlerweile kann sie darüber lachen, zuckt dann aber nur leicht mit den Schultern: „Die meiste Zeit arbeite ich in einem Einkaufszentrum an der Kasse." Zusammen gehen sie eine breite Straße ent-

lang. „Aber, da ist noch etwas anderes, oder?" setzt der junge Blondschopf nach und bleibt stehen. Kira spürt ein eigenartiges Kribbeln in ihrem Nacken, schüttelt den Kopf, auch wenn er das nicht sehen kann: „Nein, nicht wirklich, was meinst du?" „Hey, ich höre an deiner Stimme ob du die Wahrheit sagst", tastet er sich zu ihrem Kopf, strubbelt durch die weichen Haare.

Von hinten nähert sich ziemlich schnell ein Junge auf einem Skateboard und noch ehe er reagieren kann, hat Kira Misha auch schon zur Seite gedrängt und sich vor ihn gestellt! „Was war das?" Er stabilisiert sein Gleichgewicht wieder und merkt, wie sie seine Hand wieder zurück auf ihre eigene Schulter führt. „Das war ein Skateboardfahrer..." erklingt ihre Stimme noch leicht außer Atem. „Du hast sehr gut reagiert, danke" Sanft massiert er ihre Schultermuskulatur, die unter seiner Hand merklich verkrampft ist. „Nein, das war nur, naja, nur ein Reflex", sie strafft den Rücken etwas und atmet durch.

Sie gehen noch ein gutes Stück die Straße entlang, ehe Misha stehen bleibt: „Hier wohne ich. Magst du noch mit hoch kommen? Keine Sorge, ich mach dir nichts." Die grünen Augen der jungen Frau schauen ihn forschend an, ehe sie nickt: „Ok."

Er geht den Weg zur Haustür entlang, mit viel sicheren Bewegungen, hier kennt er sich aus, öffnet die Türe mit dem Schlüssel und schiebt sie dann auf: „Einfach folgen." Und damit steigt er auch schon die Stufen hoch, in dem Moment würde niemand auf die Idee kommen, dass er diese nicht sieht. Oben angekommen öffnet er eine weitere Tür, die zu seiner Wohnung führt und gibt ihr den Weg frei: „Bitte sehr, herzlich Willkommen in meinem kleinen Nest."

Kira ist ihm doch etwas zögerlich und gleichzeitig fasziniert gefolgt, betritt dann langsam den Flur. Die Wände sind hell, die Möbel meist aus Kiefernholz. „Es ist sehr gemütlich, harmonisch", damit ist sie stehen geblieben.

Nur leicht stößt Misha mit seinem Fuß an ihren, hat nicht bemerkt dass sie stehen bleibt. „Oh sorry. Ja, es hat etwas warmes an sich, finde ich. Hier ist meine Küche. Magst du etwas trinken?"

Mit einem Nicken antwortet sie ihm „Ja, ein Wasser bitte", eh Kira sich auf einen der Stühle setzt und zusieht wie er ein Glas aus dem Schrank holt, die Wasserflasche nimmt und dann ohne zu übergießen die klare Flüssigkeit einfüllt. Die Daumenspitze am Rand sieht sie gerade nicht, als Sensor wann er aufhören muss. „Ich habe nur stilles Wasser, ich hoffe das ist in Ordnung", er kommt zu ihr zurück und behutsam nimmt sie ihm das Glas aus der Hand, berührt dabei kurz seine Finger, was sie innerlich leicht zucken lässt, „Danke."

Mit seinem eigenen Glas setzt er sich zu ihr: „Hey, alles in Ordnung? Sag mal, wie alt bist du eigentlich?" Ein fast schon verstohlenes Lächeln folgt auf seine Worte: „Ich bin fast neunzehn." Die Antwort auf seine Frage bleibt sie ihm vorerst schuldig, hakt nur nach: „Und du?" Sein Kopf dreht sich wieder in ihre Richtung: „Fünfundzwanzig. Magst du mir erzählen was dich beschäftigt? Ich kann es an deinem Unterton hören, spüre es in mir." Und dabei tastet er nach ihrer Hand, die sich nur zaghaft in seine Richtung schiebt. Sie schluckt hart, atmet hörbar durch: „Du erklärst mich genauso für verrückt wie meine Eltern, ich kann es dir nicht erzählen." Als Antwort drückt er nur behutsam ihre Hand: „Versuch es bitte."

„Okay, aber wehe du schmeißt mich dann hier raus, ich habe dich vorgewarnt. Es klingt ziemlich verrückt, das weiß ich auch. Bei mir ist nämlich nicht alles so normal wie es scheint. Ich habe das schon als Kind gemerkt", ihre Stimme beginnt zu zittern, gleichzeitig spürt sie aber auch seine warme Hand auf ihrer, wie ein rettender Anker in der innerlichen Sturmflut, „ich hatte bessere Wahrnehmungen als die Anderen. Und ich war schneller und stärker, ganz abgesehen von der zwischenzeitlichen Unruhe in mir, die erst bei Vollmond weniger wurde oder sogar ganz verschwand. Meine Eltern kamen damit überhaupt nicht klar, und machten dicht, wenn ich sie nach Antworten fragte."

Nur langsam lässt er ihre Hand los, tastet nach ihrem Gesicht und streicht zärtlich darüber: „Kira. Ich kann dich gut verstehen. Besser als du glaubst. Ich weiß dass es beängstigend ist und es dich sehr bedrückt. Und normalerweise taucht es erst in der Erwachsenenphase auf, aber glaube mir, es ist etwas wunderbares. Ich habe es schon im Park gespürt, war mir aber nicht sicher, doch deine Erzählungen verhärten und bestätigen es.

Seine Berührungen lassen die Tränen über ihr Gesicht laufen und seine Worte verwirren sie zusätzlich noch etwas, denn entweder macht er sich gerade hier über sie lustig, oder aber er kennt es tatsächlich. „Verarsche mich jetzt nicht, ja? Was ist mit mir? Sag es mir!"

„Ich mache da keine Scherze mit", und anhand seiner doch ernsteren Gesichtszüge und dem Ton seiner Stimme ist erkennbar, dass er es ernst meint, „Es ist etwas besonderes und es ist nichts schlimmes. Du bist etwas besonderes, wie ich auch. Ich habe die gleichen Besonderheiten gespürt wie du auch, nur viel später. Kira, wir sind Wölfe, das ist eine Gabe, davor brauchst du keine Angst haben."

Fassungslos starrt sie ihn an, ihre Stimme überschlägt sich fast: „Du verarscht mich doch! Wölfe! Was erzählst du mir da für einen Scheiß?" Sie möchte aufspringen, aber gleichzeitig hält seine Hand sie an der Schulter fest!

„Ich habe dir gesagt, ich mache damit keinen Spaß. Du suchst Hilfe, du könntest sie bei mir finden, aber nicht wenn du jetzt abhaust", ernste Worte und sein Blick scheint sie zu durchbohren! „DU bist weder krank, noch ist es etwas wofür du dich schämen musst, Du brauchst nur jemanden, der dir dabei hilft es anzunehmen und damit klar zu kommen."

„Es anzunehmen? Was anzunehmen?" Ihr Blick wandert in seine blauen Augen, die langsam aber sicher wieder einen freundlicheren Ausdruck annehmen.

„In dem Punkt kommt es auf den Einzelnen an, wie weit es angenommen werden möchte, je besser desto einfacher wird das Leben damit. Jeder entwickelt verschiedene Kräfte. Bei dir ist es die Ausprägung der Instinkte, der Wahrnehmungen, der Stärke und Schnelligkeit. Aber selbst das muss geübt werden, um sich davon nicht zu sehr mitreißen zu lassen. Und manche bekommen wie in einer Laune der Natur noch besondere Fähigkeiten geschenkt", versucht er es ihr so einfach wie nur möglich zu erklären.

„Und wie ist es bei dir? Wieso kannst du nichts sehen, wenn du doch ein Wolf bist?" Mit den Worten steht sie auf, geht zu ihm und streicht behutsam seine Haare aus dem Gesicht, ehe ihr Zeigefinger sanft seine Augenbraue nachfährt, „Was ist deine Besonderheit?"

Misha schließt die Augen, spürt wie die Gänsehaut sanft über seinen Körper rauscht und antwortet leise: „Ich kann mich dadurch besser orientieren. Ich sehe quasi mit den Ohren." Er lehnt seinen Kopf an ihren Oberkörper, spürt dabei ihren heftigen Herzschlag und seine Hände legen sich nur sanft an ihren Rücken, als sie ihn umarmt und sich gerade so zuhause wie lange nicht mehr fühlt!

Der Kreis schließt sich!

Draußen wird es langsam dunkel, als es an der Haustüre klopf, die sich kurz danach langsam öffnet. Loona hat sie und die Wohnungstür absichtlich nicht verschlossen und lauscht, als sie Schritte hört: „Maci? Ben? Kommt doch herein." Und lächelnd betreten die Geschwister die Wohnung, schauen sich kurz im Flur um. „Schön das ihr da seid", Loona umarmt sie kurz aber herzlich und bittet sie dann ins Wohnzimmer, wo Lobo auf der Couch sitzt. Dieser steht jedoch flink auf und reicht ihnen die Hand, wobei Maci leicht zuckt. „Setzt euch doch."

Loona spürt Macis Unsicherheit zu genau und schaut sie kurz fragend an: „Magst du mir deine beiden Hände leihen, ich habe noch ein wenig was aus der Küche zu holen." Und schon verschwinden sie beide in selbiger, wo Loona dann auch das Wort ergreift, als sie alleine sind: „Ist alles in Ordnung?" Maci wird sichtlich verlegen: „Wie meinst du das?" Schnell möchte sie nach der Chips-Schüssel greifen, die Loona gerade gefüllt hat und zuckt zurück: „Verflixt."

Loona kann nicht nachhaken, denn es klopft an der Türe und Daniel kommt herein: „Die Jungs sind halb am verhungern, ich denke ich nehme die schon mal mit. Oh hallo..." Und so flink wie er hinein kommt, so stocksteif bleibt er dann doch stehen, als er Maci in die Augen schaut und nicht einmal weiß warum er gerade stockt. Auch Loona merkt, dass hier gerade irgendetwas vor sich geht. „Hallo Daniel", Maci nickt ihm kurz zu, während ihre Augen für den Hauch einer Sekunde von grün auf hellbraun wechseln, was Daniel kurz zwinkern lässt, ehe ein fragender Blick von ihm und auch von ihr folgt: „Was hast du?" Er winkt nur ab, würde eh zu verrückt klingen: „Äh nichts, ist schon gut."

Loona merkt, dass sie da sanft zwischen gehen muss, was auch immer gerade passiert und so legt sie Daniel eine Hand auf die Schulter: „Lässt du uns noch ein paar Minuten tratschen? Wir kommen gleich wieder zu euch." Und nur leicht nickend nimmt er die Chips-Schüssel und verlässt die Küche wieder, wobei er doch ziemlich gedankenversunken schaut, gefolgt von Macis fragendem Blick.

Loona berührt sachte ihren Oberarm: „Maci, was ist los? Irgendwas stimmt doch nicht, oder?" Eigentlich braucht sie nicht fragen, sie spürt es deutlich.

Diese sieht zu Boden und nur leise kommt es ihr über die Lippen: „Ich bin ein Wolf."

Kurz schaut sie etwas irritiert, ehe Loona antwortete: „Ja, ich weiß, sonst wärst du kaum bei der Vollmond-Zeremonie."

„Nein, ich meine es anders", sie hebt leicht unbeholfen die Unterarme, „Ich bin ein richtiger Wolf, ich habe einen Wechselkörper!"

Okay, damit hat sie die Heilerin nun doch mehr als überrascht! „Wow! Du meinst, du kannst dich komplett wandeln?"

„Ja", nur leicht nickt Maci, „Aber mein Bewusstsein bleibt menschlich und ich kann mich auch an alles erinnern."

„Und du hast nicht rein zufällig braunes Fell?" Mit einem wissenden Lächeln füllt Loona Salzstangen in zwei Gläser und schaut sie dann an: „Und hast mich hier schon öfter besucht."

Den Blick verstohlen zu Boden gerichtet wird genickt: „Und Lobo fand es beim letzten Mal überhaupt nicht gut."

Loona legt die leere Tüte beiseite in den Müll, ehe sie sich ihr wieder zuwendet: „Darf ich dich was fragen? Wieso hast du so auf ihn reagiert?"

Maci wird doch etwas verlegen: „Es ist nichts persönliches gegen ihn. Er erinnerte mich in dem Moment stak an jemanden, der mir sehr weh getan hat. Und er hatte auch schwarze lange Haare." Und nur zögerlich sieht sie Loona wieder an. Diese schaut sie auffordernd an, merkt, dass das wohl noch nicht alles ist.

„Ich komm nicht drum herum, oder" kommt es deswegen auch nur seufzend von Maci, „Ich wurde auf einem meiner Streifzüge verletzt." Damit hebt sie den leichten Pulli etwas und eine Bandage kommt zum Vorschein. „Ich konnte deswegen nicht zu unserer Verabredung kommen, allerdings war zu der Zeit Migräne eindeutig verständlicher als dies hier. Und deswegen hat Bengie auch mit dem Grund abgesagt. Ich weiß, dass du mir da bestimmt weiter helfen kannst, aber zu der Zeit wollte ich nicht so hilflos und fordernd erscheinen, immerhin kennen wir uns doch noch kaum."

Und doch leistet sie keinen Widerstand, als Loona nun die Binde abwickelt und sich die schon gut verschorfte Wunde anschaut. Vorsichtig legt sie ihre Hand auf und schließt die Augen. Für eine Minute verharrt sie so, während ein wohliges Kribbeln in der Wunde zu spüren ist. Und als sie die Hand wieder weg nimmt, sieht die Narbe schon viel entspannter und blasser aus. „So, da dürfte dir helfen, der Rest ist nicht mehr so schlimm. Da brauchst du auch keine Bandage oder Pflaster mehr."

„Danke, das tut gut", Maci streicht den Pulli zurecht und umarmt Loona, „Ich danke dir. Ich weiß, dass ich dir vertrauen kann, auch wenn ich selbst da immer arge Probleme mit habe."

Am nächsten Morgen räumt Loona gerade ihr Frühstücksgeschirr weg, als es an der Wohnungstür klopft: „Herein, es ist offen!" Und kurz darauf kommt Daniel um die Ecke. „Guten Morgen, Daniel. Magst du noch einen Kaffee?" Sie schaut ihn freundlich an und füllt dann eine frische Tasse als er nickt. „Was hast du auf der Seele liegen? Vermutlich das was du gestern erzählen wolltest, hm?" hakt sie nach und reicht ihm den Becher.

Ja, aber das war nicht schlimm. Ich habe eine Neuigkeit, ich wollte sie nur noch nicht so vor Maci und Ben heraus posaunen, dafür kenne ich die Beiden zu wenig." Damit setzt er sich zu ihr an den Küchentisch. „Erst einmal möchte ich mich dafür bedanken, dass ihr mich hier ausgehalten habt. Das hat mir sehr geholfen die erste Zeit zu überstehen, die doch ziemlich ungewohnt für mich war. Ich habe ab nächste Woche eine kleine Wohnung, nur drei Straßen weiter, die Miete ist auch noch im guten Bereich, so dass ich von Leviors Lohn noch was für mich behalten kann."

Loona lacht hell auf! „Das ist doch wirklich eine gute Nachricht! Versteh mich jetzt bitte nicht falsch, wir möchten dich nicht los werden. Aber die eigenen vier Wände sind immer besser als ein Gästezimmer."

„Ich werde die nächsten Tage hier schn soweit alles packen, das ist ja nicht viel, was ich aus Tamiras Appartement mitgenommen habe." Er trinkt genießend seinen Kaffee und es ist im anzusehen, dass er sich darauf freut.

„Brauchst du noch helfende Hände beim streichen oder tapezieren?" halt die kleine Wölfin nach.

„Nein, es ist alles hell und sauber, ich denke nicht, dass ich da etwas machen werde, danke", lächelnd schaut er sie an, das bewundert er an den Lichtwölfen, sie sind hilfsbereit, aber lassen sich nicht ausnutzen. Sie brauchen keinen Drill oder Befehle. Und er ist froh und glücklich zu ihnen gehören zu dürfen.

„Können wir dir mit Möbeln aushelfen? Unten im Keller steht ja noch viel gut verpackt herum und für den Anfang findest du da bestimmt etwas geeignetes", schlägt sie ihm vor, denn Ausstattung kann teuer werden und wieso dann nicht auf Lupus Einrichtung zurück greifen, er würde sich sicherlich darüber freuen, wenn er jemandem damit einen Start ermöglichen kann.

„Oh, wenn du da was übrig hast gerne. Bis jetzt ist die Wohnung noch sehr leer, da wäre ich um ein paar Teile dankbar. Da sage ich dir noch Bescheid, ja?" Daniel merkt, wie sein Herz freudig klopft, denn er hat sich schon überlegt, wie er das macht, dass er wenigstens ein paar Möbel dort hinein bekommt, eben das Nötigste für den Anfang.

182

„Genau, dann sehen wir weiter", sie trinkt den Rest ihres Kaffees aus und lächelt still vor sich hin.

„Na, ist Lobo wieder sporteln?" Daniel lächelt und seine bernsteinfarbenen Augen funkeln dabei verschmitzt auf.

„Oh nee, heute bekommst du ihn da sicherlich nicht hin. Er hat gestern seine Grenzen eindeutig verkannt und liegt wieder im Bett, um seinen Rotweinkater zu pflegen, der ziemlich unangenehm zu sein scheint. Ihr ward gestern aber auch gut dabei, aber dir geht es heute echt gut dafür, oder?"

„Oha, dabei sah er gestern noch recht nüchtern aus, oder das täuschte, weil wir alle was getrunken haben. Dabei waren es ja nur zwei Flaschen mit fünf Leuten, das ist nicht viel", er streift sich verlegen durch die leicht gewellten schwarzen Haare, „Mir geht es gut, das stimmt."

„Maci und ich haben auch nur ein Glas getrunken, weil es doch ein sehr schwerer und süßer Wein war", Loona schielt Richtung Schlafzimmer, „Dafür muss er dann mit Bengie pro Nase ungefähr vier oder fünf Gläser geschafft haben, wenn ich mir das auf die Menge umrechne. Da muss er heute mal durch. Aber es ist bei ihm so auch noch nie vorgekommen, deswegen nehme ich ihm das auch nicht übel."

„Ich habe auch nur ein Glas getrunken, weil er mir doch ziemlich schnell in den Kopf gestiegen ist", Daniel leert den Kaffeebecher, überschlägt es kurz im Kopf, waren es ja doch recht voluminöse Flaschen. „Danke, ich werde jetzt mal hoch gehen, ich bin in zwei Stunden wieder bei Levior eingeteilt. Grüß mal das Murmeltier, wenn er wieder unter den Lebenden ist."

Loona geht noch mit ihm zur Tür: „Dann wünsche ich dir eine angenehme Schicht, wir sehen uns bestimmt später noch. Mach ich, bin mal gespannt wann er auftaucht." Und sie schaut noch kurz, wie er die Treppe hoch geht und in seinem Zimmer verschwindet. Hinter sich hört sie ein Geräusch, während sie die Wohnungstür schließt und bald darauf eindeutige Geräusche aus dem Bad, wo Lobo hinein geschlichen ist. Oh je, ihm scheint es echt nicht gut zu gehen, dabei hat er schon kaum etwas gefrühstückt, aber das dürfte sich gerade auch wieder erledigt haben. So geht sie in die Küche und setzt einen Kräutertee auf. Es dauert eine Weile, bis er das Bad wieder verlässt und die Schlafzimmertür geht. Sie wartet die Zieh-Zeit noch eben ab, entfernt dann das Teeextrakt und macht sich mit der Tasse auf den Weg, hinter ihm her.

Die Tür steht halb offen und Lobo liegt mit offenen und ziemlich zerzausten Haaren auf dem Bauch auf der Bettdecke, den einen Arm unter die Stirn geschoben, während der andere einfach nur nach unten baumelt.

Leise geht sie hinein, stellt die Tasse auf den Nachttisch und hebt seinen Arm vorsichtig auf die Matratze zurück, ehe sie sich zu ihm auf die Bettkante setzt. Von Lobo kommt nur ein hörbares einatmen und leichtes Schulterzucken. „Siebenschläfer", sanft streicht sie ihm über den Kopf und den Rücken entlang, „Ich habe hier etwas für dich." Nur ein langsames Nicken, gefolgt von einem genuschelten „Danke" ist zu sehen und zu hören. „Na komm, dreh dich bitte mal um und trink etwas, ich habe dir einen guten Tee gemacht, der dir helfen wird." Sie schaut ihn doch etwas besorgt an, ihm scheint es übelst zu gehen. Und nur schwerfällig dreht der sonst so agile junge Mann sich auf den Rücken, ehe sich die rechte Hand auf seine Augen legt, die kurz unruhig umher wandern: „Nie wieder... Ist mir schlecht... und schwindelig." Das freche Grinsen von ihr sieht er gerade glücklicherweise nicht, denn sie hat es schon kommen sehen. Langsam setzt er sich auf, lehnt den hämmernden Kopf an die Wand und murmelt nur leise: „Ich glaube ich habe den Wein ziemlich unterschätzt. Nach zwei Gläsern hat er einfach nur noch gut geschmeckt und dann kam irgendwann die Wirkung wie ein Hammer."

Loona reicht ihm vorsichtig die Tasse: „Ich habe dir die Wirkung schon angesehen, aber ich dachte mir, du bist alt genug, um da deine Grenze zu setzen und außerdem ist es dann dein Kater. Denn eigentlich warst du nach zwei Gläsern schon mehr als lustig. Das habe ich gesehen, als du zur Toilette gegangen bist." Vorsichtig trinkt er ein paar größere Schlucke, ohne die Augen zu öffnen, das ist zu anstrengend! „Wieso hast du nichts gesagt?"

„Ich habe dich das eine Mal gefragt, ob ich wirklich noch nachschenken soll, aber du meintest nur, klar, der schmeckt so gut und es wäre ja noch genug da. Und es passiert dir ja auch echt selten, ich glaube, ich habe dich noch nie mit Kater erlebt", sie schüttelt langsam den Kopf.

Müde schaut er sie an: „Bist du mir böse? Das nächste Mal darfst du ruhig was sagen, dann ist der nächste Tag nichts so heftig." Als sie auflacht, greift er sich stöhnend an den Kopf.

„Oh, entschuldige. Wieso sollte ich dir böse sein? Es ist dein Kater und dein versauter Tag. Aber wenn es dich beruhigt, dann werde ich beim nächsten Mal da entsprechend was sagen, mal schauen ob ich dich damit dann davor bewahren kann. Wie wäre es, wenn du dich für heute einfach noch etwas ausruhst, bis dein Kopf und dein Magen sich wieder beruhigt haben? Ich denke, der Tee wird dir da gute Dienste leiste."

Nach und nach leert er die Tasse und reicht sie ihr wieder: „Ich denke, ich habe daraus gelernt. Nie wieder Rotwein. Der ist ja genauso schlimm wie Wodka. Erst schmeckt er gut und dann macht er dir von jetzt auf gleich die Lichter aus. Wie bin ich eigentlich ins Bett gekommen?" fragend schaut er sie aus kleinen Augen an.

„Erstaunlicherweise auf deinen eigenen zwei Beinen und in dem Moment bist du mir echt wieder ziemlich klar vorgekommen, bis du in die Waagerechte kamst, da war von jetzt auf gleich Sense", sie nimmt ihm die Tasse ab und beugt sich über ihn, küsst vorsichtig seine Stirn, „schlaf gut, mein kleiner Brummkopf."

Nur ein leichtes Nicken und er kuschelt sich wieder runter in die Kissen, ehe er langsam wieder abtreibt.

Zartes Band

Mit einem länglichen Lederköcher in der Hand steht Misha in seinem großen Wohnzimmer: „Am besten setzt du dich auf die Couch." Bis dahin würde er bewegungsmäßig nicht reichen.

So macht Kira es sich auf der großen Eckcouch bequem und zieht die Beine an: „In Ordnung, du kannst los legen." Sie ist schon gespannt, was er ihr zeigt.

Seine Hand schiebt die Haarsträhnen hinter die Ohren, eine Bewegung die er erst durch sie angefangen hat und dann stellt er sich aufrecht hin, der Köcher wird an die Taille gebunden, so dass er an der Seite hängt. Mit einer fließenden Bewegung der rechten Hand zieht er das Schwert hervor! Es folgen zwei Konter über Kreuz und zwei flache Bewegungen auf Taillenhöhe, gefolgt von einem Stich. Weitere sehr harmonische Bewegungen fließen mit ein, werden von Schrittfolgen unter stützt.

Kira sitzt staunend da, es ist einfach nur faszinierend!

Zu guter Letzt stellt Misha die Füße aneinander, setzt die Schwertspitze an den Köcherrand und versenkt es lautlos darin, ehe er sich kurz grüßend vorbeugt, dann das Band löst und den Köcher auf den Wohnzimmertisch legt.

„Wow, das sah richtig klasse aus, super!" Kira lächelt und ist noch total aufgedreht!

„Er kommt an die Couch, erspürt ihre Position und setzt sich neben sie: „Danke. Es hat auch ein wenig gedauert, ehe die komplette Reihenfolge stimmig durchgeführt werden kann."

Sie schaut ihn fragend an: „Wie hast du das geschafft? Es war doch bestimmt kompliziert?"

„Du meinst weil ich blind bin?" Er legt seine Hände leicht gefaltet in den Schoß. „Da konnte ich noch sehen. Auch meinen Verteidigungsstil habe ich in der Zeit gelernt und nachher nur für meine Zwecke verändert."

Die Frage brennt ihr schon lange unter den Nägeln, aber erst jetzt traut sie sich auch sie zu stellen, wenn auch ihre Stimme dabei furchtbar rau klingt, so dass sie sich kurz räuspert: „Darf ich fragen wie es passiert ist?"

„Es war ein Autounfall", er hebt die Ponysträhnen hoch und auf der Stirn kann sie eine Narbe sehen, die ihr bis dahin auch noch gar nicht aufgefallen ist, „ein betrunkener Autofahrer ist mir in die Wagenseite gerast und ich habe mich überschlagen. Dabei wurde der Sehnerv durch die Kopfverletzung so stark beschädigt, dass es um mich herum dunkel wurde. Die Ärzte haben in mehreren Operationen versucht ihn zu stabilisieren, was wohl auch gelungen ist, aber er sendet und empfängt keine Signale."

Nur vorsichtig tastet sie über die schon gut verheilte Narbe, als sich Kira zu ihm gebeugt hat: „Wurde der Fahrer wenigstens dafür verantwortlich gemacht?"

Er nickt nur leicht: „Ja, ich habe Schmerzensgeld bekommen. Aber davon konnte ich mir nur wenige Hilfsmittel holen, denn die Summe war nicht hoch und die Geräte an sich sind immer teuer. Durch meine anderen Sinne kam ich aber komischerweise nach einiger Zeit ziemlich gut zurecht, auch wenn es immer noch Momente gibt, wo ich mir Hilfe holen muss. Aber ansonsten geht es schon sehr gut", er legt seine Hand auf die ihre an seiner Stirn, „und ich kann doch auch mit den Fingerspitzen fühlen." Und dabei führt er ihre Finger über sein Gesicht.

Langsam schließt Kira die Augen, tastet sich schließlich alleine über seine markanten Gesichtszüge und nur leise kommen die Worte über ihre Lippen: „Das ist gar nicht so einfach. Ich gebe zu, ich bin mir bei dir teils sehr unsicher, in wie weit ich dir helfen soll und wie ich damit überhaupt umgehen kann."

Als Antwort kommt zuerst ein Lächeln: „Das ist kein Problem. Wenn du möchtest, dann erkläre ich dir meine Welt." Und er kann es spüren, wie ihre Hände über sein Hemd wandern.

Als Kira sich dessen bewusst wird, nimmt sie diese schnell zurück: „Sorry... ich..." Sie atmet durch, irgendwie hat sie sich gerade ziemlich hinreißen lassen.

„Es ist alles in Ordnung, komm mal her, meine Kleine", behutsam nimmt er sie in den Arm, „und ich erkläre dir auch, wie du am besten mit deinem Wolf klar kommen könntest, der sich da gerade anscheinend etwas verselbständigt hat."

Sie vergräbt ihr Gesicht an seiner Halsbeuge, murmelt nur leise: „Ich bin gerade irgendwie total durcheinander, sei mir nicht böse."

„Das ist normal. Aber du alleine bestimmst wie es wo wie weit geht, okay? Ich begleite dich nur ein Stück", raunt er leise zu ihr hinunter.

„Und...wenn ich mehr von dir möchte?" Als sie ausgesprochen sind, erschrickt sie selbst über ihre Worte!

„Dann wirst du es mir zeigen und ich werde darauf reagieren", sanft klingt seine Stimme zu ihr, während er sie fest hält, „mach dir nicht so viele Gedanken."

„Halt mich bitte einfach nur fest", schmiegt sie sich nahe an seinen Oberkörper, spürt den leichten Druck seiner kräftigen Arme.

Levior verlässt seine Wohnung in der oberen Etage und klopft nebenan an die Tür des Gästezimmers. Er trägt ein dunkelbraunes Hemd zur schwarzen Jeans und es dauert nicht lange bis Daniel heraus kommt, der komplett in schwarz gekleidet ist: „Auf geht es." Leise verlassen sie das Haus, steigen in Leviors Wagen, der am Straßenrand parkt und es dauert nicht lange, bis der diesen am Seiteneingang der Diskothek abstellt. Durch diesen betreten sie die Räumlichkeiten dann auch und der junge Mann lässt die grünen Augen kurz prüfend umher wandern, aber auf den ersten Blick fällt ihm nichts auf, sehr gut. Von einer der oberen Ebenen kommt Peter mit federnden Schritten die Treppe hinunter, nickt ihnen kurz zu und zusammen gehen sie hinauf in Leviors Büro. Dieser nimmt an dem großen Besprechungstisch Platz und bittet sie zu sich: „Nehmt bitte Platz, wir haben noch einiges zu besprechen." Sein Blick huscht durch die Glasfront auf die untere Ebene und er kann sehen wie die dort arbeitenden Reinigungskräfte die Spuren der nächtlichen Besucher beseitigen. Peter streicht sich während er sich hinsetzt die blonden Haare leicht zurück, eine unbewusste Bewegung, eigentlich ist er nicht eitel. Seine grauen Augen wandern abwechselnd von einem zum anderen, während er über die letzten Besucherzahlen berichtet. Es sieht gut aus und Zwischenfälle sind auch ausgeblieben, was für eine angenehme Stimmung im Sicherheitsteam sorgt.

„Das hört sich sehr gut an, Peter", Levior sieht ihn lächelnd an, „Bis die ersten Besucher kommen haben wir heute noch zwei Stunden. Überprüft bitte beide die Kameraanlage. Daniel fehlt da noch einiges an Hintergrundwissen und du kannst es ihm geben."

Der Blonde nickt nur leicht: „Ich werde ihm alles soweit erklären.

„Das habe ich mir schon gedacht", der Chef nickt zufrieden. Seine Augen sehen Daniel ruhig an: „Es ist viel, aber ich weiß dass du es schaffen kannst."

Dieser schaut ihn doch recht erstaunt an: „Ich hoffe es, ich hoffe es wirklich."

Und damit steht Levior dann auch auf: „Dann lasst uns mal an die Arbeit gehen. Denkst du bitte noch an Daniels Ohrknopf, Peter?"

Dieser erhebt sich, nickt kurz und verlässt dann mit Daniel das Büro.

Als sie gegangen sind knöpft Levior sich den oberen Hemdknopf auf und streift kurz durch die dunklen Haare, in sich ein leichtes Vibrieren spürend, was immer wieder auftaucht, seit er Loona unterstützt. Allerdings weißer nicht, ob es eine Art Energie ist, oder was es sonst bewirkt. Er würde sie wohl bei Gelegenheit mal fragen. Er verlässt sein Büro und beginnt seinen üblichen Rundgang, bei dem er sich die Zeit nimmt mit jedem Mitarbeiter ein paar Worte zu wechseln. Damit hält er sich auch über die Stimmung im gesamten Team auf den Laufenden. Gerade betritt er die Küche, als ihm Julia die gute Seele des Hauses entgegen kommt: „Hallo Chef, möchten sie einen Kaffee?" Lächelnd nickt er: „Gerne. Ist sonst alles in Ordnung? Sie bekommen da ja weitaus mehr mit, wenn ich abwesend bin." Doch das Strahlen von ihr sagt alles: „Ja, hier läuft alles Hand in Hand." Und damit reicht sie ihm die Tasse: „Können wir bei Gelegenheit noch das Buffet für Samstag besprechen?"

Ein Schluck wird getrunken, ehe er nickt: „Dann lassen sie es uns jetzt machen, wenn es bei ihnen gerade geht." Und schon verschwinden sie nebenan in dem kleinen Büro von Julia.

Kira steht gerade im Bad ihrer kleinen Wohnung und föhnt die roten Haare zu einem ordentlichen Bubikopf. Sie hat beim letzten Mal noch lange mit Misha zusammen gesessen und über ihr neues Leben diskutiert und für sie ist es immer noch schwer zu realisieren, was für eine Bedeutung ihre neuen Fähigkeiten nun für sie und auch für den Rest der Wölfe haben. Irgendwie ist nichts mehr wie früher und das nach so einem Treffen! Andererseits kann sie sich nun aber auch besser verstehen, wieso sie in manchen Momenten ihre Sinne stärker spürt. Vielleicht ist ihr Wolfs-Ich ja doch nicht so schlimm, wie sie es meint, wenn sie sich erst einmal daran gewöhnt hat?

Vor ihrem inneren Auge taucht Mishas Gesicht auf und sie lächelt still vor sich hin. Er ist unglaublich charmant, das muss sie zugeben. Und der Unterschied von etwas mehr als sechs Jahren ist ja auch nicht so tragisch. Oh mein Gott, was denkt sie hier?! Als ob er etwas von ihr wollen würde! Wie kann sie gedanklich nur soweit gehen, unglaublich! Was ist sie doch für ein dummes Huhn! Aber wer weiß, vielleicht liegt es daran, dass sie selbst es sich wünscht? Das Klingeln des Telefons reißt sie aus ihrem inneren Konflikt-Monolog und schnellen Schrittes erreicht sie das Wohnzimmer, nimmt ab: „Hallo? ... Oh, hallo Misha! … Ah, ich… warum nicht… um wie viel Uhr?... Das hört sich gut an. Ja, gerne. Holst du mich ab? … Ja, ich bin dann fertig. Bis gleich." Mit klopfendem Herzen legt sie den Hörer wieder auf, schließt die Augen und atmet einmal tief durch, um die Schmetterlinge in ihrem Magen wieder in den Griff zu bekommen. Ob er das wohl gehört hat?

So geht sie ins Schlafzimmer, öffnet den Schrank und es fällt ihr auf, dass sie sich doch ziemlich Gedanken über ihre Kleiderwahl macht, wieso eigentlich? Immerhin kann er es doch nicht sehen. Na, kommt da jemand mit seiner Erblindung nicht zu Recht? Eine denkbar schlechte Basis für eine Beziehung! Grenzen geklärt! Und schon entscheidet sie sich für eine legere Jeans und einen feinen Strickpulli, was in der Kombination richtig schick aussieht. Sehen, sieht, komisch. Mit den Worten geht sie nicht mehr so leichtherzig um, seit sie Misha kennt. Ein schneller Blick auf die Uhr, noch 30 Minuten. Wieder fängt es in ihr an zu kribbeln. Meine Güte!Sie benimmt sich ja förmlich wie ein Backfisch! Das Wort hat ihre Oma immer benutzt und gerade jetzt fällt ihr dieser Vergleich wieder ein! Also schnell noch ins Bad, den Spiegelschrank geöffnet und nach kurzer Überlegung fällt ihre Wahl auf eine leichte Creme und etwas Parfum in die Halsbeuge. Das reicht heute vollkommen aus.

Das Schellen an der Tür entlockt ihr einen überraschten Blick auf die Uhr, noch 15 Minuten und er ist schon da! Flinken Fußes in den Flur und sie öffnet über die Sprechanlage: „Ich komme runter!" Seine warme Stimme erklingt durch den Lautsprecher: „Kein Problem, welche Etage?" Verdattert kommt nur ein: „Zweite, aber..." Und sie wird von seinem Lachen unterbrochen: „Gut, Moment." Und da hört sie auch schon leise Schritte die Treppen hoch kommen! Oder liegt das an ihren doch feinen Ohren, dass sie ihn wahrnimmt? Und als sie kurz darauf die Wohnungstür öffnet, nimmt Misha gerade mit ruhigen Bewegungen die letzte Stufe: „Kira?" Sanft nimmt sie seine Hand, führt diese an den Türrahmen: „Hier bin ich, noch ein Stückchen geradeaus."

„Ah, gut zu wissen, nach 243 Stufen einfach geradeaus", lächelt er sie an und kann das Erstaunen in ihren Worten hören. „DU hast die Stufen gezählt?" Mit ihr zusammen betritt er die kleine Wohnung: „Naja, ich möchte beim nächsten Mal wieder in der richtigen Etage landen. Oh, es ist hell, oder?"

Sanft berührt sie seinen Oberarm, freut sich besonders über seine letzten Worte, er nimmt es wahr! „Ja, du stehst am Fenster, und die Sonne scheint genau hinein."

Kurz scheint sein Blick ihr Gesicht zu streifen, als Misha seinen Kopf zu ihr dreht: „Ja, es ist warm. Aber, Kira, was ist mit dir? Ich habe schon am Telefon gehört, das was nicht stimmt."

„Verflixt, ich habe es befürchtet", sie atmet tief ein, „Wieso muss manches auch so kompliziert sein und du so gute Ohren haben?"

„Tja, sie erleichtern mir vieles. Und wer weiß, vielleicht kann ich es dir etwas einfacher machen?" Er tastet nach ihr und erreicht ihre Schultern, um dann ihren Nacken behutsam zu umfassen.

Wärme durchflutet sie und Kira schließt die Augen, ist vielleicht einfacher es so zu sagen? „Okay... aber wenn du die Flucht ergreifen möchtest, die Tür ist direkt hinter dir."

Das entlockt ihm ein leises Lachen, auch wenn er bald wieder ernster wirkt, denn wenn es ihr so schwer fällt, ist es keine Kleinigkeit. „Mich schockt so schnell nichts, oder soll ich raten?"

„Nein, äh, nicht", ihre Stimme wird unsicher und nur leise bringt sie es hervor, „Ich habe mich verliebt... in dich." Jetzt ist es raus, nicht mehr zurück zu nehme und sie wird wohl mit den Konsequenzen leben müssen, spannt sich merklich an.

Einen Moment schweigt Misha, klingen die Worte in ihm noch nach, ehe er den Kopf leicht senkt und lächelt: „Es war unglaublich schwer für dich, oder? Aber wieso? Und keine Sorge, ich flüchte nicht."

Fahrig befreit Kira sich aus seiner zärtlichen Berührung: „Es tut mir leid. Es war plump von mir und es war dumm von mir und..." Sie sieht wie er die Arme entgegen streckt, sein Blick knapp an ihr vorbei geht: „Komm her, meine Kleine. Na komm schon." Und nur zögerlich geht sie zu ihm, lässt sich von ihm umarmen und legt den Kopf an seine Brust, ehe seine Stimme wieder zu ihr klingt, sie das Vibrieren dabei an ihrem Gesicht spüren kann: „Vertraust du mir?" Seine Wange lehnt sich an ihre Haare und ihr Duft erreicht ihn. Nur langsam nickt sie, atmet wieder ruhiger: „Ja. Warum?"

Sanft streicht seine Hand über ihren Kopf: „Ich vertraue dir auch. Und ich weiß dass du stark bist. Wieso hast du dann so Angst vor deinen eigenen Gefühlen? Oder liegt es an meinem Handycap?"

Oh ja, da zuckt sie leicht zusammen: „Ich weiß es nicht. Ich weiß nicht ob ich damit zu Recht komme. Das hört sich jetzt doof an, ich kann es nicht ändern."

Er hebt seinen Kopf und mit den Fingerspitzen leicht ihr Kinn an, so dass sie ihm ins Gesicht sehen kann: „Falls es nicht funktionieren sollte, werde ich es dir nicht übel nehmen. Aber wenn du es nicht ausprobierst, uns eine Chance gibst, kannst du es nicht wissen." Leise seufzt sie: „Versprochen?" Und er nickt nur, so dass ihm die blonden Haare wieder ins Gesicht fallen.

„Du hast Recht", sie streicht sie ihm behutsam mit den Fingerspitzen zurück, „Ich kann es nicht wissen, wenn ich mich davor verschließe." Und sie legt ihre Hände an seinen Nacken, um ihn etwas nach unten zu holen, bevor sie zärtlich seine Lippen umschmeichelt.

Eine Stunde später sind sie dann auch schon auf dem Weg in den Park, wo sie das schöne Wetter genießen möchten. Sein Arm liegt um ihre Schultern und seine Schritte haben sich ihren ebenfalls angepasst. Als sie den Park erreichen, schaut Kira sich kurz um, es sind doch viele Spaziergänger unterwegs, die wohl die gleiche Idee haben. Und so folgen sie eine Zeit lang einfach nur dem Hauptweg, ehe sie zögert, ihr Blick auf eine kleine Gruppe geheftet ist, die ihnen entgegen kommt.

Auch Misha bemerkt ihr Zögern und dreht den Kopf leicht in ihre Richtung: „Ist alles in Ordnung?"

„Nein, nicht wirklich...", kommt es heiser über ihre Lippen und er würde ihr leichtes Zittern deutlich spüren, „...uns kommen gerade einige mir bekannte Mitmenschen entgegen, mit denen ich schon einiges an Ärger wegen meiner Wolfsgene hatte. Deswegen war ich den einen Tag hier auch so schnell unterwegs und habe dich umgerannt." Nur langsam geht sie weiter, versucht die Nervosität in sich zu kontrollieren.

Und dann passiert es, als die Blicke sich treffen, einer der noch sehr jungen Männer löst sich aus der Gruppe und kommt auf sie zu, während die Anderen ihm mit Abstand folgen: „Na du Freak. Bist du mal wieder aus deinem Mauseloch heraus gekommen?" Er lacht hämisch auf und bleibt stehen, so wie Kira auch, die doch ziemlich unschlüssig ist. Was ist jetzt am vernünftigsten und was wäre angebracht?

Misha kann ihre Wut deutlich spüren und hält sie sanft aber bestimmt am Arm zurück: „Er gehört zur Vergangenheit. Und er ist keine Auseinandersetzung wert. Eigentlich kann er dir eher leid tun, weil er andere unterdrücken muss, um sein eigenes Selbstbewusstsein zu stärken." Und damit dreht er sich langsam um, um einen anderen Weg einzuschlagen, denn er weiß, dass es hier noch eine Abzweigung gibt.

Kira atmet tief durch, wundert sich immer wieder über seine fast schon weisen Worte, dann dreht sie sich ebenfalls um, geht neben ihm her und nur leise kann er sie hören: „Du hast Recht. Aber er soll mich einfach in Ruhe lassen."

Eine Menge doofer Blicke folgen ihnen, denn damit hat die Gruppe anscheinend nicht gerechnet, da nimmt ihnen jemand den Spaß an der Sache?! Das geht ja nun so gar nicht und so sprintet der augenscheinliche Anführer los, um die Beiden mit wenigen Schritten zu erreichen!

Hinter sich spürt er einen Luftzug und Misha duckt sich zur Seite weg, zieht Kira dabei mit sich, was sie stolpern und auf die Knie fallen lässt, aber immerhin sind sie auf der Wiese gelandet. Er hört einen schweren Körper plump im Gras landen und weiß, dass sie es nicht ist, so dass er einen leichten Tritt

nachsetzt und der junge Mann regungslos auf dem Bauch liegen bleibt.
Für einen Moment erstarrt die Gruppe, dann rennen sie ebenfalls auf Misha zu!
Dieser schafft es die doch sehr gezielten Fauststöße mit den Handflächen an seinem Körper vorbei zu führen, so dass einer nach dem anderen ins Leere läuft! Erstaunte Blicke werden getauscht, wie kann er das, immerhin ist er doch laut ihrer Informationen blind! Oh ja, das kratzt eindeutig an ihrem Selbstbewusstsein! Sie würden jetzt nicht einfach abhauen, solange er noch auf seinen eigenen Füßen steht! Dass sie hier anscheinend ihren Meister gefunden haben, respektieren sie keinesfalls! Deswegen starten sie einen zweiten Versuch! Sie gehen ihn von mehreren Seiten gleichzeitig an!
Wieder folgen geschmeidige und schnelle Bewegungen, um sie abzuwehren, auch wenn der eine oder andere Schlag dennoch durch kommt, das kann er leider nicht verhindern. Es wäre zu schön gewesen, aber so zieht er nur teils kurz die Luft ein, spürt die Schmerzen, aber sein Wolf würde das schon wieder richten. Mit einem gezielten Griff an den Kopf befördert er den Letzten Richtung Boden und bleibt dann doch ziemlich atemlos stehen, die Haare fallen ihm ins Gesicht und er lauscht quasi in alle Richtungen!
„Das war der Letzte", Kira kommt zu ihm, schaut sich die gerade sehr bodenlastige Gruppe an, „ich denke sie haben genug." Und vorsichtig nur schmiegt sie sich an ihn: „Bist du verletzt?"
Misha selbst spürt die Treffer, aber mehr als einige blaue Flecke dürfte das nicht geben, zumindest hat er keine Rippe knirschen oder knacken gehört und bekommt auch normal Luft: „Nein, alles halb so schlimm. Wo sind sie?"
Kira schaut sich wieder um: „Zwei liegen am Boden, vier rappeln sich hoch."
Sie ist von der Situation vollkommen überrannt und gleichzeitig von seinen Reaktionen überrascht. „Sie dürften Ruhe geben, denke ich."
Misha nickt leicht, schluckt doch kurz hart, er mag keine Auseinandersetzungen. „Verschwindet und lasst meine Kleine und mich in Frieden." Er hört das Rascheln und Scharren, als die Vier ihren beiden ziemlich durcheinander geratenen Mitstreitern auf die Beine helfen und dann den Ort des Geschehens verlassen: „Wir sehen uns noch." Auch ein paar stehen gebliebene Schaulustige lösen sich wieder aus ihrer Starre und gehen ihrer Wege. Misha hält sich doch gerade leicht die Seite, während Kira ihn nur vorsichtig umarmt: „Geht es, bist du verletzt? Wie schaffst du das nur?" Er streicht ihr über den Kopf: „Ist nicht so tragisch. Naja, ich höre ihre Schritte, ich spüre Luftzüge und zusammen ergibt es ein Bild in meinem Kopf. Wie das genau funktioniert weiß ich allerdings auch nicht. Na komm, lass uns weiter gehen."

Gewitterwolken

„Loona?" Nur leise dringt die sanfte Stimme Lobos und seine vorsichtige Berührung an ihrer Schulter zu ihr hindurch. Sie sitzt auf der Couch, den Blick aus dem Fenster gerichtet und zuckt doch kurz etwas zusammen: „Was...? Ich war gerade irgendwie abwesend, tut mir leid." Und etwas verlegen erwidert sie sein Lächeln. „Irgendwas in mir sagt mir, dass jemand kommen wird und meinen Platz einnimmt, viel stärker als ich es bin"; sie wischt sich über das Gesicht, weißt selbst nicht woher diese Gedanken und dieses Wissen kommt. „Frag mich bitte nicht woher ich das weiß, es ist eher ein Gefühl, wie eine Bestätigung. Und es wird ein neues Zeitalter der Wölfe einleiten, da bin ich mir sicher."

Ungläubig schaut er sie an: „Aber, du bist doch mit Levior mit dieser Aufgabe betraut worden. Wieso sollte jetzt jemand anderes kommen? Meinst du es wäre in Lupus Sinne?"

„Vielleicht, weil ich es alleine nicht mehr mit ihm schaffe?" Sie steht auf, geht in die Küche und bleibt dort am Fenster an der Anrichte stehen. „Manchmal weiß ich nicht mehr wo mir der Kopf steht und ich habe das Gefühl, dass es Levior auch ab und an so ergeht, immerhin hat er auch noch die Diskothek zu führen, auch wenn sein Team das gut schafft. Ich kann meine Reserven teils nicht mehr vollkommen auffüllen. Und das merke ich beim Heilen. Da wäre eine Verstärkung in dem Bereich sehr gut." Unruhig setzt sie eine Kanne Tee auf.

Die Irritation bei Lobo wird immer mehr, das zeigt auch sein Blick: „Aber, du kannst dich doch bei mir ausgleichen, so wie wir es immer gemacht haben."

Nur still nickt sie, ehe sie leise antwortet: „Manchmal sind meine Reserven so weit runter, dass es für dich zu gefährlich wäre, wenn ich es komplett zulassen würde...das reicht dann nicht aus, um lange anzuhalten und mir zu nutzen."

„Was soll das denn bitte heißen?" Da scheint Lobo doch ziemlich was falsch verstanden zu haben und er zieht die Stirn kraus! „Reiche ich dir etwas nicht mehr aus?"

Seine Worte tun förmlich weh, wie kommt er nur auf so einen Unsinn? „So war das doch nicht gemeint." Sie spürt genau wie Lobos negative Energie sie erreicht und geht auf ihn zu: „Bitte, das hast du falsch verstanden."

Dieser steht mit einem Ruck auf, noch ehe sie ihn erreicht hat und geht mit starrem Blick an ihr vorbei: „Ich habe es schon sehr genau verstanden." Und damit greift er nach der Lederjacke und verlässt die Wohnung, so dass die Tür bald hörbar ins Schloss fällt.

Loona bleibt förmlich erstarrt in der Küche stehen, den Mund leicht geöffnet und bekommt kein Wort heraus! Sollte sie ihm folgen? Wie ist die Situation nur entstanden? Es ist doch nichts besonderes vorgefallen! Verflixt! So hat sie Lobo noch nie erlebt!

Zusammen mit Maci betritt Benjamin die Diskothek und der stampfende Beat fängt ihn sofort ein, ohne dass er sich dessen widersetzen möchte, so wippt er schon leicht mit dem Fuß mit, während Macinido mit ihm langsam auf die Eingangskasse zugeht.

Die junge Frau hat den Takt auch schon aufgenommen und tänzelt in kleinen Schritten mit: „Mir kribbelt es schon richtig in den Füßen!"

„Noch musst du dich einen Moment gedulden", lächelt er sie an, nimmt sie von hinten in den Arm, „bis du dich auf der Tanzfläche austoben kannst."

Sie schaut zu ihm hoch und grinst: „Ich kenne da noch jemanden, der es wohl kaum noch erwarten kann. Wie kommt es eigentlich, dass du deinen Büchern heute frei gegeben hast?"

Er schmunzelt frech zu ihr hinunter, man könnte die Beiden auch durchaus für ein verliebtes Pärchen halten: „Erstens habe ich den Stoff schon ein und halb mal durch und zweitens entgeht mir einiges, wenn ich den ganzen Tag nur hinter meinen Büchern sitze. Die kommen auch mal einen Abend ohne mich zu Recht. Ich brauche heute einfach mal Abwechslung." Und damit lässt er sie wieder los, da sie die Kasse erreicht haben. Der junge Mann zahlt, reicht Maci dann ihre Getränkekarte und jeder bekommt noch eines der schicken Neonarmbänder umgebunden.

Die Karten verstaut sie beide in ihren Hosentaschen, wo sie auch Ausweis, Papiere und Schlüssel rein geschoben hat. „Frauen und ihre Taschen", grinst Bengie zu ihr hinunter und hat ja selbst auch sein Zeug in den Hosentaschen verstaut. Sie knufft ihn deswegen auch leicht: „Hauptsache du hast den Durchblick."

Beide bewegen sich auf die Tanzfläche zu, die schon gut besucht ist und Maci ist kaum zu halten, tänzelt leichtfüßig um ihn herum, so dass er sie lächelnd mit einer schnellen Bewegung einfängt und sie sich an ihn schmiegt. Nach einer Weile verlangsamt sich der Takt und mündet in einem ruhigen Lied, so dass Bengie seine Wange an ihren Kopf schmiegt und die Augen schließt.

Von Unruhe getrieben geht Loona in den Kerzensaal, erneuert die Lichter und öffnet die Vorhänge, sie muss Lobo finden! Diese Situation ist schier unerträglich für sie! Sie setzt sich in die Mitte, schließt die Augen und atmet einige Male tief durch, wobei sie sich Lobos Gesicht vor ihr inneres Auge ruft. Lange Zeit sieht sie nur schemenhafte Schatten oder Dunkelheit! Sie kann ihn einfach nicht erreichen!

Nach einer Stunde sinkt sie in sich zusammen, Tränen laufen über ihr Gesicht, sie fühlt sich leer und ausgebrannt! „Lobo, wo bist du?" flüstert sie die Worte kaum hörbar und erst ein Geräusch lässt sie aufhorchen und zur Tür blicken.

Dort steht Levior mit besorgtem Blick: „Loona, was ist mit dir?" Und es braucht nur wenige Schritte bis er bei ihr ist, sich zu ihr kniet und ihr die Hände leicht auf die Schultern legt. Schweigend bleibt er so bei ihr sitzen.

Sie schluckt hart und braucht einen Moment, ehe sie ihm mit fast erstickender Stimme berichten kann, was vorgefallen ist. „Und jetzt habe ich seit einer Stunde versucht ihn zu erreichen, aber ich schaffe es nicht." Dabei sieht sie ihm verzweifelt in seine grünen Augen.

Sanft schaut er sie an, spürt förmlich ihren Schmerz und möchte ihr einfach helfen: „Wir versuchen es gemeinsam." Doch sieht er wie sie den Kopf sinken lässt. „Ich helfe dir", und damit kniet er sich hinter sie, legt seine Hände auf ihre Oberarme und schließt die Augen.

Auch Loona schließt ihre Augen, fühlt sich müde, aber gleichzeitig merkt sie auch wie seine Energie sie wieder aufrichtet und versucht es doch ein zweites Mal Lobo zu fokussieren. Langsam festigt sich das Bild vor ihrem inneren Auge.

Ohne seine Umgebung richtig wahr zu nehmen, ist Lobo durch die dunklen Straßen der Stadt gelaufen, während seine Gedanken unruhig durch den Kopf strömten und er immer noch diese Wut in sich spürt! Von wegen, dass es so nicht gemeint ist. Wie hat sie es denn dann gemeint, wenn nicht so?! Er reicht ihr nicht?! Dann soll sie sich doch einfach jemanden suchen, der dieser Sache gerecht wird. Vielleicht direkt Levior? Und dann ist es doch egal, ob sie sich ergänzen oder nicht. Vermutlich ist dieses Gerede von ihrer gemeinsamen Energiesymbiose sowieso nur ein Vorwand, um ihn an sie zu binden?! Oh ja, er würde auch ohne Loona zurecht kommen, das würde er ihr locker beweisen können! Er spürt das Adrenalin durch seinen Körper jagen, und sein Atem geht schneller, während er den Park erreicht, es mittlerweile stockdunkel ist. Seine Augen brauchen nur einen kurzen Moment, um das Restlicht zu verstärken und die Umgebung wahrnehmen zu können. Niemand ist hier! So bleibt er stehen, lauscht und sieht sich dabei in alle Richtungen um. Ja, er ist alleine! Lobo schaut zum Himmel hoch, erkennt das schwache Licht der Sterne „WARUM?" Er schreit die Worte förmlich in die Nacht hinein! Das Kribbeln in ihm wird stärker! Tränen laufen ihm über die Wangen, doch wischt er sie mit einer energischen Handbewegung weg, nein, so nicht! Vor seinem inneren Auge taucht Loonas Gesicht auf, doch schließt er die Augen, schüttelt langsam den Kopf: „Nein!" Und sie verblasst wieder... Er atmet tief durch, kann die verschiedenen Düfte der Natur gerade ziemlich massiv wahrnehmen und behält die Augen geschlossen. Wie sehr hat sich sein Leben doch seit Erwachen des Wolfes verändert! Und wie oft nimmt er es als mittlerweile völlig normal hin, anstatt es zu würdigen? Er geht langsam weiter, den Blick auf den Kiesweg geheftet, die Gedanken in seinem Kopf sind kaum zu bändigen. Bilder tauchen auf, zeigen Loona und die anderen Wölfe und noch einmal erlebt er glückliche oder nicht so angenehme Momente. Und immer wieder spielt die kleine Wölfin dabei eine Rolle!

Loona öffnet die Augen, fasst sich an die Schläfen, ihr Kopf ist warm und hinter ihrer Stirn pocht es gerade ziemlich: „Er lässt mich nicht an sich heran." Langsam steht Levior auf, hilft ihr hoch und schaut sie fragend und gleichzeitig besorgt an: „Kann er dich so blockieren?" - „Ja, anscheinend kann er das, auch wenn ich nicht weiß wie", damit kommt sie leicht unsicher auf die Beine.

„Du hast es auf jeden Fall noch einmal versucht", er legt ihr einen Arm um die Schultern, um sie etwas abzustützen und zusammen verlassen sie den Kerzensaal. „Danke, für deine Hilfe. Ja, ich habe es zumindest noch einmal versucht", sie löst sich von ihm und durchquert langsam den Flur. Er hat dabei ein ziemlich ungutes Gefühl: „Loona, warte mal..." Und eilig geht er ihr hinterher.

Sie ist mittlerweile an der Wohnungstür angekommen, lehnt sich doch kurz an den Rahmen: „Geht schon..."

„Ich weiß..." nur behutsam zieht er sie zu sich, nimmt sie auf den Arm und trägt sie dann ins Schlafzimmer, ohne dass sie sich auch nur dagegen sträubt!

„Schlaf dich erst einmal aus." - „Danke, Levior..." sie versinkt förmlich im wohlig weihen Gefühl des Bettes.

Der Dunkelhaarige schaut mit leicht schief gelegtem Kopf zu ihr hinunter, eine Mischung aus Sorge und Traurigkeit in seinem Blick: „Ist schon gut." Dann verlässt er leise die Wohnung, während sie weg dämmert und es gar nicht mehr hört wie die Wohnungstür ins Schloss fällt.

Misha wird wach und tastet nach der Uhrzeit auf seiner Armbanduhr, es ist fast vier. Suchend bewegt sich seine Hand über das Bett, doch der Platz neben ihm ist leer! „Kira?" Seine Stimme klingt müde und dumpf, er lauscht, spürt einen leichten Luftzug, so dass er mit einer recht schnellen Bewegung aufsteht. Ein Geräusch lässt ihn aufhorchen und er bewegt sich Richtung Küche, bleibt im Flur stehen und schnuppert, brennt hier etwas? „Kira?" Nun ist der Unterton seiner Stimme eher ins besorgte gewechselt.

„Ich bin in der Küche", sie hört sich ziemlich verschlafen an, sieht wie er aufatmend im Türrahmen auftaucht, nur mit einer Shorts bekleidet, so dass ihr Blick über seinen durchtrainierten Körper wandert. Sie schaltet den Herd komplett ab, nimmt den Topf von der Platte, um ihn auf einen Untersetzer zu stellen und dann zu ihm zu gehen, ihre Hände auf seinen Oberkörper zu legen: „Ich bin wach geworden und konnte nicht mehr einschlafen. Magst du auch eine warme Milch mit Honig?"

„Ah, deswegen riecht es hier so, das konnte ich gerade schwer einsortieren", und lächelnd nimmt er sie in seinen Arm, „Wenn du sie so liebevoll zubereitet hast sehr gerne." Und so geht er zusammen mit ihr zur Anrichte, wo sie zwei Becher mit der dampfenden Flüssigkeit füllt.

Nur leicht berühren ihre Fingerspitzen dann Mishas rechte Hand, die ihnen zur Tasse folgen und sie anheben. Es schmeckt wirklich gut und wärmt den Magen von innen, was auch schlaffördernd ist. Und während sie sich bei ihm anlehnt, genießen sie beide ihre Honigmilch, wobei er dann doch irgendwann als Erster das Schweigen bricht: „Von was bist du aufgewacht?"

Langsam stellt sie die leere Tasse ab: „Ich weiß nicht genau. Es war ein komisches Gefühl in mir, so ein Kribbeln, wie ich es in letzter Zeit ab und an merkte."

Sanft streicht er ihr über den Rücken: „Hattest du das schon oft?"

Sie kuschelt sich an ihn und schüttelt den Kopf: „Nie nachts, ab und an tagsüber. Was hat das zu bedeuten?"

„Ich vermute, dass sich deine neuen Fähigkeiten bemerkbar machen", seine Hand streicht ihr über die roten Wuschelhaare, „Lass uns bei der nächsten Vollmond-Zeremonie einfach nachfragen."

„Bist du oft dabei?" fragend schaut sie zu ihm hoch.

„Normalerweise bei jedem Vollmond, ja." Seine Hand tastet sich weiter, hoch an ihr Gesicht und er streicht ihr über die Wange.

Zärtlich fährt sie seine Augenbrauen nach, während es in ihr wieder zu kribbeln beginnt: „Kommt es von dir? Es ist schon wieder da."

Misha schüttelt nur leicht den Kopf: „Ich kann so etwas nicht schicken. Ich bin mir sicher, dass wir die Antwort finden werden. Aber jetzt sollten wir noch etwas schlafen, hm?" Und er lächelt sie müde an: „Ist der Herd aus?"

„Ja, ich denke auch", sie hakt sich bei ihm unter, wirft sicherheitshalber noch einen Blick zurück, „Ist aus." Und dann gehen sie zusammen ins Schlafzimmer.

Stundenlang hat Levior erfolglos die dunklen Straßen abgesucht, wo er Lobo vermutet. Es hat ihm in der Seele weh getan, dass Loona ihn nicht finden kann und es gibt wohl noch etwas, das ihm keine Ruhe lässt, auch wenn er weiß, dass es keine Option gibt. Und schon gar nicht nur weil Lobo verschwunden ist. Nein, er hatte eine Partnerschaft, die leider zerstört wurde, und um ehrlich zu sein hängt sein Herz immer noch an dieser Liebe, auch wenn er spürt, dass Loona ihn da erreichen könnte. Doch akzeptiert er, dass sie nicht frei ist und er auch nicht der Typ Mann ist, der sich in eine Beziehung hinein drängt. Er unterstützt sie in ihrer Arbeit, mehr darf es nicht sein.

Vorsichtig sieht er sich nach allen Seiten um, steht gerade am Eingang zum Stadtpark und bemerkt die Unruhe in sich. So geht er langsam hinein, lauscht auf die Geräusche der Nacht, hier ein Knacken, da das leise Huschen eines Tieres im Unterholz, und dann... Schritte! Sich nähernde Männerschritte! So bleibt er stehen und wartet ab, sein Instinkt spürt die Nähe eines Wolfes! Und nur einen Augenblick später kann er eine große und schlanke Silhouette erkennen: „Lobo?"

Der Schatten verharrt, schaut sich suchend um, bis er ihn entdeckt: „Levior?"

„Ja, meine Güte, ich habe mir Sorgen gemacht, alles in Ordnung?" Erleichterung pur klingt ihm in der Stimme und er geht auf ihn zu.

Die Begrüßung fällt allerdings anders aus als er erwartet, denn Lobo verschränkt die Arme vor dem Oberkörper, hakt nur mit eisiger Stimme nach: „Hat Loona dich geschickt?"

„Nein, aber sie dürfte ahnen, dass ich nach dir suche", Levior spürt die immense Ablehnung und wartet ab, „Sie macht sich Sorgen und sie konnte dich nicht finden. Es macht sie förmlich fertig."

„Ich wollte nicht gefunden werden, ist das so schwer zu verstehen? Ach, ehrlich? Ich dachte, sie ist so perfekt?"

„Kann es sein, dass du ihr jetzt großes Unrecht tust und dir dessen gar nicht bewusst bist? Lass uns bitte ein Stück gehen, ja?" Levior möchte ihm eine Hand auf die Schulter legen, doch wird sie von Lobo weg gewischt!

„Lass mich einfach in Ruhe! Was soll ich zuhause? Ich reiche Loona doch sowieso nicht. Also, sie kommt ohne mich zurecht!" Und er wendet sich ab.

„Lobo, hör auf so einen Scheiß zu reden!" Oh ja, ausnahmsweise wird Levior nun doch ein wenig lauter. „Das stimmt doch gar nicht!"

Der schlanke Körper dreht sich schwungvoll wieder um: „Nicht? Das hat sie mir doch selbst gesagt!"

„Es war ein Missverständnis", setzt Levior an, sieht dann kurz hinauf zum Himmel, wo sich der Mond hinter einer Wolke hervor schiebt und sie in ein mattes Licht taucht.

Hämisch lacht Lobo auf: „Klar doch, was sollte sie sonst damit meinen? Ich reiche ihr nicht aus, um sich auszugleichen."

„Was sie damit meint? Dass sie dir schaden würde, wenn sie sich komplett energetisch bei dir ausgleichen würde. Sie würde dich damit überlasten, schlimmstenfalls verletzen", versucht der Ältere es ihm irgendwie zu erklären, auch wenn er das Gefühl hat, dass er da auf taube Ohren trifft.

„Ach, das hat sie dir gesagt? Und das glaubst du ihr? Wie bitte soll das gehen, jemandem damit zu überlasten, oder zu verletzen? Ich finde, das hört sich alles ziemlich fadenscheinig an."

„Es ist die Wahrheit und du weißt genau wie das bei ihr funktioniert, immerhin hast du es schon etliche Male mitgemacht. Ich weiß, dass Loona in letzter Zeit einerseits stärker und andererseits auch gefordert worden ist. Und wenn sie dir zu viel Energie entzieht, kann sie sich damit umbringen. Meinst du das ist in ihrem Sinne?" Aufmerksam schaut er Lobo an.

„Klar ist sie stärker geworden, sie hat sich verändert. Wieso habe ich das Gefühl, dass es dir da gar nicht drum geht? Du möchtest doch nur den Weg für dich frei haben, oder etwa nicht? Wieso hast du mich dann eigentlich gesucht? Ja, sie hatte angedeutet, dass ihr da ein Gespräch hattet. Aber weißt du, es kommt immer auf die Sichtweise an. Hast du ihr wirklich gesagt, dass alles in Ordnung wäre, oder hast du ihr eher gezeigt, dass sie bei dir besser aufgehoben wäre? Ich kann ja nur das hören was sie mir in dem Moment sagt." Er schaut Levior durchdringend an und kickt einer Stein weg, in ihm kocht die Wut immer noch hoch, erst Recht als er die letzten Worte ausspricht.

„Was redest du da für einen Unsinn? Ich habe ihr gesagt dass nichts passiert ist. Und dass ich es auch nie passieren lassen würde, weil sie nicht frei ist, weil ihr zusammen gehört. Schau mich bitte an", Levior legt ihm aus einem Impuls heraus seine Hände auf die Schultern.

„DU!!!" Lobo presst das Wort hervor, während er ihm die Hände beiseite schlägt und eine Hand sich dann wie eine Kralle um Leviors Kehle schließt, der damit nicht gerechnet hat, so dass ihm ziemlich die Luft weg bleibt! Und doch schafft er es die Umklammerung mit einer schnellen Armbewegung aufzubrechen, ehe er zur Seite stolpert und sich den Hals hält: „Stopp, Lobo!" Er hört sich heiser an, hustet und ringt noch etwas nach Luft. Anscheinend helfen hier keine guten Worte mehr, die Situation schaukelt sich unkontrolliert hoch! Und als Lobo es erneut versucht, wird er noch rechtzeitig gebremst und mit gezieltem Griff fixiert: „Lobo, hör auf!"

„Lass mich los!" brüllt er ihn an, möchte sich heraus winden, aber er schafft es nicht! Im Gegenteil, er landet ziemlich schnell auf dem Boden und wird an zwei ziemlich schmerzhaften Punkten von Levior fixiert: „Schluss! Hör mir zu!" Tja, was anderes kann er gerade auch nicht mehr machen, auch wenn er versucht seinen Körper gegen die Fixierung anzuspannen, dann spürt er aber deutlich das schmerzhafte Ziehen und lässt es freiwillig sein. „Zwischen Loona und mir war nichts! Und es wird auch nichts sein. Kapierst du das jetzt endlich? Ich hatte eine Partnerin." Als Antwort bekommt er ein wildes Fluchen und spart sich den Rest seiner Erzählung. Wen interessiert es auch schon? „Wenn du dich beruhigt hast, dann lasse ich dich los, nicht vorher", versucht er seine harte Stimme zu besänftigen. „In Ordnung?" Und er gibt ihm den Kopf langsam frei, als die Körperspannung unter ihm nachlässt, sieht Lobos Nicken. Also steht er auf und tritt zwei Schritte von ihm zurück, hält ihm die Hand hinunter, um ihm hoch zu helfen.

Dieser hat immer noch das Funkeln in den Augen, was er von ihm gar nicht kennt, Lobo ist sonst ein sehr ausgeglichener und überlegener Mann. Er zieht sich an seiner Hand schwungvoll auf die Füße und noch ehe er es realisiert, wird ihm die andere als Faust wuchtig an die Schläfe gedonnert! Nur ein kurzes schmerzvolles Stöhnen ist zu hören, als die Welt in einem Sternenregen explodiert und er strauchelt, geht zu Boden und bleibt auf der Seite liegen!

Lobo starrt einen Moment zu ihm hinunter, „Lass die Finger von Loona!" Dann dreht er sich um und verlässt schnellen Schrittes den Park, ohne richtig zu realisieren, was er da gerade getan hat!

Gewissensbisse?

Langsam öffnet Loona die Augen, blinzelt, irgendwas hat sie geweckt! Ein Blick neben sich zeigt ein immer noch leeres Bett! Langsam steht sie auf, zieht sich ihren Morgenmantel über und geht ins Wohnzimmer, aber auch hier ist niemand, sie hat gehofft ihn bestenfalls auf dem Sofa zu finden. Sie erschrickt als es im Flur knarrt! Nur vorsichtig öffnet sie die Wohnungstür und schaut hinaus, sieht jemandem die Treppe hoch gehen und schaltet das Licht an, was die Gestalt zusammen fahren lässt, ohne sich jedoch komplett umzudrehen. „Levior, meine Güte, du hast mich echt erschreckt, was schleichst du denn so? Hast du ihn gefunden?" Immerhin kann sie sich denken, dass er ihn gesucht hat. Halbwegs dreht er sich zu ihr: „Es tut mir leid, er hat sich geweigert mit mir zu kommen." Und sein Tonfall zeigt deutlich, dass er davon wohl nicht begeistert ist.

Sie tritt auf den Flur hinaus, denn es kommt ihr gerade doch etwas komisch vor: „Ist alles in Ordnung mit dir?"

Und nur beschwichtigend hebt er die Hand: „Ja, ich bin nur total ko. Ich werde mich auch hinlegen. Schlaf ruhig weiter." Und damit verschwindet Levior in seiner Wohnung.

Auch Loona kehrt in ihre eigenen vier Wände zurück, viel zu sehr in Gedanken verfangen. Wieso möchte Lobo nicht zurück kommen? Immer wieder hämmert ihr die Frage durch den Kopf, raubt ihr den Schlaf und erst am Morgen schafft sie es unruhig weg zu dämmern.

Das Licht der Morgensonne weckt sie aus unruhigem Dämmerschlaf und sie fühlt sich wie gerädert als Loona wach wird und aufsteht. Es ist kurz nach acht und ansonsten im Hause sehr ruhig. So macht sie sich erst einmal einen Kaffee. Hunger hat sie keinen, ihr fehlt der Appetit, eindeutig. Und während sie mit dem Becher am Tisch sitzt, alleine, schweifen die Gedanken ab. Sie sieht verschiedene Momente, sie sie mit Lobo erlebt hat und Tränen steigen in ihr auf. Bald verlässt sie die Wohnung, geht in den Kerzensaal, um die große Kerze zu entzünden und sich davor zu knien. Sie schließt die Augen, versucht sich zu konzentrieren, was nicht einfach ist nach so wenig Schlaf, und vermutlich ist es eher ein Flehen, was leise über ihre Lippen kommt: „Bitte Lobo, komm zu mir. Ich möchte dich nicht verlieren." Sie wartet ab, und doch passiert nichts!

Ihr fiel die nächtliche Begegnung mit Levior wieder ein und es kommt ihr doch mehr als komisch vor, so dass sie hin und her gerissen ist zu ihm zu gehen. Aber andererseits ist es auch besser ihm erst einmal den Schlaf zu gönnen, immerhin war er die Nacht unterwegs! Sie würde später mit ihm reden.

Levior hat versucht so leise wie es nur geht hinauf zu kommen, auch wenn es nicht einfach war und schon gar nicht erfolgreich, aber vielleicht hat Loona ihn auch einfach gespürt, wer weiß das schon? Und er war sich zu dem Zeitpunkt auch unsicher, ob er ihr von dem Vorfall erzählen sollte, sie würde sich vermutlich dann noch mehr Sorgen machen und das wollte er auf keinen Fall. Deswegen hat er auch versucht sich so unter Kontrolle zu halten. Denn seit er nach dem Schlag dort am Boden wieder zu sich gekommen ist, hat er einen tierischen Brummschädel, Flugzeughangar ist nichts dagegen, und die Welt sieht ziemlich verschwommen aus, aber er hat den Heimweg glücklicherweise trotzdem gefunden. Lobo hatte ihn echt heftig erwischt, er aber auch damit nicht gerechnet, und somit keine Chance ihn abzuwehren. Und ein Blick in den Spiegel bestätigt seine Befürchtung. Sein Gesicht sieht rund um und auf der Schläfe grün und blau aus, dazu das Auge blutunterlaufen und alles in allem ziemlich geschwollen! Und das wo er beim heimkommen sofort gekühlt hat ehe er ins Bett gegangen ist. Er wollte da einfach nur noch schlafen, seinem Kopf die nötige Ruhe gönnen, in der Hoffnung dass er aufhört zu dröhnen!

Er weiß nicht genau, wie lange er geschlafen hat, als es an seiner Wohnungstür klopft: „Levior?" Daniels Stimme klingt an seine Ohren und er seufzt leise, steht langsam auf, wobei das Pochen in seinem Kopf eindeutig wieder zunimmt und auch die Sicht für ein paar Sekunden heftig verschwimmt. Die eine Hand geht hinauf, die andere an seine Magengegend, wo er das Drehen ebenfalls spürt. Und nur unsicher geht er aus dem Schlafzimmer hinaus, den Flur entlang, ehe er die Wohnungstür erreicht, ohne einen Abstecher ins Bad machen zu müssen. „Daniel, ist Loona bei dir?" Er klingt leise und etwas gequält. Und das fällt Daniel wohl auch auf, weil er sofort fragt was los sein, Loonas Anwesenheit aber verneint. So öffnet Levior die Tür, bittet ihn herein und schließt sie hinter ihm wieder.

„Wow, was ist denn mit dir passiert? Du siehst grottenschlecht aus", Daniel schaut ihn besorgt an, erst Recht weil Levior das Gesicht merklich verzieht, als er normal spricht, das ist eindeutig zu laut.

„Bitte, nicht so laut... Ich möchte nicht dass Loona es erfährt", zuckt der Andere zusammen, außerdem dröhnt es unheimlich. Und auf den fragenden Blick dreht er ihm das Gesicht komplett zu, so dass er die malträtierte Schläfengegend sehen kann: „Es gab ein Missverständnis zwischen Loona und Lobo, er ging und ich habe nach ihm gesucht. Allerdings konnte er nicht mehr klar denken und ist auf mich los gegangen, womit ich nicht rechnete.

Daniel wirft mit hoch gezogenen Augenbrauen einen Blick auf die Prellungen: „Er ist auf dich los gegangen? Das hätte ich auch nicht erwartet. Und um ehrlich zu sein, das sieht nicht gut aus, erst recht das unterblutete Auge. Bist du sicher, dass Loona da nicht mal besser drauf schauen sollte?"

„Untersteh dich ihr was zu sagen!" Levior fasst sich an den Kopf, weil ihm wieder schwindelig wird und zieht die Luft ein, ehe er kurz die Augen schließt und dabei merklich schwankt. „Sie wird es schon früh genug erfahren."

„Okay, aber legt dich bitte wieder hin, du brauchst Ruhe." Daniel legt ihm eine Hand an den Oberarm, führt ihn ins Schlafzimmer und nimmt unterwegs noch einen Eimer mit, den er ihm ans Bett stellt. „Und wenn etwas ist, dann klopf leise an die Wand, ich bin ja nebenan." Er schaut ihn an, als er liegt, die Entspannung zu sehen ist, die in seinen Körper kriecht, auch wenn er immer noch etwas verbissen ausschaut, aber das ist bei einem Brummschädel wohl kein

Wunder. Auch holt er ihm noch eine frische Eiskompresse und verlässt dann leise die Wohnung, um rüber in sein Zimmer zu gehen.

Nach dem Zusammentreffen mit Levior hat Lobo den Stadtpark ziemlich aufgebracht verlassen, und die Beschreibung ist noch ziemlich untertrieben. Ziellos ist er durch die Stadt gewandert, die langsam aus ihrem Schlaf erwacht und auch er selbst spürt die Müdigkeit in sich aufsteigen, beginnt sich an den Vorfall im Park zu erinnern! Was hat er getan? Wie soll er Levior jetzt begegnen? Er rennt zurück, zurück zum Park, und sucht die Stelle, wo er ihn hilflos zurück gelassen hat! Aber nach der Zeit ist er verschwunden! So setzt er sich auf eine der Bänke, vergräbt das Gesicht in den Händen. Die Erschöpfung ist stark zu spüren, da er nun seit Stunden unterwegs sein dürfte und sein Körper nur unter Strom gestanden hat, ohne eine Pause zu bekommen. So schließt er seine Augen, nur ein paar Minuten...

Kira schlendert in Mishas Arm den Weg entlang und achtet schon automatisch mittlerweile auf Stoperfallen. „Ich finde es schön, dass du bei mir geblieben bist", zärtlich drückt der junge Mann sie an sich. „Naja, ich fühle mich unheimlich wohl bei dir", sie streicht ihm über den Oberkörper und es dauert nicht lange, bis beide weiter gehen.

Und doch bleibt sie plötzlich stehen, hält inne und schaut sich suchend um: „Was ist das?" Misha selbst dreht den Kopf etwa, kann aber damit nichts anfangen: „Was meinst du?" - „Spürst du nicht dieses leichte Vibrieren?" Allerdings kann sie den Grund nicht entdecken, aber sie fühlt es, durch ihren ganzen Körper wandernd. „Nein", er schüttelt den Kopf, kann nicht nachvollziehen was sie meint, „noch spüre ich nichts." Doch wird sie hektisch, schaut sich um: „Ich habe Angst, Misha. Es wird immer stärker!" Dieser nimmt sie in den Arm, versucht sie zu beruhigen: „Ich bin hier, bei dir, du brauchst keine Angst haben, was immer das auch ist." Und doch bemerkt er jetzt auch das leichte Kribbeln auf der Haut. „Kira, ich glaube es kommt von dir. Jetzt merke ich es auch."

Und er schließt die Augen, atmet tief ein: „Es ist so kraftvoll..."

Fast ein wenig erschrocken schaut sie ihn an: „Bist du dir sicher? Aber was ist das?" Und er streicht ihr langsam über den Kopf: „Energie. Pure Energie. Und sie fühlt sich wirklich gut an." Nur zögerlich wird sie ruhiger, schmiegt sich an ihn: „Aber, wie soll ich sie nutzen? Wieso bekomme ich sie? Und wieso hast du sie nicht? Das ist alles ziemlich verwirrend." Misha öffnet die Augen, blinzelt ein paar Mal: „Das kann ich dir nicht sagen. Jeder Wolf ist individuell, so wie in der Natur auch. Morgen ist Vollmond, lass uns zusammen zu der Zeremonie gehen. Vielleicht bekommst du dann die Antworten auf deine Fragen." Fast etwas zögerlich schaut sie zu ihm: „Du hast Recht. Ich bin mir sicher, dass dort jemand die Antworten kennt."

So gehen sie weiter und Kira merkt, wie das Kribbeln weiter anhält und ihr mehr und mehr vertraut wird, die Angst sich langsam deswegen auflöst, so dass auch Misha merkt, wie sie sich wieder entspannt. Nach einer Weile kommen sie an seiner Wohnung an und sie bleibt erneut stehen: „Kann es sein, dass ich einen anderen Wolf spüre, aber nicht dich?" Es ist komisch ihn das zu fragen, aber das ist ihr die ganze Zeit durch den Kopf getigert. „Das ist gut möglich, wir erkennen und ja instinktiv. Wie fühlt es sich an?" fragt er nach, wartet ihre Antwort dann einfach ab, ohne etwas zu machen. „Ich weiß genau, dass es nicht meine Gefühle sind, denn ich selbst fühle mich wohl. Aber er oder sie ist sehr angespannt, durcheinander und müde", versucht sie es zu beschreiben und schaut sich ihre Umgebung an, aber es ist niemand zu erkennen, auf den das hier zutreffen könnte, „was soll ich nur machen?" - „Dann lass uns los gehen und den anderen Wolf finden", schlägt Misha ihr vor und fährt sich kurz leicht durch die Haare, weil er weiß, das könnte dauern, das ist nicht so einfach. „Aber du kommst mit, oder?" fragt sie deswegen auch sofort, obwohl er ja schon uns gesagt hat. „Wenn ich nur wüsste wohin", murmelt sie noch hinterher. - „Natürlich komme ich mit", lächelt er sie an und nickt dann, „Verlass dich einfach auf deinen Instinkt, er wird dich leiten." Und er hält ihr seine Hand hin.

Kira nimmt seine in ihre, schließt die Augen und versucht sich etwas zu konzentrieren: „Das ist nicht einfach, aber ich werde es versuchen." In ihrem Kopf formt sie die Gedanken: *Wer auch immer du bist. Ich kann dir nur helfen, wenn du mir den Weg zeigst.* Dann wartet sie ab. Misha gibt ihr die Zeit, spürt selbst an seiner Hand wieder das Kribbeln und ist sich sicher, dass es von ihr kommt. Die junge Frau bleibt ruhig stehen und nur langsam tauchen schwache Bilder vor ihrem inneren Auge auf. Sie kann einen sehr wütenden Mann sehen, mit langen schwarzen Haaren. Und eine weinende Frau. Allerdings befinden sie sich an verschiedenen Orten. Und es ist zu erkennen, dass es beiden in der momentanen Situation nicht gut geht. Kira atmet durch, murmelt nur leise: „Meine Güte, wie soll ich da denn helfen können?" Das Vibrieren in ihr wird stärker, treibt sie gerade zu an los zu gehen, die Straße entlang, Richtung Stadtpark! Misha geht neben ihr her, hält die ganze Zeit ihre Hand, und beide sprechen kein Wort auf dem Stück.

Je näher sie dem Park kommen, desto stärker wird das Gefühl in ihr und sie bleibt stehen, atmet durch, so dass der junge Mann sie besorgt fragt: „Ist alles in Ordnung?" - „Ja, ich bin mir sicher dass wir gleich da sind. Ich habe gerade einen Mann und eine Frau gesehen, vermutlich ein Streit. Ich bin gespannt, wen von beiden ich finden werde." Und sie schaut sich im Park um, ehe ihr Blick an einer Bank hängen bleibt, die noch ein Stück entfernt ist und auf der ein junger Mann mit schwarzen langen Haaren sitzt. „Da ist es, glaube ich." Nur langsam geht sie auf ihn zu, lässt Misha dabei nicht los.

Der junge Mann sitzt zusammen gekauert auf der Bank, die Augen geschlossen und hört nicht wie sie näher kommen, zu schwer drückt die Müdigkeit der Stunden ihn hinunter. Je näher sie kommen, desto stärker wird das Vibrieren und Kira ist sich nicht mehr sicher, wie sie am besten vorgehen könnte, so kniet sie sich zuerst einmal zu ihm hinunter. Was, wenn er es doch nicht ist? Misha scheint ihre Unsicherheit zu spüren und leg seine Hand auf ihre Schulter, raunt nur leise: „Er wird dich schon nicht beißen." Das Nicken sieht er zwar nicht, aber ihre Worte kann er hören: „Du hast Recht." Und nur behutsam berührt sie die langen Haare des doch etwas Älteren, sie schätzt ihn auf über Dreißig, aber das könnte auch täuschen. Glatt und seidig spürt sie es unter ihren Fingern und Bilder tauchen in ihrem Kopf auf, von der Auseinandersetzung mit einem anderen Mann. Auch die Müdigkeit von ihm kann sie spüren und ist sich sicher den Richtigen gefunden zu haben.

Nur langsam hebt Lobo den Kopf, die Augen nur halb geöffnet und schaut sich um: „Was... wer?" Er kann dennoch das freundliche Lächeln auf ihren Lippen erkennen, ein junges Mädchen, naja, vielleicht gerade erwachsen: „Hallo, ich bin Kira. Geht es ihnen soweit gut?" Zuerst nickt er, dann schüttelt er doch den Kopf, was denn nun? „Nein, ich, ich meine..." - „Ist schon gut, einfach durchatmen", sie steht langsam auf, setzt sich neben ihn, während Misha stehen bleibt. Lobo selbst setzt sich auch wieder auf, streicht die Haare zurück und sieht sich um: „Ich muss eingeschlafen sein." Nur zaghaft legt sie ihm eine Hand auf die Schulter: „Ja, anscheinend. Kann es sein, dass sie gerade jemanden zum reden gebrauchen können?" Sie weiß nicht, wie sie es sonst anfangen soll, kennt das doch gar nicht von sich. Und sein Blick sagt wohl alles, als er sie etwas angesäuert anschaut: „Was soll ich denn mit einem halben Kind bereden wollen?" Misha brummt zwar leise auf, aber da er immer noch Kiras Hand hält und sie seine dann leicht drückt, wartet er einfach nur ab, hört wie sie weiter spricht: „Eventuell über den Streit? Mit der jungen Frau? Über die Auseinandersetzung hier im Park?" Der große Blonde nickt und fügt leise hinzu: „Eventuell könnten wir da helfen."

Vergebung?

Wie so oft in den letzten Stunden hat Loona sich wieder in den Kerzensaal zurückgezogen. Sie fühlt sich gerade vollkommen leer und ausgebrannt, denn Lobo ist immer noch nicht wieder hier und die Unruhe in ihr wächst von Stunde zu Stunde. Egal was sie auch versucht, sie kann ihn nicht erreichen, er sperrt sich dagegen! Draußen im Flur kann sie Schritte auf der Treppe hören, so dass sie aufsteht, zur Tür geht und hinaus schaut, wo Daniel langsam hinunter kommt. Als er sie sieht, hebt er grüßend die Hand, versucht sich allerdings auch nicht anmerken zu lassen, dass er von dem Streit schon weiß: „Hallo Loona." Sie erwidert es mit müdem Lächeln: „Hallo Daniel." Und ist gerade wohl auch einfach nicht dazu fähig zu spüren, dass er was vor ihr verheimlichen möchte. Der junge Mann kommt zu ihr, legt seine Hände auf ihre Schultern, um sie

leicht zu massieren: „Du siehst müde aus." Ihr Blick wandert zu Boden: „Ja, ich fühl mich grottenschlecht. Lobo und ich haben uns gestritten und er ist immer noch nicht wider daheim." - „Wir Männer brauchen da immer etwas Zeit für. Er wird sich schon wieder beruhigen", damit nimmt er sie behutsam in den Arm, worauf sie sich aber doch leicht wehrt, „Das ist keine gute Idee im Moment. Ich bin energetisch so im Defizit, ich könnte dir damit schaden. Nicht böse sein, okay?" Ob er es verstehen würde, für Lobo war es ja nicht zu verstehen. Doch Daniel nickt leicht: „Ist schon in Ordnung. Du gibst es mir ja gleich wieder zurück, oder?" - „Ja, für gewöhnlich leihe ich es nur für einen Moment und gebe es dann wenigstens zum größten Teil wieder zurück", versucht sie es zu erklären, ist sich trotzdem unschlüssig, doch da nimmt er schon ihre Hände und führt sie sich an die Schläfen. Sofort können beide das Kribbeln spüren und schließen die Augen. Daniel atmet nach einem Moment merklich durch: „Huch..." Und er lehnt sich an den Türrahmen: „Schon gut, mach weiter." Ein paar Minuten danach löst Loona die Berührung wieder, schaut ihn besorgt an: „Geht es dir gut?" Ein zaghaftes Nicken, ehe er sich wieder richtig hinstellt: „Ja, keine Sorge, es geht wieder. War nur den einen Moment ziemlich wattig." - „Tut mir leid", mit einem entschuldigenden Lächeln schaut sie ihn an, ehe ihr Blick plötzlich abwesend zu Boden wandert und sie sich nicht mehr bewegt, einfach nur ohne Reaktion stehen bleibt, selbst als Daniel sie leicht an der Schulter rüttelt. So nimmt er sie vorsichtig auf die Arme, trägt sie in ihre Wohnung und legt die junge Frau dort auf der Couch ab, während ihr dann doch im Laufe der Bewegungen die Augen zufallen. Er selbst setzt sich auf die andere Couch und wartet ab, ist sich sicher, dass sie gleich wieder zu sich kommen würde.
Doch dauert es fast dreißig Minuten, ehe sie aus ihrem Trancezustand erwacht, blinzelt und sich umschaut und ihn dann entdeckt, als er sie anlächelt: „Hey, da bist du ja wieder. Was war los? Ich dachte mir, die Couch ist bequemer statt dort herum zu stehen." Etwas unsicher zuckt sie mit den Schultern: „Ich weiß nicht. Es war komisch. Es gab nur Stille und Dunkelheit. Und dann konnte ich Lobo sehen! Er war nicht alleine", sie steht langsam auf, geht zum Wohnzimmerfenster und schaut hinaus, „eine junge Frau und ein Mann waren bei ihm, aber wo ist er? Ich glaube, deine zusätzliche Energie hat mir geholfen ihn heute besser zu erreichen, so dass er sich nicht mehr sperren konnte." Langsam kommt Daniel zu ihr, legt ihr aufmunternd eine Hand auf die Schulter: „Ich werde mich mal umschauen." Und ebenso leise verlässt er anschließend ihre Wohnung.

Zuerst ist Lobo skeptisch, als Kira ihm von ihren Visionen erzählt, doch kann sie auch kleine Details aus der Wohnung erwähnen und sogar was Loona angezogen hatte. Und er spürt in sich, dass sie ihm helfen möchte. So steht er langsam auf, nachdem er beiden erzählt hat, was vorgefallen ist und sie ihm einfach nur schweigend zuhören, streckt sich und schaut sich kurz um: „Vielleicht ist es wirklich besser, wenn ich heim gehe und mit ihr rede." Kira lächelt ihn einfach nur an: „Sie wartet auf dich, glaub es mir, sie braucht dich doch, weil du ihrem Herzen fehlst." Misha genießt nebenher auch die warmen Sonnenstrahlen und als er eine Bewegung spürt, legt er den Kopf etwas schief: „Sollen wir dich begleiten?"

Kurz ist Lobo doch etwas hin und her gerissen, ehe er nickt: „Warum nicht, so kann ich euch Loona schon vorstellen." Er weiß ja nicht, dass Misha schon öfter bei der Zeremonie dabei war, alle Gesichter kann er selbst sich auch nicht merken, je nachdem wie weit hinten er auch zu stehen pflegt. Und als er einen Schritt vor geht, registriert er eine zuckende Bewegung Mishas und zum ersten Mal sein Handycap! Kira schüttelt nur leicht den Kopf, lächelt wieder zu Lobo hoch, und dann legt sich ihre Hand an Mishas Taille, ehe sie sich gemeinsam schweigend auf den Weg machen.

Lange hat Loona wie so oft am Fenster gestanden und hinaus gesehen, als sie plötzlich die drei Personen auf der Straße entdeckt! Sofort schlägt ihr Herz etliche Takte schneller, stolpert förmlich, als sie Lobo sieht und sie eilt zur Haustür, öffnet sie und stockt, als sie in ihrem Kopf seine leise Stimme hören kann: *Lässt du mich rein? Es tut mir leid.* Flink steigt sie die Stufen hinunter, wartet dennoch ab: *Warum sollte ich es dir verwehren?* Seine Begleitungen bekommen von dem kurzen Austausch nichts mit. Und so löst sich Lobo aus der Gruppe, geht langsam zu ihr und nimmt seinen Schatz in die Arme, ehe er leise mit ihr redet: „Es tut mir wirklich leid. Ich habe keine Ahnung was da mit mir los war." - „Die Hauptsache ist doch, dass du jetzt wieder hier bist", damit hält sie ihn einen Moment einfach nur fest, „und alles andere war ein riesiges Missverständnis."

Etwas zögerlich kommen Kira und Misha heran, kann Loona die junge Frau ebenfalls hören: *Dürfen wir?* Etwas überrascht schaut Loona ihr entgegen, löst sich dann doch langsam von Lobo und schaut die Beiden an: „Hallo. Ich danke euch, dass ihr Lobo geholfen habt. Kommt doch bitte rein." Der große Blonde kommt ihr schon bekannt vor, war er hier nicht schon bei den Zeremonien dabei? Zusammen gehen sie in die Wohnung, wobei sie ein erstaunlich starkes Energiefeld spüren kann, aber nicht genau weiß von wem es kommt. Also begrüßt sie Beide erst einmal: „Schön das du da bist, Misha. Du hast eine sehr große innere Stärke, das ist sehr gut. Dein Wolf hat sich dir schon sehr früh gezeigt, oder? Und ist jetzt wohl die beste Hilfe." Er nickt: „Ja, man könnte sagen, dass er für mich sieht. Ohne ihn würde ich es nicht so gut schaffen." Dann geht sie zu Kira, begrüßt auch sie und hat den Ursprung der Energie eindeutig gefunden: „Oh, du bist ein heilsamer Wolf! Noch jung, aber das ist nicht schlimm. Bitte, nimm ihn einfach an, er wartet auf deine Liebe." Kira zuckt merklich zusammen: „Wer? Wen meinst du?" Und Loona lächelt sanft: „Deinen Wolf." - „Aber wieso macht er mir manchmal Angst?" fragt die weitaus jüngere Frau nach. „Das kommt dir nur so vor, weil es alles sehr neu für dich ist", damit streicht Loona ihr liebevoll über die Haare, „er würde niemals etwas tun was dir schadet." In dem Moment spürt Kira wieder das Vibrieren in sich und schließt die Augen, weil es sie fast übermannt: „Was ist das?" Die Heilerin hält sie einen Moment etwas an den Schultern fest: „Das ist die neue Energie, die er dir schenken kann."

Ja, Loona kann die Kraft in ihr ebenfalls spüren, eine unglaubliche Stärke! Ist Kira vielleicht der neue Wolf, wie Loona es fühlte? Aber sie ist doch noch so unglaublich jung. Sie muss sich erst daran gewöhnen ihre Fähigkeiten zu nutzen. Vermutlich würde der nächste Vollmond es zeigen, ob Loona mit ihrer Annahme Recht hat. „Ich denke, bei der nächsten Vollmond-Zeremonie wirst du deinen Wolf kennen lernen." Von Kira kommt ein fröhlicheres Lächeln: „Das hatten wir sowieso vor. Misha hat mir erzählt wie schön es sein soll."

Zusammen setzen sie sich ins Wohnzimmer, unterhalten sich über die vergangenen Tage, immerhin hat Kira es doch eh schon gesehen. Immer wieder sieht Lobo schweigend zu Loona hinüber, die es meistens auch spürt und es mit einem Lächeln erwidert. Bitte, wieso soll sie ihm eine Szene machen? Es würde nichts bringen und sie hatten wohl beide etwas daraus gelernt. Wichtiger ist doch, dass er zurück gekehrt ist.

Plötzlich horcht Lobo auf, als er aus der oberen Wohnung Geräusche hört und auch Loona hält inne: „Oh, Levior ist wohl aufgestanden. Ich gehe mal kurz zu ihm hoch." Sie steht auf, doch hält ihr Schatz sie sanft an der Hand zurück: „Lass mich bitte erst hoch gehen." Etwas überrascht schaut sie ihn an, nickt dann aber, er wird seinen Grund dazu haben. Lobo nickt den anderen nur kurz zu: „Ich bin gleich wieder da." Dann verlässt er das Wohnzimmer und die Wohnung.

Mehrere Stunden hat Levior tief und fest geschlafen und steht gerade im Bad, um sich etwas frisch zu machen, als er Schritte auf der Treppe hört und es wenig später an seiner Wohnungstür klopft! So trocknet er sich das Gesicht ab, legt das Handtuch auf den Badewannenrand, während sein Kopf sich immer noch etwas dumpf anfühlt, aber immerhin kann er wieder klar sehen. Sein Weg führt ihn zur Tür, und er schaut hinaus, nachdem er sie geöffnet hat. Vor ihm steht Lobo, nur ein kurzer Blick ehe dieser wieder zu Boden wandert: „Darf ich bitte hinein kommen?" Der Ältere sieht ihn fragend an, gibt ihm dann den Weg frei und geht in die Küche, nachdem er die Tür wieder geschlossen hat: „Möchtest du auch etwas trinken?"

Lobo folgt ihm, schüttelt nur sachte den Kopf: „Danke, nein. Levior..." Dieser hat sich in der Zeit ein Glas Wasser geholt und kommt wieder auf ihn zu, den Blick der grünen Augen in seine gerichtet und nur langsam hebt er die Hand, unterbricht ihn damit ausnahmsweise sehr abrupt: „Lass mich bitte zuerst etwas sagen." Wieder spürt er das Pochen hinter der Schläfe, die nun im hellen Licht der Küche auch für Lobo gut sichtbar ist. Er stellt das Glas nach einigen Schlucken beiseite, schließt kurz die Augen, ehe er fort fährt: „„Ich kenne dich und deine persönliche Schmerzgrenze nun schon seit einiger Zeit. Warum es zwischen Loona und dir so schief laufen konnte, weiß ich nicht. Warum dir dabei so die Sicherungen durchgebrannt sind, möchte ich nicht wissen. Warum du mich zurückgelassen hast, frage ich dich auch nicht. Ich möchte nur wissen, warum du mir nicht geglaubt hast. Ja, Loona ist eine hübsche Frau und durch ihre Kraft mehr als anziehend. Ja, ich wäre bestimmt schon schwach geworden, wenn sie dich nicht hätte. Nein, ich würde dich in dem Punkt nie hintergehen oder täuschen. Wenn Loona und ich uns durch die gemeinsame Aufgabe auch sehr nahe kommen, es war und wird nichts passieren!"

Schweigend und aufmerksam hat Lobo ihm zugehört, während sein Herz rast, es ihm in der Seele weh tut, dass er ihn so hart angegangen ist, denn normalerweise ist er doch eher ein ruhiger Typ. Diese Aggressivität liegt nicht in seiner Natur und es hätte nicht so eskalieren dürfen. „Ich weiß", er spürt die Hitze in sich, „Ich habe bei Loona und dir eindeutig zu heftig reagiert." Er schluckt hart, ehe er weiter spricht: „Ich hätte dich weder angreifen, und schon gar nicht so zurück lassen dürfen." Feine Schweißperlen treten ihm auf die Stirn, ehe er ihm die rechte Hand entgegen hält und hofft, dass Levior seine Entschuldigung annimmt: „Es tut mir leid."

Dieser nickt langsam bei seinen Worten, schlägt dann ein, auch wenn sein Blick forschend ist: „Es ist in Ordnung. Geht es dir gut, Lobo?" Die Antwort folgt sofort, als dieser strauchelt und in seinen Armen landet: „Ruhig, komm, setz dich." Damit stützt er ihn ab, bringt ihn zur Couch hinüber: „Du warst definitiv zu lange von Loona getrennt." Lobos Kopf sinkt hinten an die Lehne und er schließt die Augen: „Aber, wieso kommt das erst jetzt?" - „Vermutlich hat dein extrem hoher Adrenalinpegel es bis jetzt noch ausgleichen können. Ich bin gleich zurück, ich hole Loona." Und damit steht Levior zügig auf, spürt dabei wieder den Druck und das Schwindelgefühl im Kopf und atmet durch, er muss es wohl anders machen. Auch nicht angenehm, aber besser für den kurzen Moment: *Loona, komm bitte hoch, Lobo braucht dich.*

Kira, Misha und Loona sind gerade in eine heitere Unterhaltung vertieft, als letztere kurz stockt und dann hoch schaut: „Ich muss kurz nach oben." Fragend schaut Kira sie an: „Soll ich mitkommen?" Aber Loona winkt nur leicht lächelnd ab, während sie aufsteht: „Ist schon in Ordnung, bleib ruhig bei Misha." Dieser nickt nur lächelnd: „Ich komme schon alleine zurecht." So erhebt Kira sich auch flink und haucht ihm noch einen Kuss auf die Wange: „Es dauert nicht lange."

Sie hat doch ein ziemlich seltsames Gefühl in der Magengegend, als sie mit Loona in die obere Etage geht. Die Wohnungstür ist zwar zu, aber nicht abgeschlossen, so dass die kleine Wölfin sie öffnet und sie den Stimmen ins Wohnzimmer folgen. Sie erblickt Lobo und kann seine Schwäche förmlich fühlen und Loona geht es wohl ebenso, denn sie schaut zu Levior, der sich neben ihm hinunter gebeugt hat, entdeckt dabei die Prellungen in seinem Gesicht: „Was ist mit dir passiert, Levior?" Doch dieser winkt nur leicht beschwichtigend ab: „Kümmere dich bitte erst einmal um deinen Schatz."

Loona sieht, wie Kira sich plötzlich mit in sich gekehrtem Blick in Bewegung setzt, um sich neben Lobo zu knien und wartet ab. „Nicht fragen." Damit legt die Kleine ihre Hände auf den Oberkörper des Mannes und schließt die Augen. Dieser antwortet nur mit matter Stimme: „Ich weiß, ich vertrau dir." Loona kann spüren wie das Vibrieren zunimmt, kann die Energie förmlich fühlen und beobachtet Lobo. Er öffnet nach einer Weile die Augen, die ihm zugefallen sind, schaut sich um, während Kira die Hände wieder zurück zieht und ihn scheu anschaut: „Ich hoffe es geht dir besser." Dann steht sie wortlos auf, geht zu Levior hinüber, der sich in der Zeit auf das andere Sofa gesetzt hat und legt ihre Hand auf seine verletzte Schläfe, während sie ihm in die Augen schaut. Seine Pupillen weiten sich etwas und er spürt die Wärme in seinem Kopf, der wieder klarer wird und der Schmerz ebenso verschwindet! Und für einen Moment schließt er die Augen, atmet durch: „Ich danke dir." Als Kira ihre Hand weg nimmt, ist von der Verletzung keine Spur mehr zu sehen, was sie verunsichert schauen lässt: „Was das wirklich ich?" Auch Loona staunt nicht schlecht: „Ja, in der Tat." Und Kira reibt nur leicht die Hände aneinander, als ob sie diese aufwärmen möchte, streicht sich dann kurz damit durch die Haare und schon scheint die Energie im Raum wieder ausgeglichen zu sein: „Ich weiß nicht warum und wie ich das gemacht habe, aber es fühlt sich richtig gut an!" Loona geht strahlend zu ihr hin und nimmt sie einfach in den Arm: „Das war dein Wolf. Und wenn es sich gut anfühlt, dann freut er sich mit dir."

Auch Lobo steht langsam auf, die innere Hitze ist wie weg gefegt und er geht zu Loona, küsst sie sanft auf ihre Haare: „Ich liebe dich." Zusammen gehen sie alle hinunter und er erzählt wie Levior zu seiner Verletzung gekommen ist, auch wenn Loona das zuerst kaum glauben kann. Offenbar hat sie Lobos innere Kraft unterschätzt. Aber glücklicherweise hat Levior ihm verziehen, denn es hätte auch anders ausgehen können.

Kira ist zwar noch ziemlich unsicher ob ihrer neuen Fähigkeiten, aber mittlerweile weiß sie, dass sie in Loona da eine große Hilfe gefunden hat.

Transformation

Es ist noch keine acht Uhr morgens, als Loona zum ersten Mal an diesem jungen Morgen die Augen aufschlägt und neben sich schaut, wo Lobo unter der Decke eingerollt ist, und im Traum lächelt! So dreht sie sich zu ihm auf die Seite, legt ihre Hände unter ihren Kopf und beobachtet ihn eine Weile schweigend, während ihre Müdigkeit langsam verfliegt. Es dauert noch etwas, bis sie dann doch aufsteht und ins Bad hinüber geht, dabei über sich Schritte hören kann, anscheinend ist Levior auch schon wach. Loonas Gedanken schweifen ab, während sie sich die Nacht aus dem Gesicht wäscht. Wenn sie Lobo nicht hätte, wäre sie Levior sicherlich nicht abgeneigt, das muss sie sich eingestehen, denn er sieht einfach nur smart aus, die maskulinen Gesichtszüge, die grünen Augen im Kontrast zu den dunkelbraunen Haaren. Aber ihr Herz schlägt alleine für Lobo! Er sieht durch die langen glatten schwarzen Haare etwas exotischer aus, und trägt sie in letzter Zeit sogar immer mal öfter offen. Die braunen Augen lassen sein gebräuntes ovales Gesicht sanft aussehen, auch wenn er nicht so durchtrainiert ausschaute wie Levior, aber auch nicht zu dünn oder schmal. Es war nur anders proportioniert. Loona wundert sich gerade selbst über ihre eigenen Gedanken, denn so hat sie Lobo noch nie betrachtet, aus einem ganz anderen Blickwinkel. Vielleicht liegt es an den ganzen Veränderungen der letzten Wochen`. Sie haben Macinido und Benjamin kennen gelernt, die durch ihre Wechselkörper überraschen. Und auch Kira gehört zu einer ganz anderen Wolfsgeneration. Denn ihre Entwicklung zeigte sich schon in frühester Kindheit und nicht erst im Erwachsenenalter. Und ihre Eltern schienen nichts zu ahnen, da hat die Natur ihnen einen gehörigen Streich gespielt! Loona ist schon gespannt, wie sich Kira heute Abend noch entwickeln würde, wenn der Vollmond ihre Gabe zur Vollendung bringt. Denn ihre Energie ist unheimlich stark und es kann sich in viele Richtungen zeigen, das hat Loona schon durch Gespräche und andere Aufzeichnungen erfahren können und hofft, dass sie sich dann auch für die für sie vorgesehene Aufgabe als Heilerin entscheidet, so wie sie selbst es auch getan hatte. Meine Güte, war das schon fünf Jahre her? Wie fliegt die Zeit dahin!

Im Schlafzimmer raschelt es, Lobo ist wach geworden und hat sich verschlafen aus den Kissen gewühlt, ehe er nur in der Schlafshorts bekleidet ins Bad tapst, wo Loona gerade mit dem Haare waschen fertig ist und dabei ihren Gedanken nach gehangen hat. So wickelt sie sich ein Handtuch um den Kopf und lächelt ihn an, als sie diese müde Figur dort am Türrahmen lehnen sieht: „Guten Morgen, mein Schatz, hast du gut geschlafen?" Lobo lächelt sie sanft an: „Wie ein Stein und trotzdem fühle ich mich wie zerschlagen." Er streicht sich die Haare etwas glatt, die ihm ins Gesicht gefallen sind. „Dann leg dich doch noch etwas hin", sie schmiegt sich an ihn, „heute Abend ist Wolfsmond, dann geht es dir bestimmt wieder besser." - „Kommst du mit ins Bett?" Er hält sie an sich geschmiegt in seinem Arm und genießt den frischen Duft ihres Shampoos. „Hm, eigentlich hast du Recht", sie schaut ihm dabei schelmisch lächelnd in die Augen, „es ist erst kurz vor Acht und wir haben noch Zeit." Und sie folgt ihm hinüber ins Schlafzimmer, wo sie bald darauf aufs Bett fallen.

Loona kniet sich über ihn, löst das Handtuch und schüttelt leicht die noch etwas nassen Haare, die dadurch aufgelockert werden. Lobo hat einen anderen Plan und fasst ihre Mähne im Nacken mit einer Hand zusammen, ehe er die junge

Frau zu sich zieht und kleine Küsse auf ihrer Halsbeuge verteilt. Sein Herz beginnt eindeutig schneller zu schlagen und eine Gänsehaut ist zu sehen, erst Recht als Loona an seinem Ohrläppchen knabbert, so dass er aufseufzt: „Du bist gemein." Verschmitzt schaut sie ihn an: „Wieso?" Dann fährt sie mit ihren Nägeln leicht über seinen Rücken und Lobo wirft den Kopf genießend in den Nacken, raunt nur leise: „Es fühlt sich heute anders an..." Und sie teilen wohl eine sehr intime Stunde. Ohne dass Lobo einen der gefürchteten Aussetzer hat, doch fällt ihm das erst auf, als sie eng beieinander wieder aufwachen und ihm bewusst wird, dass die Flammenhölle ausgeblieben ist. Loonas Wangen sind immer noch leicht gerötet, ihre Haare zerzaust und er streicht ihr die Locken aus dem Gesicht, küsst ihre Stirn. Lächelnd bewegt sie ihren Kopf, ehe sich ihre Augen blinzelnd öffnen: „Hmmm, es war heute so schön, intensiv, anders, fast menschlich. Hört sich komisch an, der? Aber ich weiß nicht wie ich es anders beschreiben soll. Und, du hast heute nicht gebrannt, oder?" - „Nein", er fährt ihre feinen Gesichtszüge nach, „das ist mir auch gerade aufgefallen. Es war auszuhalten. Aber wie kam das?" - „Ich weiß nicht. Genießen wir es einfach", sie küsst ihn zärtlich auf den Bereich des Solarplexus.

Nachmittags fing sie dann mit den Vorbereitungen für die Vollmond-Zeremonie an. Heute ist ein besonderer Abend, das fühlt sie förmlich und deswegen ist sie auch vorher noch in die Stadt gefahren und hat einiges eingekauft, denn besondere Abende verdienen besondere Beachtung. Sie zündet die große Kerze an und stellt eine Verbindung zur kompletten Wolfsgemeinschaft her, weil sie ein Anliegen hat, das sie direkt an jeden richten möchte und hofft, dass sie da auch Unterstützung findet. Danach werden noch alle Kerzen im Saal erneuert, wie sie es in diesen 5 Jahren schon unzählige Male gemacht hat und die Vorhänge geschlossen.
Ihr nächster Weg führt sie in die eigene Wohnung, wo sie anfängt die Kleinigkeiten für das Buffet vorzubereiten. Und es dauert wohl gut drei Stunden, bis sie eine ansehnliche Anzahl kleiner Brothappen, Käsesnacks, Fruchtkreationen und noch einiges mehr an Feinheiten auf verschiedenen Servierplatten verteilt und ihm Kühlschrank in Sicherheit gebracht hat.
Danach geht es ins Schlafzimmer, um den Kleiderschrank zu öffnen und ihr erster Blick fällt auf die immer noch dort aufbewahrte Wolfsjacke, die sie zum letzten Mal bei ihrer Ernennung zur Heilerin getragen hat. Sie nimmt das Kleidungsstück in die Hände, schließt die Augen, es fühlt sich so gut an und bestätigt ihre Entscheidung. Dazu legt sie eine schwarze Jeans und ein ebenso schwarzes T-Shirt, ehe Loona lauscht, denn von nebenan hört sie Geräusche! Also legt sie die Sachen beiseite auf ihre Bettseite und geht in die Küche, wo sie Lobo am Kühlschrank findet: „Möchtest du etwa naschen?!" Sie hat sich bei den Worten angeschlichen und ihn in die Seiten gepiekt, so dass er doch zusammen zuckt: „Meine Güte, hast du gute Ohren! Nein, ich möchte mir nur et-

was zu trinken holen." Damit dreht er sich zu ihr und nimmt sie in den Arm. „Und das soll ich dir glauben?" schaut sie zu ihm hoch. „Wehe, wenn da nachher was fehlt." Aber es ist ihr anzusehen, dass sie nur Spaß macht und schon lächelt sie wieder und stiehlt sich einen schnellen Kuss von ihm.

Später treffen sich beide tatsächlich im Schlafzimmer wieder, sie möchte sich umziehen und er steht vor dem Kleiderschrank, nur mit der Bermudas bekleidet.Seine Haare fallen offen und glatt den Rücken hinunter und ergeben zusammen mit der Wolfs-Tätowierung ein ziemlich interessantes Bild. „Deine Wahl war gut", damit zieht er ebenfalls eine schwarze Hose und ein schwarzes Shirt hervor, ehe sein Blick suchend durch den Schrank wandert, „Aber wo ist meine Jacke?" Loona schließt kurz ihre Augen, ehe sie lächelt: „Versuch es mal oben links in einem der Fächer." So öffnet Lobo die entsprechende Tür, schaut sich um und grinst nur: „Danke. Da wäre ich nie drauf gekommen." Und damit hebt er die Jacke aus dem Fach heraus.

Als sich beide umgezogen haben, geht Loona in den Kerzensaal und entzündet die Dochte. Leicht spürt sie wieder das Kribbeln in sich und schließt die Augen, um den Moment einfach nur zu genießen. Erst danach kehrt sie in die Wohnung zurück: „Kannst du mir bitte bei dem Tisch helfen, Lobo?" Dieser kommt aus dem Bad, sieht frisch gekämmt aus: „Ja, wo soll er denn hin?" - „Ich möchte ihn in die Eingangshalle stellen, um Platz für die Platten zu haben", und damit stellt sie sich schon an die eine kurze Seite, ehe er an das gegenüberliegende Ende geht und zusammen ist es kein Problem, dass der Tisch bald an seinen geplanten Platz steht. „Danke schön", lächelt sie ihren Schatz an, ehe sie doch stutzt, „Hm, irgendwas ist doch, oder?" Lobo zieht die Stirn leicht kraus: „Ich habe in kleines Problem. Aber bitte, halt mich nicht für eitel, ja?" - „Raus mit der Sprache, Probleme sind ungelöste Aufgaben", geht sie zu ihm hin und legt eine Hand auf seinen Rücken, während beide in die Wohnung zurück gehen. „Naja, dein Vorschlag mit den offenen Haaren finde ich nicht schlecht, sieht gut aus, nur fallen sie mir zwischendurch ewig ins Gesicht", er grinst etwas verlegen und schaut ihr nach, weil Loona ins Bad verschwindet. Bald darauf kommt sie mit einem schwarzen Zopfband wieder: „Setzt du dich bitte kurz hin?" Er nimmt auf einem der Küchenstühle Platz und wartet ab: „Da bin ich doch mal gespannt." Kurz darauf kann er fühlen, wie sie mit ihren Fingern seinen Kopf entlang fährt, dann hinten das Gummi einbringt und dann von ihm ablässt: „So, fertig." Langsam geht sie um ihn herum: „Wow, das sieht richtig edel aus." Lobo schaut sie neugierig an, steht dann auf und geht ins Bad, um dort den Spiegel des Hängeschrankes aufzuklappen und sich das Ergebnis zu begutachten: „Du hast Recht, das sieht spitze aus. Ein guter Kompromiss zwischen offen und einem Zopf. Wie hast du das jetzt gemacht?" Sie ist ihm gefolgt und lächelt sanft: „Ich habe einfach die Deckhaare ab deiner Ohren genommen und zusammen gebunden." Vom Türrahmen im Bad grinst sie in frech an: „Ich mach mal die Haustüre auf, draußen dämmert es schon."

Gut eine Stunde später treffen die ersten Gäste ein und Loona steht an der Tür, um jeden persönlich zu begrüßen. Als sie Daniel entdeckt und er vor ihr steht, kann sie sich ein Lachen nicht verkneifen: „Du hast hellblaue Wände?" Dieser schaut sie verdutzt an: „Woher weißt du das? Habe ich noch irgendwo Farbe?" - „Ja, an deinem Nacken", sie nickt und er verschwindet zügig hoch in sein Zimmer, um sie sich doch noch weg zu waschen. „Bengie, Maci, schön dass ihr da seid", umarmt Loona das Geschwisterpaar, wird von ihnen ebenfalls herzlich gedrückt, ehe sie den Weg frei machen. Lobo schaut sich die Anwesenden an und geht dann zu Loona, um ihr etwas ins Ohr zu flüstern: „Der größte Teil hat heute auch seine Jacken an, ist dir das schon aufgefallen?" Sie nickt nur vielsagend: „Ich weiß, ich hatte es ihnen vorgeschlagen." Er entdeckt Peter und Jonas und hebt grüßend die Hand, während der Eingangsbereich immer voller wird.

„Was sind das viele!" Kira schaut erschrocken Richtung Haus, wo immer wieder einige Gruppen zur Tür hinein streben, während sie mit Misha noch die Straße entlang kommt. Dieser spürt ihr leichtes Zittern, neigt dem Kopf in ihre Richtung und lächelt: „Du brauchst keine Angst haben, ich bin doch bei dir." Dankbar schmiegt sie sich bei ihm an und sie gehen weiter, bis sie das alte Haus erreicht haben. Durch die hell erleuchteten Fenster kann Kira schon die versammelten Menschenmengen sehen! „Hier kommen die fünf breiten Stufen", stoppt sie kurz und geht dann langsam mit ihm hinaus. „Du machst das sehr gut"; folgt er ihren Bewegungen und so kommen sie auch oben an der Haustüre an.

Dort steht Loona, und strahlt sie beide an: „Schön das ihr da seid." Misha beugt sich ihrer Stimme folgend hinunter, umarmt sie: „Gerne, meine Kleine ist nur furchtbar aufgeregt, ist ja heute ihr erstes Mal." Loona löst sich langsam von ihm und nimmt dann auch Kira in den Arm: „Keine Angst, wir sind alle bei dir. Genieße es einfach." Diese lächelt etwas unbeholfen: „Ich versuche es." Dann macht sie sich mit Misha auf den Weg zum Kerzensaal.

Zusammen mit Daniel kommt Levior die Treppe hinunter, da sie sich oben gerade getroffen haben: „Na, wie weit bist du mit deinen vier Wänden?" Daniel grinst: „Ich habe heute das letzte Zimmer gestrichen, und nächste Woche kann ich einziehen." - Hast du doch noch alles neu gemacht? Ich dachte du wolltest es erst einmal so lassen. Da hätte ich dir doch noch eben bei helfen können", Levior schaut ihn erstaunt an, doch Daniel winkt ab. „Das war kein Problem, ich habe die Tapeten nur überstrichen." Levior legt ihm die Hand auf die Schulter: „Dann sag aber wenigstens für den Umzug Bescheid. Mir wird dein Flötenspiel hier fehlen." Daniel wird nun doch ziemlich verlegen: „Dabei improvisiere ich doch nur, ich habe keine richtigen Noten nach denen ich spiele." - „Das ist doch völlig egal", Leviors so typisch weicher und sanfter Blich trifft ihn, „es ist trotzdem schön. Moment, ich muss eben kurz zu Loona." Und damit verschwindet er in der Menge und taucht neben ihr wieder auf, um ihr etwas ins

Ohr zu sagen. Daniel kann es nicht verstehen und schüttelt nur lächelnd den Kopf, als diese zu ihm hinüber sieht, nickt und dann in den Kerzensaal geht. Ein Wolf nach dem anderen folgt ihr auf ein fast schon unsichtbares Zeichen und findet einen Platz. Loona stellt sich vor den großen Tisch, sieht in die Runde, es sind wirklich sehr viele ihrer diskreten Einladung gefolgt und sie räuspert sich leise, denn es kostet sie immer noch Überwindung zu ihnen zu sprechen. Bei Lupus hat das immer so einfach ausgesehen.

Levior und Lobo tauschen einen kurzen Blick, lösen sich aus ihren Positionen in der ersten Reihe und bilden mit ihr zusammen ein gleichseitiges Dreieck, wo Loona die vordere Spitze bildet. Sie schaut dankbar zu ihnen hinüber und nickt leicht, genau das hat sie gebraucht. Und erst dann beginnt sie zu reden: „Liebe Freunde, ich bin so dankbar, dass ihr meiner Einladung so zahlreich gefolgt seid. Im Laufe des letzten Mondzyklus ist einiges passiert und ich denke, da ist es der richtige Rahmen es mit so vielen wie nur möglich zu feiern. Es gibt zwei Paare, die jetzt der Gemeinschaft der jungen Eltern angehören und uns beim nächsten Mond ihren Nachwuchs vorstellen, damit er geweiht werden kann. Außerdem sind viele neue Gesichter, mit teilweise verblüffenden Fähigkeiten zu uns gekommen, über die ich mich sehr freue. Darum möchte ich euch heute zuerst eine ganz besondere Wölfin vorstellen." Sie schaut zu Kira, die mit Misha in der ersten Reihe sitzt und lächelt: „Ich weiß, du magst ungern im Mittelpunkt stehen, aber heute lässt sich das leider nicht vermeiden." Diese wird doch ziemlich verlegen und schaut zu Boden, doch spürt sie auch den sanften Druck Mishas Hand auf ihrem Knie und schaut Loona doch wieder schüchtern an, die ihr zunickt und ihr eine Hand hin hält. Kira steht auf, und zögert. Und da ist es Daniel, der sich ebenfalls erhebt, zu ihr hinüber kommt und sich auf ihren Platz setzt: „Hallo Misha, ich bin Daniel, ich halt ihr mal so lange den Platz warm." Der Blonde nickt nur frech: „Danke, das ist lieb." Jetzt hat er jemanden, der ihm erzählen kann was passiert. Und jetzt geht auch Kira zwar zögerlich aber dennoch mit Loona nach vorne, stellt sich neben sie in die Mitte und als sie jetzt den Blick erstaunt schweifen lässt, kann sie sehen wie voll der Kerzensaal ist, und alle sehen sie an! Das lässt ihr Herz förmlich rasen und ihren Atem eindeutig schneller gehen. Nun ist es Loona, die ihr beruhigend die Hand auf den Rücken legt und weiter spricht: „Kira gehört zu einer ganz neuen Wolfsgeneration. Ihre Fähigkeiten zeigten sich ansatzweise sogar schon als Kind, was für ihr Umfeld nicht immer einfach war. Viele von uns mussten erst als Erwachsene lernen damit umzugehen und es fiel oft schwer. Dann könnt ihr auch vorstellen, wie kompliziert das sein kann, erst Recht wenn niemand weiß was das überhaupt ist. Aber das ist nun vorbei und ich möchte, dass wir diese junge Wölfin heute in unserer Gemeinschaft willkommen heißen. Die Anwesenden klatschen und Kira schließt kurz die Augen, weil sie furchtbar weiche Knie hat. Loona merkt es wohl, aber sie weiß, die Kleine wird das schaffen und so hebt sie nur leicht die Hand, um wieder Ruhe zu bekommen, ehe sie fort fährt: „Kira gehört so wie ich zu den Heilern, aber mit einem großen Unterschied, sie hat eine immense Kraftreserve, die nicht ausgeglichen werden muss und ist sich der Stärke noch gar nicht richtig bewusst. Seid also ein wenig nachsichtig mit ihr, falls es da mal ein paar kleine Missgeschicke geben könnte. Ich habe sie bereits erlebt, wie sie zwei mir nahe stehenden Menschen geholfen hat und mir fehlen die Worte, es war unglaublich schnell und effizient." Dann wendet sie sich zu Kira: „Wenn du dazu bereit bist, dann möchte ich dich heute hier als Heilerin in diesem Haus begrüßen." Diese starrt Loona erstaunt an, nickt dann nur zaghaft und wird von ihr aufmunternd angelächelt: „Das werte ich jetzt einfach mal als tatkräftiges Ja. Ich weiß, dass du es kannst, ich habe es ja gesehen. Dann lass uns zusammen den Mond begrüßen und du dienen Wolf kennenlernen, er wartet schon auf dich und wird dich in Zukunft sicherlich von ganzem Herzen unterstützen, statt zu rebellieren. Bleib bitte hier stehen."

Lobo und Levior gehen an die Fensterfront und öffnen nach und nach die Vorhänge. Einige Wölfe lehnen sich bald an die Wand, oder setzen sich auf die Stühle, oder einfach auf den Boden und schließen die Augen, als die Energie des Mondes den Raum durchflutet! Kira steht bewegungslos da, die grünen Augen geöffnet und scheinen leicht zu strahlen. Sie spürt das heftige Kribbeln in sich, aber es fühlt sich so gut an, dass sie es genießen kann!

Loona schließt für einen Moment die Augen, denn es tut gerade so gut, sich endlich wieder nach all der Zeit die vorgefallen ist ins Gleichgewicht bringen zu können. In der ganzen Zeit hat Daniel Misha leise erzählt, was im Raum gerade passiert. Nun aber verstummt er immer wieder, als sich sein Körper entspannt und er in sich ruhend mit geschlossenen Augen sitzen bleibt. Misha kann sich schon denken was passiert ist, merkt ja selbst wie es ihn einfängt und ihm fallen langsam die Augen zu, auch wenn es keinen Unterschied macht, sein Kopf sinkt auf seine Brust und die Haare fallen ihm frech ins Gesicht.

Kira bekommt es dennoch mit und zuckt, weil sie zu ihm möchte, doch hält Loona sie sanft zurück: „Es ist alles in Ordnung, schau", sie deutet auf Levior und Lobo, die jetzt ebenfalls mit geschlossenen Augen da stehen, „komm." Und damit geht sie durch die Reihen, zeigt ihr genau wie sie die Anwesenden sanft hinlegen kann, ohne dass sie stürzen. Dann schickt sie Kira zu Levior, der auch leicht schwankend da steht, denn das nimmt sie immer als Anhaltspunkt. Kira legt Levior die linke Hand auf den Oberkörper und spürt wieder das Vibrieren in sich, schaut Loona fragend an, aber sie lächelt nur. Mit rechts geht sie hinten in seinen Nacken, was ihn kurz doch leicht zucken lässt, er öffnet die Augen nur halbwegs und gleitet dann von ihr geführt hinunter, wo er auf dem Rücken liegen bleibt und nur leicht die Lippen bewegt. „Was ist mit ihm? In mir kribbelt es so heftig." Kira fragt nur leise, schaut Loona unsicher an. Diese legt ihm eine Hand auf den Arm, schüttelt den Kopf: „Nichts schlimmes, es geht ihm gut." Kiras Hände kribbeln immer noch viel zu sehr und sie schaut sie an: „Es wird immer stärker, was soll ich nur machen? Ich kann es nicht mehr steuern, es ist wie selbständig." - „Das sind deine Heilkräfte, die durch den Mond hervor gerufen werden, aber wer könnte sie gerade gebrauchen? Vielleicht Misha?" kann sie fragend Loonas Stimme hören, die ihn aus einem inneren Impuls heraus ausgewählt hat. Kiras Augen weiten sich: „Wie meinst du das?" - „Verlass dich auf dein Gefühl", Loona nimmt sie bei der Hand und geht mit ihr zu dem jungen Mann, der zusammen gesunken auf dem Stuhl saß, „nur Mut, du wirst das Richtige machen."

Der Rotschopf kniet sich vor ihn hin, legt ihre Hände an seine Schläfen und schließt die Augen. Bilder huschen durch ihren Kopf, ohne dass sie es benennen könnte, aber es dürften wohl ihre Wünsche und Träume sein, die sie mit ihm noch hat. „Es wird immer stärker", raunt sie leise und merkt wie er den Kopf sachte bewegt. So öffnet sie ihre Augen, steht langsam mit der Bewegung auf, so dass er sich aufrichten kann und mit geschlossenen Augen sitzen bleibt. Und langsam lässt das Kribbeln nach, so dass Kira die Hände wieder weg nimmt: „Es hat aufgehört, was ist hier passiert?" Loona lächelt: „Ich weiß nicht was du geschafft hast, aber es wird sich irgendetwas getan haben. Komm, wir schließen die Vorhänge, es ist genug für heute."

So gehen sie zusammen die Vorhänge entlang, schließen sie wieder, um sich dann in der Mitte zu treffen. Nach und nach werden die Wölfe wieder wach. Daniel blinzelt, dann schaut er sich langsam um. Neben ihm atmet Misha tief durch, fühlt sich gerade unheimlich gut erholt! Und als er die Augen wieder öffnet, kann sie ihn blinzeln sehen, ehe er leise murmelt: „Kira?" Diese eilt fast schon zu ihm, kniet sich vor ihn und sieht in sein Gesicht: „Ist alles in Ordnung?" - „Ich weiß nicht... was ist passiert?" Sachte fährt er mit den Fingerspitzen über die Augenlider. „Es ist anders." Und langsam aber sicher kann er es realisieren, dreht den Kopf sachte nach allen Seiten: „Kira... ich kann sehen, Licht und sogar Farbflecke. Es ist alles noch sehr verzerrt und verschwommen, aber... du hast eine dunkle Jacke an und ein rotes Oberteil." Kiras Augen füllen sich mit Tränen und sie umarmt ihn stürmisch: „Ja! Es hat sich tatsächlich erfüllt!"

Nachdem Loona den anderen Anwesenden kurz von den vergangenen Minuten erzählt, die sie ja nicht mitbekommen haben, bittet sie Kira noch einmal zu sich und sie geht mit ziemlich roten Augen zu ihr, strahlt aber dafür umso glücklicher. „Du siehst, dein Wolfs-Ich kann auch Gutes tun, wenn du ihm vertraust", sie wischt ihr sanft über die Wange und lächelt. Kira schaut langsam zu Boden und Loona wartet ab, denn sie kann sie lächeln sehen, aber es passiert noch etwas anderes, dessen ist sie sich sicher. Und das mit einer unglaublichen Leichtigkeit, aber das wundert sie bei der zarten Jungwölfin schon nicht mehr. Denn deren Augen verändern sich merklich, ihre Pupillen weiten sich kurz und die Farbe ihrer Iris wird intensiver, als ihr Wolf komplett aus dem Dämmerschlaf erwacht und sich zeigt. Ohne Hilfe hat sie den Übergang geschafft, ohne sich dessen überhaupt bewusst zu sein!

Misha kommt mit leicht zögernden Schritten auf sie zu und nimmt sie in den Arm, kann es immer noch nicht glauben, was hier heute passiert ist: „Wie hast du das geschafft? Es wird immer klarer und besser." Und zum ersten Mal schaut er ihr direkt in die Augen: „Was hast du für ein wunderschönes Grün." Dankbar und sanft küsst er sie auf die Lippen und ihm ist vollkommen egal, dass der ganze Saal zuschaut und gerade doch der eine oder die andere merklich schluckt. Zum ersten Male fühlt sich Kira in einer Gemeinschaft endlich wie zuhause und in ihrem Magen fliegen tausend Schmetterlinge herum!

Maci und Begie kommen ebenfalls zu ihr, um sie zu beglückwünschen und als Kira ihr die Hand gibt, spürt sie wieder das Kribbeln! Maci zuckt merklich zusammen, schaut sie irritiert an und lässt los: „Was war das? Ich fühl mich eigenartig..." Bengie spürt es auch, nachdem er ihr die Hand gereicht hat, wie die typische Welle durch seinen Körper flutet. Nein, das kann nicht sein! Die Anwesenden schauen das Geschwisterpaar fragend an. Und auch Loona wendet sich an die Zwei: „Ist etwas nicht in Ordnung?"

Maci hört sich fremd an, als sie leise antwortet: „Ich transformiere mich..." Und dann stolpert sie auf die Knie, winkt schnell ab, als Loona sie auffangen möchte. Bengie krümmt sich plötzlich zusammen und fällt auf die Seite und innerhalb von vielleicht zehn Sekunden haben sie ihre menschliche Form gegen die Wolfskörper ausgetauscht! Langsam sieht sich das braune Tier mit den bernsteinfarbenen Augen um, was auf allen Vieren dort steht, während der weiße Wolf noch für eine Sekunde auf der Seite liegen bleibt, dann die grauen Augen aufschlägt, sich flink erhebt und schüttelt und schließlich niest. Beide geben ein leises Grummeln von sich, so haben sie nicht gewettet.

Kira sieht erschrocken von einem zum anderen hin, während alle anderen Anwesenden erst einmal nur abwarten, doch sie schluckt heftig: „War ich das?" Loona kann darauf nur leicht mit den Schultern zucken: „Ich denke schon, aber welchen Zweck hat es?" Sie kniet sich hinunter und hält ihre Handflächen nach vorne, so dass die beiden doch recht großen Tiere zu ihr kommen und sich die Hände auf die Köpfe legen lassen und laut überlegt die kleine Wölfin: „Vielleicht kannst du die wahre Gestalt eines Menschen hervor rufen? Das wäre momentan die einzige Erklärung die ich hätte." - „Und deswegen kann Misha auch wieder sehen, weil er nicht von Geburt an blind war?" nickt Kira nur leicht. Levior tritt zu ihnen heran, schaut sich die großen Tiere fast schon staunend an und wendet sich dann doch an Kira: „Hattest du mich auch berührt, oder kam mir das nur so vor?" - „Ja, bei dir hatte ich auch dieses Kribbeln. Merkst du eine Veränderung?" Sie schaut ihn fragend an. Dieser nickt: „Ja, auch wenn es im Vergleich nur eine Kleinigkeit ist. Ich habe keinen Druck mehr in der Schulter. Es war immer noch so ein diffuses Gefühl darin, kein Schmerz, keine Blockade, schwer zu beschreiben, aber es ist weg, seit ich gerade wach geworden bin."

„Ich weiß gar nicht was ich sagen soll", Kira schaut zu Loona und ist mit der

Situation sichtlich überfordert, „es ist unglaublich." Doch diese schüttelt nur mit ruhigem Lächeln den Kopf: „Nein, es ist deine Gabe, die dir geschenkt wurde. Aber vielleicht kannst du Maci und Ben jetzt wieder zurück helfen?" Etwas unsicher schaut der Rotschopf sich die beiden hübschen Tiere an: „Ich versuche es, hoffentlich machen sie mir nichts." Der weiße Wolf dreht ihr den Kopf zu, kommt langsam zu ihr hin und lehnt sich mit seiner Flanke leise winselnd an ihren Körper. Und nur zaghaft kniet sie sich hinunter, so dass er seinen Kopf auf ihre Schulter legt, immer noch leise winselt, was wohl deutlich zeigt, dass er gerne wieder seine menschliche Form hätte. Als Daniel das sieht, muss er an die Nacht im Park denken und er lächelt: „Er tut dir wirklich nichts, denn das Bewusstsein ist menschlich geblieben und er versteht alles was wir sagen, so wie Maci auch." Kira schlingt ihre Arme um das weiche Nackenfell und schließt sie Augen, redet nur leise mit dem Wolf: „Es tut mir leid, das wollte ich nicht." Und sofort spürt sie die Veränderung, sucht Benjamin nach Halt, als die Rückwandlung sich vollzieht, den Kopf weiter auf ihrer Schulter liegend, bis es abgeschlossen ist und er sich vor ihr hin kniet, Levior ihm aufhilft. Der braune Wolf legt sich vor Kira auf den Boden und den Kopf in ihren Schoß, ehe die Hände der jungen Frau auf den Hals des Tieres wandern: „Ich hoffe, du kannst mir das auch verzeihen." Und kurz darauf liegt auch Macinido vor ihr, der sie selbst hoch hilft. Das Geschwisterpaar nimmt sie zusammen in die Arme, um ihr zu zeigen, dass sie nicht böse auf sie sind und Kira muss ehrlich zugeben, dass ihr die beiden Wölfe wirklich sehr gut gefallen haben.

Neue Wege

Zwei Tage später ist es soweit! Daniels Umzug steht an! Wer jetzt eine Großaktion vermutet, wird bitterlich enttäuscht, denn er kommt oben aus dem Gästezimmer nach und nach mit zwei Kisten und zwei Koffern hervor! Mehr hat er zu der Zeit nicht aus Tamiras Loft mitgenommen, weil er einfach keine großen Habseligkeiten in seinem Zimmer dort besaß. So nimmt Loona einen alten Schlüssel vom Bord im Flur und winkt ihn zu sich, als er alles im Flur abgestellt hat: „Dann lass uns mal zusammen in den Keller gehen." Sie durchquert den Eingangsbereich, schließt eine Tür am Ende auf, die optisch beinahe in der alten Holzvertäfelung verschwindet und steigt die Treppen hinunter, während Daniel ihr folgt, hier ist er noch nie gewesen. Der Kellergang ist nur schwach beleuchtet, hier und da huschen ein paar kleine Mäuse umher, und er erstreckt sich wohl unter der gesamten Länge des Hauses. Am Ende erreichen sie einen größeren Raum, auch wenn links und rechts ab und an Türen zu erkennen sind, aber die sind heute nicht wichtig. Hier ist eine weitaus hellere Lampe angebracht und so kann er die Möbel bestaunen, die Loona da unter den Tüchern hervor lockt, die sie weg zieht: Ein Bett, ein Schreibtisch, zwei Stühle und eine niedrige Kommode. Auf der anderen Seite kann er noch eine Küchen-zeile, einen Esstisch und vier Stühle erkennen. Ebenso ein Wohnzimmer-An-richte und eine große Vitrine. Das dürfte als Erstausstattung doch reichen. Und Daniel sieht sich erstaunt um: „Alles in warmen Buchenholz, wirklich schön. Und das darf ich mitnehmen? Was möchtest du dafür haben?" Loona legt ihm die Hand auf die Schulter: „Nichts, denn wenn du es mitnimmst, können es die Holzwürmer und Termiten schon nicht mehr auffressen." - „Ich werde mir dann mal einen Möbelwagen organisieren", er sieht sich noch einmal um, kann es kaum glauben. Doch da schüttelt die junge Frau den Kopf: „Wenn du Levior anrufst hast du bald einen Wagen und einige andere kräftige Kerle hier stehen." - „Danke", damit nimmt er sie in den Arm, „dann rufe ich ihn sofort an wann er Zeit hat." Loona streicht ihm über das breite Kreuz: „Ist schon gut, uff, du er-drückst mich ja beinahe." - „Oh, entschuldige, das wollte ich nicht", damit lässt er sie schnell wieder los. „Es ist schön dich glücklich zu sehen. Das würde Lu-pus auch gefallen"; lächelt sie ihn an. „Lupus, wer war das?" ragt er leise nach, immerhin ist heraus zu hören, dass er nicht mehr lebt. „Komm", sie geht zur Tür, „ich erzähle dir vom ihm." So gehen beide den Kellergang zurück. „Lupus war etwas Besonderes", Loona umschlang ihren Oberkörper mit den Armen, als ob sie ihn damit festhalten könnte, „er hat meinen Wolf geweckt und mir dabei geholfen. Von ihm habe ich die Heilkräfte bekommen und das Wissen sie zu nutzen. Und es tat mir unheimlich weh als er gehen musste. Ich vermisse ihn, auch wenn ich manchmal das Gefühl habe ihn noch zu spüren, als ob er noch da wäre." Sie haben die Treppe erreicht und Daniel möchte gerade hoch gehen, als Loona ihn mit einer sachten Berührung am Oberarm zurück hält: „Warte, wenn du magst dann zeigte ich ihn dir." Er schaut sie fragend an, nickt dann leicht und die junge Frau nimmt seine Hände, schließt die Augen, ehe er bald darauf das Kribbeln in seinem Körper spüren kann und sich ans Treppen-geländer lehnt. Langsam schließt er die Augen, Bilder ziehen durch seinen Kopf! Er sieht einen Mann mit dunklen Haaren, einem milden Blick und einem sanften Lächeln. Mehr und mehr verändert er sich, durchziehen graue Strähnen seine Haare und die Augen bekommen einen müden Ausdruck. An seiner Seite erscheint Loona! Er spürt ihren Schmerz, als Lupus sich verabschiedet! Tränen laufen über Daniels Wangen, als er die Augen öffnet und Loonas Gesicht vor sich sieht, deren Augen auch gerade verräterisch schimmern und sie ihm sanft weg wischt: „Du hast gespürt wie er war, oder?" Er nickt und schluckt hart, um den Kloß in seinem Hals weg zu bekommen: „Er war ein wunderbarer Mensch. Ich danke dir, dass du ihn mir gezeigt hast. Und ich bin froh, dass ich hier bei euch gelandet bin." Er atmet tief durch und wischt sich selbst noch einmal über die Augen. „Auch wenn du heute umziehst, bist du hier immer willkommen", damit streicht Loona ihm kurz durch die Haare, „ich hoffe das weißt du." Da-niel nicht leicht, ehe er sich hinunter beugt und sie sanft auf die Stirn küsst: „Ich danke dir."

Levior sitzt in seinem Büro in der Diskothek und heftet einiges an Papieren ab, als das Telefon geht. Er nimmt ab, lauscht und antwortet dann lächelnd und ruhig: „Das klingt gut. Ich schicke dir ein paar meiner Jungs, spätestens in einer halben Stunde sind sie da." Dann legt er auf, greift zum Funk: „Peter, melde dich bitte" Er muss nur einige Sekunden warten, ehe er seine Stimme hört: „Ja Levior, was gibt es?" - „Daniel kann ein paar kräftige Hände und den LKW für die Möbel brauchen, die er gerade mit Loona zusammen ausgewählt hat." erklärt er kurz und bündig und wartet ab. „Geht klar, wir machen uns auf den Weg", kommt als Antwort und Levior wäre am liebsten sofort selbst mit gefahren, aber der Papierkram versauert schone eine Weile auf seinem Schreibtisch und muss zuerst erledigt werden.

Keine halbe Stunde später staunt Daniel nicht schlecht, als der doch recht große LKW vor dem Haus hält und vier mittlerweile schon bekannte Gesichter aussteigen. „Hey Jungs, das ist ja klasse!" begrüßt er die muntere Runde. Zusammen gehen sie in den Keller, wo er schon mit Loona die entsprechenden Möbelstücke soweit gesäubert hat und es riecht immer noch nach nassem Holz, auch wenn sie nur den leichten Staub abgewischt haben. So wird kurzerhand auf einmal alles in den Wagen gebracht, dort auch gut abgedeckt und mit Spanngurten befestigt und schon wechseln die Möbel ihren Ort, werden gleich auch in Daniels Wohnung an den richtigen Platz gestellt, so dass alles in allem nach einer Stunde die Sache erledigt ist und sie sich wieder auf den Weg zurück zur Diskothek machen.

Für Kira ergibt sich damit die Gelegenheit in Daniels ehemaliges Zimmer zu ziehen, das noch ein wenig erweitert wird, so dass nun eine ganz gemütliche kleine Wohnung entstanden ist, immerhin gibt es oben noch ein paar bis dato ungenutzte Räume. Und ihre eigene Wohnung ist um einiges kleiner und viel zu eng wenn sich in Zukunft zwei Personen darin aufhalten würden, auch wenn Misha seine Wohnung erst noch behält, aber das ist auch vollkommen in Ordnung. So hat sie schnell ihre Kisten zusammengepackt und wieder ist es Levior, der helfende Hände schickt, um die Möbel und das Drumherum ins alte Haus zu bringen, er sollte sich echt überlegen da eine Zweigstelle als Spediteur anzufangen.

Loona hat sich entschieden, die komplette obere Etage Levior und Kira zu überlassen und dafür unten neben der Bibliothek das Gästezimmer einzurichten. Damit hat sie dann auch die restlichen ungenutzten Räume einer guten Verwendung zugeführt. Es dauert ein paar Tage, ehe sie in großer Gemeinschaft alles erledigt haben und am letzten Tag hat Loona eher in der Küche gestanden und sich dort in ihre Arbeit vertieft. So dass sie dem schwer arbeitenden Helfern einen leckeren Auflauf, selbstgemachte Pizza, verschiedene Salate und eine große Form mit Tiramisu als Dankeschön servieren kann.

Nachdem endlich alles erledigt ist, sich nach und nach alle auch etwas säubern konnten, versammeln sie sich um den großen Esstisch und es schmeckt wirklich gut! Jonas dehnt vorsichtig seinen Nacken, der Herr Doktor scheint keine Schlepperei gewöhnt zu sein, auch wenn die Arbeit in der Klinik körperlich auch fordert: „Ich glaube, der eine Schrank war etwas zu schwer, mir zieht sich hinten alles zusammen." Kira sieht ihn lächelnd an: „Herr Doktor, dann kommen sie doch nach dem Essen mal zu mir und ich schaue ob sich Abhilfe schaffen lässt." Von ihm kommt nur ein Nicken und ein Grinsen: „Das mache ich doch gerne, danke schön."

Loona ist erstaunt, wie sich die Gesellschaft der Wölfe entwickelt hat und genießt die Gefühle, die sie von den Anderen auffangen kann, denn gerade fühlt sich jeder im großen und ganzen wohl und das ist doch das schönste ob was jemand bekommen kann. Als sie zu Kira rüber schaut, spürt diese ihren Blick und erwidert ihn warm und strahlend, die Scheu ist daraus mittlerweile verschwunden und die Augen lächeln förmlich mit. Kira steht auf, kommt zu ihr hinüber und legt Loona die Hände auf die Schultern, es ist wie ein Verstehen ohne Worte, ein magischer Moment. Dann richtet sie das Wort an die Anwesenden, auch wenn sie wohl erst einmal zwei Versuche braucht, sie ist es definitiv nicht gewöhnt so offen zu sprechen: „Ich freue mich riesig, das ihr heute alle hier seid und ich danke euch für eure Hilfe." Sie schaut zu Loona hinunter: „Ich bin stolz darauf, mit dir zusammen arbeiten zu dürfen. Noch vor ein paar Monaten war mein Leben ziemlich bedrückend und zurückgezogen." Langsam geht Kira um den Tisch herum, während sie weiter spricht: „Heute drängt es mich beinahe aus meinem Schneckenhaus in die Welt der Wolfsmenschen, wo ich bisher auch glücklicherweise nur die Lichtseite kenne, und sie ist wunderbar!" Die junge Frau ist bei Misha angekommen, streicht ihm durch die halblangen blonden Haare, während er zu ihr hinauf schaut. „Für ich stand mein Wolf-Ich immer auf der dunklen Seite des Lebens, weil ich es nicht verstehen konnte", sie legt ihm auch eine Hand auf die Schulter, schenkt ihm einen warmen Blick, „Doch seit Misha mich hier hin brachte und Loona mir zeigte wie ich meine Kräfte zum Wohle der Gemeinschaft nutzen kann, ängstigen sie mich nicht mehr. Sie haben meinem Schatz eine neue Chance gegeben und mir das Vertrauen wieder zurück gebracht." Kira geht wieder zu ihrem Platz zurück, setzt sich allerdings noch nicht: „Auch ihr schenkt Loona das Vertrauen als Heilerin, so wie ich ihr und sie mir. Und ich werde mein Bestes tun, um euch nicht zu enttäuschen. Ich werde weiter lernen, wie ich meine Kräfte kontrollieren und nutzen kann. Und ich werde als weitere Heilerin für euch da sein, wann immer ihr mich braucht. Und nun", sie lacht leise, „meine Güte, so viel habe ich seit Jahren nicht mehr geredet. Und nun, auf einen schönen Abend! Und vielen Dank an unsere Küchenfee, dass sie so viele leckere Sachen hervor gezaubert hat. Ich gebe zu, auch das muss ich noch lernen", sie setzt sich, während die Anderen klatschen. „Danke", sie wird doch ziemlich verlegen, wann bekommt sie schon so viel Aufmerksamkeit?

Loona nickt ihr zu und versucht dann möglichst ernst zu schauen, was ihr aber nur schwer gelingt, ehe sie trocken hinzufügt: „Dann kümmer dich gleich mal um unseren Doc." Kira schaut erst sie und dann Jonas an, der sich ein Lachen verkneift, ehe der Schalk ihr förmlich aus den Augen blitzt: „Dann am besten sofort, das ist eindeutig ein Notfall." Und damit steht sie auf, geht zu ihm und langsam fährt ihre Hand über seine Wirbelsäule: „Hmmm, leg dich bitte mal auf den Bauch auf die Couch, die Arme längs am Körper." Sie tritt einen Schritt zurück und wartet bis er soweit ist. Jonas steht auf, verzieht doch leicht das Gesicht und geht hinüber zur Couch, wo er sich vorsichtig hinlegt: „Das tut gut." Erst als er liegt, lässt sie sich auf das rechte Knie runter und stellt das linke an die Couch gelehnt auf: „Na, dann wollen wir doch mal." Sie spürt immer stärker das Kribbeln in sich und lässt die Handflächen einige Zentimeter über seiner Wirbelsäule gleiten, ehe sie zwischen den Schulterblättern inne hält: „Ich denke, ich habe es im oberen Bereich auskundschaftet." Und damit legt sie ihre Hände leicht auf und schließt die Augen. Sie kann fühlen, wie sich die Muskeln entkrampfen und lächelt. Jonas atmet tief ein, als sein Rücken von einer angenehm warmen Welle überflutet wird, das tut so gut! Und er schließt genießend die Augen. Kira selbst öffnet einen kurzen Moment später ihre Augen wieder und steht langsam auf: „Ich denke das dürfte reichen." Jonas dreht sich langsam auf die Seite, streckt sich etwas: „Ich danke dir, es ist wirklich alles weg." Er steht auf, dehnt die Wirbelsäule, aber es ist nichts mehr zu spüren. So legt er ihr den Arm um die Schultern und zieht sie kurz sanft zu sich: „Du bist echt erstaunlich, einfach so ohne mit der Wimper zu zucken." Kira läuft ziemlich rot an: „Ist schon ok." Und endlich gehen sie beide auf ihre Plätze zurück, wo natürlich auch nochmal nachgefragt wird, wie es geklappt hat.

Es ist schon fast zwei Uhr, als Kira und Misha nach oben gehen, die junge Frau die Tür zu ihrer neuen Wohnung öffnet: „Es ist schon komisch hier jetzt zu wohnen." Er schiebt sie vorsichtig hinein: „Freu dich doch einfach darüber, dass du die Chance bekommen hast." Und nachdem die Tür geschlossen ist, dreht sie sich zu ihm, küsst seine warmen Lippen. Genießend schließt Misha die Augen, während er die Gänsehaut spürt und folgt ihr langsam, als sie sich rückwärts durch die Wohnung bewegt. Erst als sie das Holz des Bettrahmens an ihren Beinen spürt, zieht sie ihn vorsichtig mit hinunter...

Das Leben geht weiter

Glutrot geht die Sonne auf, als Misha wach wird und das Schauspiel staunend genießt! Wie lange hat er schon keinen Sonnenaufgang gesehen? Es ist unglaublich schön! Seine Hand streichelt sanft über Kiras Rücken, die sich bei ihm wie eine kleine Katze eingerollt hat und noch tief und fest schläft. Mit verträumten Blick beobachtet er sie einfach nur, die roten strubbeligen Haare, das makellose Gesicht, das gerade vollkommen entspannt aussieht. Für ihn hat sich durch ihre Hilfe wieder alles verändert, worauf er schon nicht mehr hoffen konnte. Er hat seine Freiheit zurück bekommen, die ihm ein großes Stück weit durch den Unfall und die Erkrankung genommen wurde. Noch ist vieles ungewohnt für ihn, manchmal brauchen seine Augen immer noch eine Pause zwischendurch, weil er sich überfordert fühlt, erst wieder lernen muss entspannt zu sehen, die Menge an Informationen zu verarbeiten, die er visuell nun wieder aufnimmt. Trotz allem ist es einfach nur wunderbar, anders kann er es nicht beschreiben. Und wenn er Kira so anschaut, dann ist er mehr als dankbar, dass er sie sehen kann. O eine zart wirkende Figur, die nicht erahnen lässt was für eine Stärke in ihr steckt, und doch wird er sie zu gerne beschützen. Mit knapp zwanzig hat sie sich trotzdem noch ein Stück kindliche Art bewahrt, für die er sie auch liebt, weil es so herzerfrischend ist und sie ihn damit immer wieder aufmuntern konnte, wenn es ihm wirklich nicht so gut ging. Denn irgendwie ist es unmöglich in ihrer Nähe schlecht gelaunt zu bleiben.

„Wie findest du Kira?" Gerade nimmt Benjamin eine Scheibe Brot aus dem Körbchen und bestreicht sie mit Butter, als er Maci die Frage stellt. Diese lächelt zu ihm hinüber: „Sie ist nett, nur ihre Fähigkeiten erschrecken mich ein wenig." Er grinst zu ihr hinüber: „Naja, ihr kann niemand etwas vormachen, weil sie die wahre Gestalt eines Lebewesens kennt und sie auch zum Vorschein bringen kann." - „Und das fühlt sich echt eigenartig an, muss ich zugeben. Ich wollte mich gar nicht vor den Anderen wandeln", Maci beißt mit kurz brummeligem Blick in ihr Salamibrot. „Sie hat es ja nicht böse gemeint, und muss ja auch erst lernen damit umzugehen", ihr Bruder amüsiert sich über den Unmut-Kurzanflug, aber er gibt ihr heimlich Recht, es hat sich schon komisch angefühlt. Auf seine Worte hin bekommt er nur ein Nicken, ehe sie dann gemütlich weiter frühstücken.
Denn nicht nur Kira und Misha haben neue Erfahrungen gemacht, auch für Maci selbst fühlt es sich einfacher an, seit sie Loona kennen gelernt hat. Durch die Vollmond-Zeremonie ist ihr Wolf viel ausgeglichener und es kommt nur noch sehr selten vor, dass sie nachts wach wird und hinaus geht. Außerdem kann sie die Wandlungen besser kontrollieren. Und sie hat keine Probleme mehr bei Begegnungen mit Lobo. Denn auch wenn er ebenso lange schwarze Haare hat, so weiß ihr Unterbewusstsein mittlerweile sehr genau, dass er für sie keine Gefahr darstellt und ihr persönlich auch nicht weh getan hatte. Sie kann Ruhe spüren, statt der Seelenschmerzen, die sie gequält haben und gegen die sie nichts machen konnte.
Benjamin sind die Veränderungen an seiner Schwester auch schon aufgefallen, denn früher war er fast jede Nacht wach, weil sie sich unruhig nebenan im Zimmer bewegte, bis sie schließlich aufstand und hinaus ging, um sich zu wandeln. Oft ist er ihr gefolgt, um sie zu begleiten und der Stadtpark war beinahe

ihr zweites Zuhause, wo sie sich nachts relativ frei bewegen konnten. Mittlerweile hat sich Macis Ruhe sehr schnell auf ihn übertragen und sich sehr positiv auf sein Studium ausgewirkt, denn er schläft die Nächte durch, kann sich so tagsüber besser konzentrieren und die Lerninhalte festigen sich dadurch auch viel besser, wodurch er mehr Freizeit hat. Denn mittlerweile lernt er nur noch vormittags und kann nachmittags etwas unternehmen, ohne den ganzen Tag stundenlang übermüdet über den Büchern zu hängen und abends ins Bett zu fallen. Es sind nur noch wenige Wochen bis zur Abschlussprüfung und er sieht dem Tag schon viel ruhiger entgegen.

In der Diskothek bindet Peter sich seine Haare gerade zusammen, während er den Überwachungsraum neben seinem Büro verlässt, für heute ist Feierabend. Die letzten Besucher sind vor einer Viertelstunde gegangen, der Ruhetag steht an. Offiziell kann niemand rund um die Uhr arbeiten, auch wenn die Wölfe dazu fähig wären. Aber selbst er merkt ab und an, dass es genug ist und ein paar ruhige Stunden tun immer gut. Er schaut zur Glasfront hoch, kann aber keinen Schatten dahinter erkennen, also ist Levior vermutlich nicht in seinem Büro, denn die Beleuchtung scheint für gewöhnlich doch etwas durch. Vielleicht steht er ja vorne am Eingang. Und als Peter die Tür einige Minuten später reicht, kann er ihn dort allerdings auch nicht finden. Dafür kommt ihm Julia, die gute Seele des Hauses entgegen, die mit ihren fünfzig Jahren eine enorme Ruhe ausstrahlt, auch wenn er weiß wie viel Vitalität in ihr steckt. Wie immer hat sie ihre graumelierten Haare zu einem kleinen Knoten gebunden, der sie aber trotzdem nicht streng aussehen lässt, dafür hat sie ein zu freundliches Wesen und immer freundlich daher funkelnde blaue Augen. Wobei sie sich in den öffentlichen Räumen der Diskothek selten blicken lässt, erst Recht wenn Besucher da sind. Sie bewegt sich lieber im Hintergrund und organisiert alles aus ihrem kleinen Büro heraus, so dass es reibungslos verlaufen kann, ohne dass Levior immer dabei sein muss. Und auch jetzt sieht Julia Peter mit ihrem herzlichen Blick an und reicht ihm die Hand: „Na, Feierabend? Damm mal raus mit dir und genieße deine Freiheit, morgen ist hier ja zu." Er nickt grinsend: „Ja, das Wetter verspricht gut zu bleiben, also werde ich mit meinem Bike raus fahren." Lachend schüttelt die den Kopf: „Du und dein Motorrad, seid ihr eigentlich verheiratet? Dann mal viel Spaß." Auf ihre Worte prustet er doch kurz los, das hat ihn noch niemand gefragt: „Neidisch? Kannst ja mitkommen." Und damit nimmt er sie kurz in den Arm: „Ist Levior noch hier?" Bei dem Gedanken lacht sie herzlich los: „Ich auf einem Motorrad? Da komme ich nie wieder runter. Danke, nein, dann setzte ich mich lieber in meinen gerade so richtig schön erblühten Garten." Auf seine Frage hin schüttelt sie den Kopf: „Nein, er hat sich vor einer Stunde aus dem Staub gemacht." - „Sehr vernünftig von ihm und das mache ich jetzt auch. Wir sehen uns am Dienstag", und damit hebt er grüßend die Hand, ehe er durch die große Eingangstür hinaus geht.

In den letzten Monaten hat es auch hier im Tanztempel viele neue Gesichter gegeben. Immer mehr Wölfe finden ihre Bestimmung und kommen regelmäßig hier hin. Ebenso sind die Vollmondnächte bei Loona sehr gut besucht. Mit Daniel hat sein Team einen wirklich guten Mitarbeiter bekommen und Peter beobachtet ihn immer mal während des Dienstes, bereut Leviors Entscheidung nicht. Denn Daniel bleibt sehr lange ruhig, egal wie kritisch die Situation auch ist, das hat er von Levior gelernt. Doch wenn er eingreift, dann schnell und kompromisslos für die Gegenseite. Auch beim gemeinsamen Training kann er durch seine Schnelligkeit und Präzision ein verdammt harter Gegner sein und bringt Bewegungen, die man ihm bei seiner Größe und seinem Format gar nicht zutrauen würde. Selbst Peter ist schon oft an ihm gescheitert, wenn sie es darauf ankommen lassen haben, weil Daniels Wolf unheimlich stark ist.

Nachdem er per Melder gerufen worden ist, kommt Dr. Jonas Bach vorne in der Ambulanz an, wo eine Mutter mit ihrer Tochter wartet, ein recht junges Mädchen mit langen hellbraunen Haaren. „Hallo, na, was ist denn mit dir?" kniet er sich vor sie, als ihre Mutter auf sie deutet. „Mich juckt es überall", und die Kleine zeigt leicht auf ihren Rücken. „Na, dann lass uns mal hier ins Behandlungszimmer gehen und ich sehe es mir richtig an", lächelt er sie an und steht auf, um dann kurz den Gang entlang zu weisen. Zusammen gehen sie hinüber und er hebt die Kleine auf die doch ziemlich hohe Liege: „Wie heißt du denn?" Noch eben die Jacke ausgezogen und schon kann er ihre Arme sehen. „Simone", sie beobachtet ihn genau, ist wohl noch ziemlich skeptisch. „Und wie alt bist du?" Damit geht er hinter sie, hebt nur leicht die Bluse im Rücken an und kann die Rötung schon gut erkennen, so dass er die Augenbrauen hebt. „Zehn", Simone versucht ihm zu folgen und dreht den Kopf deshalb mit. Doch schon stellt er sich wieder vor sie hin, nimmt sich einen Stuhl, um nicht ganz so groß zu sein und setzt sich, während die Mutter auf einem anderen Platz genommen hat und die Untersuchung anschaut. „Und wie fühlst du dich von dem doofen Jucken mal abgesehen", damit schaut er Simone wieder an. „Etwas müde, aber sonst merke ich nichts. Machst du dass das Jucken aufhört?" Und fragend schaut sie ihn an. „Ja, ich denke ich kann dir da helfen", abwechselnd schaut er erst zu ihr, dann zu ihrer Mutter und dann wieder zu Simone, „du hast Röteln. Das ist nichts schlimmes, aber leider ansteckn. Ich verschreibe dir ein Puder gegen das Jucken und die nächsten zwei Wochen bleibst du bitte daheim." Ihre Mutter schaut ungläubig zu dem Arzt, der sich an den Schreibtisch setzt: „Aber woher hat sie die denn?" - „Nun, das kann in der Schule oder der Freizeit gewesen sein. Sie müssen auf jeden Fall jedem Bescheid geben, der näheren Kontakt zu ihr hatte, falls sich noch jemand angesteckt haben könnte", damit stellt er auch schon das Rezept aus und reicht es ihr, „so, bitte schön." Simone hilft er noch von der hohen Liege hinunter, ehe er beiden die Hand reicht und die Kleine anlächelt: „Gute Besserung und lass es noch ruhig angehen, solange du die Müdigkeit spürst und der Ausschlag noch nicht weg ist, weil dein Körper gerade kräftig deswegen arbeiten muss und etwas Ruhe braucht." Beide verlassen den Raum und er zieht die Handschuhe wieder aus, die im Müll landen, ehe er sich an den Rechner setzt und die Finger schnell über die Tastatur fliegen. Ein Blick danach auf die Uhr, er hat tatsächlich seit zehn Minuten frei. Deswegen führt ihn sein nächster Weg auch vorne zur Anmeldung, wo er sich abwesend meldet und anschließend die hell erleuchteten Gänge entlang bis zur Umkleide geht. Nach einer kurzen Dusche hat er dann die weiße Dienstkleidung gegen dunkelblaue Freizeitklamotten getauscht, schlüpft in die Turnschuhe und nimmt seine Tasche aus dem Schrank, um sich damit auf den Weg zum Personalausgang zu machen. Dort wird kurz die Karte an das Lesegerät gehalten, was seine Abmeldung mit einem leisen Signalton bestätigt. Feierabend, und draußen begrüßt ihn ein super tolles Wetter! Also ab zur Tiefgarage und in seinen Wagen, und während der Rückfahrt lässt er die Gedanken etwas schweifen. Durch Loonas Unterstützung als Heilerin bleiben die leichten Krankheitsfälle in der Klinik meistens aus und nur wenn sie wirklich nicht helfen kann ruft sie ihn, oder schickt die Patienten zu ihm. Ja, auch Loonas Möglichkeiten sind begrenzt, und doch schafft sie sehr vieles, in dessen Zeit er sich hier um die schweren Fälle kümmern kann. Wie es mit Kiras Heilkräften aussieht, da ist er sich noch nicht ganz sicher, auch wenn er sie schon erlebt hat. Sie ist sehr stark und ihre Grenzen kann er noch nicht einschätzen, wenn es welche gibt. Für Jonas ist es im Moment alles eine gelungene Abwechslung, auch wenn sein Arbeitsalltag sicherlich nicht eintönig ist. Und die Besonderheit daran ist die momentan vermehrte Ankunft von Wolfspatienten, die verständlicherweise eine andere Behandlung als normale Menschen brauchen. Er weiß es selbst ja zu genau, auch wenn es manchmal etwas dauert, um die Wölfe zu erkennen, je nachdem wie weit sie schon erwacht sind. Doch haben sie mittlerweile einen Behandlungsbereich erreicht, den die Wölfe schon kennen und sofort hinüber kommen, die Damen in der Anmeldung sind auch mittlerweile sehr darauf sensibilisiert, da kleinste Andeutungen zu erkennen.

Daniel hat seine kleine Wohnung mittlerweile auch gemütlich eingerichtet und fühlt sich wie Zuhause, auch wenn es noch ungewohnt und eine völlig fremde Umgebung ist, aber er genießt es mehr und mehr und es würde sich auch noch mit der Zeit alles einspielen. Gerade hat der junge Mann sich mit seinem Milchkaffee ans Fenster gesetzt und sieht hinaus. Die Sonne scheint ihm warm ins Gesicht, so dass er genießend die Augen schließt, gerade wunderbar entspannen kann.

Noch vor zwei Jahren ist sein Leben ganz anders verlaufen, bestimmt von Härte, Unterwürfigkeit und Brutalität. Im Nachhinein kann er sich über sein Verhalten bei Tamira nur noch erschrecken. Wie sehr hat er doch unter ihrem schädigenden Einfluss gestanden! Doch durch das Zusammentreffen mit Loona hat sich seine Sichtweise schlagartig verändert und unbewusst hat er den Weg nach der Schlägerei zum alten Haus gewählt. Zwar war die Zeit danach von Schmerzen und Alpträumen geprägt, aber sie stellte ihn vor die Wahl seine Bestimmung zu finden, und er durfte die gute Seite betreten. Schnell lernte er, dass Gewalt nicht immer die Lösung war, eignete sich sanftere Mittel an und Levior brachte ihm auch bei wie er seine Aggressivität kontrollieren und positiv nutzen kann. Mittlerweile erreicht Daniel eine Ruhe, wie er sie bei Tamira nie gespürt hat, da war es eher eine steige Verwirrung, aber niemand wusste genau was eigentlich selbst los war. Nur wenn es sehr vereinzelte und wirklich riskante Umstände sind, fährt er immer noch extrem hoch, aber da helfen dann auch keine friedlichen Lösungen. Und selbst da hat er sich noch soweit unter Kontrolle, um niemanden ernsthaft zu verletzen, außer wenn es unvermeidbar ist. In Tamiras Team gehörte es zum Standard hart durchzugreifen, ohne auf die Auswirkungen zu achten, die interessierten nicht.

Mittlerweile genießt er es auch, wenn er sich für eine oder zwei Stunden aufs Bett setzt und auf seiner Querflöte spielt, ohne groß darüber nachzudenken, einfach nur auf den Tönen treiben lassen. Es fühlt sich wie ein Kokon auf Ruhe und Wohlgefallen an und er kann es in vollen Zügen genießen. Er ist sich durchaus bewusst darüber, dass die Zeit nach Tamira weitaus schwieriger gewesen wäre, wenn er nicht im alten Haus gewohnt hätte. Denn dort war es wie ein geschützter Bereich, in dem er alle Unterstützung bekam die er brauchte. Und auch wenn er jetzt seine eigene Wohnung hat, so weiß er, dass er dort immer Willkommen ist.

Nachdem die Gäste gegangen und die Absprachen für die nächsten Tage erledigt sind, hat Levior die Diskothek verlassen und gönnt sich daheim erst einmal einen Kaffee, um das aufkeimende Konzentrationstief etwas auszugleichen. Gestern Abend um 19Uhr hat er seinen Dienst angefangen, als Chef ist er ja eh öfter dort zugegen, aber jetzt um zehn Uhr morgens fühlt er sich immer noch soweit fit. Heute bleibt die Disko geschlossen und öffnet erst morgen Abend um 20Uhr, so dass er selbst erst nachmittags dort eintreffen wird, außer wenn sich zwischendurch noch etwas anderes ergibt.

Jetzt schlendert er mit der großen Kaffeetasse und der Tageszeitung ins Wohnzimmer und macht es sich auf der Couch gemütlich. Die Titelzeilen werden überflogen, dann schweift sein Blick ab und Gedanken schleichen sich in seinen Kopf. Wann hat er sich das letzte Mal ein paar Tage Urlaub gegönnt? Nicht seit er ein Wolf ist, denn da läuft sein Leben komplett anders ab. Es hat sich bei ihm einiges geändert. Er braucht weniger Schlaf, schafft bessere Leistungen beim Sport und auch seine Wahrnehmungen haben sich geändert. Am Anfang was es ungewohnt, aber was sollte er machen? Er musste wie die Anderen auch damit klar kommen. Und dann fand Lupus ihn, während er im Park joggte. Trotzdem sie in einem Alter waren, strahlte Lupus seit jeher ein immenses

Wissen und eine Klarheit aus, die Levior half zu erkennen, wie sein Leben in Zukunft ablaufen könnte. Er verschaffte ihm auch den Job in der Diskothek, zuerst als Angestellter des Sicherheitsdienstes und einige Jahre später bekam er die Chance weiter aufzusteigen, bis er die Diskothek schließlich von Levior übernahm. Weitere Jahre vergingen, in denen sich Lupus optisch kaum veränderte und er hatte noch etwas spezielles mit Levior vor, der mittlerweile sein guter Freund war. Er stellte den Kontakt zu Lobo und Loona her! Es war anfangs sehr ungewohnt sie beim heilen zu sehen, aber er unterstützte sie so gut wie er es konnte. Auch gab es zu viele Momente, in denen sie sich eindeutig zu nahe kamen und er manchmal nur mit Mühe aus der Situation wieder heraus kam, ohne dass es negativ auffiel. Er selbst hatte eine Partnerin verloren, durch die Schattenwölfe, doch erzählt er das kaum, trägt das Geheimnis schon sehr lange mit sich herum und Lupus war der Einzige, der es wusste. Deswegen weiß er auch, dass sie zu Lobo gehört, da besteht eindeutig ein festes Band und kein Wolf sollte es jemals wagen dieses anzurühren! Selbst nicht in den schwächsten Momenten. Auch wenn es ihm ab und an sehr schwer gefallen ist. *Meine Güte, was denkt er hier?!* Levior trinkt seinen Kaffee aus, der beinahe kalt ist. Loona steht ganz klar zu Lobo und duldet auch glücklicherweise keinerlei Versuche anderer Herren. Er hat es von Anfang an gespürt und natürlich auch akzeptiert, immerhin ist er kein Arschloch, das Anderen die Frauen ausspannt! Und die Momente, in denen sie sich viel zu nahe kamen, können als wirkliche Ausnahmesituationen bezeichnet werden. Entweder hat er Loona ins Bett gebracht, als Lobo von Tamira gefangen gehalten wurde und sie die Stadt stundenlang durchsucht hatten. Oder als sie seine Narbe versorgt hatte und er ihre Gefühle genau spürte, aber niemals ausgenutzt hätte. Denn sie selbst machte sich da ja schon sehr große Vorwürfe, dass sie überhaupt auf solche Gedanken gekommen war! Und weil er es respektiert, hat er auch versucht den Streit zwischen den Beiden zu schlichten, als er Lobo endlich dort im Park fand. Okay, ja, Lobos Reaktion war mehr als heftig und Levior im Nachhinein Kira für ihre heilenden Hände dankbar.

Sie kann Loona jetzt tatkräftig entlasten, denn es gibt Tage, wo es im Haus wie in einem Taubenschlag zugeht. Levior spürt genau, Kira ist eine vollkommen neue Wolfsgeneration. Und er ist gespannt was das Schicksal für dieses junge Blut in der Gemeinschaft noch geplant hat.

Lobo kämmt dich die dunklen Haare und bindet sie zu einem halben Zopf zusammen, so wie Loona es ihm gezeigt hat. Dann schlüpft er in die schwarze Trainingshose, das dunkelblaue Muskelshirt und die Turnschuhe, ehe er sich noch seine Trinkflasche vom Küchentisch nimmt. Draußen scheint die Sonne und er braucht dringend etwas Bewegung. So schließt er leise erst die Wohnungs- und dann die Haustüre und macht sich auf den Weg in den Stadtpark, wo bei dem Wetter viele zusammen gefunden haben. Sein absoluter Lieblingsplatz ist eine kleine Wiese, die von einigen Büschen umsäumt ist. Seine Freunde kennen den Ort, ansonsten bewahrt ihn das Grüngewächs vor neugierigen Blicken. Dort angekommen legt er seine Flasche ins Gras, stellt sich bequem hin und bewegt langsam die Arme, kombiniert mit verschiedenen Schritten, was doch sehr harmonisch aussieht. Nach einiger Zeit wechselt er jedoch das Tempo, die Bewegungen werden kürzer und kräftiger, gespickt von Fußtritten, ehe er sich am Ende geschmeidig über einer Schulter abrollt, wieder auf die Beine kommt und auch das noch einige Male wiederholt. Es dauert, bis er sich dann doch in den Schneidersitz nieder lässt, die Unterarme auf den Knien ruhen, der Rücken gerade gehalten und der Blick auf die grüne Wiese vor sich gerichtet wird. Langsam kommen Atem und Herzfrequenz wieder zur Ruhe und die Entspannung kriecht in seinen Körper, was gerade nach der Anstrengung richtig gut tut. Mittlerweile kennt er die Eigenarten seines Wolfsdaseins und genießt die Vorzüge umso lieber. Er ist vitaler, und das ergeht den meisten so. Gerade blendet er die Außengeräusche aus, hört nur seinen eigenen Herzschlag, während der Wind leicht mit den offenen Haaren spielt, sie seinen Rücken sanft umschmeicheln.

Er vermisst die Trainingseinheiten mit seinem guten Freund, trifft ihn nur noch ab und an abends. Es funktioniert einfach anders nicht mehr, denn durch seine gesteigerte Kraft sind sie ins Ungleichgewicht gekommen und es hat auch nichts gebracht es zu dosieren zu versuchen, es kam immer wieder bei seinem Trainingspartner zu blauen Flecken und auch teils Blessuren vom Feinsten. Zwar hat er es ihm nie übel genommen, aber auf Dauer war das kein Zustand. Nun trainiert er mit Levior, Daniel, Loona, oder auch mal mit Misha. Und auch wenn seine kleine Wölfin es nie offen zugibt, so genießt sie das Kräftemessen doch und hat schon gute Fortschritte gemacht. Sie ist eindeutig wendiger geworden und teils schneller an seiner Seite als er sich drehen kann. Wobei sich seine Reflexe auch mittlerweile so verändert haben, dass teils nur ein Luftzug ausreicht, um ihn reagieren zu lassen. Das hat ihm Misha beigebracht.

Im großen und ganzen vermisst er sein altes Ego Joshua nicht, denn das Leben als Wolf ist viel abwechslungsreicher und er würde es nicht mehr eintauschen wollen. Am Anfang war er zwar skeptisch, ob er die Entscheidung jemals bereuen würde. Doch bis heute hat sich die Befürchtung von damals nicht bestätigt. Er lernt zudem immer neue Leute kennen, die sich in der Wolfsgemeinschaft einfinden. Und er ist dankbar dafür, dass er Loona kennen gelernt hat. Für sie würde er alles riskieren, und sie möchte er niemals mehr verlieren!

Schon beim Frühstück hat Lobo ihr den Vorschlag gemacht in den Park zu gehen. Doch heute zieht es sie eindeutig in den Kerzensaal, so dass er sich schon vorher bei ihr verabschiedet, sie dann beim Austausch der Kerzen hört wie er das Haus verlässt. Noch stehen keine Vorbereitungen zur nächsten Vollmondzeremonie an, eher ist es ihr Wunsch etwas zur Ruhe zu kommen. Ihr geht so vieles durch den Kopf und sie möchte es so gut es geht ordnen. Deswegen setzt sie sich auch vor den altarähnlichen Tisch in den Schneidersitz auf den Boden und atmet bewusst einige Male langsam durch.

Sie hätte nie gedacht, dass ihr Leben mal so eine Wende nehmen würde. Ihrer Meinung nach wäre sie bis zur Rente in dem Büro geblieben, hätte vielleicht einen jungen Mann getroffen, mit ihm eine Familie gegründet und ein beschauliches ruhiges Leben geführt. Aber wie heißt es so schön: Erstens kommt es anders und meistens als Frau denkt. Denn die momentane Aufgabe als Heilerin ist weder beschaulich noch ruhig, sondern umfangreich und niemals langweilig. Es kamen viele Gäste hier ins Haus, denen sie schon helfen konnte, auch wenn es ihr danach teils recht schwer fiel ihre Reserven wieder aufzufüllen. Aber dafür ist nun Kira in das Leben der Gemeinschaft getreten, mit einer immens kraftvollen und schier unerschöpflichen Energie. Sie gleicht Schwächen teils nur mit einer einzigen Berührung aus. Und seit Kira Lobo geholfen hat, sind seine Zusammenbrüche sogar ausgeblieben, die er hatte, wenn er mit Loona Zärtlichkeiten ausgetauscht hat. Die wiederum kennt die Schwäche vor den Vollmondtagen überhaupt nicht mehr. Und Maci sagt auch, dass sie seit der letzten Zeremonie viel ausgeglichener ist.

Loona denkt an Lupus... was würde er wohl zu Kira sagen? Sie ist ein völlig neuer Wolf und hat bestimmt noch einiges in sich verborgen, was nach und nach ans Licht kommen würde. Und sie selbst würde dieser jungen Seele jede nur mögliche Unterstützung geben, soweit es die eigenen Kräfte zulassen. Als sie an Lupus denkt, schließt die Wölfin die Augen und da kann sie ihn sehen, wie er sie mit einem strahlenden Lächeln anschaut!

Lupus? Nun, Lupus ist mit der Entwicklung im alten Haus mehr als zufrieden! Für ihn war es zwar etwas ungewohnt die körperliche Welt zu verlassen und nur noch energetisch anwesend zu sein. Und es war hart zu spüren, wie sein Körper plötzlich alterte und er nichts dagegen machen konnte, weil er den Schutz durch die Weitergabe seines Wissens an Loona aufgegeben hatte. Dadurch hatte er sich selbst sein stärkendes Gerüst genommen und es blieb ihm keine andere Wahl, als sich zu verabschieden. Es tat weh, Loona dort so verzweifelt zu sehen, als sie ihn im Kerzensaal gehen lassen musste. Denn auch wenn er ihr versprach zu bleiben, wie sollte sie ihm das glauben?

Dabei ist er wirklich die ganze Zeit anwesend. Er hat ihnen beim Einzug zugesehen und bei den schönen Vollmond-Zeremonien. In vielen negativen Situationen wäre er ihnen gerne zur Hilfe gekommen, doch leibt ihm das auf dieser Ebene sehr oft verwehrt. Er kann ihnen nur Hilfe in Form von verschiedenen Personen schicken, so wie er es schon gemacht hat, mit Dr. Jonas Bach bei Tamira, oder Macinido und Benjamin zur Erweiterung ihres Freundeskreises. Oder zu guter Letzt Kira, um Loona die doch sehr anspruchsvolle Aufgabe zu erleichtern und ihre Kräfte zu schonen. Oh nein, es ist nicht so, dass er die Wölfe nun ständig beobachtet und belauscht hat. Nein, er wurde und wird nur hellhörig und aufmerksam wenn jemand um Hilfe bittet. Oder wenn er negative Energien spürt. Ansonsten hält er sich aus ihrem Privatleben völlig raus und reist durch seine eigene energetische Welt.

Dort wird ihm einiges gezeigt, ja, er kann in die Zukunft sehen, aber er muss es verständlicherweise für sich behalten, darf da nicht einfach Schicksal spielen.

Lupus weiß bereits wie sich die Beziehung zwischen Loona und Lobo noch entwickelt, und wie weit Levior und Daniel ihren Weg begleiten, wie die Karriere von Jonas verlaufen und auch das Privatleben von Maci und Bengie wird, oder wo Peter beruflich landet und Misha und Kira ihr Leben in Zukunft gestalten.

All das weiß er in der für ihn gerade eigenen Welt und freut sich darauf, sie alle weiterhin begleiten zu dürfen.